KB035140

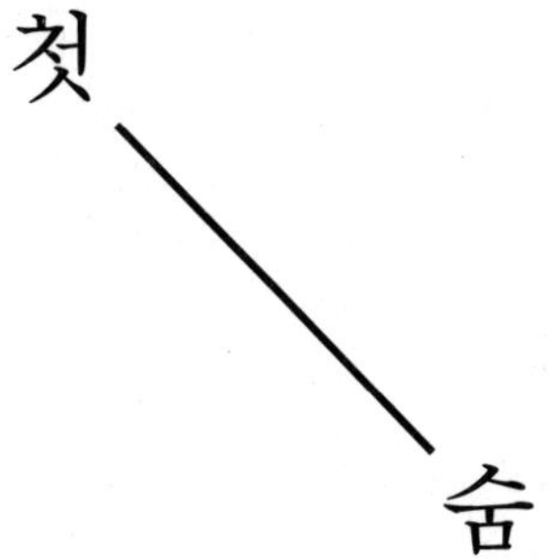
첫
숨

배명훈 장편소설
첫숨

제1판 제1쇄 2015년 11월 27일
제1판 제2쇄 2016년 5월 25일

지은이 배명훈
펴낸이 주일우
펴낸곳 ㈜**문학과지성사**
등록번호 제1993-000098호
주소 04034 서울 마포구 잔다리로7길 18(서교동 377-20)
전화 02) 338-7224
팩스 02) 323-4180(편집) / 02) 338-7221(영업)
전자우편 moonji@moonji.com
홈페이지 www.moonji.com

ISBN 978-89-320-2807-1 03810

이 도서의 국립중앙도서관 출판예정도서목록(CIP)은 서지정보유통지원시스템 홈페이지(http://seoji.nl.go.kr)와 국가자료공동목록시스템(http://www.nl.go.kr/kolisnet)에서 이용하실 수 있습니다. (CIP제어번호: CIP2015031709)

배명훈 장편소설

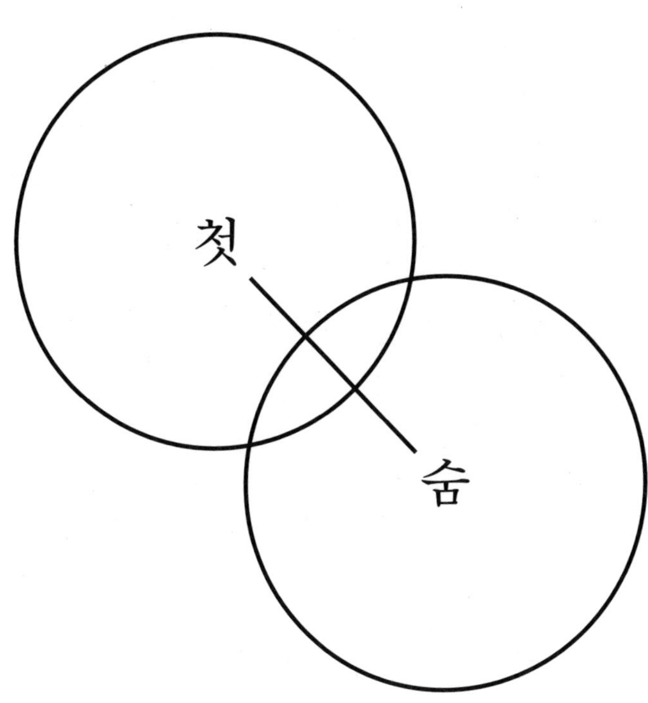

문학과지성사
2015

차례

1. 층간 비행

사람은 그냥 문이었으면 좋겠다. 별로 넓지도 않은 아파트 복도에 다닥다닥 마주 보고 선 현관문 같은 존재. 아니면 창문이어도 좋다. 아파트 6층 건물 두 면을 가득 메운 똑같이 생긴 수십 개의 창문들. 이 문들은 보통 닫혀 있다. 창문에는 늘 커튼이나 블라인드가 쳐 있다. 바로 이 점이 중요하다. 대부분의 시간 동안 닫혀 있어야 한다는 점이다.

사실 사람은 문이 아니라 집이다. 삶의 공간은 네모난 이차원 통로가 아닌 삼차원으로 되어 있고, 그 안에는 저마다의 이야기들이 들어차 있기 마련이다. 택시 기사가 몰고 다니는 택시는 그의 삶이 아니라 표면에 떠올라 있는 부표에 불과하다. 카페 점원이 입고 있는 유니폼도 그의 삶이 아니라 그가 내걸고 있는 문이다. 그들이 하루 종일 언제까지고 택시 기사나 점원일 리는 없기 때문이다. 그렇게 모든 사람에게는 각자의 삶이 있다. 그들의 삶을 이해하려면 문을 열고 집 안으로 들어가 볼 필요가 있다.

하지만 뭐하러 그 짓을 한담.

도시는 도시다. 딱 12분밖에 안 걸리는 아침 출근길에도 수십 명을 만날 수 있는 게 도시다. 버스라도 탔다가는 수백 명을 만나는 것쯤 일도 아니다. 회사 정문에서 사무실까지 가는 길에만 해도 셀 수 없이 많은 인간들이 득시글거리고 있다.

아침 출근길에 나선 사람들이 존재의 현관문을 열어놓고 걷던가. 그렇지 않다. 그들은 그냥 문이다. 자기 집 현관문을 닫는 순간 존재의 현관문도 같이 닫힌다. 그렇게 굳어버린 표정은 어디서 전화라도 걸려오지 않는 한 풀어지지 않는다.

그 문을 다 열어보라고? 뭐하러 그런 짓을, 그렇게도 위험하고 무모한 짓을.

그렇다. 그 문을 열지 말았어야 했다. 천구(天球)에 나 있는 그 작은 문을. 아무도 신경 쓰지 않는 문이었다. 천체망원경으로 들여다보지 않으면 절대 보이지 않을 작은 문이었다. 인류 전체를 놓고 봤을 때 천체망원경을 쓸 줄 아는 인간은 거의 없는 것이나 마찬가지였으니 사실상 발견하는 게 더 이상한 문이나 마찬가지였다.

그것은 별이었다. 아니, 별이라고 부르는 사람들이 있기는 하지만 사실은 별조차 아니었다. 2천 광년 떨어진 어느 별 주위를 돌고 있는 여덟 개의 행성 중 하나일 뿐이었다. 특이한 점이라고 해봐야 지구나 금성과 크기가 비슷하다는 사실 하나밖에 없었다. 의미 있는 차이일 것 같지만, 사실 그런 행성은 수도 없이 많아서 그중 하나가 더 특별하다고 하기는 어려웠다. 마치 320층 건물 한 면을 가득 채운 똑같이 생긴 유리창처럼, 밖에서 보기에는 아무 의미 없는 부표일 뿐이었다. 내가 그 문을 열어보기 전까지는.

그 안에는 방대한 공간이 펼쳐져 있었다. 물론 지구만 한 행성이니 세계 하나만큼의 공간이 있는 건 당연했다. 그런데 그 행성을 채우고 있는 건 그런 게 아니었다. 돈이었다. 그것도 지구 돈이었다.

어마어마한 연구비가 머나먼 외계 행성 하나에 배정되어 있었다. 그런데 행성에 대해 알려진 바는 아무것도 없었다. 단지 그게 궁금할 뿐이었다. 무슨 연구가 진행되고 있고, 어떤 새로운 사실들이 밝혀지고 있었는지. 그런데 아무것도 없었다. 정말로 글자 그대로 아무것도 없었다. 뭔가가 비밀로 분류되어 있기는 했지만, 그마저도 겨우 열두 페이지짜리 보고서에 불과했다. 직접 읽어보지 않았으니 내용은 알 수 없지만, 도시를 절반쯤 사버릴 수 있을 정도의 돈을 들여서 만든 열두 장짜리 비밀 문건이란 그다지 신경 쓸 만한 물건이 아니었다.

그 행성은 거대한 비자금 덩어리였다. 나는 그 작은 문을 거침없이 두드렸다. 잠겨 있었지만, 나 같은 기관내부조사관의 호주머니에는 그 정도 자물쇠는 6개월이면 열어버릴 수 있는 강력한 만능열쇠가 들어 있기 마련이었다.

6개월. 도로 닫아버릴 수 있는 시간이 반년이나 있었는데.

결국 문을 열고 안방으로 쳐들어가 금고에 든 비자금 내역을 탈탈 털어냈으나, 도리어 내가 그때까지 쌓아온 모든 것을 잃고 쫓겨나고 말았다. 나를 기다리는 것은 명성이나 성공이 아니었다. 배신자라는 낙인에, 간첩 혐의에, 사생활까지 낱낱이 공개되었다. 남은 것은 망명뿐이었다. 너무 큰 건을 건들고 만 것이다.

그나마 받아주는 데라도 있었으니 다행이었다. 명목상 어느 기관의 보안책임자로 취직이 된 셈이었지만 실제로는 그냥 난민이나 다름없었다. 그 뒤로는 쭉 생각했다. 닫힌 문은 그냥 닫혀 있는 대로 남겨두자. 보고 싶지 않은 이웃이 살고 있을지도 모르잖아.

그래서 우선은 내 집 문을 꽁꽁 걸어 잠갔다. 초인종이 울려도 내다보지 않았고, 내가 필요할 때가 아니면 절대 문을 열지 않았다. 암살 위협이 없었던 건 아니지만 꼭 그 이유 때문은 아니었다. 그냥 의욕이 없었다. 나는 전문가였지만, 누군가가 제공하는 도구가 없으면 아무것도 못 하는 인간이었다. 그리고 그 도구는 좀 큰 사무실 하나 정도가 아니라 기관 하나를 가득 채울 만큼이나 거대했다.

그 장난감을 빼앗기고 나서야 알게 되었다. 나는 그것 말고는 정말 할 줄 아는 게 아무것도 없었다는 사실을.

그에 비하면 새집은 너무나 좁아터진 아파트였다. 물론 그 동네 땅값이 얼마나 비싼지 모르는 바는 아니었지만 만족하고 살 수 있는 수준은 절대 아니었다.

이를테면 이런 것이었다. 발 뻗고 누울 수 있는 소파 하나에 테이블 하나가 겨우 들어간 공간, 소파에 달려 있는 작은 텔레비전, 그리고 공용 화장실. 가장 가난한 사람에게나 어울릴 것 같은 공간이지만 이렇게 생긴 방이 비행기 안에 들어가 있으면 부자들의 공간이 된다.

하지만 더운 건 참기 힘들었다. 여름 끝 무렵, 6층짜리 건물의 6층에 있는 집은 냉방 시설이 가동되지 않는 지하철 플랫폼처럼 뜨겁게 달아올랐다. 에어컨은 전에 살던 사람이 떼 가고 없었다. 새 에어컨을 사자니 일기예보가 걸렸다. 딱 열흘이면 초가을 날씨로 접어들 예정이었고 나는 세 계절이 넘도록 그곳에 머물 생각이 없었다.

가구도 없고 선풍기도 없고 의자 하나와 내가 들고 온 작은 옷가방밖에 없는 집. 창문을 열고 있자니 옷을 다 입어야겠고 벗고 있자니 맞은편 집이 너무 가까워 블라인드를 내려야 했다. 아무것도 안 하고 가만히 있기만 하는데도 매 순간 결정과 후회에 직면해야 하는 나날이었다. 그게 매일의 일과였다. 바닥에 누워 멍하게 천장을 바라보며 시간을 보냈다. 불을 쓸 수 없어서 끼니를 거르기 시작했다. 어차피 배도 고프지 않았다. 딱히 할 일도 없고 찾는 사람도 없었다. 그냥 선선해질 때까지 시간만 보내면 그만이었다.

열기는 한밤중에도 가시지 않았다. 새벽에만 잠시 잠이 들

수 있을 정도였다. 지상 구간을 지나는 지하철 소리가 마치 폭풍 소리처럼 들려오곤 했다. 마음이 흰 돛처럼 부풀었지만 바람은 한 점도 지나가지 않았다. 다른 집에는 에어컨이 달려 있다는 사실을 알고 있었다. 그래서인지 불공평하다는 생각이 들기도 했다. 하지만 탓할 사람이 없었다. 그것은 누구의 잘못도 아니었다.

그런데 그때였다. 누군가가 내 공간으로 침투해 들어온 것이다. 물론 현관문은 잠겨 있었다. 그 뒤로도 한참 동안 쭉 그랬다. 내가 그 집에 사는 동안 그 문을 두드린 사람은 채 다섯 명이 안 됐다.

그것은 사람의 흔적이었다. 현재의 흔적. 아직 완결된 적 없는, 생생하게 살아 있는 인기척. 그것은 소리였다. 부표를 통하지 않고, 이차원으로 된 관문을 통과하지 않고, 직접 공간을 뚫고 들어오는 소리였다.

아래층이었다. 여자가 내는 신음 소리였다. 습하고 후끈후끈하고 아무것도 없는 텅 빈 내 침실은 에어컨이 켜져 있는 아랫집에서 들려오는 작은 비명 소리에 너무나 무기력하게 압도당하고 말았다. 나는 마치 벽에 귀를 대고 누군가의 말을 엿듣는 사람처럼, 바닥에 귀를 대고 누운 채로 바닥 전체를 울림판 삼아 전해오는 그 소리에 온 신경을 곤두세웠다.

무슨 사고라도 난 걸까.

하지만 그런 게 아니었다. 그다음 순간 곧바로 리듬을 읽어낼 수 있었다. 소리도 점점 또렷해졌다. 의미 없는 말이었지만, 아니, 말 자체가 아니었지만, 어쩌다 만들어진 소리인지 알 수 있을 것 같았다. 격정이었다. 막힘없이 쭉 뻗어나가는 감정이 폐와 성대에 남긴 흔적이었다.

제대로 된 경로를 통하지 않고 공간을 접어 지름길로 날아온 다른 존재의 소리. 우리는 그렇게나 가까이에 있었다. 부럽지도 짜증스럽지도 않은 일. 다만 한 가지 갈증이 머릿속을 가득 채웠을 뿐이다.

에어컨이 있다니. 저런 걸 할 수 있다니!

다행히 더위는 계속되지 않았다. 하지만 그 소리는 목요일 아침마다 어김없이 들려왔다. 목소리에 익숙해지고 그 여자와의 물리적인 거리가 지나치게 가깝다는 생각이 들면서 어쩐지 친근감이 쌓여가는 것만 같았다. 그래도 일부러 찾아가서 문을 두드리고 싶지는 않았다. 우연히 엘리베이터에서 마주치는 것조차 거북할 것 같았다. 방음이 잘 안 된다는 사실을 굳이 알리고 싶지는 않았다. 그냥 존재하지 않는 사람으로 남아 있으면 그만이었다. 인간은 문이다. 닫혀 있는 채로 두는 게 더 나은 문. 굳이 모든 문을 열어봐야 하는 건 아니다.

하지만 너무 존재감을 드러내지 않은 걸까. 어느 날은 꽤 신경 쓰이는 소리가 바닥을 통해 전해오는 것이었다. 말소리였다. 말소리를 알아들을 정도로 방음이 안 되는 편은 아니었지만 욕실은 달랐다. 아주 큰 소리가 아니더라도 흥얼거리는 노래를 따라 부를 수 있을 만큼 목소리가 잘 전달되는 경우도 적지 않았다.

그 여자가 말했다.

"생각해볼게요. 그런데 누가 다치거나 하는 거면 저는 싫어요."

상대편 목소리는 들리지 않았다. 전화 통화를 하는 모양이었다.

무슨 일일까. 인명 피해가 생길 수도 있는 일이라니. 신경이 곤두섰다. 이름뿐인 직책이라지만 그래도 명색이 보안담당자가 아닌가. 말소리가 이어졌다.

"의심하는 게 아니라 그쪽에서 정확하게 말을 안 해주니까 그렇죠. 내용도 모르고 시키는 대로 할 수는 없잖아요. 어떤 일을 해오셨는지 모르는 것도 아니고. 이럴 게 아니라 만나서 할 이야기 같은데요. 네, 네, 그래요 그럼. 아니요, 30분 뒤에 나갈게요. 안 멀어요. 걸어서 갈 수 있어요. 네."

책상 앞에 앉아서 생각에 잠겼다. 생각할수록 수상한 일이었다. 대화의 내용보다는 그 여자의 목소리가 문제였다. 그 여자가 그런 투로 말을 한다는 건 정말로 심각한 문제라는 뜻이었다.

무슨 일들을 꾸미고 있는 걸까. 알아봐야 하나. 별일 아닐지도 모르는데. 하지만 내가 무슨 진짜 보안담당자도 아니고 이 아파트가 내 관할 구역도 아닌데. 게다가 닫혀 있는 문은 역시 두드리지 않는 편이 낫지.

시계를 보니 5분 뒤였다. 그 여자가 집을 나서기로 한 시간.

잠시 후 나는 외투를 집어 들고 현관문을 나섰다. 그 여자보다 먼저 아파트 문을 나서기 위해서였다. 그러면서 속으로 계속 되뇌었다. 닫혀 있는 문은 여는 게 아닌데.

2. 미분류

엘리베이터를 타고 1층으로 내려갔다. 그리고 그 앞에 서서 엘리베이터가 올라가는 것을 확인했다. 5층이었다.

아파트 정문을 빠져나와 곧바로 길을 건넜다. 맞은편 건물 입구 유리문 안쪽에 서 있다가 아파트에서 여자 하나가 나오는 것을 보고는 멀리서 뒤를 밟았다.

목소리를 듣고 상상했던 것과 달리 여자의 발걸음은 무거워 보였다. 일단 걷는 속도가 느린 편이어서 길 건너편에서 미행하는데도 속도를 맞추기가 쉽지 않았다.

벨트 라인 아래까지 내려오는 가벼운 질감의 회색 외투, 걷어 올린 소매 안쪽, 손목을 덮지 않는 길이로 맞춰져 있는 흰색 티셔츠, 발목을 살짝 드러내는 옅은 색 청바지, 거의 평평한 신발에 어깨끈이 있는 커다란 가방, 뒤로 한 번 묶어서 늘어뜨린 긴 머리. 평범한 인상이었다. 굳이 열어보지 않아도 될 것 같은 똑같이 생긴 문들 중 하나였다.

눈에 띄는 게 있다면 역시 걸음걸이였다. 특히 차이는 횡단보도 앞에서 두드러졌다. 신호가 보행 신호로 바뀌는 순간, 서두르는 몸짓에 비하면 어이없다 싶을 정도로 느린 첫 두세 걸음에서 무언가 특이한 삶의 궤적을 읽을 수 있었다.

어깨에 멘 가방에도 눈이 갔다. 뭐가 들었는지는 알 수 없지만 꽤 무거운 게 들어 있는 듯 유난히 흔들림이 적은 게 눈에 띄었다. 질량이 큰 물체가 지고 있는 관성의 짐이거나 혹은 중요한 물건을 지니고 있다는 마음가짐이 무의식중에 관성의 형태로 표현된 결과일지도 몰랐다.

저게 바로 인명 피해를 야기할 수 있다는 그 물건인 걸까. 아니, 물건이라고 한 적은 없었지. 그런 일이라고 했을 뿐. 본인도 구체적인 내용은 아직 모른다고 했으니까. 그럼 저 안에는 뭐가 든 걸까. 스스로를 방어하기 위한 무기 같은 걸까.

작은 건널목에서까지 신호를 다 지키지는 않지만 신호등이 없는 횡단보도에서 다가오는 차를 살피는 모습을 보니 이곳 토박이는 아닌 것 같았다. 운전자들이 언제 양보하고 언제 앞으로 치고 나올지 전혀 예상 못 하는 눈치였다.

외지 출신에 저런 걸음걸이라. 저렇게 걷는 사람들을 또 어디서 봤더라.

여자가 사거리 앞에서 왼쪽으로 모퉁이를 돌았다. 나는 길 하나를 더 건너야 모퉁이를 돌 수 있었기 때문에 그 뒤를 바짝 쫓을 수는 없었다. 길 건너편에 멀찍이 떨어져서 미행을 하려면 건널목 두 개를 건너야 될 수도 있었다. 그래도 별 걱정은 없었다. 어차피 여자의 걸음을 따라잡기는 어렵지 않을 테니까.

하지만 길을 건너 모퉁이를 돌았을 때 나는 순간 당황하고 말았다. 그 여자의 모습이 보이지 않았던 것이다. 놓친 걸까.

아니 그보다, 들킨 게 아닐까.

물론 나는 미행 전문가가 아니었다. 가끔은 탐정이라는 별명이 붙는 경우도 있었지만 그것도 어디까지나 비유적인 표현일 뿐이었다. 서류의 바다에서 갓 태어난 플랑크톤 한 마리를 찾아내는 것쯤은 손쉽게 해낼 수 있지만 직접 몸으로 하는 일은 아마추어 수준을 넘어설 수 없었다. 육체적인 면만 따져봤을 때 나는 그다지 축복받은 인간이 아니었다.

사라진 걸까, 아니면 목적지가 바로 이 근처였던 걸까.

게다가 이 도시는 누군가를 미행하기 좋은 곳이 전혀 아니었다. 인구가 그렇게 적은 편도 아닌데 조금만 길을 걷고 있으면 무슨 시골 동네처럼 누군가가 다가와서 아무렇지도 않게 한마디씩 툭툭 던지고 가곤 하는 곳. 맞은편에서 걸어오던 중년 남자 하나가 손짓으로 그 여자가 간 곳을 가리키고는 아무렇지도 않게 가던 길을 갔다. 내가 그 여자의 뒤를 밟고 있다는 사실을 알고 있다는 뜻이었다.

당황스러웠지만 일단 남자가 가리킨 대로 한 블록 앞으로 성큼성큼 걸어가서 골목 안쪽을 눈으로 훑었다. 여자의 모습은 보이지 않았다. 하지만 그쪽 어딘가에 있기는 할 것이다. 누군가 굳이 손짓으로 가르쳐줬으니 틀린 정보는 아닐 것이다. 이 도시는 늘 그런 식으로 돌아갔다. 내가 이 도시를 좋아하지 않는 이유이기도 했다. 일단 눈에 띄는 문은 아무거나 다 열어

보는 사람들.

길을 건너는 모습은 보지 못했으므로 반대쪽 블록은 따로 확인하지 않았다. 그보다는 자연스럽게 길 건너에 가 있는 편이 좋을 것 같았다. 그쪽에 버스 정류장과 신문 가판대가 있었으니 잠시 멈춰 서 있어도 수상해 보이지는 않을 것이다. 무엇보다 중요한 것은 함께 걷고 있던 사람들을 보내버리는 일이었다. 마치 물을 갈아주듯이.

길을 건넌 다음 가판대 앞에 서서 잡지를 뒤적였다. 잠시 뒤에 모퉁이에 있는 건물 1층 잡화점에서 그 여자가 다시 모습을 드러냈다. 가는 길에 잠깐 들른 모양이었다. 심각한 전화 목소리나 서두르는 듯한 몸짓을 생각하면 가게 안에서 누가 먼저 불렀다고 생각하는 편이 더 자연스러웠다. 아니나 다를까 여자가 돌아서서 길을 나서려는데 누군가가 가게 문을 열고 나와 여자를 다시 불러 세웠다. 친구 사이 같았다. 즉, '문'이 살짝 열린 순간이라는 뜻이었다.

여자는 내가 목소리를 통해 짐작했던 그 내면의 모습으로 돌아갔다. 어떤 의미에서 나는 이미 문 안에 서 있는 것이나 다름없었다. 외면보다 내면을 먼저 알고 있었으니까.

여자의 손짓을 유심히 살펴보았다. 활달하고 자신감 넘치는 경쾌한 동작이었다. 손짓 눈짓 고갯짓까지, 대화를 직접 들어보지 않아도 대강 무슨 일이 일어나는지 짐작할 수 있을 만큼 풍부한 표현이었다. 거기에는 안정감이나 행복 같은 것들이 잔뜩 들어 있었다. 어딘가 다르긴 하지만 일상의 평범함 같은 것도 엿볼 수 있었다. 지적이고 사려 깊으며 긍정적이면서 동시에 조심성 많은 성격. 내가 아는 그 여자의 내면과 일치하는 것들이었다.

그러니 이상한 생각이 들 수밖에 없었다. 여자의 걸음걸이에서 읽어낼 수 있는 성격들과는 전혀 다른 느낌이었기 때문이다. 무슨 일이 있었던 걸까. 누구의 무슨 부탁이 저 사람을 저렇게 긴장하게 만들었을까.

다시 길을 나서는 여자를 멀리서 뒤따랐다. 역시 열지 않는 편이 나은 문일지도 몰랐다. 저 문을 열었다가는 어떤 이상한 괴물을 만나게 될지 모를 일이었다. 하지만 수상한 사람처럼 그 여자를 따라나선 것은 결국 그 이상한 괴물 때문이기도 했다. 괴물을 만나게 될지도 모르는 상황이 걱정스러운 게 아니라 괴물이 있을 것만 같아서 마음이 놓이지 않는 것이다. 나는 이미 문 안에 들어와 있는 사람이었으니까. 그러니 집 안에 든 다른 괴물이 두려운 것이다.

여자는 무거운 발걸음으로 그 괴물을 향해 걸어가고 있었다. 건널목을 건너고, 마주 오는 사람과 부딪히지 않기 위해 한 걸음 옆으로 비켜서거나 때로는 앞사람을 앞지르기 위해 몇 발짝 빠르게 걸음을 떼기도 하면서 부지런히 그 어딘가로 다가가는 중이었다. 그리고 마침내 여자의 발길이 멈춰 섰다. 20층쯤 되는 오피스 건물이었다. 여자는 건물을 한 번 올려다보더니 유리문을 열고 안으로 들어갔다.

나는 잠시 뒤에 건물로 뒤따라 들어가 여자가 탄 엘리베이터가 몇 층까지 가는지 확인했다. 그리고 곧장 뒤돌아섰다. 더 적극적으로 뒤를 밟는 것은 불가능해 보였다. 물론 사람들 때문이었다. 행인 세 사람이 발걸음을 멈추고 나를 가만히 바라보고 있었다. 나는 엘리베이터를 슬쩍 확인하고는 아무 일도 아니라는 듯 재빨리 뒤로 돌아섰다. 다시 1층 쪽으로 내려오기 전까지 엘리베이터가 멈춘 곳은 모두 세 층. 일단은 그 정도로 만족해야 했다. 나머지는 다른 방식으로 조사를 하면 알아낼 수 있을 것이다.

나는 집으로 돌아가서 서랍 어딘가에 넣어둔 명함을 찾았다. 이 도시에 사는 열 명도 안 되는 지인들 중 하나였다. 보안책임자 신상우.

그의 명함은 이름과 전화번호만 빼면 내 명함과 완전히 똑같은 명함이었다. 근무처와 직함, 사무실 연락처가 동일했다는 뜻이다. 그렇다. 내가 보안책임자로 있는 건물에는 보안책임자가 두 명이었다. 아니, 더 있을지도 모른다. 물론 실제로 건물 보안을 담당하는 사람은 다른 직함을 갖고 있었다.

신상우는 나와 마찬가지로 망명자였다. 무슨 군 수사기관 출신의 내부고발자로, 나보다 먼저 망명했지만 나와는 달리 지금도 여전히 의욕에 넘쳐서 도심 이곳저곳을 쑤시고 다니는 인물이었다. 탐정 일을 한다는 소문도 있었지만 본인이 낸 소문일 게 분명했으므로 큰 의미는 없었다.

그에게 전화를 걸어 여자가 들어간 건물의 주소를 불러주고는 그 동네에 대해 아는 게 있는지 넌지시 물었다. 그가 말했다.

"반년이나 살았는데 그 정도는 알아야지."

"밖에 잘 안 나가서요."

"맨날 가는 데만 가지? 보자, 거기에 뭐가 있나. 나도 외우고 다니는 건 아니니까. 어디 보자. 몇 층이랬지? 12층, 16층?"

"9층도요."

"9층은 모르겠고, 12층부터는 달동네네."

"달동네요?"

"이민자 구역인데 여기서는 그렇게 불러. 같은 지역 출신들끼리 모여 있는 동네. 구역을 다 차지하고 있는 건 아니지만 아무튼 좀 모여 있지."

"위험한 조직도 있을 수 있나요?"

"조폭 같은 거? 거기는 깨끗할 것 같은데. 아예 테러리스트가 있으면 몰라도 약쟁이나 무기상 같은 건 없겠지. 왜? 사무소 개업하셨나?"

"개업은 무슨. 그냥 놀아요."

"물어보는 게 딱 바람난 남편 미행했다가 건물 입구에서 놓친 그림인데."

전화를 끊고 책상 앞에 앉았다. 아무 문이나 벌컥벌컥 열기 좋아하는 사람한테 괜히 달려들기 좋은 빌미를 제공한 건 아닌가 싶었지만 그래도 한 가지는 알아낸 것 같았다. 외지인 출신이라는 확증이었다.

다시 여자의 걸음걸이를 떠올렸다. 그러자 여자가 친구와 대화를 나눌 때 보여주었던 풍부한 손동작이 이어진 화면처럼 저절로 떠올랐다. 그리고 다른 여러 가지 움직임들도.

보통 사람보다 훨씬 다양한 움직임들이었다. 표현력이 풍부한 사람이어서 그렇다고 생각할 수도 있겠지만 아무리 생각해도 단지 그런 수준의 풍부함은 아닌 것 같았다. 친구를 향해 손을 흔드는 동작, 가게 문 안쪽에 있는 누군가를 가리키는 움직임, 횡단보도 앞에 서서 발끝으로 땅바닥을 툭툭 차는 발짓, 건물을 올려다보고 손을 뻗어 유리문 손잡이로 다가가는 몸짓. 그런 움직임들을 하나하나 떠올려보았다.

사람이라면 누구나 수없이 많은 동작들을 펼쳐 보일 수 있다. 인간이기 때문에 모두가 하게 되는 동작도 있고 음악을 들으며 발을 까딱거리는 움직임이나 거수경례를 흉내 낸 장난스러운 인사, 남자들이 뜬금없이 허공에 대고 하곤 하는 농구의 슛 동작을 흉내 낸 헛손질처럼 문화적인 배경을 알고 있어야 이해가 되는 몸짓들도 있다. 어찌됐건 이런 움직임들은 결국 이름을 붙일 수 있다. 마치 글자처럼. 사람의 글씨는 다 다르게 생겼지만 그래도 보편적인 패턴이 있어서 그것에 비추어 글을 쓰거나 알아볼 수 있다. 움직임도 마찬가지다. 아무리 많은 움직임이 있다 해도 그 대부분은 해석되고 분류될 수 있다.

그런데 그 여자의 경우는 달랐다. 그냥 조금 화려하고 다양한 수준이 아니라 전에는 한 번도 본 적 없는 움직임들이 너무나 많았다. 누구에 관한 기억과도 연결되지 않는, 분류할 수 없는 독특한 움직임. 그런 게 계속 눈에 띄었다. 무엇보다 그 동작 하나하나가 다 아름다웠다. 손짓 하나하나, 발걸음 하나하나. 그 모습을 유심히 바라보았다. 많은 생각을 하게 만드는 움직임이었다.

나는 그렇게 또다시 문을 두드리고 있었다. 다른 말로 하면 시선을 완전히 빼앗겼다는 말이기도 했다. 전에는 한 번도 본 적 없는 독특하고 참신한 문.

어디로 가야 그 여자를 다시 만날 수 있을지 알 것 같았다. 집 안에서 쉬고 있는 여자가 아니라 바깥에서 움직이고 있는 그 여자를 만날 수 있는 곳.

그렇다. 그 여자는 무용수가 틀림없었다.

3. 6분의 1

이건 그냥 스토킹이 아닐까. 하지만 누가 다칠지도 모르는 일이라고 했는데.

'어떤 일을 해왔는지 모르는 것도 아닌' 누군가에 대해 그 여자가 한 말이 떠올랐다. 말의 내용보다는 어쩐지 그 여자의 날카로운 목소리가 더 마음에 걸렸다.

그러거나 말거나 내가 왜 나서는 거지? 내가 진짜로 그 여자 인생에 초대받은 적이 있는 것도 아니고.

그날만 벌써 두번째로 현관문을 나서면서 그런 생각을 했다. 하지만 곧 엘리베이터가 도착했고 나는 어느새 아파트 정문을 나서고 있었다.

그 여자가 무용수라는 결론을 내리기까지의 과정은 다소 길고 복잡했다. 우선 분류되지 않는 동작들이 많다는 것은 몸을 써서 무언가를 표현하는 일을 한다는 증거였다. 그냥 표현력이 좀 풍부한 정도가 아니라 분명 훈련을 통해 몸에 밴 움직임들이었다. 보통 사람들이 보기에는 이름도 알 수 없고 따로 분류할 기준도 없는 동작들이지만 전문가가 보기에는 그렇지도 않을 것이다. 좀더 촘촘한 분류 기준을 가진 누군가의 눈에는 그 동작들 하나하나가 기록할 수 있고 심지어 재연할 수도 있는 구체적인 대상으로 보일지도 모른다. 그러니 그런 움직임을 지닌 사람에 관한 정보를 얻으려면 일단 그쪽 전문가들이 있는 곳을 찾아가면 될 일이었다.

하지만 이런 추론 과정을 복잡하게 만드는 요소가 한 가지 있었다. 걸음걸이였다. 비교적 큰 키나 길쭉길쭉한 팔다리는 그렇다 치더라도 그 무거워 보이는 걸음걸이는 문제가 있었다. 물론 모든 무용수가 통통 튀어 다녀야 된다는 건 아니다. 그래도 백발노인보다 병약해 보이는 자세로 걷는 젊은 여자가 신체를 활용하는 예술 분야에 종사하기를 기대하기는 쉽지 않았다. 몸이 가진 잠재력과 당장 눈에 띄는 무기력한 모습 사이의 간극을 어떻게 설명할 것인지가 관건이었다.

다행히 가설이 없는 것은 아니었다. 그 가설을 검증하다 보면 그 여자가 말한 '그동안 어떤 일을 해왔는지 모르는 것도 아닌' 사람의 정체도 알게 될지 모를 일이었다.

밖은 이미 어두워져 있었다. 가로등이 구석구석 잘 세워져 있는 도시였지만 불의 밝기는 살짝 어두운 편이었다. 가로등 아래를 지날 때마다 그림자가 짧아졌다 길어지곤 했다. 그림자는 둘일 때도 있고 셋일 때도 있었다. 당연하게도 가로등 불빛이 닿는 만큼 그림자가 만들어졌지만, 그중 하나는 위치가 바뀌어도 길어지거나 짧아지지 않는 그림자였다. 멀리서 희미하게 비쳐오는 불빛, 그 빛이 만들어내는 희미한 그림자. 시가지 전체에서 뿜어져 나오는 주황색 빛이 도시 어디에나 비슷한 모양의 그림자를 뿌려대고 있었다. 신경 써서 가로등 불빛을 어둡게 조절해두지 않으면 도시의 밤을 백야로 만들어버릴 수도 있을 만큼 밝은 빛이었다.

쌀쌀한 바람이 불어와 가로수를 뒤흔들었다. 머리 위에서 부스스 소리가 났다. 일기예보는 늘 정확했고 나 역시 집을 나설 때마다 그날의 날씨를 꼭 확인하곤 하지만 외출하는 일 자체가 많지 않다 보니 기온이 몇 도일 때 어느 정도로 차가운 바람이 부는지는 전혀 가늠할 수가 없었다.

다시 바람이 거리를 쓸고 지나가자 사람들의 발걸음이 조금씩 빨라졌다. 나는 큰길로 한 걸음 내려서서 택시를 잡아탔다. 그리고 5분 뒤에 내 근무지 정문 앞에 다다랐다. 실제로 무슨 일을 한 적은 한 번도 없지만 서류상으로는 내가 보안책임자로 되어 있는 건물이었다.

하지만 그날 저녁 근무조 직원들 중에는 내 얼굴을 아는 사람조차 아무도 없었다. 언제나 그렇듯 누군가가 다가와 마치 친한 사람이라도 되는 듯 이런저런 말들을 늘어놓기는 했지만 사실 내가 누군지 아는 사람은 아무도 없었다. 그래도 내 신분증은 잘 먹혔다. 신분을 조회하자마자 태도가 달라진 것을 보면 내 망명을 도운 높은 분께서 까다로운 지시 사항 몇 가지를 내려둔 모양이었다.

전에도 몇 번 이용해본 적이 있지만 그 신분증은 생각보다 효과가 좋았다. 마치 진짜 보안책임자라도 되는 것처럼 꽤 민감한 구역까지 마음대로 드나들 수 있는 만능열쇠 같은 것이었다. 비슷한 처지인 신상우의 말로는 그 효력이 건물 안쪽에만 한정되는 것도 아니라고 했다. 경찰을 비롯해 공조 관계에 있는 기관이라면 어디서나 통용되는 신분증이어서 적어도 그 도시 안에서는 못 갈 곳이 거의 없다고 했다.

물론 나는 그 신분증을 이용한 적이 별로 없었다. 일단 나에게는 만능열쇠 같은 게 필요하지 않았다. 또한 이미 신세를 지고 있는 마당에 괜히 여기저기 들쑤시고 다니면서 사람들을 귀찮게 하고 싶은 생각도 없었다. 하지만 결정적인 이유는 그게 아니었다. 만능열쇠의 부작용이 문제였다.

사실 그 신분증은 나를 감시하는 수단이기도 했다. 많은 문을 열고 다니면 다닐수록 나 또한 그만큼 노출되고 개방된다. 물론 그게 그렇게 특별한 일은 아니다. 원래부터 도시란 그런 것이다. 시장에서 물건 하나만 사도, 아이스크림 하나, 맥주 한 잔만 사 먹어도 그 사람의 생활에 관한 정보가 곧바로 어딘가에 저장되고 공유된다.

나에게 그런 강력한 신분증을 부여한 사람이 기대하는 것은 다름 아닌 내 경력이었다. 신분증을 매개로 축적될 경력. 그러니까 그 신분증은 일종의 이력서 양식 같은 것이었다. 일을 하든 안 하든 상관은 없지만 관심이 있으면 언제든 지원하라는 뜻으로 던져준 빈 이력서. 형식은 자유고 제출 마감일도 없다. 다만 능력을 검증받고 싶으면 어디든 원하는 대로 뒤지고 다니면서 무언가 참고할 만한 업적을 쌓으라는 것이다. 그리고 그것은 내 말이 아니라 그쪽에서 실제로 한 말이었다. 나는 단지 이렇게 대답했을 따름이었다.

"지금은 일 생각은 없습니다. 당분간은 좀 쉬려고요. 장기 휴가다 생각하고 쭉."

"어머, 그쪽은 시 경계선 밖으로 나가지도 못할 텐데요. 알아서 하세요. 휴가는 얼마든지 줄 수 있으니까요. 그런데 그러다 심심해지면 따로 연락할 필요 없이 그냥 뭐든 손에 잡히는 대로 시작해보세요."

엘리베이터를 타고 위쪽으로 올라갔다. 몇 층이든 운행 제한 없이 다닐 수 있는 직원 전용 엘리베이터였다. 표시할 층이 너무 많아 층별로 대응되는 버튼을 하나씩 늘어놓을 수가 없었는지, 계산기나 전화기처럼 숫자 버튼을 이용해 층수를 입력하는 방식의 기판이 문 양옆에 붙어 있었다. 천장이 꽤 높은 엘리베이터였지만 그 공간을 다 쓰고도 칸이 모자랄 만큼 층수가 많은 건물이었다.

3구역 12층. 나는 제4공연장 지구로 가는 숫자를 입력했다. 집을 나서기 전 건물 안내도를 보고 알아낸 숫자였다. 312층이라는 뜻은 아니었지만 아무튼 꽤 높은 층인 것은 분명했다.

잠시 후 엘리베이터 문이 열렸다. 나는 엘리베이터 벽면에 있는 손잡이를 붙들고 조심스럽게 복도로 한 걸음을 내딛었다. 머리 위 천장이 한없이 높아 보였다. 복도 벽에는 손잡이가 쭉 이어져 있었고 엘리베이터 맞은편 벽에는 뛰지 말라는 안내문이 거의 경고문 같은 모양으로 붙어 있었다.

손잡이에 의지해 몇 발짝 앞으로 나아갔다. 그리고 곧 그곳 환경에 익숙해졌다. 걸음을 떼기 위해 계속 벽에 붙어 있을 필요는 없었다. 균형을 잡는 것은 그리 어렵지 않았다. 그저 평소보다 천천히 걷기만 하면 됐다.

짧은 복도를 빠져나오자 곧바로 넓은 홀이 나왔다. 어느 예술대학교의 무용과 공연장 분관이었다. 이름만 놓고 보면 꽤나 작고 소박한 시설일 것 같았지만 실제로는 프로 공연팀의 공연을 소화하기에도 손색이 없을 만큼 큰 공연장이었다.

나는 매표소 쪽으로 천천히 걸어갔다. 근처 벽면에는 현재 상연 중인 공연의 포스터와 안내 팸플릿이 놓여 있었다. 예상했던 대로 프로 공연팀의 공연 일정이 잡혀 있는 모양이었다. 평은 그다지 좋지 않지만 그 도시에서는 나름대로 이름이 알려져 있는 무용단이었다. 나는 팸플릿을 펼쳐 들고 무용수들의 사진을 하나하나 살폈다. 그 여자의 얼굴을 찾기 위해서였다.

여기 어딘가에 있을 텐데. 그래야 앞뒤가 딱딱 맞는데.

하지만 거기에 그 여자의 얼굴은 없었다. 큰 사진이 실려 있는 무용수들부터 무용단 전체 사진에만 등장하는 얼굴들까지 한 명 한 명을 자세히 뜯어보았지만 그 여자의 모습은 어디에서도 찾아볼 수 없었다.

달에서 온 무용수가 틀림없어 보였는데.

무거워 보이는 그 여자의 걸음걸이를 떠올렸다. 가방에 뭔가 묵직한 물건이 들어 있기라도 한 듯 축 처져 있던 오른쪽 어깨도 생각이 났다. 어떻게 그런 사람이 무용수가 될 수 있을까. 한 가지 방법이 있었다. 온몸으로 짊어진 듯한 그 보이지 않는 짐들을 그냥 훌훌 벗어던지기만 하면 됐다. 3분의 1이나 6분의 1 정도만 남기고 전부 다 훌훌. 불가능한 일일 것 같지만, 그 도시 어딘가에는 그런 일을 가능하게 할 장소가 있었다.

건널목 앞에서 신경전을 벌이는 차들의 움직임을 전혀 이해하지 못하는 듯한 태도, 그것은 그 여자가 외지인이라는 뜻이었다. 또한 횡단보도에서 첫 몇 걸음을 뗄 때의 그 어이없이 느린 속도를 보면, 외지 중에서도 중력의 크기가 지구 중력보다 훨씬 적은 곳 출신이라는 사실을 짐작할 수 있었다. 확증이 아니라 짐작일 뿐이었지만 3구역 12층, 중력이 지구의 6분의 1 내외인 3구역 제4공연장 지구에 있는 공연장에서 그 여자의 사진을 찾아낼 수만 있다면 그것 자체가 확증이 되는 셈이었다.

그랬으면 그 여자가 왜 그 동네를 찾아갔는지도 자연스럽게 이해가 됐을 텐데. 달동네라고 불리는 달 출신 이주민 밀집 지역에 찾아간 이유를 말이야.

공연 소개 글을 찬찬히 훑어보면서 한편으로 다행이라는 생각이 들었다. 진짜 무용이 아니라 관광객용 서커스라는 소리를 종종 듣기도 하는 무용단이었기 때문이다.

잘됐지 뭐. 탐정놀이는 여기까지겠군.

살짝 열려 있던 문을 닫아줘야 할 순간이었다. 혹은 모른 척하고 지나쳐 가거나.

나는 팸플릿을 내려놓고 엘리베이터 쪽으로 돌아섰다. 무심코 첫발을 내딛는데 몸이 공중으로 살짝 떠올랐다. 낮은 중력 탓이었다. 순간 사람들의 시선이 내 쪽으로 쏠렸다. 빤히 쳐다보는 사람은 아무도 없었지만 그 층에 있는 사람 거의 대부분이 내 동작을 의식하고 있는 게 틀림없었다. 2구역이나 3구역에서는 갑자기 위로 통통 튀어 오르는 일도 장소에 따라 에티켓에 어긋나는 일이 될 수 있다는 이야기를 들은 것 같았다. 그렇게 내 스스로가 살짝 열려버린 순간.

그래서였을 것이다. 고개를 숙이고 다시 천천히 한 걸음을 떼는데 뒤에서 누군가가 부르는 소리가 들렸다. 매표소 쪽이었다.

"저 혹시……"

익숙한 목소리였다.

"6층 사시는 분 아니세요?"

대답 대신 고개를 끄덕였다. 그러자 그 여자가 말했다.

“그렇죠? 엘리베이터에서 몇 번 봤어요. 여러 번 인사 나눴는데, 모르시겠죠?”

거기에 그 여자가 있었다. 조금 전까지 팸플릿 속에서 찾아내려 했던 바로 그 사람이. 어깨를 짓누르던 보이지 않는 짐들을 정말로 다 내려놓은 듯 바르고 편안한 자세로, 그 여자가 나를 바라보고 서 있었다.

4. 네이티브

"표 사러 오셨어요?"

그 여자가 물었다.

"아니요, 그냥 팸플릿만 좀 들여다보고 있었어요."

"포스터는 괜찮았는데 막상 읽어보니까 별로죠? 잘 생각하셨어요. 우리 디자이너가 워낙 훌륭하거든요."

"아."

"어디 가서 여기 학생한테 들은 말이라고는 하지 마세요. 이웃이니까 말씀드리는 거예요. 원래 제가 매표소를 맡을 상황이 아닌데 억지로 잠깐 떠맡고 있어서요."

학생이라는 말에 귀가 솔깃했다. 일단은 제대로 찾아온 셈이었다. 생각했던 것과는 조금 달랐지만.

매표소 데스크 뒤에 앉아 있는 그 여자를 바라보았다. 낮에 봤을 때보다 훨씬 밝아 보이는 얼굴이었다. 하얀 편은 아니었지만 건강하고 매끈한 피부에 자신감 넘치는 눈매가 조금은 공격적으로 보이기까지 했다. 게다가 비밀 같은 건 절대 입 밖에 낼 생각이 없다는 듯한 결연함마저 느껴지는 다부진 입매까지.

벌써 눈치챈 건 아닐까. 내가 미행하고 있었다는 사실을.

하지만 이쪽에서 먼저 가면을 벗을 필요는 없었다. 지나치게 조심할 필요도 없었다. 이곳은 누군가 갑자기 말을 거는 일쯤은 정말이지 하나도 이상할 게 없는 동네였으니까. 나는 잠시 머뭇거리다가 말을 이었다.

"별로예요?"

"별로라기보다는, 열심히들 하죠. 그런데 뭐랄까요……"

"대중 취향이어서요?"

"음, 그런 것도 있지만, 그보다는 약간 더 복잡해요. 아무래도 좀 6분의 1을 잘못 이해한 사람들이 만든 공연이라고 해야 되나. 아, 달 중력 말하는 거예요, 지구 중력의 6분의 1. 저건 좀 12분의 1 느낌인데, 달 네이티브들도 꽤 있긴 해요, 저 공연팀에요. 그래도 일단 연출 선생님이 네이티브가 아니니까. 네이티브가 꼭 필요한 건 아니라고들 하는데 아무래도 좀 다르니까요."

"그럼 다른 추천해줄 만한 공연이 있나요?"

여자의 얼굴에 대답 대신 미소가 빙긋 떠올랐다.

"잠깐만요. 저쪽에서 누가 불러서요. 누가 표 사러 오면 잠깐 기다리라고 해주세요."

그러고는 자리에서 일어나 매표소 안쪽 문으로 사라졌다. 나처럼 위쪽으로 튀어 오르거나 하지는 않았지만 무게가 느껴지지 않는 비현실적인 움직임이었다. 문을 열고 다시 매표소로 돌아와 의자에 앉을 때도 마찬가지였다. 아무 무게도 없이

지 않은 듯한 의자. 무대에서 쓰는 소품 같다는 생각이 들었다. 누가 봐도 그냥 네모난 상자일 뿐이지만 무대 위에서만은 진짜 의자도 되고 탁자도 되고 커다란 선물상자가 되기도 하는 소품. 합성사진이나 홀로그램처럼 보이기도 했다. 의자만이 아니라 그 여자 자체가 그렇게 보였다. 다른 세계에서 온 원소로 이루어진 존재처럼. 하지만 그 여자는 가짜가 아니었다. 바로 눈앞에 있는 실물이었다.

"건물 보안팀 직원이셨네요. 저는 어디 교직원쯤 되시는 줄 알았어요."

여자가 말했다.

"아, 예. 그런데 죄송하지만, 솔직히 저는 언제 뵀는지 기억이 안 나서요. 어쩌다 제가 교직원처럼 보였을까요……"

"역시 기억 안 나시죠? 갑자기 말 걸어서 죄송해요. 아는 분이라 반가워서요. 번화가에서 만났으면 안 그랬을 텐데 말 걸면서 저도 살짝 놀랐어요."

"괜찮습니다. 저도 반가운데요."

"그렇죠? 그때 인상이 어땠냐면, 사실 특별한 건 없었어요. 그냥 그 동네가 다 그렇잖아요. 유학생 아니면 교수니까요. 아니면 교직원이거나. 그래서 넘겨짚은 거예요."

"하긴. 학생처럼 보일 리는 없으니까요."

"나이 많은 학생들도 많기는 해요. 박사과정이나 박사후과

정도 있고요, 그런데 그래 보이지는 않았어요. 좋은 의미로요."

"좋은 의미로요?"

"학교 사람 느낌이 안 나서요. 토박이 느낌이랑 뜨내기 느낌이 동시에 나는 그건 거. 그런데 뭐라고 부르면 될까요? 직함이……"

가슴에 단 출입증을 들여다보며 여자가 말을 이었다.

"저런, 직급이 안 나와 있네요. 보안책임자님이라고 부르면 이상할 텐데."

나는 잠시 생각에 잠겼다. 사실 나는 아직 제대로 된 직급이나 직함이 없었다. 공식적인 자리에서 2인칭이나 3인칭으로 나를 부를 만한 사람이 거의 없었기 때문이다. 나나 신상우에게 직함을 내주기 전에 공식적으로 보안책임자라는 직함을 갖고 있던 장목은이라는 사람의 호칭을 떠올려보았다. 실장님이라는 이름이었다. 장 실장.

그러나 나를 최 실장으로 소개할 수는 없었다. 나에게는 방이 없었다. 직함을 걸고 차지할 수 있는 공적인 방이라는 게 존재하지 않았다. 장목은 실장에게는 방이 있었다. 비서실이라는 이름의 방이었다. 어쩌면 보안팀에는 보안실이라는 방이 있을지도 모르지만 직접 확인한 적은 없었다.

"그냥 이름으로 부르시면 될 것 같네요. 사정이 좀 복잡하긴 한데, 그렇습니다."

"아, 그냥 성함으로 부르면 되는구나. 그럼, 바쁘신데 죄송했습니다. 다음에 또 관심 있으시면 들르세요."

"관심이요?"

"공연이요. 공연에 관심 있으시면."

"아."

문득 뒤를 돌아보았다. 표를 사기 위해 줄을 서서 기다리는 사람은 아무도 없었다. 이야기를 좀더 나눠도 이상할 건 없다는 뜻이었다. 하지만 사실 그다지 할 말이 없었다. 직접 만나게 되리라고는 전혀 상상도 못 했던 탓이었다.

일단 다시 매표소 쪽으로 돌아섰다. 그 여자는 여전히 나를 바라보고 있었다. 아직은 대화가 끊어지지 않았다는 뜻이었다.

"학생이시라고요?"

"네. 안 그래 보이죠? 어린 편은 아니어서. 대학원 비슷한 데 있어요."

"나이 많은 학생도 많으니까요."

여자가 다시 웃음을 지어 보였다.

"좋아요. 공격당한 김에 저도 할까 말까 했던 실없는 소리 하나 해도 될까요?"

"그럼요."

"진짜 본명이세요?"

"본명이죠."

"사실은 엘리베이터에서 말고 아파트 지하 세탁실에서도 한 번 뵌 적이 있는데, 기억 못 하시겠죠? 아마 모르실 거예요. 집에서는 워낙 편하게 입고 다녀서요. 아무튼 그날, 세탁기가 다 차 있어서 그냥 나중에 다시 올까 하고 있는데 세탁기 하나가 거의 시간이 다 돼가는 거예요. 잠깐 기다리고 있었더니 정말 세탁기가 멎기 딱 20초 전에 누가 성큼성큼 나타나더라고요. 아시죠, 빨래 방치해놓고 한 시간이고 두 시간이고 안 나타나는 사람들?"

"그때 나타난 게 저였나요?"

"네, 신기했어요. 이 동네에 진짜로 저렇게 시간을 잘 지키는 사람도 있구나 하고요. 그런데 선생님이라고 부르면 될까요? 학교에서는 애매하면 다 선생님이라고 부르는데."

"편하실 대로."

"네, 그럼. 아무튼 그때 세탁물 꺼내시는 걸 봤어요, 훔쳐볼 생각이 있었던 건 아니고 시선을 둘 데가 별로 없어서요. 그런데 똑같이 생긴 흰 셔츠가 잔뜩 나오더라고요. 다리기도 귀찮을 것 같은 잘 구겨지는 셔츠였는데 교수들은 보통 그렇게 안 입으니까요. 특히 예술대 교수들은요. 음, 물론 경영대 교수나 중재원 드나드는 법대 교수들은 옷 잘 입기로 유명하지만, 그 사람들은 우리 아파트 같은 데에는 안 살잖아요. 그래서 학자는 아니고 직장인일 거라고 생각했어요. 교직원 같은. 그 생각을 하는데 그 흰 셔츠랑 최 선생님 성함이 너무 딱 어울려서요. 신학이라니."

"이름이야 뭐 제가 지은 것도 아니고. 종교나 학문 쪽하고는 영 거리가 멀어서요. 그런데 그쪽 성함은, 여쭤봐도 될까요?"

"묵희예요, 한묵희."

여자가 손을 내밀었다. 나는 그 손을 가볍게 맞잡았다.

"묵희? 무키?"

"무키라고도 하고 묵희라고도 하는데 진짜 이름은 묵희예요. 찬드라무키라는 이름은 방금 저 공연 팸플릿에서 보신 거예요. 제 이름도 저 이야기에서 온 거고요. 달에서는 유명한 이야기라."

"아, 어디서 봤나 했네요. 찬드라가 달이라는 뜻이든가요?"

"맞아요. 그래서 저 공연을 추천 안 해드리는 거예요. 달을 너무 의식해서요. 매표소에 앉아서 이런 소리 하는 게 좀 그렇지만."

"그럼, 달에서 오셨군요."

"달에서 왔죠."

"그리고 그, 네이티브시군요."

"6분의 1 네이티브고, 그래서 장학금 받고 와 있어요."

"아, 들어본 적 있는 이야기 같네요. 기능보존 장학금이었나요?"

"네, 그거. 3구역에서 걷는 법은 확실히 가르쳐드릴 수 있어요."

어딘가에서 본 뉴스를 떠올렸다. 얼마 전 달 연구기지 상주 인력을 대거 철수시키면서 이들에 대한 지원 혜택 문제가 이슈가 된 적이 있었다. 달 기지가 다른 우주정착지에 기여한 바는 누구나 인정하는 편이었지만, 이미 땅을 잃고 뿔뿔이 흩어져버린 사람들을 불만이 없을 정도로 충분히 대접해주기란 사실상 불가능에 가깝다는 것이 뉴스의 요지였다.

"만나기 힘든 분을 뵙게 되는군요."

"힘들긴요."

그리고 달에도 예술가들이 있었을 것이다. 상주 인력 대부분이 과학자나 기술자였지만 몇 세대를 거쳐 뿌리를 내리고 살아왔으니 거기에도 분명 문화가 자리 잡았을 게 틀림없었다. 달 기지의 무용 수준에 대해서는 전혀 아는 바가 없었지만, 이 도시의 문화에 대한 탐욕을 생각하면 6분의 1 중력에 꼭 맞는 공연장이 바로 그곳에 존재한다는 사실 자체만으로도 이미 많은 것을 짐작할 수 있었다. 꼭 갖고 싶은 무언가라는 뜻이었다. 더구나 모조품으로 간신히 채워왔던 그 무대에 드디어 진품을 채워놓을 기회가 생겼다면.

아니지. 진짜로 그렇게 중요한 거였으면 저렇게 방치해놨을 이유가 없지. 매표소에 앉혀놓다니.

"묵희 씨 공연을 볼 기회가 있을까요?"

"그럼요, 곧. 아무튼 다음에 또 봬요. 저는 다시 가봐야 해서. 잠깐만 봐주고 있던 거였거든요."

한묵희가 매표소를 빠져나와 복도 쪽으로 걸어가는 모습이 보였다. 매표소 뒤쪽이 아니라 옆쪽에 난 작은 문이었다. 위로 솟아오르지는 않았지만 마치 달려나가듯, 혹은 얼음 위를 미끄러져가듯 보폭이 꽤나 넓어 보이는 걸음걸이였다. 그러면서도 눈에 거슬리지 않는 자연스럽고 효율적이며 재빠른 움직임이기도 했다. 나뭇가지를 흔들고 지나가는 바람처럼, 분명히 흔적을 남기고 있는데도 아무 일도 일어나지 않은 듯한 움직임.

입체감이 느껴지는 그 여자의 작은 옆얼굴을 바라보았다. 다른 사람보다 앞뒤가 조금 긴 듯한 두상 때문인지 허공을 가르는 여자의 몸놀림이 마치 무슨 야생동물 같은 인상을 풍겼다. 날렵하고 영리하며 강인하고 우아하기까지 한, 바람처럼 가볍고 자유로운 몸짓. 머리카락 끝부터 발끝까지 온몸을 가득 채운 운동신경까지.

멀어져가는 여자의 뒷모습을 보면서 매표소나 복도가 아닌 무대에 선 여자의 모습을 머릿속으로 떠올렸다. 그리고 그런 생각이 들었다.

진품일지도 몰라. 이 사람은.

5. 쳇바퀴

3구역을 나와 엘리베이터를 타고 1층으로 내려갔다. 중력이 원래대로 돌아와 있었다. 제복 같은 정장을 차려입은 보안팀 직원들이 눈에 띄었다. 그쪽을 보며 한참을 서 있다가 발걸음을 돌려 건물 밖으로 나갔다. 뭔가 귀띔을 해줄까 생각해봤지만, 아직은 그들에게 해줄 만한 말이 별로 없다는 생각이 들어서였다. 일단 객관적인 증거가 하나도 없었으니까.

밖에는 찬바람이 불고 있었다. 나는 위쪽을 올려다보았다. 시내 어디서나 보이는 거대한 건물이 도시 한가운데를 향해 쭉 뻗어 있었다.

나는 곧바로 건물을 떠나지 않고 건물 맞은편 인적이 드문 곳에 서서 정문을 바라보며 한참을 기다렸다. 한 시간쯤 뒤에 한묵희가 정문을 빠져나왔다. 현실감이 느껴지는 무거워 보이는 걸음걸이였다.

거리를 충분히 둔 채로 뒤를 밟았다. 예상하지 못한 만남이었지만 애초에 검증하려고 했던 가설은 확인된 것 같았다. 달에서 온 무용수, 그 무용수가 찾아간 달 이주민 정착 구역, 충분한 보상이 이루어지지 않은 달 기지 이주 정책, 인명 피해가 생길지도 모르는 어떤 일, 그리고 '어떤 일을 해왔는지 모르는 게 아닌' 누군가.

대강 윤곽이 잡히는 것 같았다. 다음으로 할 일이 자연스럽게 정해졌다. 바로 그 누군가를 찾는 일이었다. 달 이주민 구역 달동네를 근거지로 두고 있으며 한묵희에게 전화를 걸어 신경이 쓰일 만큼 위험한 일을 제안한 미지의 인물. 내가 하루 동안 알아내려고 애쓴 것들이 얼마나 의미 있는 이야기가 될 수 있을지는 순전히 그가 어떤 인물인지에 달려 있을지도 모른다.

어쩌면 정말로 아무 일도 아니었을지도 모르지. 어쨌든 조사해보면 알 수 있겠지. 그 달동네라는 데에 누가 살고 있는지.

그런데 지금 당장 저 여자를 미행할 필요는 없잖아. 왜 지금 여기서 이러고 있는 거지?

여자의 손에는 전화기가 들려 있었다. 다른 사람 손에 들려 있을 때보다 여섯 배는 무거워 보이는 전화기였다. 전화기를 귀에 댄 채 여러 번 주위를 둘러보는 걸 보니 누군가를 만나러 가는 길인 모양이었다.

그리고 갑자기 그 여자가 시야에서 사라졌다. 건물 안으로 들어간 게 분명했다. 미행하던 속도 그대로 여자가 사라진 지점까지 걸어갔다. 길가 건물 2층 카페 유리창에서 어렵지 않게 한묵희의 옆얼굴을 발견할 수 있었다. 하루 사이에 실체가 되어버린 얼굴. 표정이 눈에 익었다. 한눈에 알아볼 수 있게 되었을 뿐만 아니라 꽤 먼 곳에서도 표정 몇 가지를 읽어낼 수 있을 만큼 친숙해진 느낌이었다.

그리고 그 여자의 맞은편에는 비슷한 또래의 남자가 앉아 있었다. 훌쩍 큰 키에 탄탄한 몸매, 매끈한 정장 차림에 곧고 유연한 자세, 그리고 거침없는 제스처, 하얀 피부에 연한 갈색 머리카락이 잘 어울리는 그림처럼 잘생긴 청년이었다.

나는 맞은편 골목 어귀에 몸을 반쯤 숨긴 채 두 사람의 대화를 가만히 엿들었다. 행인 몇 사람이 내 옆에 서서 한참 동안 카페를 올려다보다가 이내 지루해졌는지 가던 길로 가버렸다. 나는 다시 카페 위의 두 사람 쪽으로 온 신경을 다 쏟았다. 소리가 들리는 거리는 아니었으므로 내용을 짐작할 방법은 없었지만 말이 아닌 표정이나 몸짓으로 오가는 이야기들은 꽤 많이 알아들을 수 있었다. 내가 확인하고 싶은 것은 한 가지였다.

연인일까, 저 남자는. 목요일 아침마다 찾아오는 말수 적은 연인?

정말로 그 남자일지도 모른다는 생각이 들었다. 자기 말을 계속해서 해대기보다는 상대방이 하는 말에 귀를 기울일 줄 아는 사람인 것을 보니 더 그랬다. 아무 말도 하지 않고 저렇게 한참 동안이나 말없이 바라만 보고 있을 수 있는 사이란.

그래도 그 대화가 영원히 지속된 것은 아니었다. 한묵희가 먼저 자리에서 일어나더니 잠시 후 카페 1층 문을 빠져나온 것이다. 나는 그 뒤를 따라나서지 않았다. 대신 그 자리에 서서 남자가 일어나기를 기다렸다. 전화기를 만지작거리며 이따금

창밖을 올려다보던 남자는 한묵희가 떠나고 10분쯤 지난 뒤에야 외투를 들고 자리에서 일어났다. 그리고 곧장 카페 문을 나섰다.

왜 따로 나가는 걸까. 특별히 무슨 일을 한 것도 아닌데.

30초 뒤에 나는 그의 뒤를 밟았다. 느리지 않은 걸음. 달 출신이 아니었다. 적어도 6분의 1 네이티브는 절대 아니었다. 어느 건널목을 건널지 고르는 방식이나, 길을 오가는 사람과 차들을 읽어내는 눈을 보면 이미 이런 도시에 적응한 지가 한참은 되는 것 같았다.

나는 그가 곧장 집으로 가고 있으리라 짐작했다. 꽤 늦은 시각이었기 때문이다. 그는 버스나 택시를 타지 않고 15분 정도를 한 방향으로 걸어갔다. 한묵희가 간 곳과 정반대 방향이었다.

우리는 자전축에서 수직 방향으로 걸어가고 있었다. 앞쪽을 봐도 뒤쪽을 봐도 지평선 같은 것은 보이지 않았다. 다만 갈수록 경사가 급해지는 거대한 오르막길이 보일 따름이었다. 그것은 진짜 오르막이 아니었다. 길은 그대로 위쪽을 향해 뻗어가다가 급기야 90도 경사를 넘어선 후에도 계속해서 뒤를 향해 같은 추세로 뻗어나갔다. 그렇게 앞뒤로 뻗어나간 두 개의 언덕은 머리 바로 위에서 서로 만났다. 위아래로 완전한 아치형 곡면을 이루면서.

우리는 원통 안쪽 면에 세워진 도시에 살고 있었다. 그리고 그 거대한 원통은 2분에 한 번 자전을 했다. 보통 사람은 거의 느끼지도 못하지만 도시의 크기를 생각하면 결코 만만한 속도가 아니었다. 그때 만들어진 원심력이 원통 안쪽 면에 놓여 있는 모든 물체를 원통 바깥쪽으로 날려 보낸다. 물론 실제로는 원통 벽면에 가로막혀 바깥에 있는 공간으로 튀어나가지는 못하지만 그렇게 벽면을 밀어내는 힘으로, 행성 표면에 붙어서 사는 사람들이 중력이라고 인식하는 것과 비슷한 무언가를 만들어낸다. 그게 바로 그 도시의 인공중력이었다. 대략 지구 중력가속도의 93퍼센트에 해당하는 우주정착지 '첫숨'의 인공중력.

인공중력의 크기는 위로 올라갈수록, 정확히 말하면 회전축에 가까워질수록 점점 작아지다가 회전축에 이르면 0이 된다. 회전축과의 거리가 3분의 1로 줄어들면 중력의 크기도 3분의 1로 줄어들어 화성 중력이 되는 식이다. 물론 회전축에서 지면까지 거리의 6분의 1일에 해당하는 고도에서는 인공중력의 크기가 달 표면만큼 작아질 것이다. 3구역 공연장에서 느낀 낮은 중력은 그런 원리로 만들어진 셈이었다.

나는 위를 올려다보았다. 밤하늘 같은 것은 보이지 않았다. 다만 내가 사는 도시의 다른 쪽 면이 곡면 위에 거꾸로 달려 있었을 뿐이었다. 바둑판 모양으로 쭉쭉 뻗은 시가지는 동서 방향이 남북 방향보다 긴 블록들로 빽빽하게 들어차 있었다. 그 광경은 단순화나 기호화가 필요 없는 실물 크기의 지도나 다름없었다. 둥그렇게 말아놓은 지도 안쪽에 무한히 작아진 내가 발을 딛고 서서 지도의 반대쪽 면을 올려다보는 기분이었다. 머리 위에 펼쳐진 도시의 정반대편. 그 속에서 나는 내가 사는 아파트를 찾을 수 있었다. 망원경이나 망원렌즈를 가지고 있었다면 카페를 나와 집으로 걸어가는 한묵희의 윗모습을 발견할 수 있었을지도 모른다.

내가 서 있는 곳과 맞은편 시가지 사이에는 기다란 파이프가 놓여 있었다. 첫숨의 회전축을 따라 한 줄로 곧게 뻗은, 꽤 굵고 길쭉한 통로였다. 물론 지면에서부터의 거리가 너무 멀어서 가느다란 선 하나로밖에는 보이지 않았지만, 그 선을 가만히 올려다보고 있으면 잊고 있던 인공중력의 정체가 새삼스레 머릿속을 어지럽히곤 했다.

걷는다는 건 뭘까. 지면에 발을 붙이고 살아간다는 건 무슨 의미일까.

그 어느 곳에서도 절대적일 수 없는 위와 아래를 두 눈으로 똑똑히 바라보는 일에 지친 나머지, 나는 망명 온 지 단 이틀만에 살아갈 의욕을 상실하고 말았다. 천장에 있는 사람은 천장에 거꾸로 매달려 있고, 벽에 있는 사람은 벽에서부터 옆으로 솟아나 있는 거대한 방. 천장과 벽 사이를 45도로 가로지르는 또 다른 면에 서 있는 사람은 또 그 면에 수직으로 매달려 있는 공간. 그렇게 무수히 면을 늘려간다. 마침내 완전한 원이 될 때까지.

어디가 위이고 어디가 아래인지는 어느 곳에 서 있든 눈을 감고도 당연히 구별해낼 수 있지만, 눈을 뜨고 머리 위를 바라보는 순간 평생을 진리로 여기고 살아온 그 감각이 전혀 말도 안 되는 착각이었다는 사실을 너무나 직관적이고 반박할 수 없는 방식으로 보여주는 세상. 그 적나라한 착각을 전시해놓은 거대한 원통 모양의 인공구조물.

말하자면 그 도시는 인구 52만 명을 수용할 수 있는 커다란 객실 같은 것이었다. 모두가 발을 딛고 서 있는 그 벽면 너머에는 사실 아무것도 존재하지 않았다. 우주의 대부분을 차지하고 있는 빈 공간뿐.

다시 지면 근처로 눈을 돌렸다. 일상의 감각이 되살아났다. 고층 건물이 빽빽하게 늘어서 있는 도시여서 일부러 하늘이 있어야 할 곳을 올려다보지만 않으면 그런 평범하고 소박한 삶의 감각을 어렵지 않게 되찾을 수 있었다. 그저 평범한 중력이 작용하는 평범한 길 위를 평범한 걸음걸이로 태연하게 걷기만 하면 되는 일이었다. 다른 사람들이 다들 그러는 것처럼.

그가 아파트 입구로 들어서는 모습이 보였다. 나는 비로소 걸음을 멈추고 그곳의 주소를 기록해두었다. 그리고 또 그런 생각이 들었다.

왜 이쪽을 미행한 걸까. 뭔가 알아낼 만한 게 있을 수도 있지만 당장 급한 건 이 사람이 아닌데. 역시 이건 스토킹이었던 걸까.

건던 방향 그대로 집을 향해 걸어갔다. 지도 상 직선거리는 아니지만, 그대로 30분쯤 걸으면 도시를 한 바퀴 빙 돌아 집에 도착하게 될 것이다. 손에 든 메모를 만지작거렸다. 조금 전에 적어둔 그 남자의 집 주소였다. 사실 메모 같은 것은 필요가 없을지도 몰랐다. 뒤로 돌아서서 약간 위쪽을 올려다보기만 하면 그가 사는 건물을 직접 볼 수도 있었다. 물론 또다시 현기증이 일기는 하겠지만.

두 사람이 함께 있던 장면을 떠올렸다. 무슨 말이 오고 갔는지는 몰라도 두 사람 사이에 흐르는 친근함이나 신뢰 같은 것은 어렵지 않게 알아챌 수 있었다. 그래도 질투 같은 것은 느껴지지 않았다. 어차피 나와는 상관없는 일이었다. 하루 동안 그 여자에 대해 새롭게 알게 된 것 모두를 떠올려봐도 결과는 마찬가지였다. 어차피 한묵희는 나와 연결될 이유가 없는 사람이었다. 누군가 나보다 훨씬 잘 어울리는 사람이 있다고 한들 그게 이상할 이유는 하나도 없었다. 오히려 너무나 당연한 일이었다. 애초에 그 모든 일이 목요일 아침마다 들려오는 그 격정적인 소리로부터 시작된 것이 아니었던가.

그런데 생각해보니 그게 더 이상했다. 그렇다면 왜 그 남자를 미행한 걸까. 그럴 만한 동기가 별로 없는데. 10분 정도 시차를 두고 굳이 따로 카페 문을 나선 점이 수상하기는 했지만 사실 그런 정도의 사소한 기행은 조금만 관심을 기울여보면 거의 누구에게서나 한 가지 이상씩은 발견할 수 있는 무의미한 일들 아닌가.

그냥 궁금해서 따라간 건가. 그런데 내가 그런 걸 궁금해하는 사람이던가?

그 순간 문득 이상한 생각이 드는 것이었다. 스스로 설명할 수조차 없는 동기 때문에 하루 종일 바깥을 헤매고 다니다니. 그렇다면 뭔가 다른 동기가 있었던 게 아닐까. 내 머릿속을 아무리 뒤져봐야 찾아낼 수 없는, 누군가에 의해 바깥에서부터 주입된 동기 같은 것이.

나는 그 자리에 우뚝 멈춰 서서 뒤를 돌아보았다. 도시 어디에서나 보이는 내 근무지가 원통 안쪽 면 어딘가로부터 도시의 진짜 중심인 스페이스콜로니 첫숨의 자전축을 향해 쭉 뻗어 올라가 있었다. 그 순간 그 초고층 건물의 주인이 머릿속에 떠올랐다. 그 목소리가, 그 꼬장꼬장한 말투가.

이 노인네, 무슨 일을 꾸민 거지? 한묵희하고는 또 무슨 관계야?

6. 가정사 혹은 애정사

생각을 정리해야 했다. 실로 오랜만에 맞이하는 순간이었다. 그런데 나는 내 판단력을 믿을 수가 없었다. 망명 생활이 길어진 탓이기도 했지만 그것만으로는 설명할 수 없는 좀더 근본적인 문제가 있었다.

그 무렵의 나는 보아서는 안 될 것을 보고 있었다. 이를테면 아파트 정문 앞에서 누군가를 기다리고 서 있는 천사 같은 것을.

처음에는 천사 분장을 한 사람이 물건을 팔러 다니나 보다 하고 생각했다. 눈에 띄게 잘생기지도, 눈빛이 남들보다 형형하지도 않은 평범한 남자였다. 아침에 면도한 자리가 까끌까끌하게 남아 있고, 안경 코받침에 눌린 자국이 콧등에 선명하게 찍혀 있는 평범한 사람. 짙은 갈색 정장을 입은 그 남자의 등에는 하얀 날개 한 쌍이 돋아나 있었다. 펼쳐진 모습을 보지는 못했지만 잘 단련된 팔 근육을 보는 것처럼 한눈에 보기에도 강인해 보이는 날개였다.

물론 나는 그를 무시하고 지나쳤다. 그가 고개를 돌려 나를 빤히 바라보는 모습이 시야에 들어왔다. 내가 그의 앞을 지나친 뒤에도 그는 마찬가지로 나를 바라보고 있었을 것이다.

두번째로 그를 본 것은 그로부터 몇 주 뒤, 동네 슈퍼마켓에 먹을 것을 사러 갔을 때였다. 올리브유 시식 코너 앞, 잘게 잘

라놓은 빵이 든 접시를 유심히 들여다보고 있던 그를 지나쳐 가며 빵 한 조각을 올리브유에 찍어 입으로 가져갔다. 이번에도 그는 내 얼굴을 빤히 들여다보았다. 그 커다란 날개를 등에 단 채로. 물론 나는 알은체하지 않았다.

세번째로 그를 만난 날, 나는 내가 사는 아파트 옥상 쪽을 바라보며 넋을 잃고 가만히 서 있어야 했다. 그곳에는 날개를 활짝 편 그 남자가 무슨 전시장 천장에 매달린 실물 크기 모형 비행기처럼 아무 표정도 없이 허공에 둥실 떠 있었다. 추락하지도 날아가버리지도 않는 그 남자를 올려다보다가 비로소 나는 이상한 생각이 들었다. 그리고 주위를 둘러보았다. 길가를 오가는 사람들 중 누구도 그 남자가 있는 곳을 바라보고 있지 않았다. 가까이에 있는 사람들이나 멀리 있는 사람들이나 모두 마찬가지였다. 그는 존재하지 않는 사람이었다. 혹은 내 머릿속에만 존재하는 사람이었다.

나는 내가 그런 것을 보기 시작했다는 사실이 두려웠다. 영영 회복할 수 없는 증상을 얻게 된 건 아닐까.

중요한 것은 내 눈에 보이는 것을 더는 신뢰할 수 없게 되었다는 사실이었다. 존재하지 않는 것을 보게 되었다면, 언젠가는 들은 적 없는 이야기를 듣게 될지도 모른다. 책에 실려 있는 문장 사이에 존재하지 않는 단어를 끼워서 읽거나 살아온 기억 중간중간에 일어난 적 없는 사건을 집어넣게 될지도.

보고 들은 것을 믿을 수 없었으므로, 그것을 바탕으로 내린 결론 또한 전혀 믿을 수가 없었다. 그 판단이 직관과 관련된 것이라면 더 그랬다. 과정을 객관적으로 풀어쓸 수 없으니 어떤 이상한 근거가 어디에 엉뚱하게 끼어 들어가 있는지도 알 길이 없었다. 그러나 직관 없이 어떻게 가설을 세운단 말인가. 가설 없이 어떻게 검증이 필요한 근거와 반드시 그럴 필요는 없는 정보를 구별해낸단 말인가.

정보의 생생함은 그 정보가 환각인지 아닌지를 판단하는 근거가 되지 못했다. 나는 그 사실을 잘 알고 있었다. 바로 그 천사의 모습 때문이었다. 그 환각은, 날개가 달린 그 평범한 남자는, 의심의 여지를 전혀 남기지 않을 만큼 디테일이 생생했다. 내가 내 머릿속에서 한 일이라고는 전혀 생각할 수 없을 만큼. 나는 다른 인간을 그렇게 생생하게 묘사해낼 수 있는 인간이 못 됐다. 바로 그 점이 가장 당황스러운 점이었다.

직관 없이 어떻게 살아갈까. 나처럼 할 줄 아는 일이 몇 안 되는 사람이.

그렇다고 직관이나 감 자체가 죽어버리지는 않았다. 다만 믿을 수 없게 되었을 뿐, 내 뇌는 예전과 다름없이 감각기관이 끌어모은 정보들을 종합해서 세상에 대한 나름대로의 결론을 끊임없이 쏟아내고 있었다. 계속 그렇게 놔둬도 좋을지 회의가 들 만큼.

그날도 마찬가지였다. 의심스러울지언정, 추론을 멈출 방법은 어디에도 없었다. 특히나 새롭게 얻어낸 가치 있어 보이는 정보들 앞에서는.

커넥션의 출발은 물론 부동산이었다. 나와 한묵희가 사는 아파트에는 여러 부류의 세입자와 소유주가 있었다.

'H'자 모양으로 생긴 6층 건물의 가로획에 해당하는 부분에는 엘리베이터와 복도, 그리고 비상용이라고 하기에는 꽤 넓고 화려하게 꾸며진 계단이 한 쌍씩이나 놓여 있었다. 주거 공간은 양옆에 있는 굵은 세로획 부분에 두 줄씩 들어차 있었는데, 한 층에 여덟 세대가 있었으므로 총 마흔여덟 세대가 입주해 있는 셈이었다.

그중 개인이 소유한 세대는 일곱 세대뿐이었고, 나머지는 전부 세입자들이었다. 그 마흔한 세대의 소유주는 딱 두 개의 재단이었는데, 하나는 묵희가 장학생으로 있는 예술대학이고 나머지 하나는 내가 속한 회사였다. 그런데 두 재단은 사실상 한 개나 다름없을 정도로 긴밀하게 연결되어 있었다. 일단 두 기관 모두가 한 건물에 자리 잡고 있는 데다, 각각의 실소유주로 볼 수 있는 이사장 두 사람의 재산도 실제로는 같은 뿌리에서 파생된 것이었다. 모자 관계라는, 그보다 더 밀접해지기도 쉽지 않은 관계로부터.

나는 망명 직후의 일들을 떠올렸다. 내 망명을 도운 것은 첫숨의 최고 유력자 중 한 사람인 어머니 송영 쪽이었다. 내가 그 아파트에 들어왔을 때 한묵희는 이미 아래층에 살고 있었다. 즉, 누군가 이상한 일을 꾸민 사람이 있다면 그것은 아들 쪽이 아니라 어머니 쪽이라는 뜻이었다.

그렇다면 무리해서 진행된 일이 있었던가. 있었다. 생각이 거기에 이르는 순간 급하게 집을 나간 이전 세입자가 떠올랐다. 내가 그 집에 들어온 다음 날에도 옷이나 샴페인, 두꺼운 책 같은 물건들이 배달되어 오곤 한 것으로 봐서 급하게 집을 떠난 것이 틀림없었다. 협박을 당했거나 보상을 얻었거나 둘 중 하나였겠지만 에어컨을 그렇게 험하게 뜯어간 걸로 봐서는 아무래도 협박 쪽에 가까워 보였다.

그 노인네가 날 이 집에 밀어 넣은 거야? 전에 살던 사람도 쫓아내고 일부러?

다음 날 아침에 나는 신상우에게 전화를 걸었다.

"그 두 사람 관계 뭐 아는 거 있어요?"

"그건 또 뭐하게?"

"일을 좀 해볼까 하고요."

"노인네 밑에서? 나쁘지 않지."

"아들 쪽은요?"

"아들 쪽? 그쪽도 뭐. 하여간 잘 선택해야 돼. 라인이 달라. 한쪽에 줄 서면 다른 데로는 못 가. 그런데 자네는 노인네 쪽

라인 아닌가?"

"아무 일도 한 적 없는데요."

"자네 의지하고는 관계없지. 노인네가 침 발라놨으면 그쪽 라인 되는 거지."

"표현이 좀 그러네요."

"당신 상황이 그래. 나쁠 건 없지. 부러워하는 사람도 많은 데 뭘."

"그래요?"

"그 사람 부동산 부자 아니야. 송영 말이야. 남편 일찍 죽고 자기가 직접 남편 재산까지 다 굴렸는데 소행성 채굴권을 서른 군덴가 갖고 있을걸. 그중에 몇 개는 자원 매장량이 어마어마해. 완전 노른자라니까. 그거하고 태양광에너지 생산관리기술."

"다 가지고 있네요."

"그렇지. 에너지와 물질이니까."

"아들은요?"

"반인석? 자수성가한 경우는 아니지. 그런 집안에서 태어나면 자수성가 같은 건 하고 싶어도 못 하지만. 하여간 갖고 있는 사업체는 대부분 다 물려받은 거야. 세금 피하려고 여기저기 오래도 돌아다녔지. 그게 업적이라면 업적인데, 스페이스콜로니 시설 운영이나 유통 쪽을 갖고 있어. 소행성에서 콜로니까지 오는 유통망이니까 안 중요한 건 아니지. 그래도 사업보다는 아마 정치 쪽에 관심이 많을걸."

"그게 다인가요? 일반인들한테 잘 알려지지 않은 알력 같은 건요?"

"알력은 뭐. 반인석이 정치한다고 기웃거리다가 의견 충돌이 좀 있었다는데, 둘이 사이가 그렇게 나쁘지는 않아. 며느리도 잘 들어왔고. 아, 그 문제는 있을 수도 있겠네. 반인석이 아들 반지업이 예술 쪽에 관심이 많다는 거. 예술학교 쪽에 기부도 많이 하고."

"아."

"아? 왜?"

"아니에요. 그래서 송영이 반대했군요?"

"아니, 반인석이 반대했지. 송영은 좋아했어. 얼마나 애지중지하는데. 반지업이가 보는 눈은 좀 있어. 나는 잘 모르지만 볼 줄 아는 사람이 그러더라고. 뜨는 예술가들 기가 막히게 알아본다나. 게다가 젊은 놈이 통 크게 멀리 보고 돈을 쓰니까 문화계 쪽에서도 평판이 나쁘지 않아. 송영 스타일이지. 그런데 반인석 입장에서는 그게 정치하는 데 걸림돌이 되는 모양이지. 럭셔리해 보이니까. 그런 거지 뭐."

"몇 살인데요, 그 손자는?"

"서른둘인데 미혼이야."

"미혼이요? 누구 있다는 소문도 없고요?"

"엄청 많지. 너무 많아서 없는 셈이 돼버리지만. 개 혼사할 때 되면 시끄러워지기는 하겠다. 아닐 수도 있고. 잘 넘어가려면 미리미리 신경 써야 될 걸. 그런데 우리가 신경 쓸 일은 아니지. 알아서 잘하겠지 뭐. 그 집안이 어떤 집안인데. 하긴, 당신은 거기 가면 딱 그런 일 하겠네."

하지만 들어가기 전부터 벌써 시작된 일인 모양이었다. 망명 첫날부터, 더위에 정신을 못 차리고 있던 시절부터.

혹시나 하는 생각에 반지업의 사진을 찾아보았다. 전날 미행한 그 남자는 아니었다. 하긴 송영 손자쯤 되는 사람이 그런 평범한 아파트에 살 리는 없었다.

송영이 바라는 내 역할은 아무래도 감시 역인 모양이었다. 나는 거의 반년 동안이나 나도 모르는 새 그 일을 충실하게 수행하고 있었다. 게다가 이상한 낌새를 알아채자마자 그 신분증을 이용해 직원 전용 엘리베이터를 타고 한묵희가 일하는 제3구역으로 가기까지 했다. 지시 같은 건 전혀 받은 적이 없는데도.

그런데 왜 하필 그 여자일까. 그 서른두 살짜리 메디치와 6분의 1 네이티브 무용수 사이에는 어떤 연결 고리가 놓여 있었던 걸까.

남녀 관계겠지 뭐. 남자가 있고 여자가 있으니까. 그런데 정말 다른 방식으로는 상상이 안 되는 걸까. 가족사에서 남녀 관계로 넘어가는 이야기. 그것 말고는 없나?

썩 기분이 좋지만은 않았다. 신 탐정 말마따나 어쨌거나 망명 직전 이력을 능력으로 인정받았다는 점은 나쁘지 않았지만, 그렇게 인정받은 능력을 기껏 남의 집안 외동아들 애정사 감시하는 데에나 써먹어야 한다는 사실은 달갑지가 않았다.

그나저나 결국 헛다리 같은데. 반지업이 목요일마다 이런 데를 찾아왔을 리가 없잖아.

신문 기사만 잠깐 찾아봐도 확인할 수 있는 일이었다. 나는 한 시간 남짓한 시간에 그의 알리바이를 세 개나 찾아낼 수 있었다. 조찬과 오찬모임에 연속으로 참석한 날, 모처에서 하루 종일 회의를 주재한 목요일, 본인이 후원하는 박물관에 새로 들어온 조각상을 맞이하기 위해 아침부터 직접 세관을 찾아갔다는 또 다른 목요일.

그 시간에는 아예 이 근처에 있지도 않았군. 송영 입장에서는 생각보다 복잡한 일이겠는데.

한묵희의 뒤를 캐고 싶지는 않았다. 특히나 남의 애정사는 딱 질색이었다. 그래도 확인은 해야 했다. 상대가 누구든 만약 한묵희가 별 문제없이 안정적인 연애 관계를 유지하고 있다면, 반지업과 관련된 또 다른 애정사라는 건 결국 다른 목적을 숨긴 채 진행되는 거짓 관계일 가능성이 높았기 때문이다. 그

것 역시 보통 때 같으면 '남의 재산이나 지위 따위 좀 노릴 수도 있지 그게 뭐 어때서' 하고 넘어갔을 일이었지만 그 순간만큼은 그렇지가 않았다. 한묵희가 정말로 어떤 위험한 계획에 연루되어 있다면 반지업은 그 계획의 파급력을 콜로니 전체 규모로 확장시키는 매개체 역할을 하게 될 수도 있었다.

그런데 둘이 진짜 뭔가가 있기는 한 거야? 신 탐정도 별로 아는 게 없는 것 같은데. 그럼 그 정보는 대체 누가 캐다 준 거지?

물론 비서실일 가능성이 제일 높았다. 나는 장목은 비서실장의 얼굴을 떠올렸다. 나무 같은 사람, 혹은 군인 같은 사람이었다. 볼에 살이 하나도 없어서 호리호리해 보이는 얼굴이었지만 목 아래부터는 근육질이라고 불러도 좋을 만큼 탄탄한 몸매를 가진 사람이기도 했다. 약간 튀어나온 입술에 늘 짧은 머리, 불만을 잔뜩 품고 있는 듯한 인상이었지만 윗사람을 대할 때나 아랫사람을 대할 때나 늘 비슷한 얼굴을 하고 있었으므로 사람들의 신망은 가볍지 않은 편이었다. 만만하지 않고 다루기 어려운 인물이었지만 같은 편이 되어 적이라고 할 만한 누군가를 상대할 때 맨 앞줄에 세우고 싶을 만큼 듬직한 인상이었기 때문일 것이다.

그 아저씨가 소문의 진원지라고?

소파에 드러누워 천장을 바라보며 이런저런 생각이 떠올랐다 사라졌다 하는 것을 관망했다.

이런 걸 마지막으로 느낀 게 언제였더라.

아파트 출입문 감시 카메라가 떠올랐다. 엘리베이터를 찍은 영상도 있을 것이다. 보안책임자 신분을 이용하면 누구한테 따로 보고하지 않고도 어렵지 않게 지난 몇 달간의 영상 기록을 전부 확인해볼 수 있다. 일 자체도 어마어마한 양은 아닐 것이다. 목요일 오전 영상만 모아서 확인해보면 금방 패턴을 발견할 수 있을 게 분명했다. 그것만 해도 생각보다 많은 것을 밝혀낼 수 있을지도 모른다. 우선 한묵희를 만나러 오는 사람의 얼굴을 확인할 수 있을 것이고, 반지업이 찾아온 적이 있는지 여부도 추정이 아닌 확정 상태로 만들어둘 수 있다. 더 기대되는 것은 전혀 예상하지 못했던 무언가를 발견해내는 즐거움이다. 현실에서 얻은 정보는 언제나 가설을 뛰어넘는 지적 즐거움으로 가득 차 있다. 자료는 늘 넘쳐나기 마련이었고, 관심만 있다면 그 속에서 보물을 찾는 것쯤은 그다지 어려운 일도 아니었다.

하지만 그 영상을 들여다보지는 않기로 했다. 그 신분증이 목요일 오전의 기록을 캐내는 데 사용됐다는 사실이 비서실에 알려지는 순간 내 아래층 이웃의 아주 사적인 창문에 드리워 있는 블라인드 하나가 통째로 날아가버릴 것이기 때문이다. 그런 짓을 거들고 싶은 생각은 털끝만큼도 없었다.

은퇴한 상태고 아직 복직할 마음은 전혀 없지만, 만약 내부조사관 일을 재개한다면 첫번째 고객으로 누구를 맞이할 것인지를 고민해보았다. 그다지 어려운 고민은 아니었다. 무엇보다 나는 그 반대쪽에 있는 사람이 부담스러웠다. 감정적으로 싫거나 윤리적으로 부당하다고 판단하거나 혹은 나에게 득 될 게 없다는 계산이 섰거나 한 게 아니라 별 이유 없이 그냥 부담스러울 따름이었다. 송영이라는 이름의 화성계 거물이.

7. 어머

송영은 화성 출신이었다. 또한 첫숨 정착지를 만든 것도 화성계 자본이었다. 첫숨은 지구 주위에 떠 있었다. 지구 주위를 도는 게 아니라 태양과 지구의 중력이 균형을 이루는 지점에서 지구를 따라다니고 있었기 때문에 법적으로나 정치적으로 지구 영향권에서 벗어나 있었다. 결과적으로 지구 주위에 머물러 있기는 했지만 오로지 지구 중력에만 매여 있는 천체는 아닌 까닭이었다.

지구와 화성과 달 주위에는 수백 개나 되는 도시들이 떠 있었다. 하지만 대부분 규모가 작은 정착지들이어서 지구나 화성에 경제적으로 종속될 수밖에 없었다. 인구가 1만 명에서 2만 명 정도인 작은 도시에서는 산업이 다양하게 분화될 수가 없었던 탓이다. 그런 소도시들을 엮어서 동맹을 형성해 독립적인 경제블록을 형성하는 방법도 있었지만 애초에 지구 경제권에 의존해야 하는 형태로 만들어진 지구 주변 도시들의 경우 자율성을 얻는 데에는 한계가 있었다. 그에 비하면 모행성의 지배력이 상대적으로 약한 화성 주변 도시들은 비교적 자유로운 분위기에서 경제활동을 할 수 있었다. 그러나 작은 규모 때문에 생기는 제약은 여전히 넘어서기 힘든 장벽이었다. 첫숨이 등장하기 전까지는.

첫숨은 인구 60만 명을 수용할 수 있는 원통 모양의 도시 구역 두 개로 이루어진 사상 최대 규모의 우주정착지였다. 왜 원통 모양의 실린더가 두 개나 필요한지를 이해하는 첫숨 거주민들은 많지 않았다. 그들에게 중요한 것은 이런 대목이었다. 인구가 적어도 50만 명은 넘어야 충분히 만족스러운 수준의 디저트 가게가 공적 자금 유입 없이 자생적으로 발생하고 유지될 수 있다는 사실.

다른 분야도 마찬가지였다. 백화점도, 분위기 있는 술집도, 고급 식당도, 생활수준을 좌우하는 많은 요소들이 그 수십만이라는 숫자를 필요로 했다. 마침내 그 조건을 충족하는 대규모 정착지가 등장하자 산업 이외의 것들이 깃들기 시작했다. 문화와 정치와 권력 같은 것들이었다. 그중에서도 맨 마지막에 정착지로 이주한 권력이라는 유기체의 존재감이 특히 컸다. 지구가 아닌 첫숨 정착지가 주변 소도시들에 대해 영향력을 행사하기 시작한 것이다.

위협을 느낀 지구궤도연합 소속 정착지들이 첫숨에 대한 봉쇄를 시도했을 때, 도시의 지도자 중 한 사람인 송영은 혼란에 빠진 동료 시민 대표들과 지구궤도연합 대사를 오찬에 초대했다. 그리고 모두가 보는 앞에서 궤도연합 대사에게 이런 말을 건넸다.

"어머, 연합의회 의원들께서 수고가 많으셨겠네요. 열한 살

때 저도 가끔 해본 적이 있지만 신호에 맞춰서 꼬박꼬박 손을 드는 게 쉬운 일은 아니죠. 설마 대사도 거기 있었나요? 오, 저런. 화성 궤도에 지구궤도연합 도시가 70개쯤 있는 건 아시나요? 아, 70이라는 건 7보다 훨씬 큰 숫자랍니다. 그림판이 없어서 얼마나 큰지 지금 이 자리에서 설명하기는 어렵지만. 일단 손가락을 일곱 개를 펴보세요."

"그만하시지요. 숫자는 셀 줄 압니다."

"호? 그래요? 많이 좋아졌네요. 우리 때는 지구 대사 손가락 일곱 개 펴게 하는 데 반나절씩 걸리고 그랬거든요."

"이런 식으로 나오시면 좋을 것 없습니다. 계획대로 봉쇄를 진행하는 수밖에 없어요."

"어머, 계획이라는 게 있었군요. 시간에 맞춰서 실행하지 않으면 아무것도 없는 거나 마찬가지인데 그건 알고 있나요?"

"결의안을 전달해드렸습니다만."

"물론 받았어요. 그것도 해설판으로. 무기 그림만 잔뜩 나와 있어서 이웃집 막내한테 줘버렸지 뭐예요. 애가 그렇게 좋아할 수가 없던데요. 나는 그런 거 몰라요. 아는 건 하나밖에 없어요. 지금 궤도에서 그 장난감들을 지구에서 화성까지 보내려면 지구 시간으로 반년은 걸리지 않겠어요? 화성 집행부가 멍청하기는 해도 화성 근처에 있는 70개 도시에 구닥다리 무기를 날려 보내는 데 걸리는 시간이 한 달보다는 짧을 텐데요."

"지금 전면전 이야기를 하시는 겁니까? 지구와 화성 사이에?"

"그럴 리가 있나요? 지구궤도연합이 지구 본토를 좌지우지하는 것도 아니고. 그런데 화성은 우리 말을 듣기도 하죠, 아마?"

"그래도 첫숨 정착지 하나에 대해서만큼은 확실히 대응할 수 있을 텐데요."

"그럼 그러자고 하세요. 저는 티타임에 늦어서 이만."

그리고 그 협박은 말로만 그치지 않았다. 한 달은커녕 채 3일도 되기 전에 화성 궤도에 배치된 무기들이 정말로 지구 측 정착지를 향해 재배치됐고 그중 하나는 실제로 미사일을 발사하기까지 했다. 동맹 사령부의 명령으로 5분 만에 자폭 처리되기는 했지만 언제나 그렇듯 화성인들의 협박은 허풍이 아니었다. 그렇게 봉쇄는 실패로 돌아갔다. 봉쇄를 계획했던 궤도연합 정치인들도 다음 선거에서 실각하고 말았다.

송영의 오찬은 그런 자리였다. 더할 나위 없이 부담스럽고 어려운 자리이기도 했지만 다른 한편으로는 지극히 소소하고 좀스러운 곳이기도 했다.

특히 함께 앉아 있던 누군가가 먼저 자리를 비운 다음에는 더 그랬다.

"어머, 보석을 초대한 건지 사람을 초대한 건지 헷갈렸지 뭐예요.”

“이 원장 사모님 말씀이신가요? 보석 같은 분이죠?”

“글쎄요, 그건 잘 모르겠고, 지난달 모임에 피앤피 대표 부인이 하고 온 목걸이가 다른 사람 목으로 갈아타고 다시 초대돼서 온 걸 보니 반갑기는 하더군요. 그 두 분은 친분이 꽤 있는 것 같더니, 어느 모임에 갔다 왔는지는 서로 비밀로 하는 사이인가 보죠?”

한묵희를 미행한 다음다음 날 나는 송영의 오찬에 초대되었다. 맛있는 음식에 전망까지 일품인 점심 식사였지만, 첫 음절에 강세가 있는 “어머”로 시작되는 집주인의 험담을 듣고 있다 보면 금세 입맛이 달아나기 마련이었다. 가끔은 그게 재미있다는 사람도 있었지만, 비난의 화살이 자기에게로 향하지 않는다는 보장이 없었으므로 현장 분위기는 늘 묘한 긴장감으로 가득했다.

나는 송영이 나에 대해 무슨 말이라도 해주기를 기다렸다. 하지만 ‘어머 여사’는 오찬이 거의 끝날 때까지 나에게 단 한 마디 말도 건네지 않았다. 내 쪽에서 미리 보고를 하면 받아들이기는 하겠으나 자신이 먼저 묻지는 않겠다는 태도였다.

나는 식사 후에 따로 만날 것을 청해야 하는지 망설였다.

저렇게 직설적인 인간이 왜 이런 이야기는 속 시원하게 털어놓지 않는 걸까. 역시 민감한 집안일이어서 그런가.

그렇다고 어머 여사가 자기 집안 이야기를 늘어놓은 전력이 전혀 없었던 것도 아니었다. 사실 며느리 이야기는 어머 여사의 최대 관심사 중 하나였다. 남의 며느리 험담도 좋아했지만 자기 며느리 이야기도 꺼리지는 않았다.

"어머, 그 집은 여자 하나 잘못 들어오더니 가세가 확 기울었지 뭐예요. 꼭 여자여서가 아니라 사람 하나가 잘못 들어가면 어느 집이든 집안 꼴이 복잡해지기 마련 아니겠어요. 사랑이 문제예요, 사랑이. 사랑 따위를 집안의 근간으로 삼은 적이 없는데 어느 날 자식 놈이 사랑에 눈이 뒤집혀가지고 와서는 왜 이놈의 집구석은 사랑을 바탕으로 돌아가지 않는 거냐고 따지는 거죠. 자식이니 애정을 쏟아붓기는 했지만 지가 그 여자한테 눈 뒤집혀가며 바친 바로 그 사랑 같은 걸 내가 저한테 보여줬을 리가 없지 않겠어요. 기껏해야 2년만 지나면 시들시들해질 애정 따위를 말이에요. 그렇게 한 놈 불길을 잠재워놓고 지내다 보면 또 그 동생 놈이 난생처음 발견한 듯이 그 얼어 죽을 놈의 사랑에 뇌를 엿 바꿔 먹듯이 바꿔 먹고 지 부모한테 바락바락 대들지를 않나. 하여간 그 꼴을 보고 있으면 이런 짐승 같은 놈들은 2년씩만 키워서 물어 내쫓았어야 내가 이 나이를 먹어서 이 꼴을 안 보는데 싶지 뭐예요. 그러고 한 30년쯤 지나면 또 어떻게 되는지 아세요? 손자, 손녀라는 것들이 또 똑같은 소리를 한다니까요. 정말 어이가 없지 않겠어요."

'증말 어이가 읎지 않겠어요'처럼 들리는 독특한 억양이 때로는 노래처럼 들리기도 했다. 억양과 리듬이 문법을 대체해버린 듯 자연스럽게 노래 같은 말을 줄줄 끄집어내는 사람들. 사실 그것은 일종의 예법이었다. 비난과 험담 쪽으로 지나치게 발달해 있는 게 문제이기는 했지만 말 자체는 어디까지나 유창하고 아름다웠던 것이다. 화성 출신 3분의 1 네이티브의 화법이란 어떤 것이었을지 짐작하게 하는 말. 다만 아쉬운 게 있다면 두 사람 이상이 그 화법으로 서로 대거리를 해가며 대화를 이어가는 모습을 볼 기회가 없다는 점이었다. 어쩌면 어머 여사의 독설이라는 것도 받아줄 사람이 없는 탓에 점점 이상한 곳으로 치달은 결과일지도 몰랐다.

그만큼 첫숨에는 이제 3분의 1 네이티브가 드물었다. 그래도 첫숨의 지배 계층이 화성 정착민들의 후손이라는 사실에는 변함이 없었고, 그들의 문화나 독특한 예법은 이미 여러 세대를 이어가며 잘 보존되고 있었다.

그렇다고 지구 출신들이 그들의 문화에 대해 적대감을 가질 필요는 없었다. 사실 첫숨 인구의 대부분을 차지하는 지구 출신 이주민들은 화성인들의 존재를 완전히 무시해도 사는 데 전혀 지장이 없었다. 다만 문제가 되는 것은 상류층에 속한 사람들이었다. 아무리 돈을 많이 벌어도, 아무리 대단한 명성을 갖게 되었어도, 첫숨 상류층에 들기 위해서는 하나의 조건이 더 필요했다. 바로 화성인들의 예법을 몸에 익혀야 한다는 것이었다.

누구를 열심히 따라 한다고 되는 것도 아니고 달달 외워서 읊을 수 있는 것도 아닌, 원래부터 몸에 익어 있어서 언제든 자연스럽게 발현될 수 있는 생활 습관. 멸시와 조롱과 험담은 이 시험에 도전했다가 떨어진 사람들에 대한 평가서 역할을 하곤 했다. 그러니 어머 여사 송영의 험담은 그런 배타적 소수 집단을 지키는 수장으로서 당연히 수행해야 할 숭고한 직무 중 하나이기도 했다. 물론 가만히 이야기를 듣다 보면 그냥 저 사람은 누구를 욕하는 게 천성이 아닌가 싶을 때가 더 많았지만……

그러나 적어도 한 가지는 분명했다. 그렇게 욕을 해대는 사람이 있는 통에 다른 화성 출신들은 좀더 점잔을 빼고 앉아 있어도 된다는 점. 어머 여사가 사라지고 나면 그들도 지금처럼 지구 출신 부자들에게 한없이 관대할 수만은 없을 게 틀림없었다.

그러니 나 같은 지구 출신들로서는 가끔 이런 경우도 맞게 되는 것이었다. 저 인간이 시원하게 욕을 한번 퍼부어주면 다른 화성인들과 어울리기가 수월해질 텐데 하고 생각하게 되는 순간이. 반대로 말하면, 아직 어머 여사에게 욕을 먹어보지 못한 사람은 화성 출신들과의 관계에서 묘하게 껄끄러운 질감이 느껴지는 것을 감수해야 한다는 뜻이기도 했다.

나는 디저트를 몇 점 먹는 둥 마는 둥 하다가 포크를 접시 위에 내려놓고는, 내 주위에 앉은 사람들을 가만히 바라보았다. 눈이 마주치자 그들은 하나같이 편안하고 따스한 미소로 전혀 부담스러워하지 않고 기꺼이 내 시선을 맞아주는 것이었다. 나는 그 사실을 발견하고는 순간 묘한 감정에 휩싸였다. 그러니까 그 환대는 이런 의미였다. 내가 초대받지 않은 그 많은 모임 중 적어도 하나에서, 내가 이미 어머 여사의 화젯거리로 등장했던 것이 틀림없다는 사실.

그 순간에도 어머 여사의 논평은 그칠 줄을 몰랐다.

"어머, 그 이야기 들으셨어요? 이번 달 축제 총감독 인선에 관한 이야기?"

8. 나모린

나는 그 이야기를 귓등으로 흘려버리면서 곁눈질로 조심스럽게 오찬장을 둘러보았다. 정확히 말하면 그곳은 오찬을 위해 만들어진 공간이 아니었다. 중간 규모의 파티를 열어도 좋을 만큼 넓은 홀에 오찬용 테이블을 갖다 놓은 것뿐이었다.

중력이 지면의 3분의 1 정도밖에 안 되는 2구역에 위치한 공간이라는 점을 감안하더라도 그 홀은 지나치다 싶을 만큼 천장이 높고 웅장했다. 메아리가 울릴 만큼 넓은 공간은 여섯 면 중 다섯 면이 고풍스러운 장식으로 채워져 있었다. 바닥에는 카펫을 연상시키는 화려한 타일이 붙박이로 장식되어 있었고, 한구석에는 작다고는 할 수 없는 분수대가 놓여 있었다.

2미터 높이의 검은색과 흰색 돌 조각상으로 장식된 분수대 뒤쪽 벽에는 벽화처럼 거대한 그림이 걸려 있었다. 사람이 살 수 있는 환경으로 개조된 이후 시대 화성의 자연환경을 동양풍으로 묘사한 그림이었는데 관람하는 사람의 시선 위치를 그림 앞 어느 한 지점으로 가정하고 그린 그림이 아니라 여러 개의 시점을 옮겨가며 그림의 부분 부분을 감상하도록 그린 그림이어서, 그 분산된 시선이 샹들리에에 반사된 빛처럼 화려하고 산만하게 홀 전체에 흩뿌려져 있었다. 말하자면 커다란 한 개의 눈이 걸려 있는 게 아니라 객석에서 무대를 바라보듯 수십 개의 시선이 홀 가운데와 반대편 벽 쪽을 향해 있는 느낌이었다. 주목받는 삶을 좋아하는 사람에게는 더할 나위 없이 잘 어울릴 법한 그림이었겠지만, 나에게는 물론 해당되지 않는 일이었다.

나는 그림 한구석에 있는 초기 화성 탐사로봇 그림을 눈여겨보았다. 옛날 산수화에 등장하는 소나 당나귀에 올라탄 신선처럼 느릿느릿 한가해 보이는 광경이었다. 그 그림이 걸려 있는 벽 왼쪽은 그 방에서 유일하게 장식이 없는 면이었다. 하지만 그 거대한 면 전체가 여러 장의 유리로 덮여 있어서 사실 더 이상의 장식은 필요가 없는 면이기도 했다. 천장에는 옛날 지구식 성당 건물처럼 건물 뼈대가 그대로 노출되어 있었고 그 한 칸 한 칸을 페이지 삼아 시간 순서대로 이어지는 천장화가 그려져 있었지만, 화성 역사나 문화 코드에 익숙하지 않은 사람에게는 어느 페이지가 어느 페이지 다음에 오는지조차 알아보기 힘든 그림이었다. 등 뒤에 있는 나머지 두 개의 벽에는 계단과 발코니, 아치 모양의 창문, 그리고 크고 작은 돌기둥으로 이루어진 미로 같은 공간이 펼쳐져 있었지만, 감히 뒤로 돌아앉아서 그쪽을 감상하기에는 오찬장 분위기가 너무 한 점에 집중된 느낌이 있었다.

그 거대한 방의 웅장한 공간감에 비하면 어울리지 않게 작은 테이블. 스페이스콜로니에 사는 사람들은 그런 크기 차이에 쉽게 압도당하곤 했다. 어디에 사는 사람이건 마찬가지겠지만, 스페이스콜로니처럼 공간을 효율적으로 쓰는 게 미덕인 곳에서는 그런 낭비 자체가 일종의 장식이었다.

게다가 그곳은 3분의 1 중력으로 가득 채워져 있었다. 화성인들이 지배하는 도시이기는 해도 실제로 화성 중력이 작용하는 공간은 많지 않았다. 건물 1층, 즉 콜로니 지면 전체가 지구 중력에 맞춰져 있는 탓이었다. 더구나 그렇게 탁 트인 공간 전체가 화성 중력으로 채워진 곳은 공연장 한 군데와 바로 그 오찬장 말고는 아무 데도 없었다. 느릿느릿 위로 떠오르는 사람들, 마치 물속에 잠겨 있는 듯한 사람들의 움직임, 방 하나를 다 물로 채워놓은 것만 같은 비현실적인 공간감. 그런 식의 사치, 그런 방식으로 표현되는 누군가의 권위.

거기까지 생각이 미친 순간 나는 다시 테이블로 눈을 돌렸다. 누군가가 방의 공간감에 경이감을 느끼게 되는 것이야말로 송영이 그 많은 오찬모임을 주최하면서 내심으로 바라는 수많은 일들 중 가장 정답에 가까운 행동인 것 같아서였다.

하지만 귀로나마 어머 여사의 험담에 가담하는 것 역시 썩 내키지 않는 일이기는 마찬가지였다. 나는 맞은편 테이블에 앉아 있는 젊은 여자를 바라보았다. 물론 그 여자의 실루엣 위에 초점을 둘 정도로 빤히 쳐다보지는 않았다. 테이블 위에는 참석자들의 이름과 직위가 적혀 있는 작은 이름표가 비스듬히 세워져 있었다.

나모린. 은인가 장녀.

처음 든 생각은 아직 사회 활동을 해보지 않은 사람인가 하는 것이었다. 그런데 이야기를 듣다 보니 실은 나보다 훨씬 풍부한 활동 경력을 가진 사람이라는 사실을 알 수 있었다.

첫숨에는 국제중재원이라고도 부르고 행성간중재원이라고도 부르는 중재원이 있었다. 지구궤도연합과의 분쟁에서 판정승을 거두기는 했지만 장기적으로 분쟁 상태를 유지해봐야 좋을 게 하나도 없다는 판단하에 첫숨 의회에서 발표한 보편적 중립공동체 구상의 가장 직접적이고도 성공적인 결과물이 바로 그 중재원이었다. 재판은 아니지만 재판과 동일한 효과를 갖는 것으로 쌍방이 합의한, 제삼자에 의한 분쟁 해결 절차. 그런 중재절차를 보조하기 위한 법률, 행정 서비스 센터. 첫숨은 이런 시설을 유치하기에 최적의 장소였다. 지구도 화성도 아닌 우주 공간에 떠 있는 도시였기 때문이다. 그리고 오찬 참석자들이 나모린에게 건네는 질문의 대부분이 그 중재원과 관련된 일인 것을 보면 나모린의 경력 대부분이 중재원을 통해 이루어진 것들이라는 점은 어렵지 않게 짐작할 수 있었다.

그런데 왜 공식적인 직함 대신 어느 집안 장녀라고만 소개가 돼 있지?

나는 이 여자의 말과 행동을 찬찬히 뜯어보았다. 그리고 찻잔과 주전자만 남기고 테이블이 깨끗하게 정리되었을 무렵에는 그 행동 하나하나에 감탄하게 되고 말았다.

나모린은 너무나 훌륭한 사람이었다. 자세히 알아볼 시간 같은 건 주어지지 않았지만 잠깐만 보고도 알 수 있는 사실이었다. 시원시원한 이목구비에 온화하면서도 다부진 표정, 무엇보다 눈에 띄는 커다란 눈, 뚫어져라 바라보는 듯하지만 공격성이 느껴지거나 반대로 일부러 피하는 기색이 보이지 않는 섬세하고 자신감 넘치는 시선, 스스럼없이 터져 나오는 웃음과 상대의 말이 좀더 잘 이어지도록 적절한 순간에 던지는 짧은 질문들, 게다가 살짝 도드라진 이마와 입술 양옆에 난 짧은 주름까지, 외모를 보나 언행을 보나 어디 하나 흠잡을 데 없는 우아한 미인이었던 것이다.

나는 그 사실을 깨닫고는 살짝 놀랐다. 처음 봤을 때는 전혀 미인이라는 생각이 들지 않았던 탓이었다. 그리고 이내 그 이유를 알 수 있었다. 마치 스스로 자기 사진을 찍어본 적이 한 번도 없는 듯, 혹은 어딘가에 실릴 프로필 사진을 고르기 위해 몇 시간이고 사진첩을 뒤적이는 일 따위는 상상 속에서조차 시도해본 적이 없는 듯한, 전혀 다듬어지지 않은 표정과 제스처 때문이었다.

말하자면 그 여자에게는 문이 없었다. 날마다 마주치는 수많은 사람들이 별 관심 없이 슬쩍 보고 지나치도록 내면의 정면에다 걸어놓곤 하는 그 도시인의 대문이 이 여자에게는 아예 존재하지 않았다. 그냥 마냥 열려 있는 문. 물론 그 문이 정확히 어디에 붙어 있는지는 도저히 짐작할 수 없긴 했지만.

관찰 끝에 내린 결론이 바로 그것이었다. 이 사람은 훌륭한 사람이라는 것. 그런 윤리적인 판단이 심미적인 판단으로부터 망설임 없이 곧바로 도출될 수 있다는 사실 자체가 그 사람의 인품을 규정하는 특징적인 요소라고 해도 좋을 것 같았다.

저런 사람을 길러낸 가정환경이란 대체 어떤 걸까.

직함 대신 집안 이름이 이름표에 적혀 있는 이유를 알 것도 같았다. 물론 여전히 납득할 만한 설명은 아니었다.

그렇게 오찬이 끝나자 송영은 다음 약속이 있다며 먼저 자리에서 일어났다. 송영의 둘째 며느리라는 사람이 남아서 손님들을 전용 엘리베이터까지 배웅해주었다.

엘리베이터는 내 침실만큼이나 컸다. 하지만 집주인은 손님들을 한 엘리베이터에 몰아넣지 않았다. 마치 하나하나 차에 태워 보내듯 한 명씩 혹은 한 커플씩 차례대로 엘리베이터에 태워 보내는 것이 화성식 초고층 저택의 예법인 모양이었다.

내 순서는 맨 나중이었다. 혹시 송영이 특별히 전할 말이 있어서 내 순서를 맨 뒤로 빼놨나 싶었지만 그런 기색은 전혀 없었다. 마지막 손님을 보내고 송영의 둘째 며느리와 단둘이 남겨졌을 때, 나는 슬며시 그 이야기를 꺼냈다.

"여사님은, 아무 말씀이 없으셨네요. 모처럼 초대해주셔서 무슨 하실 말씀이 있으신가 했는데."

"아, 그러세요? 약속 시간을 잡아볼까요?"

"아니에요. 짚이는 데는 있지만, 이렇게 부르셨으니 그 말씀을 하신 거나 다름없는 걸로 생각해도 될 것 같네요."

"그런가요? 그런데 너무 깊이 생각하지 마세요. 원래 폭넓게 초청하곤 하시거든요. 사람들을 만나보는 걸 좋아하셔서. 꼭 무슨 의도가 있어서 부르신 건 아닐 수도 있어요. 초청하려다가 때가 안 맞아서 미루게 된 경우에는 한참 뒤에 별 이유 없이 초청하실 때도 많으니까요."

"그러시겠죠."

"잘 아시죠?"

"그럼요. 아, 그보다 그 여자분 말인데요. 나모린 씨."

"네, 말씀하세요."

"그분하고는 따로 친분이 있으신가요?"

"있다고 해야 되나, 잘 모르겠네요. 구체적으로 어떤 걸 알고 싶으세요?"

"자주 오시나 해서요. 오찬모임에."

"아니에요. 워낙 바쁘셔서. 어머님이 꼭 보고 싶다고, 다른 약속 다 미루고라도 오라고 말씀하셔서 모처럼만에 오신 거예요. 이번에도 아마 갑자기 시간 내느라 힘드셨을 거예요."

"그렇군요. 또 궁금한 게 있는데요. 너무 캐묻는 게 아닌가 싶기는 하지만."

"편하게 말씀하세요. 나모린 씨 오는 날에는 원래 다들 그렇게 질문이 많으세요. 남자분이고 여자분이고."

"그렇군요. 하긴 그렇겠죠. 왜 아니겠어요. 제가 궁금한 건 그분 이름표인데요. '은인가'라고만 적혀 있어서요."

"아, 그거요. 너무 신경 쓰지 마세요. 어머님이 그렇게 쓰라고 하신 거예요. 친근감의 표시로 반쯤은 장난스럽게 한 일이거든요."

"예."

순간 나는 내 이름표를 떠올렸다. 나는 뭐라고 소개되어 있었을까. 집주인이 급하게 말을 이었다.

"오해하지는 마세요. 여사님이 무슨 가문 같은 걸 중요하게 여기시는 분은 아니에요. 화성 쪽이든 지구 쪽이든 좋은 집안이라는 걸 스스로 증명한 집안은 역사상 단 한 집안밖에 없다고 생각하시는 분이시거든요."

"한 집안밖에 없군요."

"또 오해하실라. 저희 집안 이야기가 아니에요."

"그런가요?"

"나모린 씨 이름표에서 집안 이야기를 굳이 하신 건, 바로 그 한 집안이 나모린 씨 일가라고 생각하셔서예요."

"그렇습니까? 전혀 몰랐어요. 이름 있는 집안분이신 줄은. 그럼 그 은인가라는 게?"

"저희 집안 은인은 아니세요. 어머님도 개인적인 인연이 있으신 건 아니고. 그보다는 모두의 은인이죠. 화성인들의 은인. 혹시 못 들어보셨어요? 나모윤 선생이라고. 화성 사람들은 꼬맹이들도 다 아는 이야긴데. 학교 교과서에 나오거든요."

9. 클라이언트

송영이 나를 부른 건 우연이 아니었다. 그 오찬모임에 모처럼만에 초대된 사람. 그리고 그 사람이 나오기로 한 모임에 초대돼서 인사 말고는 단 한마디도 주인과 나눠보지 못한 나. 송영은 내가 한묵희가 일하는 층에 찾아갔다는 사실을 알고 있었다. 또한 그 사실을 알게 된 바로 그날 나모린을 모임에 초대했다고 했다. 그러니 그것은 메시지였다. 한묵희를 봤으니 나모린도 봐야 한다는 메시지.

더 명시적인 지시를 내릴 수는 없었을지도 모른다. 미묘한 집안 문제니까. 아마도 손자인 반지업의 장래에 관한.

그러니까 이 반지업이라는 놈은 도대체 어떻게 생겨먹은 놈이야? 그 두 사람을 두고 저울질을 해도 저울추가 기울지 않을 만큼 대단한 놈이긴 한 거야?

내 가설은 그런 것이었다. 나모린이라는 여자가 있다. 손자 반지업의 배필로 송영이 점찍어둔 사람이다. 아직 두 사람을 적극적으로 이어주지는 않았겠지만 사실 나모린 정도면 누구든 소개해주기만 하면 더 적극적으로 밀어붙이고 어쩌고 할 필요도 없는 사람이다. 하지만 어느 날 송영의 비서실이 이상한 정보를 물어온다. 반지업의 눈에 이미 다른 누군가가 들어왔다는 첩보다. 달에서 온 무용수. 송영은 손자에게 나모린을 소개하려던 계획을 무기한 연기한다. 그리고 사태를 관망한다. 집안 분위기상 적극적으로 개입할 수 있는 상황은 아니다. 그래서 탐정을 고용하려고 한다. 그런데 감시 역할을 맡기려고 데려온 신상우는 어쩐지 미덥지 않다. 그런 복잡 미묘한 일을 처리하기에는 너무 직설적이고 활동적이다. 그래서 다른 탐정 하나를 더 데려온다. 일 처리하는 솜씨도 나쁘지 않은 데다 너무 나대지도 않을 만한 놈으로. 그놈을 한묵희의 윗집에 살게 한다. 그것도 원래 살던 사람을 쫓아내면서까지 급하게 데려온다. 무슨 일을 시킬지는 알 수 없다. 무슨 일이 벌어질지도 예상이 안 된다. 그래도 그냥 심어둔다. 유용하게 활용할 수 있으면 좋지만 아니어도 그만이다. 그러던 어느 날 그가 움직인다. 무슨 일인지 모르겠지만 한묵희의 뒤를 밟았다고 한다.

물론 나는 내 가설을 신뢰하는 편이 아니었다. 그러니 가설을 검증하거나 새 단서를 모으러 나서는 일 또한 예전보다 신중해질 수밖에 없었다.

이 가설에는 규명되지 않은 연결 고리가 딱 하나 있었다. 반지업과 한묵희의 관계였다. 확인하자면 못 할 것도 없는 연결고리이므로 이 부분은 어려울 게 없었다. 문제는 다음이었다. 그 가설이 옳은 것으로 판명된다면? 그렇다면 나는 이 의뢰를 받아들여야 할까?

이 일은 시작하는 순간 이미 완료된 것이나 다름없었다. 한묵희에게는 연인이 있었고, 그 사람은 분명 반지업이 아니었다. 순수하냐 아니냐는 내가 신경 쓸 문제가 아니었다. 사실 그런 것쯤은 아무도 신경 쓰지 않을지도 모른다. 걸리는 것은 하나였다. 연인이 있는 상태에서 그 사실을 숨기고 반지업을 만났다면 무슨 다른 의도가 있어서 접근한 것이라고밖에 볼 수 없지 않은가 하는 점이었다.

그리고 그다음 과정은 송영이나 그 집안사람들은 아직 생각도 못 하고 있는 일일 것이다. 어떤 위험한 일을 꾀하려는 사람들이 반지업을 통해 한묵희를 송영의 영역 깊숙이 침투시키려 한다는 사실 같은 것은.

보안담당자로서, 혹은 무언가 끔찍한 일이 일어나지 않기를 바라는 보통 사람으로서, 그 일을 막는 방법은 단순했다. 한묵희에게 연인이 있다는 사실을 알리기만 하면 되는 것이다. 심지어 증거도 필요 없을 것이다. 이것저것 필요 없이 그냥 말 한마디면 끝이다. 한묵희의 이름을 언급할 필요조차 없다. 그냥 아파트 아래층에서 목요일 오전마다 이상한 소리가 들린다는 말을 적당한 자리에서 가십처럼 한 번만 툭 내뱉으면 그만이었다. 예를 들면, 송영의 오찬모임 같은 곳에서.

거기서 그런 이야기를 하는 건 역시 좀 안 어울리는 일이려나.

그렇다면 민감한 이야기는 빼고 그냥 '목요일 오전마다' 아래층이 좀 시끄럽다고만 해도 그만일 것이다. 나머지는 비서실에서 알아서 하면 된다.

문득 그 기억이 떠올랐다. 지금 돌이켜 생각해보면 내가 하는 이야기를 송영이 꽤 귀 기울여 듣는다는 증거로 봐도 좋을 만한 사건이었다. 망명 초기에, 그러니까 아직 기온은 한여름 같았지만 기상 계획표를 보니 딱 열흘만 지나면 여름이 끝날 예정이라 에어컨도 장만하지 않고 버티던 시절에 처음으로 송영의 만찬에 초대를 받았다. 그리고 그 자리에서 바로 그 이야기를 끄집어냈다.

"돈이 아깝다기보다는, 어차피 지금 신청해도 여름 끝나기 전에는 설치가 안 된다고 하더군요."

"불편하지 않나요?"

"힘들지만 별수 없죠. 며칠만 있으면 다 지나갈 일인데요 뭘. 그보다……"

"그보다 뭐죠?"

"아닙니다. 그런데 이 샴페인 좋은데요. 여기 농장 구역에서 재배한 포도인가요?"

하마터면 아래층 이야기가 나올 뻔한 순간이었다. 하지만 그때부터 이미 다른 사람의 문을 여는 것에 대해 극도의 피로감을 갖고 있던 터라 다행히 그 이야기가 입 밖으로 새어 나가지는 않았다.

대신 작은 변화가 있었다. 아무도 오래 신경 쓰지 않은 문제였지만, 사실은 꽤 큰 변화이기도 했다. 그날 내가 집으로 돌아올 때쯤, 계획표상으로는 분명 이틀이나 더 남아 있던 여름이 예고도 없이 갑자기 끝나버린 것이다.

첫숨의 기후 정책이 원래 의외성을 인정하는 방식이라는 사실을 알고 있었기 때문에 다른 사람들은 물론 나 역시도 그 일의 의미를 더 이상 깊이 생각해보지는 않았다. 나중에 만난 기상공학자 한 사람도 비슷한 말을 했다.

"그것 때문에 저희도 골치 아플 때가 있습니다. 당신들이 만들어놓은 날씨인데 왜 그걸 예보를 못하냐는 거죠. 저희가 소풍 가는 날에 비라도 오면 더 난리가 납니다. 그래서 저는 소풍이 무섭습니다. 그래도 사람들은 대부분 그 의외성을 더 좋아한답니다. 여론조사를 했더니 시장 득표율보다 20퍼센트쯤 높게 나오더군요. 아마 기상공학자를 놀려먹을 수 있어서 그런 것 같습니다."

하지만 지금은 달랐다. 어쩌면 그 일은 이런 의미일지도 몰랐다. 내가 송영이 듣는 곳에서 자그마한 소망을 이야기했다는 것. 그리고 그 일이 이루어졌다는 것. 마치 전지전능한 창조주가 소풍 전날 '내일은 꼭 비가 안 오게 해주세요' 하는 아이의 기도를 들어주듯이.

클라이언트가 하느님이야? 망명 온 줄 알았더니 천국이었잖아.

아무 일도 하지 않고 하루를 보내며 기다렸으나 송영의 비서실에서는 어떤 연락도 오지 않았다. 지시 같은 건 없으니 혼자 알아서 움직이라는 뜻 같았다.

따로 보고하지 않아도 움직임을 수시로 체크하고 있겠다는 뜻일지도 모르지. 하지만 이쪽에서도 듣고 싶은 이야기가 있다고. 반지업과 한묵희가 어떤 관계인지는 그쪽에서 더 잘 알고 있을 거 아냐. 뭐라도 흘려주면 조사하기가 한결 수월하잖아.

비서실이 직접 그 이야기를 해줄 것 같지는 않았다. 그 일에 관한 한 비서실은 되도록 아무것도 안 하는 편이 낫다고 판단했을지도 모른다. 나는 건물 1층 로비에 있는 소파에 앉아 있다가 다시 직원용 엘리베이터 쪽으로 걸어갔다. 그리고 출입증으로도 쓰는 그 신분증을 이용해 비서실이 있는 층으로 올라갔다. 직원 몇 사람이 다가와 무슨 일인지 물었으나 신분증을 조회해보더니 이내 자리를 비켜주었다. 나는 비서실 한구석에 자리를 잡고 앉아서 자료가 있을 만한 곳을 떠올려보았다. 전산화된 문서건 실물 형태의 문서건. 보안 관련 업무까지 동시에 하는 비서실이라면 문서고 같은 게 따로 있을 것도 같았다. 관건은 내 출입증의 접근 허용 범위가 얼마나 될 것인가 하는 것이었다.

예상대로 접근 권한이 많은 신분증이었다. 내부조사관 시절보다도 접근할 수 있는 자료의 폭이 더 넓어 보였다. 내부조사관 일은 이름과는 달리 내부인이 아닌 상태에서 일을 해야 하는 경우가 많았다. 내부조사를 의뢰받은 외부인이 넘겨받은 자료를 바탕으로 남의 회사 내부 사정을 파헤쳐가는 일이다 보니 자료가 충분하지 않은 상태에서 정황을 추적하고 결론을 내려야 할 때도 있었다. 내부인으로 취급되는 출입증 같은 것은 애초에 기대도 못할 일이었다.

물론 아무리 편리한 출입증이 있다고 해도, 결정적인 자료가 아무렇게나 방치되어 있을 리는 없었다. 게다가 나에게는 자료 수집을 도맡아 해줄 동료도 없었다. 좀더 깊이 들어가기 위해서는 일단 시간이 너무 많이 소요될 것 같았다. 또한 내가 어떤 자료에 접근해가고 있는지가 비서실장이나 송영에게 일일이 보고될 게 틀림없었다.

마치 시험 같은 과정이었다. 문제를 어떻게 내야 할지 전혀 감이 없는 출제자가 일단 터무니없이 어려운 문제를 내놓고는 자취를 감춰버린 이상한 시험이었다. 그래서 나는 숨겨진 자료를 찾느라 시간을 허비하기보다는 좀더 빠르고 효과적인 방법을 찾기로 마음먹었다. 아무 문이나 눈에 보이는 대로 일단 열고 들어간 다음 수상해 보이는 정황이 나타나면 계속해서 안쪽을 캐 들어가는 방식이었다.

한 시간에 하나씩, 때로는 두 개씩. 시간을 더 많이 할애하지도 않았다. 적당히 수상한 곳을 발견하면 결론을 내기에 충분한 자료건 아니건 일단 복사하거나 저장을 해두었다. 내 입장에서 보면 그냥 닥치는 대로 문을 열어젖히고 들어가서 값나가 보이는 건 아무 거나 자루 속에 쑤셔 넣는 짓이나 다름없었다. 치밀하게 계획된 일정에 따라 의도적으로 포위망을 좁혀가는 과정이 아니었다는 뜻이다. 하지만 상대는 그 사실을 알 수 없었다. 시간을 정해두고 필요한 만큼만 자료를 수집한 다음 제한 시간이 지나면 가차 없이 다음 단계로 옮겨가는 모습에서 이전까지는 한 번도 상대해본 적 없는 지구 출신 프로 내부조사관의 독특한 작업 노하우 같은 것을 떠올렸을지도 모른다.

사실 그런 작업 방식이 프로의 노하우가 아닌 것은 아니었다. 시간당 얼마씩 청구되는 수임료로 먹고 사는 사람에게는, 시간을 끝까지 쥐어짜내지 않고 어느 선에서 적당히 끊어주는 것 또한 고객에 대한 예의가 될 때가 있으니까. 하지만 상대가 그렇게 생각하고 넘어갈 가능성은 높지 않았다. 그런 상황에서 사람은 누구나, 자신은 너무나 순진하기 짝이 없어서 아무런 사전 준비도 해두지 못한 반면 상대는 타고난 영악함에 치밀함까지 더해져서 보통 사람은 도저히 따라잡을 수 없는 전문적인 솜씨로 일사불란하게 자신의 약점을 파고들고 있다고 상상하기 마련이니까.

그런 일을 방치할 보안담당자는 별로 없었다. 형식상 보안담당자가 누구로 되어 있건, 그 순간에 나타나는 사람이야말로 실질적인 보안책임자였다. 내가 그런 짓을 벌인다고 신상우가 나타날 리는 없지 않은가. 내가 만나게 될 사람은 단 한 사람이었다. 나에게 그런 강력한 출입증이 발급된 것을 가장 못마땅해할 사람. 바로 비서실장 장목은이었다.

저녁도 건너뛴 채 이런저런 자료를 신나게 긁어모은 다음 새벽 3시가 다 돼서야 비서실을 빠져나왔다. 그러고는 느긋하게 집으로 돌아가서 잠자리에 들었다. 날이 밝으면 누군가가 찾아와 방문을 두드려주기를 기다리며.

오기 싫으면 말고. 그런데 참 재밌는 거 많네. 이렇게 구멍이 많은데 어쩌자고 나한테 접근 권한을 내줬을까.

10. 은인

다음 날 아침에는 해가 중천에 뜰 때까지 늦잠을 잤다. 거대한 거울에 반사되어 들어오는 스페이스콜로니의 태양빛은 사실 언제나 비슷한 위치에 걸려 있었다.

나는 얼른 옷을 챙겨 입고 밖으로 나갔다. 그리고 곧장 중재원으로 향했다.

중재원 건물은 꽤 고풍스러웠다. 높이가 높지는 않았지만 차지하는 면적은 꽤 넓었다. 즉, 건물 위쪽 공간이 쓸데없이 낭비되고 있다는 뜻이기도 했다. 멀리서 보면 5층 높이의 건물이 3층 정도로 보일 만큼 밑면이 넓었으며, 건물 정면에는 열여섯 개의 거대한 돌기둥이 지붕을 떠받치는 모양으로 늘어서 있었다. 가까이 다가갈수록 웅장한 규모에 새삼 깜짝 놀라게 되는 건물이었지만, 양옆에 있는 건물들과의 거리가 너무 가까워서 장엄하다기보다는 오히려 소박한 인상이 더 지배적인 장소였다. 서랍 속에 든 피라미드처럼.

첫숨 시가지는 대부분 네모난 블록으로 나뉘어 있었다. 화려한 대성당도, 의외의 장소에 서 있는 모스크도, 중세의 성 모양을 한 시 경찰 신속대응반 건물도, 그리고 건물 자체가 예술품인 오페라극장도, 제아무리 화려한 건물도 모두 주어진 경계선을 넘지 않은 채 똑같이 생긴 보이지 않는 네모 칸막이 안에 얌전히 들어앉아 있다는 공통점이 있었다. 진열대 위의 히말라야처럼, 다닥다닥 칸막이 안에 든 타지마할처럼.

그리고 그 건물 안에는 지구 시절 나와 같은 회사에서 일하던 동료 한 명이 중재원 교환사무관 신분으로 파견을 나와 있었다.

나는 지하에 있는 그의 사무실로 찾아갔다. 천장이 낮고 볕이 들지 않는 방이었지만 위층에 있는 방들보다 오히려 따뜻하고 편안해 보이는 사무실이었다.

약속을 하지 않고 대뜸 찾아가서인지 그는 자리에 있지 않았다. 대신 다른 직원 하나가 다가와 용건을 물었다. 친구라고 말했지만 믿지 않는 눈치여서 다시 보안책임자 신분증을 내밀어야 했다. 그렇게 공격적으로 따져 묻는 걸 보니 첫숨 출신이 아닌 게 분명했다. 그리고 신분증의 효력은 이번에도 여전했다. 동시에 내가 그 방에 와 있다는 사실 또한 장목은에게 곧바로 통보되었을 것이다.

나는 사무실 구석에 앉아 친구를 기다렸다. 심동완이라는 이름의 자료수집 전문가였다.

"제가 자료수집 전문가인 게 아니고요, 분석 일은 자기들이 다 하고 자잘한 것만 저한테 던져주니까 그렇죠. 이게 뭐 경력이나 되겠어요?"

그는 느릿느릿한 목소리로 그렇게 말하곤 했다. 언제는 궂

은일도 마다 않고 하는 게 애사심이라더니 연봉 협상할 때만 되면 그 이야기는 쏙 들어가고 너는 왜 이렇게 전문성이 없냐는 소리만 몇 년째 반복된다고. 그는 결국 회사를 떠나 어느 작은 스페이스콜로니의 공무원이 되었다. 그리고 내가 첫숨으로 망명하던 무렵에는 이미 나와는 전혀 상관없는 사람이 되어 있었다.

다행스러운 일이었다. 그 순간에도 그가 여전히 나와 같은 회사에 근무하고 있었다면 나는 중재원 지하에 있는 그의 사무실을 마음대로 찾아갈 수가 없었을 것이다. 그의 장래에 위협이 되는 일이었기 때문이다.

한 시간쯤 뒤에 그가 돌아왔다. 그의 나이도 벌써 중년으로 접어들어 있었지만 여전히 동글동글하고 귀엽게 생긴 얼굴이었다. 거친 바닥을 아무리 굴러도 더 이상은 모가 나지 않을 것 같은 둥글둥글한 돌멩이처럼. 물론 본인은 늘 힘들다고 아우성이었지만.

그는 가볍게 인사를 건네더니 자갈돌처럼 곧장 책상 위에 쌓여 있던 일거리에 파묻혀버리고 말았다.

"어이, 심동. 뭐가 그렇게 바쁘실까."

"그러게나 말이에요. 여기까지 와서 뭐하는 짓인지."

"자질구레한 일들이지?"

"네."

"팔자라니까. 당신 경력 꼬이게 만들려고 작당한 나쁜 선배 놈들도 없는데 왜 이렇게 하나도 안 행복해 보이실까."

"말씀 참 곱게도 하시네요."

"말을 잘 안 하고 살아서 그런가, 했다 하면 이 모양이네."

"용건 있어서 오신 거예요?"

"아니."

"그럼 시간 때우려고?"

"시선 끌려고."

"그새 또 일 꾸미세요?"

"팔자 아닌가? 내가 꾸민 게 아니라 말려드는 분위기지만."

그는 대답이 없었다. 나는 계속 소파에 앉아서 잠자코 잡지를 뒤적였다.

"나모윤이라고 알아?"

그 말에 그가 잠시 고개를 들어 나를 보더니 다시 책상 위로 시선을 돌렸다.

"그 나모윤이요?"

"그 나모윤."

"그 이야기를 몰라요? 그동안 어떻게 지냈는지 견적이 딱 나오네. 그 사람 이름 붙은 길도 있는데 안 가봤죠? 여기 살면서 그 이름을 안 들어볼 방법이 있나."

"왜?"

"은인이잖아요. 화성 사람들 은인."

"글쎄, 그게 무슨 소린지 모르겠단 말이야. 개인적인 사정이 있어서 세상일에 충분히 관심을 가질 수가 없었거든. 직접 알아내는 것보다 다른 사람을 한 번 거쳐서 듣는 게 더 나은 상황이라 물어보는 거야."

다시 침묵이 찾아왔다. 그러다 한 10분쯤 뒤에, 그가 쭉 이어서 하던 대화인 것처럼 갑자기 말을 이었다.

"화성 이주 초기에 어땠는지 아시죠? 한번 가면 못 돌아오는 일정으로 지구인들 보내기 시작한 거."

"영화로 봤지."

"딱 봐도 위태로워 보이지 않아요? 아저씨 같으면 자원하셨겠어요?"

"안 하지. 아저씨는 아니지만."

"뭐 또 이상한 이유 때문에 하시는 말씀이시겠지만. 저 같아도 안 가요. 돌아오는 교통편이 없는 건 그렇다 쳐도 그 사람들을 어떻게 믿어요?"

"누구? 같이 간 사람들?"

"지구인들이요. 중간에 프로젝트 안 멈추고 계속 물자나 사람을 보내겠다고 했던 인간들."

"하긴. 그래서 생명줄이 끊긴 거야?"

"화성 사람들이 아직도 그 일 때문에 원한 갖고 있는 거 아세요?"

"몰랐는데. 그냥 성질이 더러워서 그런 줄 알았지."

"그것도 맞는 말이지만, 하여간 재앙이었다더군요, 그 시절 화성은. 생존도 문제고 인구 유입도 안 되고 다음 단계 프로젝트가 중단돼서 당장 할 일도 없어지고. 일이 계속 진행이 돼야 선구자가 되든 땅 부자가 되든 하는 건데 갑자기 기약도 없이 몇 년을 기다리라니. 화성에 어떤 농담이 돌았냐면, 저래놓고 자기들 다 죽고 나면 탐사선 보내서 최초로 화성에서 생명의 흔적을 찾았다고 떠들어대는 거 아니냐고."

"그럴듯하네. 그런데 말이야, 지구 쪽도 별수 없었잖아. 감당할 능력이 안 됐으니."

"그렇긴 한데요, 지구 쪽도 대공황이었으니까. 그래도 심했죠."

"심하나 마나 윤리적인 게 문제가 아니고, 후원 기관들이 망하면 방법이 없어지는 거 아닌가?"

"제 말이. 그 사람들을 어떻게 믿고 화성까지 갔냐는 거지. 막말로 버려버리면 그만인데."

"결국 재개됐잖아."

"시간이 너무 걸렸죠. 그때 화성 세대가 중간에 10년이나 나이대가 텅 비어 있잖아요. 그거 끔찍한 건데. 여기서 몇 살부터 몇 살까지 10년 사이에 태어난 사람을 어디로 전부 강제 이주시켜버린다고 생각해보세요. 완전 대사건이지. 그런데 거기에 해당하는 사람들이 아예 오지도 않았으니."

"지원이 아예 딱 끊어진 건 아닐 거 아니야."

"가긴 갔죠. 겨우 먹고살 만큼. 사실은 말도 안 되게 모자라게."

"그럼 어떻게 버텼어?"

"후원 기관 중에 민간 재단이 하나 있었어요. 여러 개가 있었지만 그중 하나가 유독 특이했는데, 남들 다 후원 줄이는 시점에 실수로 후원을 안 끊었대요. 처음에는 그냥 생각 없이 한 일이라나. 사업 수완이 아주 좋은 데는 아니었다니까요."

"그래서? 발견하기는 했나? 늦게 발견했겠지?"

"그렇지도 않아요. 거의 곧바로 발견했는데, 그냥 뒀대요."

"왜?"

"글쎄요. 그 부분은 아무도 몰라요. 그냥 재단 사정이 점점 어려워지고 있었다는 것밖에. 배후에 무슨 상속 부자라는 사람이 있었는데 서서히 재정이 파탄 날 지경으로 가고 있었거든요."

"숨긴 놈이 책임져야지."

"안 숨겼으니 문제죠. 재단 쪽에서는 계속 경고했대요. 그쪽 지출 안 줄이면 망한다고. 포기하고 공적 영역에 떠넘기든지 하라고요. 그런데도 결정권자가 별 대답이 없었대요."

"뭔 수가 있었나 보지."

"그러게요. 뭔 수가 있긴 있었죠."

"뭔데?"

"그냥 망하는 수."

"그런 수도 있나?"

"그냥 망했어요. 시원하게. 딱 빚 청산하고 나니까 제로에 가까워질 만큼."

"방법은 방법이다."

"그런데 마지막 남은 돈이 어디로 들어갔는지 아세요?"

"그것도 화성으로 갔어?"

"그렇다니까요. 슬쩍 자료를 찾아본 적이 있는데, 추측은 많지만 원본에 해당하는 자료는 없어요. 회고록도 안 남기고 별로 생색도 안 냈다나. 주위 사람들 말로는 딱히 사명감 같은 것도 없었던 것 같고, 그렇다고 정신이 나간 것도 아니었다고."

"화성에 아는 사람이 있었나?"

"부자들은 그 시기에는 안 건너갔죠. 대기 개방되고 난 뒤에나 돈 싸들고 가서 땅따먹기 시작했지."

"그럼 뭐야?"

"그러게요. 그럼 뭐야. 그게 이 이야기의 결론이에요. 그럼 뭐야? 그래서 영화도 못 만들어요. 교훈도 없고 재미도 없고 스토리라인이라고는 하나도 없어서."

“그게 나모윤이야?”

“네.”

“아, 참, 궁금한 게 있는데, 나모윤은 성이 나모씨야?”

“나씨예요.”

“어, 이상하다.”

“뭐가요? 아, 어디서 나모린 만났어요?”

“어.”

“어디서요?”

“그냥 어디서 밥 먹다가. 나모린이 나씨야? 나모윤도 나씨고?”

“그 집 사람들 다 나씬데 중간 글자가 다 모예요.”

“그런 것도 있어? 영구돌림자야?”

“말하자면요. 나모윤 이후로.”

“하필 나모윤 이후로?”

“화성 사람들이 좀, 은혜를 제대로 갚거든요. 두고두고 끝도 없이. 그 집은 무슨 짓을 해도 안 망해요. 어떤 멍청한 놈이 무슨 사업을 벌여도 절대 안 망할 거예요.”

“그 정돈가?”

“그 이상이었을 걸요. 탯줄이었으니까요. 그 세대 화성 사람들한테는 나모윤이 하느님이고 나모윤이 구세주고 나모윤이 우주였겠죠.”

"그래도 좀 그렇지 않나? 영구돌림자 같은 건 좀."

"대놓고 구걸하는 것 같다고요?"

"그렇지."

"제 생각에도 그런데, 하여간 우리는 절대 이해 못 해요. 워낙 특이한 집안이라."

"특이하네. 그래서, 그 집은 뭐 야망도 없어? 출발점이 워낙 앞에 가 있으니 마음만 먹으면 몇 세대 안에 콜로니 수십 개쯤은 접수하겠는데."

"없어요, 야망. 유전인가 봐요."

"없어? 진짜 하나도?"

"하나도. 음, 하나는 있나? 원래는 없었어요. 그런데 최근 들어서 좀 변하긴 했죠."

"왜?"

"나모린이 태어났거든요."

"아."

"어, 무슨 말인지 아시네. 간단한 이야기는 아닌데."

"어? 어. 그 정도인지는 몰랐지만 당신 말 듣고 딱 이해가 될 정도는 되네."

11. 천막

오후에 다시 비서실로 돌아가 자료를 모았다. 전날과 거의 비슷한 페이스였다. 자료를 찾아 헤매는 중간중간에 한묵희와 반지업의 이름을 수도 없이 써넣었으니 내 의도가 무엇인지는 오해의 여지없이 잘 전달되었을 것이다. 그래도 장목은은 모습을 드러내지 않았다. 나는 살짝 조바심이 났다. 한묵희와 관련된 안 좋은 일이 어떤 속도로 진행될지 가늠할 수 없어서였다.

일단 서두르는 게 답일 것 같기는 했지만, 달 사람들이 일을 꾸미는 속도는 보통 지구나 화성 사람들의 경우보다 느린 편이어서 너무 서두르다가는 아직 아무 일도 안 일어났는데 혼자서만 저만치 앞서가게 되는 일도 적지 않았다.

서두른다고 다 잘 돌아가는 건 아니니까.

이틀 동안 같은 데를 뒤지고 다녔더니 이제는 슬슬 자료가 눈에 익었다. 자료 전문가 동료를 만나고 온 덕분일지도 몰랐다. 심동완의 얼굴을 보고 나자 그에게서 배운 노하우가 머릿속에서 그의 목소리로 재생되었다.

"에이, 쫌. 그걸 왜 그렇게 자세히 봐요? 표면적인 사실에 누가 결정적인 증거를 남겨요, 이런 사건에서? 틈새를 찾아야지 틈새를. 그 사람들이 주장하는 것과 회사에 남아 있는 자료를 생각해보세요. 회사는 사람 말로 안 움직이고 서류상의 말이나 숫자로 움직이잖아요. 두 개가 동시에 세상에 존재하려면 중간에 번역이 필요했을 거라고요. 인간의 대본과 행정적인 대본 사이에 둘을 연결하는 사소한 근거 자료가 있을 거 아니에요. 어디 출장 가서 점심 먹고 경비 처리를 했다거나. 그런 기록을 요구하라고요. 자료 내주는 쪽에서 긴장하게."

송영의 오찬모임이 그런 자료를 모으기에 얼마나 좋은 기회일지 상상해보았다. 그러면서 나는 그 자리에서 곧바로 그런 자료 하나를 생산해냈다. 이틀 동안 내가 거기서 어떤 자료들을 어떤 시간 순서로 긁어모았는지에 관한 메모.

점점 민감한 자료에 접근해 들어갔다. 어쩌면 그날 안에 원래 내가 찾으려고 했던 자료에 접근할 수도 있을 것 같은 느낌이었다. 비서실 외근자 명부. 그중 식사를 거른 사람들. 혹은 한 시간 안에 저녁을 두 번 사 먹은 사람.

거기까지 찾아 들어갔을 때 미리 정해둔 제한 시간이 다 됐다는 알람이 울렸다. 나는 조금 더 시간을 써서 파고들까 하다가 계속해오던 대로 다른 분야로 넘어갔다. 달 축제일 저중력 대응 계획, 콜로니 내 외계인 침투 유언비어와 주요 관리 대상 외래 단체 네트워크 상관관계 분석. 특수전염병이 발생한 제휴 콜로니에 대한 의료 지원 및 검역 계획.

거기까지 이르자 마침내 장목은이 모습을 드러냈다. 아무리 생각해도 더는 방치할 수 없다고 판단한 모양이었다. 나는 마지막으로 뒤지고 있던 자료 더미가 무엇에 관한 것이었는지를 메모장에 썼다. 언제 어떻게 활용될지 당장은 전혀 예상할 수 없었지만 뭐가 됐든 적어도 한 번쯤은 유용하게 활용될 수 있을 알짜배기 정보였다.

오후 6시 20분. 무중력공단 연구시설 임대 연장에 관한 건.

비서실장 장목은이 더 이상은 안 되겠다고 판단할 만큼 비서실이나 송영에게는 민감하게 여겨지는 자료.

낮게 깔린 목소리로 장목은이 말했다.

"협박 같은 걸 하실 분 같지는 않았는데요."

나도 반사적으로 목소리를 낮춰보려 했으나 잘되지 않았다. 나는 내 목소리가 아닌 듯한 이상한 목소리로 장목은의 말에 짧게 대답했다.

"쓸데없이 호기심 많은 걸로 유명하기도 합니다."

장목은이 대답 대신 슬쩍 웃어 보였다. 내가 다시 물었다. 이번에는 온전한 내 목소리였다.

"빈손으로 오셨군요. 구두로 설명하실 겁니까? 그것도 나쁘지 않지만."

"거의 다 찾아내셨더군요. 그 두 사람 이름으로 찾아낼 수 있는 것 중에는 그게 제일 재미있을 겁니다."

"처음부터 이렇게 하시지."

나는 침을 꼴딱 삼켰다. 특별히 잘못한 일도 없고 장목은이 나보다 도덕적으로 더 나은 위치에 있지도 않았는데도 그냥 이유 없이 온몸이 긴장됐다.

"그럴 수는 없었죠. 그 처음이라는 게 도대체 언제였습니까? 이틀 전? 한 달 전? 비서실로서는 언제가 처음이 될지 도무지 알 방법이 없었거든요."

다시 말하면 그 말은 내가 움직인 순간이 바로 처음이라는 뜻이었다. 내가 움직이기 시작한 것 자체가 한묵희 주변에서 뭔가 평범하지 않은 일이 일어나고 있다는 징후였던 셈이다. 나는 셔츠까지 검은색으로 맞춰 입은 장목은의 얼굴을 자리에 앉은 채로 가만히 올려다보았다.

그가 말했다.

"보여드리지요. 반 실장이 시 문화위원회에서 일하는 건 아십니까?"

"전혀요. 아직 아무 정보가 없습니다."

"달 축제가 있을 겁니다, 곧. 보통은 퍼레이드나 간단한 야외 공연 같은 게 몇 개 있는데 야외 공연 팀이 늘 같은 팀이었거든요. 그런데 이번에 한 팀이 추가될 겁니다."

"한묵희 씨가 속한 팀인가요?"

"6분의 1 네이티브들이 많이 속해 있는 팀이라고 해두죠. 반

실장이 기획위원 자격으로 행사 준비 상황을 체크하러 다니곤 하는데 내일은 현장 일정 중간에 다소 개인적인 일정이 포함될 예정입니다. 뭐 별 대단한 건 아니고 간단한 티타임 정도라고 생각하시면 됩니다. 위험한 일은 아니지만 이런저런 복잡한 사정 때문에 보안관계자 한두 명이 나가 있었으면 하는데, 어떻습니까, 거기에 나와보시면?"

복잡한 사정이란, 역시 첫숨 주민들의 촌스러운 버릇을 말하는 모양이었다. 신기한 게 있으면 일단 와서 들여다보고 가는 버릇.

다음 날 오전에 나는 수상해 보이는 옷차림을 하고 장목은이 알려준 곳을 찾아갔다. 약속 장소에 도착해보니 나처럼 아래위로 검은색 옷을 입은 사람 두 명이 장목은과 함께 주위를 둘러보고 있었다. 그런데 막상 장목은 본인은 검은 셔츠에 흰색 재킷과 바지를 입고 있어서 그 옆에 나란히 서면 나 역시 다른 두 사람처럼 그의 부하로 보이기 딱 좋았다.

나는 장목은을 따라 야외 공연 장소로 갔다. 시립도서관 앞 조그만 공원 광장에는 잔디밭을 다 덮을 만큼 커다란 천막이 쳐져 있었고, 천막 꼭대기에는 초승달 모양 장식물이 달려 있었다. 가운데에 있는 커다란 천막 양옆으로 작은 천막 몇 개가 줄지어 있었다. 광장에 들어서자마자 보안팀 직원들이 그쪽으로 향하는 것을 보니 거기가 바로 반지업이 이용할 대기실인 듯했다.

그들이 자신들의 일을 하는 사이 나는 가운데에 있는 천막 쪽으로 다가갔다. 열려 있는 입구를 통해 안으로 들어섰지만 곧바로 천막 안쪽이 보이지는 않았다. 외부에 노출되지 않도록 입구 방향을 한 번 틀어놓은 탓이었다.

그리고 누군가가 투덜대는 소리가 들렸다.

"꼭 이걸 해야 돼? 제일 집중해서 연습해야 될 타이밍에 전부 다 현장 리허설에 나올 필요가 있나? 다음 리허설이 없는 것도 아니고."

"그래도 와서 맞춰보면 좋지. 연출 쪽에서는 신경 쓰일 거 아냐. 리허설 많이 하는 게 나쁠 건 없으니까."

"하면 좋지. 근데 그걸 지금 해야 되냐고. 연습실에서 해도 될까 말까인데 이거 때문에 흐름 다 망가지겠네."

그 말을 듣자 곧바로 상황을 짐작할 수 있었다. 기획위원이 현장을 체크하러 다니는 게 아니라 기획위원이 온다는 날짜에 맞춰 공연팀이 현장으로 원정을 나온 모양이었다. 천막 안으로 한 발짝 들어섰다. 그러자 투덜대던 소리가 갑자기 사라지고 사람들의 시선이 일제히 내 쪽을 향했다. 아마도 옷차림 때문인 것 같았다.

안쪽을 둘러보니 천막은 현장 리허설을 위한 가림막 용도로 만들어진 모양이었다. 공연 당일에는 치워버릴 예정인 듯 객석이 들어설 공간이 따로 마련되어 있지 않았다. 연습복 차림의 무용수 몇 명이 인상을 잔뜩 찌푸리며 다시 연습에 몰두했다. 그 사이에서 어렵지 않게 한묵희의 얼굴을 찾아낼 수 있었다.

내가 그쪽을 보고 있다는 사실을 깨닫자 한묵희가 먼저 고개를 까딱하고는 모두가 들을 수 있을 만큼 큰 소리로 나에게 말을 건넸다.

"안녕하세요, 최 선생님. 오늘은 이쪽으로 나오셨네요. 그런데 벌써 오셨나요, 그분? 좀더 있다가 오실 줄 알았는데."

그때 나를 향하던 눈빛 가운데 유난히 따가운 시선 두 개가 시야에 들어왔다. 익숙한 눈빛이었다. 그날 밤, 내가 한묵희를 따라 나선 날 밤에 처음 발견하고는 결국 집 근처까지 미행을 했던 그 남자였다. 나는 그가 남긴 잔상을 기억에 새기며 한묵희의 말에 대답했다.

"아, 예. 지원 나온 거라 저도 잘 모르겠습니다. 책임자는 다른 분이셔서요."

"아하. 그런데 죄송하지만 다른 데 가 계시거나 저 구석에 있는 의자에 앉아 주시겠어요? 신경 쓰여서 분위기가 안 잡히네요. 준비가 덜 끝난 현장 연습이라 안 그래도 다들 집중력이 좀 떨어져 있거든요."

"죄송합니다. 나가 있는 게 낫겠네요."

"고마워요, 선생님. 이따 다시 인사할게요."

천막 입구를 빠져나오는데 누군가 한묵희에게 묻는 소리가 들렸다.

"언니, 누구야? 아는 사람?"

"같은 아파트 사시는 분."

"아, 난 또."

완전히 밖으로 빠져나와 천막 앞에 붙어 있는 공연 포스터 앞에 섰다. "6분의 1 네이티브." 군더더기 없이 단순 명료한 제목이었다. 그리고 며칠 전에 한묵희로부터 직접 들은 표현이기도 했다.

자기 공연 광고였구나.

포스터 이미지도 단순했다. 하얀 바탕에 검은색 실루엣 하나. 여자 무용수였다. 두 손을 눈높이보다 높게 들어 올린 채 앞쪽으로 달려 나가는 듯한 포즈. 그 실루엣의 주인공이 한묵희일 거라는 확신이 들었다. 물론 근거가 있는 확신은 아니었다.

그런데 어쩌지? 충분히 준비 안 된 공연을 잠깐 본 것뿐이지만 그렇게 대단할 것 같지는 않은데. 그보다 달 공연을 왜 지상에서 하는 거지? 차라리 3구역 공연장에서 하면 제대로 할 수 있을 텐데. 관객이 많지 않으니 찾아가는 공연을 기획한 거긴 하겠지만.

못생긴 천막을 올려다보았다. 꼭대기에 달린 달 모양 장식이 어쩐지 무안하게 느껴졌다. 송영의 오찬장 같은, 화성인들의 구역을 가득 채운 몽환적이면서도 어딘가 환상적인 3분의 1 중력의 느낌에 비하면 이루 말할 수 없이 초라해 보이는 광경이었다.

저래가지고는 나모린을 못 이겨. 왜 이겨야 하는지는 나도 잘 모르겠지만. 그보다 '그 남자'는 저런 한묵희를 보면서 무슨 생각을 하고 있을까.

공연팀 명단을 찾아보면 그의 정체를 알 수 있을 것이다. 사진이 없어도 주소로 본인 확인을 할 수 있으니 굳이 사진까지 요구할 필요는 없다. 다른 단원과 같이 살고 있는 게 아니라면. 물론 단원들끼리 비슷한 곳에 모여 사는 경우도 충분히 예상할 수 있다. 하지만 그건 그때 고민하면 될 일이겠지.

그런 생각을 하고 있는데 갑자기 주위가 어수선해졌다. 장목은과 보안팀 직원들이 재빠른 동작으로 정해진 위치에 가서 서는 모습이 보였다. 공원 옆 도로로 차 한 대가 다가오고 있었다. 차가 천천히 속도를 늦추더니 천막으로 통하는 길 입구에서 완전히 멈춰 섰다. 그리고 앳돼 보이는 남자 하나가 차에서 나왔다. 무슨 심사위원이라도 되는 듯 기대감과 엄격함이 동시에 묻어나는 표정이었다.

똘망똘망하게는 생겼네. 수행원 같은 것도 안 데리고 다니고 의외로 소박한 데가 있네. 차도 그렇고. 그래도……

반지업은 장 실장과 짧은 인사를 나누고는 곧바로 천막 문을 열고 안으로 들어갔다. 잠시 후 누군가에게 인사를 건네는 그의 큰 목소리가 천막 밖에까지 들려왔다.

12. 사다리

반지업과 한묵희의 사적인 만남은 사실 기대했던 것만큼 인상적이지는 않았다. 실제로 그렇기도 했지만, 굳이 남의 눈을 피할 필요도 없을 만큼 건전한 만남이었다.

반지업은 똑똑한 사내였다. 키가 별로 크지 않은 데다 귀염상이라 '사내'라고 불리기 힘든 외모였는데, 그 콤플렉스를 극복하기 위해 각별한 노력을 기울였는지 마초적인 제스처나 자신감 넘치는 걸음걸이는 오히려 장목은 같은 사람도 압도할 기세였다. 할머니만 아니면 장목은이 실제로 압도당할 리는 없겠지만.

어쨌거나 그런 위장술이 허세로 보이지 않을 정도의 세련됨을 지녀서인지 보기에 그다지 거부감이 들지는 않았다. 나처럼 처음부터 거부감을 지닌 상태에서 들여다봐도 그 거부감이 얼굴에 드러나지 않을 정도였으니 사실은 꽤 좋은 인상이라고 봐도 무방할 것이다.

15분 정도 연습을 구경한 뒤 그는 장목은을 데리고 천막을 나와 미리 마련된 작은 천막에 자리를 잡고 앉았다. 말로 들으면 거만해 보일 행동이었지만 실제로는 전혀 그렇지 않았다. 아니, 다리를 모으고 다소곳하게 앉은 모습이 나이나 지위에 맞지 않게 순박해 보이기까지 했다.

그리고 한참 뒤에 한묵희가 연습복 위에 얇은 점퍼를 걸치고 가운데 천막에서 나왔다.

"자주 뵈니까 좋네요."

"저도요. 저쪽입니다."

한묵희는 고개를 가볍게 숙여 나에게 인사를 건네고는 모범생처럼 앉아 있는 반지업에게로 다가갔다. 그러면서 만면에 웃음을 머금었다. 얌전하게 앉아서 기다리고 있는 반지업의 모습이 어울리지 않게 귀여워 보인 탓이었을 것이다.

"지업 씨."

그 순간 나도 모르게 눈살이 찌푸려졌다. 직함도 뭐도 아닌 호칭. 반지업의 얼굴에 미소가 환하게 피어올랐다. 입이 살짝 벌어진 것도 같았다.

"연습은 잘 마무리하셨어요?"

"네. 아니, 솔직히 말하면 오늘은 별로 진도를 못 나갔어요. 따라잡으려면 연습실 가서 또 해야 돼요."

"아무래도 그러시죠? 그 이야기는 여러 번 들었어요. 현장 리허설을 생략하거나 뒤로 미뤄볼까 했는데 오래전에 정해진 일정이라."

"알아요. 지업 씨가 뭐라고 하면 또 개입하는 것처럼 보였겠죠. 아마 우리 팀 공연 자체가 낙하산이라는 사람도 많을 걸요, 그렇죠?"

"아, 뭐. 낙하산 이야기는 어디서 뭘 해도 나오니까요."

"네, 뭐, 그럴 줄 알고 찍어본 거예요. 제가 무슨 감이 좋아서 맞춘 게 아니라. 우주 어디에서나 나올 이야기잖아요."

"오늘도 저를 갖고 노시네요. 하하."

나는 장목은의 얼굴을 바라보았다. 그도 역시 내 쪽을 바라보고 있었다. 그만하면 충분히 설명이 되겠냐고 묻는 듯한 얼굴이었다. 나는 그의 말에 대답하듯 고개를 끄덕였다.

'저 말은, 반지업 본인이 상황을 제일 잘 알고 있다는 의미일까요?'

장목은이 표정으로 대답했다.

'어떤 의미에서는, 그렇겠죠. 그런데 본인은 아마 모를 걸요.'

장목은이 손짓으로 나를 불렀다. 나는 그를 따라 반지업과 한묵희의 시선에 닿지 않는 곳으로 자리를 옮겼다. 물론 두 사람의 대화가 들리지 않을 만큼 멀리 떨어져 있지는 않았다. 오히려 거리만 놓고 보면 조금 전보다 두 사람에게 더 가까이 다가서 있는 것이나 마찬가지였다.

말하자면 그것은 나를 위한 장목은의 배려 같은 것이었다. 절대 기록으로는 남기지 않을 대화. 비서실 문서고 어디를 뒤져도 끝끝내 찾지 못할 생생한 내부 자료를 보여주기 위한.

"그래도 공연하니까 좋으시죠?"

반지업이 물었다.

"사실 좀 버겁긴 해요. 무용수 나이로 제 나이면 앞에 서기보다는 안무나 연출이나 제작 쪽으로 서서히 돌아서야 하는 시점이라. 예전에는 나이 먹어도 계속할 수 있을 거라 생각했는데 지금은 왜 무용수들이 나이 먹으면 일선에서 물러나는지 알 것 같아요. 열정이 없어서 그런 줄 알았는데 사실 모자라는 건 체력이더군요."

"에이, 아직 한창때이신 것 같은데요."

"달에 계속 있었으면 한창때라고 생각했겠죠. 그런데 지금은 경력이 중간에 한 번 뚝 끊겨서 뭘 다시 시작하려면 처음으로 돌아가야 되거든요. 신인으로."

"그러지 마시라고 무대를 내드리는 거잖아요."

"물론, 정말정말 고맙게 생각하고 있어요. 장학금도요. 그거 아니었으면 부모님 따라서 그냥 지구로 갈 뻔했으니까요. 하지만 신인으로 돌아간다는 건 신경 쓸 게 많아진다는 말이어서요. 연습만 하면 되는 게 아니라 지금처럼 팬미팅도 해줘야 하고. 농담이에요. 아무튼 착하게 굴어야 되거든요. 착한 예술가를 어디에 써먹으라고. 사실 그보다는 나이 문제가 걸려요. 무용수로 다시 출발하기에는 제한 시간이 너무 짧아서요."

"우주를 정복해야 하는데."

"맞아요. 우주를 정복하는 게 꿈이었는데."

순간 한묵희의 표정이 아련해지는 게 느껴졌다. 보이지는 않았지만 분명히 그랬을 것이다.

장목은 역시 그 순간을 놓치지 않았다. 아무 말도 아무 제스처도 건네지 않았지만 그가 그 순간에 반응했다는 것은 누구나 알 수 있었다.

"그래도 잘하실 거예요."

"아직 갈 길이 멀어요. 오늘 보셨죠?"

"저는 신경 쓰지 마세요. 그리고 오늘 연습은 연출이나 제작 쪽을 배려한 거니까요. 무용수들한테는 오히려 마이너스였을지도 몰라요. 그래도 시 문화위원회 쪽에서는 제작 쪽에 신경을 더 썼으면 하는 입장이어서요. 일리 있는 말이기도 하고요."

"그럼요."

갑자기 천막 안이 조용해졌다. 무슨 일이 일어나고 있는지 궁금해졌다. 사실 별 대단한 일은 일어나지 않을 것이다. 적어도 겉으로 보기에는.

하지만 사람의 마음은 알 수 없는 법이었다. 남들이 보기에는 별 대단할 게 없는 순간도 당사자들에게는 평생 잊지 못할 순간이 될 수 있었다. 마음이라는 건 다른 사람 눈에는 잘 보이지 않는 것이니까.

반지업이야 평생 그림자 같은 사람들에 둘러싸여 살아온 사람이니까 그렇다 쳐도 한묵희는 지금쯤 무슨 생각을 하고 있을까. 누군가 듣고 있다는 사실을 모르지는 않을 텐데.

어느 순간 한묵희가 하는 말이 대본에 나와 있는 대사처럼 들렸다. 또한 자연스럽게 한묵희가 연기하고 있는 한묵희라는 캐릭터가 내가 알던 한묵희와는 전혀 다른 사람일지도 모른다는 생각이 이어졌다.

누구와 함께 쓴 대사일까. 저 각본의 다음 장은 어떤 이야기로 흘러가게 될까. 그리고 또 한 가지. 천막 안에 있는 그 남자는 이 연극에서 어떤 역할을 맡고 있을까.

적어도 나는 이 이야기의 복선 몇 개를 알고 있었다. 하지만 예고편을 보지 못한 장목은이나 송영의 귀에도 뭔가 불안한 느낌이 드는 배경음악 같은 게 들렸을지도 모른다. 저런 장면을 보고 있자면. 다만 그들에게 단순한 삽입곡처럼 들리는 그 소리가 나에게는 거의 오케스트라처럼 웅장하게 들린다는 차이가 있을 뿐.

"언제부터 저랬답니까?"

작은 목소리로 장 실장에게 물었다. 그는 공원 구석 쪽으로 천천히 발걸음을 옮기며 이렇게 속삭였다.

"2년 전쯤에 달에 갔다가 한묵희가 하는 공연을 처음 봤답니다."

"그 뒤에 달 기지 철수가 결정됐고요."

"그렇지요. 그 소식 듣고 반 위원이 먼저 이주를 제안했더군요."

"팬이었군요. 그 뒤에는요?"

"부친 이름으로 장학금을 만들어서 본인이 대신 전달하는 역할을 했는데 그때 처음 직접 만난 모양입니다. 늘 하던 일이긴 한데 이 경우는 좀 달랐지요. 언제부터 저런 사이가 됐는지는 모르겠지만 어쩌면 처음부터 저랬는지도 모르겠군요."

"비서실도 그전까지는 몰랐다는 말씀이시겠죠. 혹시 다른 사람이 저 관계를 알게 됐을 가능성이 있습니까?"

"그렇지는 않을 거라고 봅니다. 사실 알았어도 별로 심각하게 생각은 안 했겠죠. 아시다시피 반 위원 전적이 좀."

"난잡했군요."

"그런 표현은 쓰지 않지만 관계의 양상이 복잡하기는 했지요."

"뒷바라지하느라 힘드셨겠군요."

"쳐 죽일 놈이지요."

나는 장목은의 얼굴을 빤히 들여다보았다. 그는 대답 같은 건 필요 없다는 표정으로 공원을 둘러싼 고층 건물들을 바라보고 있었다. 내가 물었다.

"저 아가씨도 알 텐데요."

"쳐 죽일 놈이라는 사실을요? 아마도. 그래서 지금 우리가 이러고 있는 게 아닙니까. 자, 이만하면 기본적으로 필요한 정보는 다 내드린 것 같고, 어떻습니까? 최 선생 이야기는 언제쯤 들어볼 수 있을까요?"

"구체적으로 이야기할 만한 게 생기면."

"허허. 뭐, 강요는 하지 않겠습니다. 지금까지처럼 이쪽은 열려 있습니다. 언제든 시작할 마음이 생기셨을 때 곧바로 시작하시면 됩니다. 임명식 같은 건 필요도 없고요."

"알겠습니다. 그보다, 아시겠지만 지난 며칠간 복사해놓은 정보가 좀 있는데요. 다 필요한 게 아니어서……"

"아, 그거요. 가지시면 됩니다. 최 선생님께는 정보를 열어두라는 게 송 의원님 방침이니까요. 활용할 데가 있으면 활용하셔도 무방합니다. 어디 팔아먹지만 않으시면 뒤탈이 없을 겁니다."

대수롭지 않은 일이라는 듯 그가 말했다. 허세가 틀림없었다. 내부인도 아닌 사람에게 그 정도의 정보를 노출시키고도 태연할 수 있는 보안책임자는 우주 어디에도 없었다. 이런 경우 허세의 목적은 대체로 이런 것이었다. 아무리 뒤져봐야 진짜 중요한 정보는 그 안에 없을 거라는 메시지를 전하려는 목적.

전직 프로 내부조사관에게 그 말은 이렇게 들렸다. 자료를 회수한다 해도 완전히 없애버릴 수 없을 만큼 단순하고 분명한 무언가가, 이를테면 어떤 사업이 존재한다는 사실 자체를 알게 하는 짧은 키워드 몇 개 같은 것이 그 자료 뭉치 전체에서 제일 치명적인 정보일지도 모른다는 사실.

"그럼 고맙게 쓰겠습니다. 여기 도시 구조도 파악할 겸."

"그러시지요. 아, 다만 송 의원님께서 한번 만나자고 하실 겁니다."

"면접인가요?"

"설마요. 가볍게 얼굴이나 보는 자리겠죠."

한묵희가 천막을 나와 가운데 천막으로 들어가는 모습이 보였다. 곧이어 반지업 또한 천막 밖으로 나왔다. 그의 표정에서 다 알면서도 속아준다는 우월함 같은 것을 읽어내고 싶었지만 그런 기색은 전혀 보이지 않았다. 그 얼굴에서 찾아볼 수 있는 것이라고는 정말로 기대감에 들떠 있는 사람에게서나 볼 수 있는 만족과 설렘, 그리고 행복감뿐이었다.

그가 차를 타고 떠나버린 후, 나는 이상한 예감에 광장 주위를 슥 둘러보았다. 일단 그런 곳이면 어김없이 눈에 띄곤 하는 날개 단 남자의 얼굴이 보였다. 그 외에 낯익은 얼굴 하나가 눈에 들어왔지만 그쪽으로 시선을 고정시키지는 않았다. 반지업을, 혹은 그 만남의 순간을 주시하던 눈. 혹시 그 순간이라면 그런 게 하나쯤 있지 않을까 생각한 순간 정말로 그 자리에 나타난 시선을 나는 기억 속에 잘 새겨두었다. 정말로 그 자리에 존재한 사람이 맞기를 바라면서.

동시에 기억 속 데이터베이스가 펼쳐졌다. 전날 들여다본 자료의 어느 페이지에 책갈피처럼 그 얼굴이 척 포개졌다. "콜로니 내 외계인 침투 유언비어와 주요 관리 대상 외래 단체 네트워크 상관관계 분석"이라는 제목의 문건, 거기에 첨부된 출입국 관리소 사진 자료, 그리고 일명 '박탈론자'로 불리는 달 출신 과격파 결사체의 주요 인물 누군가의 입국 기록.

생각보다 유용한 것 같은데, 그 비서실 자료들. 그게 없었으면 내가 본 게 진짜인지 아닌지 알 수조차 없었을지도 몰라.

오케스트라의 흔적을 찾은 것 같았다. 문제의 장면은 이미 지나간 뒤였지만 배경음악은 여전히 이어지고 있었다. 그것도 꽤 가까이에서 들려오는 소리였다.

13. 달 사람들

그날 밤 9시가 넘은 시각에 누군가가 초인종을 눌렀다. 장목은이 보낸 사람인가 하고 문을 열어보니 생각지도 못한 손님이 문 앞에 서 있었다. 한묵희였다.

"혹시나 하고 우편함에 보니까 이게 꽂혀 있더라고요. 선생님한테 온 우편물. 아니면 집집마다 초인종을 다 눌러볼 뻔했지 뭐예요."

"어서 오세요. 그런데 무슨 일로……"

"나중에 다시 인사드린다고 해놓고 그냥 와버려서요. 이거 전해드리려고 했었거든요. 그날 혹시 출근하시는 거 아니죠?"

"뭔데요?"

"초대장이에요. 공연 초대장. 광장에서 하는 무료 공연이라 티켓이 필요한 건 아닌데요, 그래도 뭐라도 갖고 있어야 공연 정보를 보기가 좋으니까요. 알아서 찾아오시라고 할 수도 없고."

"예."

"꼭 오세요. 재밌을 거예요. 진짜로. 공연하면 초대장 돌리면서 오랜만에 사람들한테 소식도 전하고 하는 게 일인데 여기는 아는 사람이 별로 없어서요."

"예, 고맙습니다."

"저, 이해하실지 모르겠지만 달에서는 이웃끼리 정말 잘 지냈거든요. 사람이 많지 않은 데라. 여기는 분명히 사람은 더 많은데 이야기를 나누는 사람은 더 적은 것 같아요. 그래서 인사 나누면서 반가웠어요. 이제 엘리베이터나 길에서 만나면 인사하고 지내면 좋을 것 같아서요. 괜찮으시죠?"

"그럼요. 묵희 씨만 불편하지 않으시면 저야 뭐. 그보다, 들어오시겠어요?"

"아니에요. 갑자기 찾아와서. 다음에 미리 말씀드리고 놀러 올게요. 저희 집으로 초대하고 싶지만 요즘 집 꼴이 말이 아니거든요. 공연 전이라 이것저것 할 일도 많고요. 아, 저는 바로 아래에 살아요. 이 집 바로 아래. 그럼, 안녕히 주무세요."

"예, 조심해서 가세요."

"네? 네. 조심해서 가볼게요. 제가 아직 동네가 좀 낯설어서 제대로 찾아갈 수 있을지 모르겠네요. 하하. 농담이에요. 쉬세요."

계단을 내려가는 한묵희를 바라보았다. 방금 본 한묵희의 모습은 연극이 아니라고 생각했다. 착각일 수도 있다는 생각을 못한 것은 아니었지만 진심일 가능성도 배제하지는 않았다. 나는 한묵희의 말이 진짜인지 아닌지를 가려낼 수 있는 자료들을 남들보다 좀더 많이 가지고 있었다. 어쨌거나 우리는 문 안쪽을 통해 이어진 사이였으니까.

한묵희 역시 마찬가지였을지도 모른다. 방음이 잘 되지 않는 바닥을 통해 내 발소리를 꾸준히 들어왔는지도 모른다. 거실을 서성이는 소리나, 잠 못 드는 밤 화장실을 들락거리는 소리, 혼자서 가구를 조립하고 옮기는 소리, 가끔 현관문을 여닫는 소리도. 우편함을 통해 그렇게 쉽게 우리 집 위치를 알아낼 수 있었다면 그런 일이 처음이라고 생각할 이유는 별로 없었다. 하다못해 엘리베이터에 오르기 전 우편함을 뒤적이는 나를 보기라도 했다면.

달에서 왔어도 이런 도시에서는 아무하고나 친하게 지내면 안 된다는 것쯤은 잘 알고 있겠지만, 내가 그 건물 보안책임자 신분증을 달고 있는 걸 보고 신분은 확실하다고 생각했을지도 모르지. 그래도 여전히 지나치게 순진한 소리긴 해.

문을 닫고 책상으로 돌아갔다. 그리고 비서실에서 복사해 온 자료를 들여다보았다.

이영준.

낮에 본 얼굴이었다.

첫숨은 출입이 꽤 자유로운 도시였다. 지구궤도연합과의 분쟁 이후 중재원을 유치하면서까지 추진하고 있는 중립주의 정책의 핵심 내용이기도 했다. 누구든 자유롭게 이용할 수 있는 인류 전체의 공공재가 되는 것, 그래서 궁극적으로는 누구에게도 공격당하지 않을 모두의 동맹이 되는 것, 그것이 바로 이 정책의 근본 사상이었다.

물론 그 이면에는 첫숨과 반대 방향으로 돌고 있는 또 하나의 실린더에 관한 문제가 걸려 있었다. 주로 농업시설이나 자동화된 공업생산시설로 채워져 있다는 것 이외에 그 안에서 정확히 무슨 일이 벌어지고 있는지 아는 사람은 많지 않았다. 그 구역이 누군가에게 심각한 적대 세력이 되었을 때 첫숨 구역이 인간 방패 역할을 하리라는 소문은 단순한 유언비어로 치부하기에는 너무나 복잡한 이슈였다.

그래서 첫숨 주민들의 대부분은 그 사실을 까맣게 잊고 살았다. 사실 다른 대도시 주민들과 마찬가지로 첫숨 주민들은 자기네 도시 바깥에 다른 세계가 존재한다는 사실 자체를 완전히 잊어버리곤 했다. 그들에게는 사람이 문인 것과 마찬가지로 세계도 일일이 열 필요가 없는 문이었다. 아니, 길에서 마주치는 문은 보이는 것마다 다 열어버리는 첫숨 사람들도 세계를 향해 열린 문은 잘 열려고 하지 않았다.

아무튼 출입이 자유로운 첫숨에도 안전은 가장 중요한 문제 중 하나였다. 그래서 첫숨의 수많은 보안담당자들은 위험 요소가 될 만한 외부인의 행적을 끊임없이 추적했다. 건물 하나의 보안책임자 자격만으로 다른 수많은 제휴 기관들의 정보에 접근할 수 있는 이유도 바로 여기에 있었다.

이영준, 김오상, 박상이, 정인아. 이런 인물들이 불과 한 달 정도밖에 안 되는 짧은 기간 안에 모두 첫숨 인공중력권에 자리를 잡았다는 사실은 보안관계자라면 누구나 한 번쯤 들어본 소식일 것이다. 대부분이 그냥 대수롭지 않게 듣고 넘겨버렸겠지만.

'박탈론자'라고도 불리고 때로는 과격파로 불리기도 하는 달 이주민들의 모임은, 사실은 생각만큼 과격한 인사들의 결사체가 아니었다. 아니, 사실은 결사체 자체도 아니었다. 한묵희가 말했듯 달 사람들은 원래 유대 관계가 남달랐다. 워낙 인구가 적었던 데다 비슷한 나이대에 속하기라도 한다면 달 중력권 안에 살고 있는 사람들 모두가 어떻게든 한 번쯤은 직접 대화를 나눠본 사람들일 정도로 사회관계망이 촘촘하게 구성된 탓이었다.

그러니 과격파라는 것은 어쩌면 첫숨 보안관계자들이 만들어낸 유령일지도 몰랐다. 우주거주시대가 되면서 더 이상 귀신을 믿지 않게 된 사람들이 귀신 자리에 대신 채워 넣는 게 외계인인 점을 생각하면, 외래 단체 네트워크와 외계인 유언비어가 묘한 방식으로 연결된 점 또한 자연스럽게 이해가 됐다. 그러니까 그 둘 사이의 관계를 분석한 문건은 첫숨 보안담당자들의 자기 성찰 같은 것이었다. 그런 위협은 애초에 한 번도 존재한 적이 없다는 선언 같은 것.

충분히 가능한 일이지. 그 사람들 눈에도 날개 단 남자의 형상 같은 게 보이곤 한다면.

나는 판단을 유보한 채 그들의 이력을 읽어 내려갔다. 한묵희가 말한 '어떤 일을 해오셨는지 모르는 것도 아닌' 사람이 있는지를 살펴봐야 했다. 그러나 그 문건을 아무리 들여다봐도 달 기지 철수 절차를 집행하러 온 지구 출신 관료들에게 돌을 던진 정도 말고는 특별히 위험한 행적은 찾아볼 수가 없었다.

다음은 그들의 주소를 확인하는 일이었다. 나는 원통 모양으로 된 삼차원 첫숨 지도에서 그들의 주거지 주소를 찾아보았다. 네 명 중 세 명이 비슷한 곳에 모여 사는 모양이었다. 내가 염두에 두고 있던 곳과는 다소 동떨어진 위치에. 다시 보고서를 뒤져 다른 연관 주소를 찾아냈다. 경찰 정보과에서 작성한 동향 보고서였다. 거기에 네 사람 모두가 자주 출입하곤 하는 곳의 주소가 나와 있었다. '그믐'이라는 이름의 카페였다. 이차원 화면 안에 든 삼차원 지도에 그곳의 위치를 표시했다. 20층 건물의 16층 창가에 있는 카페. 맨 처음 한묵희의 뒤를 밟은 그때 한묵희가 향했던 그 건물. 신상우가 '달동네'라고 알려준, 달 출신 이민자들이 모여 사는 구역.

다른 사람이 또 있는 건가? 달 출신이면 누구나 어떤 일을 해왔는지 알고 있는 위험한 사람이?

확신할 수 있는 사실들부터 정리해보자면 이런 것들이었다. 한묵희는 반지업을 이용할 수 있다. 누군가는 한묵희를 통해 반지업을 이용할 수 있다. 이영준은 그 광경을 지켜보았다. 즉, 이영준과 관련된 누군가는 한묵희를 통해 반지업이 할 수 있는 어떤 일을 하려고 한다. 의도는 '누군가'에게, 능력은 한묵희에게 있다는 뜻이다.

한묵희는 자신이 그렇게 이용당하는 것이 걱정스럽다. 하지만 일단은 그 누군가의 계획을 따르고 있다. 왜? 내가 한묵희를 미행한 날 누군가를 만나 설득을 당했기 때문에?

그날 그곳에서는 무슨 이야기가 오갔던 걸까. 한묵희는 그 '누군가'를 만날 수 있었을까. 만약 그랬다면 마침내 그 사람의 의도를 직접 전해 들을 수 있었다는 뜻이 되겠지.

나는 지도를 가만히 들여다보았다. 가지고 있는 자료에 들어 있는 지도란 지도는 전부 하나씩 대조해보면서. 물론 달동네를 집중적으로 확대해서 보지는 않았다. 장목은 측에서 그렇게 순순히 자료를 내준 것을 보면 자료에 무슨 함정이 심어져 있는지 알 수 없는 노릇이었으니까. 대신 나는 모니터 앞에 바짝 다가앉아서 도시 전체가 펼쳐진 이런저런 지도를 하나씩 하나씩 넘겨보았다. 달동네 16층에 시선을 고정시킨 채.

별다른 단서는 나타나지 않았다. 자연스레 졸음이 밀려왔을 뿐이었다. 나는 자리에서 일어나 거실과 주방 사이를 서성였다. 그러다 거실 탁자 위에 둔 한묵희의 공연 초청장을 집어 들었다. 공연은 사흘 뒤였다. 1년 중 돈이 제일 많이 돈다는 달 축제가 열리는 날.

왜 달의 날이 제일 큰 휴일인 거지? 중립주의 때문인가? 하지만 차라리 태양이 더 중립에 가깝잖아. 태양 출신은 아무도 없으니까. 콜로니 위치 자체도 지구와 태양 중력이 균형을 이루는 지점에 고정되어 있고 말이야.

그런데 이건 뭐지?

팸플릿처럼 양쪽으로 접혀 있는 초대장 사이에 종이쪽지 하나가 끼워져 있었다. 거기에는 손글씨로 된 짧은 메모가 들어 있었다.

다음 날은 점심 무렵이 다 돼서야 그믐이라는 카페로 출근을 했다. 그믐은 16층 전망 좋은 곳에 자리 잡은 길쭉한 카페였다. 한 층 창가를 다 차지하고 있어서 같은 층에 있는 다른 곳들은 창문 없이 어떻게 지내나 싶었지만, 10분쯤 자리에 앉아 있어보니 그래도 괜찮은 이유를 알 것 같았다. 그믐은 마치 첫숨처럼 출입이 비교적 자유로운 곳이어서, 음료나 식사류를 팔기는 하지만 꼭 뭔가를 주문하지 않아도 별 눈치 보지 않고 편하게 앉았다 갈 수 있는 분위기였다. 즉, 테라스가 있는 카페가 아니라 테라스에 있는 카페였던 셈이었다.

하지만 그것 말고는 특별한 점이 하나도 없었다. 달 사람들만의 무언가가. 어차피 중력도 그다지 작지 않은 곳이라 달 정착지 스타일이라는 게 무엇을 가리키는 건지 알 수 없었지만,

아마도 실험실을 연상시키는 실내장식이 달 사람들이 생각하는 일반적인 달 기지의 풍경인 모양이었다. 인간이 살기 적당한 곳이 아니다 보니, 거주 자체를 목적으로 하기보다는 주로 자원 개발이나 연구 목적으로 파견된 사람들이 '불편을 무릅쓰고 다른 대부분의 인류를 위해 봉사하고 헌신하다 마침내 임무를 마치고 명예롭게 철수한 곳'이 바로 달 기지였던 것이다.

수세대가 지난 뒤에야 비로소 '우리는 달 사람'이라는 정체성을 갖게 된 마지막 달 세대가 생겼고, 그중에는 철수 정책을 삶의 터전이 파괴된 사건으로 생각하는 사람들도 있었다. 하지만 달 인구 대다수를 차지했던 이른바 온건파들은 지구나 다른 지구계 정착지로 돌아가는 것을 박탈로 여기지 않았다. 그저 당연한 귀결로 생각했을 뿐이었다.

박탈론자들은 사실 소수에 지나지 않았다. 그리고 그들의 달 정체성 역시 화성이나 지구 정체성에 비해 뚜렷하지 않았다. 심지어 그들에게는 달 고유의 음식이라는 것조차 존재하지 않았다. 그저 지구에서도 먹던 것을 조금 불편한 방식으로 먹을 뿐이었다.

그렇게나 희소한 달 출신 과격파들이 내가 앉은 테이블 바로 뒤편에 대여섯 사람씩이나 모여 앉아 있었다. 근처 어딘가에서 일을 하다가 점심시간이 되자 특별한 약속 같은 것을 정하지 않았는데도 하나하나 모여들어서 언제나 그랬듯 자연스럽게 같이 식사를 하는 광경. 아무리 봐도 위험한 사람들처럼 보이지는 않았다. 다만 그 위협적이지 않은 사람들 중 하나가 내 얼굴을 알아보고는 내 쪽을 가끔 흘끔거렸을 뿐이었다.

평소와 다름없이 평화롭게 흐르는 공기. 손바닥을 펼쳐 공기의 흐름을 느껴보았다. 긴장감이라고는 느껴지지 않는 소박한 바람이 손가락 사이를 스쳐 지나갔다.

셔츠 주머니에 든 한묵희의 쪽지를 떠올렸다.

전문가시죠? 의논할 사람이 필요해서요.

직접 말로 하지 않고 쪽지를 건넸다는 건, 역시 도청 가능성 같은 걸 생각하고 있다는 의미인 걸까. 하지만 사실 내가 바로 그 사람인데. 누군가 사람이 심어져 있어서 한묵희의 말을 엿듣게 되어 있었다면, 그 사람이 바로 나일 텐데.

그런데 이런 달동네 어느 구석에서 그런 긴박함을 포착할 수 있었던 걸까, 그 여자는.

14. 노파심

간단하지 않은 식사를 마친 후 카페에서 나와 중재원으로 향했다. 마침 심동완이 자리에 있었지만 전과 마찬가지로 일에 파묻혀 있어서 반가운 인사나 한가로운 티타임 같은 것은 기대할 수 없었다.

"이제 좀 심심하세요? 일 시작하시게요?"

"내 의지와 상관없이 벌써 시작된 일이래도."

"아, 그래서 놀고 계시는구나. 그전까지는 일이 없어서 논 거고 지금 노는 건 일하기 싫어서 어디 도망 나와 있는 거고. 굳이 남 일하는 데까지 찾아와서 말이죠."

"심동, 심동은 내가 신뢰할 수 있는 사람 맞지?"

"설마요. 옛날에 우리 어머니가 그러셨는데, 신뢰에 관한 부분들은 아마 제 이름 끝 자에 다 농축돼 있었을 거라고요. 지금은 그게 어디로 사라져버리고 없어서."

그는 고개도 들지 않고 그렇게 대꾸했다.

"믿을 수 있는 사람이니까 하는 말인데, 누가 나 가지고 장난친다."

그가 심각한 표정을 짓더니 아무 대답도 하지 않고 어디론가 나갔다가 다시 돌아왔다. 손에는 서류 뭉치 몇 개가 들려 있었다. 아무래도 내 이야기 따위에는 전혀 관심이 없는 눈치였다. 한참 뒤에 그가 말했다.

"연애 상담이에요? 그쪽으로는 질량을 전혀 안 가지는 양반이라 누가 당겨도 인력이 작용 안 한다고 누가 그랬던 것 같은데."

"아, 생각해보니 연애 상담조차 아니구나. 뭐지, 이 상황은?"

"뭐예요, 그 손에 든 건? 설마 쪽지 받은 거예요? 요즘 중년들은 그러고 노는구나. 만나자고 그래요?"

"어? 어."

"나가보시려고?"

"선택의 여지가 별로 없어."

"어이쿠, 운명인가요? 그쪽은 싱글은 맞아요?"

"이야기 참 이상하게 흘러가네."

30분쯤 말없이 그가 일하는 모습을 구경하다가 짧은 인사를 건네고 방을 나섰다. 중재원 정문을 나서는데 나이가 지긋한 노부인 한 사람이 젊은 여자와 이야기를 나누며 무거워 보이는 걸음으로 내 쪽을 향해 걸어오고 있었다.

"어머, 중재원 사무국이 그렇게 한가한 곳은 아닐 텐데 오래도 폐를 끼치고 나오시는군요."

송영이었다. 나는 그 앞으로 가서 멈춰 섰다. 갑작스런 만남이라 무슨 말을 해야 할지 알 수 없었다. 그러자 옆에 서 있던 나모린이 눈치 빠르게 먼저 말문을 열었다.

"다른 일로 전화 통화를 하다가 여기서 조사관님 같은 분을 뵀다고 하니까 다짜고짜 나오시겠다고 하셔서요."

나는 그날 송영의 오찬모임 때 내 이름표에 적혀 있던 직함이 무엇이었는지를 비로소 알게 되었다.

"저한테 하실 말씀이 있으신 건가요?"

송영은 첫숨에서 제일 중요한 인물 중 한 사람이었지만, 수행원 없이 너무 아무렇지도 않게 길가에 나와 있어서 그런지 늘 붐비는 중재원 정문 앞에 서 있었는데도 알아보는 사람이 아무도 없었다. 첫숨처럼 호기심 많은 인물들로 가득한 곳에서 그런 일이 가능하다는 것이 신기할 따름이었다.

"기다린 건 아니에요. 이 시간에는 사람들 보러 다니는 게 일이니까 너무 신경 쓰지 마세요. 화성 노인네들 문제가 뭔지 아세요? 화성 구역에 틀어박혀 있으면 너무 편하다는 거예요. 힘이 덜 드니까. 그런데 사람 몸이 그렇지가 않거든요. 지구 중력에 나와 있어야 뼈가 약해지지 않죠."

"맞아요. 자주 산책하러 나오세요. 그럼 여사님 좀 맡아주시겠어요? 저는 또 들어가봐야 해서."

나모린이 말했다. 나는 고개를 끄덕여 작별 인사를 대신하고는 송영과 함께 길을 나섰다. 송영이 먼저 말을 꺼냈다.

"투명인간 기술에 관해서 들어본 적 있으세요?"

"예, 뭐. 예전에 맡은 내부조사 사건 중에 그런 기술을 개발

한다는 회사가 있었거든요."

"그 기술을 완성한 데가 있다는 건 아세요?"

"그렇습니까? 완성됐다는 이야기는 전혀 못 들어봤는데요. 비슷한 걸 만들었다고 해도 우리가 생각하는 투명인간하고는 전혀 다른 이야긴 줄 알았는데요. 뒤쪽 영상을 촬영해서 앞으로 보내는 기술 같은 거라."

"어머, 모르셨군요. 완전히 감쪽같이 사라지는 기술이 벌써 5년 전쯤에 개발됐는데."

"어디에서요."

"어디겠어요, 여기지."

"첫숨에서요?"

"당연하죠. 그런데 실험 대상을 잘못 골랐지 뭐예요."

"왜요? 사고가 있었나요?"

"웬걸요. 완벽했어요. 너무 완벽해서 문제지. 글쎄, 누가 개발한 기술인지는 모르겠지만 미남들만 싹 골라서 실험을 해버렸지 뭐예요. 그 후로는 어디를 돌아다녀도 미남이라고는 전부 씨가 말라서 오후 산책이 영 즐겁지가 않아요. 외지 출신들을 많이 데려와야 하는 이유를 알겠어요?"

물론 농담이었다. 나는 피식 웃음을 흘리고 말았다. 투명인간 기술이라는 게 존재한다면 날개 달린 인간이 실재할 가능성도 없지는 않겠다고 생각했던 내 자신이 한심하게 느껴졌다.

"그래서 중재원 쪽으로 산책을 오시는군요."

"그래서 이 자리에 중재원을 만들었죠. 결과도 나쁘지 않아요. 보시면 아시겠지만. 비석에 새겨야 할 필생의 업적이란 이런 거 아니겠어요?"

"건강하셔야죠."

"그럼 좋죠. 더 바랄 게 있겠어요? 그보다 어떻게 생각하세요, 그 일?"

"어떻게라는 건?"

"어제 그 아가씨를 보고 온 걸로 알고 있어요. 어떻게 생각하세요, 모린 양과 그 아가씨, 그리고 내 손자?"

나는 잠시 뜸을 들인 후에 간단하게 대답했다.

"나모린 씨가 단연 눈에 띄겠죠."

"어머, 역시 그러시겠죠? 제 손자인 반 위원한테는 과분한 상대가 맞아요. 하지만 잊으시면 안 되는 게 있답니다."

"어떤……?"

"반 위원이 문화계 관련 일을 하는 게 제 애비나 할미 이름 빌려 아무렇게나 하는 것만은 아니라는 거예요. 무슨 말인지 아세요?"

"안목이 있다고 들었습니다."

"맞아요, 안목. 안목이 좀 있는 게 아니라 절대 틀리지 않아요. 아직 나이가 충분하지 않지만 날 때부터 보고 자라서 키워진 안목이라 그 애 나이만큼이 다 경력이니까요. 다른 사람들은 노년 문턱에 들어서야 비로소 보는 것들을 지금 그 나이에 벌써 다 보고 있답니다. 버릇없이 자란 아이라 사람들 눈에는 그런 게 하나도 안 보이겠지만 말이죠."

"그 말씀은?"

"달에서 그 아가씨를 데려오겠다고 했을 때 노파심에 조사를 좀 해보지 않았겠어요. 그런데 이 노파심이라는 말, 누가 만들었는지 참 다정다감하지 않나요? 이 나이가 돼보니 알겠더군요. 그래서 한 일이라는 게 끝에 가서는 뒷조사가 되고 말았지만 처음부터 마음이 그렇게 움직인 건 아니랍니다. 아무튼 조사를 해봤더니 말이죠,"

"뭐가 나왔나요?"

"극찬 일색이더군요. 안 좋은 소문이 없었던 게 아니긴 해요. 하지만 그게 다 무의미해 보일 정도였답니다. 그렇지 않나요? 사람을 평가할 때 누구나 마음속에 백 점 만점 기준을 놓고 흠이 보일 때마다 하나씩 깎아내린 다음에 그게 총점이라고 생각하기 마련이니까요. 그런데 가만 생각해보면 그 백 점이라는 게 참 제멋대로 아니겠어요?. 그런 이상적인 사람이 도대체 누구였는지를 생각해보면 얼른 대답하기가 힘들거든요. 안 그런가요? 혹시 그런 사람을 만난 적 있나요?"

"나모린 씨 같은 경우가 아닐까요?"

"호오, 좋은 지적이네요. 그런데 그 아가씨도 꼭 그렇지는 않답니다. 제 말은, 감점이 없는 인간이 아니라는 뜻이에요. 진짜로 살아 있는 인간이거든요. 그래서 매력적인 거죠. 흠 잡을 데가 있으니까"

"그런데 한묵희는 그 정도로 완벽에 가까운 사람은 아니지 않습니까? 둘을 비교하는 건 좀 무리일 텐데요."

"그렇지요. 이런 지구식 정착지에서는."

"다른 곳에서는 달랐다는 말씀인가요?"

"백 점 만점을 놓고 평가하라고 하면 깎아먹는 점수가 10점은 넘겠죠. 그런데 이 아가씨 같은 경우에는 그게 총점이 아니었어요. 일단 기준 점수가 너무 높아서요. 백 점 만점으로 평가를 하라고 해도 다들 3백 점 만점으로 평가를 하고 있으니까."

"어째서 그렇죠? 그건, 정말로 이유를 잘 모르겠습니다. 제 눈에는……"

"최 선생 문제가 아닐 거예요. 우리 눈에는 다 그렇게 보이니까요. 지금은 그래요. 그런데 세상이 바뀌면 다르게 보일 거예요. 세상이 바뀌냐고 묻고 싶으시겠지만, 바뀌기도 한답니다, 여기서는. 그 공연은 꼭 보세요. 그날 이후로는 달라질 테니까요. 나는 별로 보고 싶은 생각이 없지만. 우리 같은 노인네들은 그런 축제날이 힘들거든요. 나이 먹으면서 폐지론자가 되는 사람들도 있는데 제가 그렇다는 이야기는 아니고요. 아무튼 그 아가씨를 만만하게 보지는 마세요."

"조심하라는 말씀이신가요?"

"최신학 선생, 저나 우리 집안사람들이 최 선생 눈에 어떻게 비치는지 모르겠군요. 하여간 사람들이 생각하는 그런 사람들은 아니랍니다. 가끔은 딱 그 모습이기는 해요. 어쩔 수 없이 튀어나오는 건 저로서도 별 수가 없으니까요. 그런데 최 선생을 그 집에서 살게 한 건 두 가지 이유가 있어요. 하나는 그 아가씨를 관찰하라는 거예요. 아니라고는 못 하겠네요. 그런데 한 가지 이유가 더 있답니다. 뭔지 아시겠어요?"

"그 일을 통해서 제가 의원님 댁 일을 하기에 적합한 사람인지 증명하라는 겁니까? 전에도 말씀드렸지만 그 일은……"

"어머, 최 선생, 그런 이야기를 듣다니 정말 놀랍네요. 저를 완전히 오해하고 계시는군요. 최 선생을 그 아가씨에게 보낸 건 두 사람 모두를 존중해서였어요. 감시 이야기는 무시해도 좋아요. 첫번째 임무를 다할 수 있다면요."

"그게 뭔지 여쭤봐도 되겠습니까?"

"한묵희 양을 대리하세요."

"예?"

"조언하고 지켜봐주세요. 아시겠어요? 제가 최 선생에게 준 권한을 가볍게 보지 마세요. 물론 그걸 쓸 때마다 보고가 올라오고 있기는 하지만, 최 선생의 활동을 제한할 사람은 아무도 없어요. 이해하시겠어요? 더는 아무것도 증명할 필요가 없다는 말이에요. 아무 조사도 안 하고 최 선생을 망명시킨 건 아니니까. 최 선생은 한묵희 양 때문에 첫숨에 온 거예요."

"그 말씀은?"

"제가 그 아가씨에게 붙여준 건 감시자가 아니라 보호자였다구요."

나는 그 자리에 우뚝 멈춰 서서 송영의 옆얼굴을 바라보았다. 송영이 말을 이었다.

"그렇게 갑자기 멈춰 서지 마세요. 쉬었다 다시 걸으면 힘드니까. 나 같은 화성 늙은이한테는 지구 중력이 아직 힘들어요. 요즘은 무슨 기도를 하는지 아세요? 저승은 중력이 낮은 곳이었으면 하는 기도예요. 기도라니 정말 웃기지도 않지 뭐예요."

"그런 의도인지 몰랐습니다."

"노파심이라는 말이 무슨 뜻인지 이제 조금 아시겠어요? 보고하지 않아도 상관없어요. 숨겨야 할 게 있다면 묻지도 않겠어요. 단, 최 선생은 무조건 그 아가씨 편에 서야 해요. 대신 결과는 감수해주셨으면 좋겠어요. 민감한 순간에 최 선생과 내가 다른 편이어야 할 수도 있으니까요. 스스로 판단해서 마음대로 하세요. 그리고 그 공연은 꼭 가서 보도록 하세요."

"알겠습니다."

"이제 따로 볼 일은 없겠죠. 가던 길로 가세요. 나는 혼자서도 갈 수 있으니까."

"입구까지 같이 가드리겠습니다."

"어머, 최 선생. 생각보다 센스가 없으시네요. 제가 정문으로 드나들겠어요? 이쯤에서 눈치껏 빠져주세요. 비밀 통로를 들키고 싶은 생각은 털끝만큼도 없으니까요. 그거 새로 뚫으려면 일이 얼마나 귀찮아지는지 아세요?"

15. 배후

공원을 걸었다. 공연 연습이 모두 끝난 밤늦은 시각이었다. 공원은 한밤에도 조명이 꽤 밝았다. 도시 맞은편, 그러니까 우리 머리 위에 네모난 달처럼 떠 있는 공원도 마찬가지였다.

공원 안에는 작은 호수가 있었다. 동쪽 끝과 서쪽 끝을 비교해보면 수면의 높이 차이가 꽤 나는 호수였다. 인공중력 때문이었다. 원통을 돌려서 만든 중력이다 보니 중력이 작용하는 방향이 콜로니 회전 방향을 따라 한쪽으로 살짝 기울어질 수밖에 없었다.

우리는 낮은 쪽 수면 옆을 걷고 있었다. 호수에 반사된 첫숨의 야경이, 살짝 기울어진 거울에 비친 풍경처럼 위쪽으로 약간 솟아올라 있는 것처럼 보였다.

"어제도 말씀드렸지만 달은 인구가 많지 않아요. 그리고 사람들이 다 비슷비슷해요. 아세요? 개척지에 가까운 곳일수록 군인 아니면 과학자가 많아지거든요. 다들 지구에 있는 기관에 소속된 사람들이고 한 5년쯤 지나면 돌아가버리는 사람도 많아서 뜨내기들의 정착지 같은 느낌도 드는 곳이지만 비슷한 일을 하던 사람들이 많다 보니 그만큼 관계가 긴밀하기도 했어요. 다들 수학을 어찌나 잘하는지. 군인 출신들도 거의 엔지니어에 가까운 분들이거든요. 그래서 그런지 애들도 수학을

다 잘했어요. 유전이라기보다는 보고 자란 게 수학이어서 그랬던 것 같아요."

"묵희 씨도요?"

"저요? 저는 괴로웠죠. 수학이 늘 낙제점 근처였거든요. 거기는 수학 못하는 학생들을 위한 구제 장치가 없었어요. 왜 그걸 못하는지 이해를 못 했으니까. 어떻게 그런 걸 잘할 수가 있는 거죠? 선생님이랑 애들이랑 수학 농담 같은 거 하고 있으면 저는 완전 무슨 미개인 같았다니까요. 그거 아세요? 천문학자들이 외계지적생명체 신호 탐색할 때 찾으려고 하는 게 수학적인 패턴이 있는 신호라는 걸? 이쪽에서 신호를 보낼 때도 그런 식으로 만든 암호를 보내고요. 그런데 그거 보통 사람이 보면 무슨 말인지 하나도 이해를 못 하거든요. 말하자면 그거 이해 못 하면 지적생명체가 아니라는 뜻이잖아요. 제가 딱 그랬어요."

"그래도 묵희 씨는 다른 사람들이 못 하는 걸 하셨잖아요."

"맞아요. 그거 아니었으면 지금도 우울하게 살고 있었을 거예요. 선생님을 잘 만났거든요. 지구에서 무용하던 분이셨는데 나이가 많아져서 현장에서 은퇴하시고 남편분 따라 달에 와서 꽤 오래 사셨어요. 취미로 무용 수업을 맡으셨는데, 생각해보면 굉장한 일이었던 것 같아요. 그런 거장이 하는 수업을 거의 공짜로 들으면서 자랄 수 있었으니까요."

"그래서 하필 춤을 추게 된 거군요. 달에서 온 젊은이들이. 그럼 그건 그분이 고안하신 건가요, 6분의 1 네이티브들의 춤이라는 건?"

"아니에요. 그분은 네이티브도 아니시잖아요. 선생님은 그냥 지도만 해주셨어요. 생각해보면, 이렇게 해야 된다 저렇게 해야 된다 가르치신 적도 없었어요. 꼭 이렇게 할 필요는 없다, 꼭 저것만 좋은 건 아니다 하는 말씀을 더 많이 하셨죠, 사실. 춤을 만든 건 제 또래 아이들이었어요. 달에서 태어났거나 첫걸음마를 달에서 해서 평생 달에서만 살아온 애들. 제 말이 아니라 선생님 말씀이에요."

"위대한 선생님을 두셨네요. 지금도 연락하시나요?"

"돌아가셨어요. 진짜 많이 울었어요. 하필 달 철수 계획이 발표될 즈음이어서 정말 많이 슬펐어요. 전부 다 끝나는 것 같았거든요. 인생을 송두리째 빼앗기는 느낌이었어요, 그때는."

"저런, 지금은 좋아지셨나요?"

"네. 지금 생각하면 인생을 빼앗긴 게 아니라 사실 선생님 돌아가시기 이전의 삶이 우리한테는 좀 과하게 특별한 선물이었던 것 같아요. 우리는 정말 특별한 아이들이었거든요. 선생님이 늘 그러셨어요. '나는 너희들이 움직이는 것만 보고 있어도 눈물이 난단다. 잊으면 안 돼. 이 우주에서 너희들처럼 걷고 뛰고 장난쳤던 사람은 아무도 없단다. 내 제자들은 진짜, 가만히 숨만 쉬고 있어도 반짝반짝 빛이 나지. 어쩜 이런 아이들을 만나게 됐을까.' 그래서 선생님은 우리한테는 부모보다 더 부모 같은 분이셨어요."

"부러운 일이군요. 묵희 씨 말처럼 진짜 특별한 삶이었을 것 같네요. 선생님이건 누구건, 평생 그런 사람을 한 번도 못 만나고 사는 사람들도 많을 텐데. 저만 해도 언뜻 떠오르는 사람이 없을 정도니까요. 그런 데였군요, 달 기지는."

"우리한테는 그랬죠. 보통은 그냥 잠깐 머물다 떠나는 사람들이었지만. 지구에서 파견 나온 사람들은 그냥 계속 지구 사람처럼 살았어요. 지구로 돌아가면 또 그쪽 경력으로 이어지는 일을 하는 분들이었거든요. 아이들도 지구 대학에 가면 달 관련된 전공을 고르곤 했어요. 그 사람들이 달 전문가가 됐는데, 정작 우리 같은 네이티브들은 달 전문가로 불릴 기회가 없긴 했죠. 세상을 넓게 쓰지를 못했어요. 달에 토착화된 세대여서."

"그래서 남은 사람들끼리 더 가까워지는 거군요."

"선택의 여지가 없어요. 서로가 서로에게 전부였으니까."

"여기로 온 사람도 많았고요?"

"네, 아무래도. 지구 아니면 여기로 왔어요. 지구로 가는 건 어떤 면에서는 좀 위험한 선택이기도 했어요."

"왜요? 혜택이 꽤 있지 않았나요? 만족할 만한 수준은 아니겠지만."

"그렇긴 한데, 기반이 없었거든요. 중력이 풍부한 곳이기는 했지만 그것도 내 땅이 있어야 말이죠. 우리 부모님들만 해도 달에 뿌리를 내려버린 분들이라 지구로 이주하신 뒤에는 거의 처음부터 다시 시작하는 거나 마찬가지였어요. 그래도 지구로 간 사람들이 제일 많았지만, 어떻게든 경력을 이어가려면 우주정착지들이 그나마 기회의 폭이 넓었어요. 하던 일을 계속할 수 있는 기회 말이에요. 저처럼."

"아."

"여기서는 다들 자리를 잘 찾았어요. 어떻게 해야 하나 배회하지 않고 적당한 일을 잡았죠. 그런데 최근에 걱정스러운 일이 생겼지 뭐예요."

한묵희가 고개를 돌려 내 쪽을 바라보았다. 나는 최대한 자연스러운 미소를 띠면서 잠자코 다음에 이어질 말을 기다렸다.

"아무래도 미리 말씀드려야 할 일인 것 같아서요. 보안담당자 맞으시죠?"

"네."

"이런 말씀 이상하게 들릴지 모르겠지만, 신고를 하려는 건 아니에요. 쪽지에 쓴 것처럼 상의할 사람이 필요해서요. 달 사람들끼리는 워낙 친해서 그 범위를 벗어나면 아는 사람이 진짜 없거든요. 특히 이런 쪽 전문가는 더. 음, 사실 잘 모르겠어요. 어쩌면 신고하는 게 맞는지도 모르겠어요. 저도 제 생각을 잘 모르겠지만, 하여튼 해야 할 이야기인 것 같아서요. 그래서 바로 말씀드리지도 못하고 쪽지를 드린 거였어요. 고민할 시간을 좀더 만들려고요."

나는 한묵희를 돌아보며 말했다.

"그렇다면 잘 고르신 겁니다. 아니, 어쩌면 잘못 고르신 건지도 모르겠네요. 저도 정체가 좀 애매한 사람이거든요. 보안담당자이기는 한데 진짜 보안책임자는 아니어서요."

"알아요! 조사해봤어요. 실례되는 말씀은 아니겠죠? 어떤 분이신지 알 것 같더라고요. 그래서 다행이라고 생각했어요. 소신 있는 분이시니까."

"아, 그러셨군요."

그 말 말고는 아무 대답도 할 수 없었다. 알아봐준 게 신기하기는 했지만, 그때 그 사건은, 내가 폭로한 그 일은 사실 소신의 발로 같은 게 아니었다. 그저 호기심 때문에 저지른 사고일 뿐이었다. 하지만 다른 한편으로는 호기심처럼 순수한 소신이 세상에 또 있을까 하는 생각도 들었다. 그와 동시에 책임감 같은 게 느껴졌다. 그 일을 소신으로 봐주는 사람에 대한 책임감.

애초에 나를 선택한 건 송영이 아니라 한묵희가 아니었을까. 한묵희 본인은 그저 바라던 일이 우연히 일어난 일에 불과하다고 믿고 있을지 모르지만, 과연 송영은 그 일을 어떻게 기억하고 있을까.

"며칠 전에 제대로 인사드리기 훨씬 전부터 선생님 얼굴은 알고 있었어요. 뉴스에서 본 적이 있거든요. 그 사건 꽤 유명했던 거 아세요? 그때 뉴스에 자주 오르내리던 사진이 아직도 기억이 나요. 피곤해 보였지만 그래도 어디서 질문을 받으면 또박또박 대답하시던 모습이 인상적이었어요. 그래서 알고 있었어요. 좋은 분이시라는 걸. 그런데 세탁실에서 선생님을 직접 만난 거 있죠. 첫숨도 진짜 좁은 데구나 싶었어요."

속으로 그런 생각을 했다. 정말로 그렇게 좁은 데는 아니랍니다. 누군가가 더 좁아지게 만들어준 거였어요.

한묵희가 계속 말을 이었다.

"그러다 지금 말씀드리려는 그 일이 생기면서 고민을 많이 했어요. 그런 걸 같이 상의할 만한 친구가 딱 한 명 있어서 둘이서 한참 동안 이야기를 나눴고요. 오늘도 같이 나올까 했지만, 아무래도 이건 제 스스로 해결해야 될 일일 것 같아서요."

나는 그 친구의 얼굴을 떠올렸다. 그리고 두 사람이 나를 두고 상의하는 장면도 떠올랐다. 과연 누가 누구를 미행하고 있었던 걸까. 정말로 첫숨은 뛰어봐야 결국 송영 일가의 손바닥 안으로 돌아오게 되어 있는 세계였던 걸까.

"공연이 잡힌 후에 이상한 제안을 받았어요. 달에서 같이 자란 또래 친구들을 통해서요. 사실은 제가 저 건물 후계자라는 시 문화위원 후원을 받아서 여기에 왔는데, 그걸 발판 삼아서 뭘 하겠다는 거였어요. 저를 통하면 첫숨 주류 문화계에 진입할 수 있을 것 같다면서."

"무슨 목적으로요?"

"영향을 미칠 수 있다는 거였어요. 달 사람들을 위한 정책 같은 걸요. 그 문화위원이 반지업이라는 사람인데 할머니가 여기 유력자거든요. 제가 성공하면 새로운 활로가 생기는 거라고, 그 통로를 통해서 뭔가를 해볼 수 있을 것 같다는 거였어요. 제 귀에는 딱 그렇게 들리기는 했지만 솔직히 처음에는 자세한 내용도 몰랐어요. 별로 현실성 없는 일처럼 들렸거든요. 어쨌거나 반지업 씨와는 개인적인 친분이 있는 사이어서 그런 부탁 정도 들어주는 건 별일 아니겠다 싶었어요. 그런데 문제가 생긴 거예요. 나중에 알고 보니 이 사람들이 처음 이야기한 것처럼 단순한 의도가 아닌 거 있죠."

"그래요? 더 구체적인 목적이 있었나요?"

"저도 아직 전부 다는 못 들었어요. 아무리 물어봐도 말을 안 해요. 그런데 한 가지 걱정스러운 건 이 친구들 말고 다른 사람이 더 있다는 거예요. 사실 걱정스러운 건 이 사람이에요. 제 친구들이야 어렸을 때부터 다 알고 지낸 사이니까요. 그 사람이 그런 말을 했다고 했어요. 비밀 무기가 있다고. 첫숨 저쪽 구역 아시죠? 첫숨 반대 방향으로 돌아가는 거주 구역."

"예."

"거기서 무슨 비밀 무기를 만든다고. 자세한 건 그 친구들도 잘 모르는 것 같지만 아무튼 그런 소리를 막 하는 거예요. 그 이야기 듣고는 덜컥 겁이 나서 제가 도대체 무슨 짓을 하고 있었나 싶었어요. 그렇잖아요. 저한테 스파이 일을 하라는 거니까. 게다가 그 사람이 관련된 일이니까."

한묵희는 발걸음을 멈추고 머리 위 야경을 올려다보았다. 나는 잠시 아무 말도 하지 않고 기다리고 있다가 호흡이 가라앉을 때쯤 이렇게 물었다.

"그 사람이 누군지 아십니까?"

"네."

"누구죠?"

"그 사람은……"

16. 드레스코드

“여기 와서 한동안은 아무것도 안 하고 지냈답니다. 저는 달에서 온 게 아닌데도 경력이 완전히 끊어졌다고 생각했거든요. 지구에서도 진짜 탐정이었던 적은 없고 그냥 내부조사관 일을 하다가 왔을 뿐인데, 그렇게 아무것도 안 하고 지내다가 처음 한 일이 탐정 일이었습니다.”

“개업하고 하신 거예요?”

“아니요, 1층 우편함 바로 옆집에 살던 고등학생인데, 혹시 보신 적이 있을지도 모르겠군요. 그 집에 어마어마하게 큰 개가 두 마리나 있었지요.”

“아, 알아요. 엄마랑 둘이 살던 여자애죠? 모녀가 개 산책시키다가 거의 개에 끌려가다시피 하는 걸 본 적이 있어요.”

“맞아요, 그 모녀. 목성 중력에 끌려가듯이 끌려다녔죠. 결국 그 개들 때문에 이사를 가기도 했습니다. 집이 아무래도 좀 좁아서요.”

공원을 나와 집으로 향했다. 이미 늦은 밤이었고, 한묵희는 큰 공연을 앞둔 상태라 언제까지나 그런 곳을 배회할 수는 없었다. 그래도 비밀을 털어놓고 나니 마음의 짐도 조금은 덜어낼 수 있었던 모양이었다. 처음 공원으로 들어설 때보다 한결 가벼워진 발걸음을 보고 있자니 나까지도 어쩐지 마음이 밝아지는 듯했다.

내가 다시 말을 이었다.

“인사성이 밝은 아이라 금방 친해졌답니다. 아마 아파트 사람들 절반은 알고 지냈겠죠. 여기 사람들이 다 그렇지만.”

“저는 잘 몰랐어요.”

“절반은 모르고 지냈을 거니까요. 아무튼 수경이라는 아이였습니다. 어느 날 제가 엘리베이터를 기다리고 있는데 방금 학교에서 돌아왔는지 가방을 팔꿈치에 아무렇게나 걸치고는 심각한 얼굴로 고민이 있다고 하는 게 아니겠습니까. 그러니까 그 아파트에서 저한테 고민을 털어놓은 건 묵희 씨가 두번째인 셈입니다. 그 아이가 다니던 학교가 이 근방에서 제일 좋은 학교거든요. 사립학교인데 화성 출신 부잣집 애들이 많이 다니는 데였지요. 애가 워낙 공부를 잘해서 장학금까지 받고 들어간 학교였는데, 적응하기가 어렵다고 하더군요.”

“아이들끼리 텃세가 심해서요?”

“결국 그런 건데, 눈에 보이는 텃세는 하나도 없었답니다. 좋은 집안에서 자라서 성격 좋고 가정교육 잘된 애들이라 누굴 따돌리고 어쩌고 하는 일은 없었다고. 친하게 지내는 친구들도 많고, 공부 잘해서 부럽다는 이야기도 많이 들었는데 이상하게 그 친구들하고는 어느 선 이상으로는 다가가기가 힘들다더라고요.”

"돈이 많이 드는 과외 활동을 해야 되거나 뭐 그런 거 아닐까요? 옷을 잘 입고 다녀야 된다거나."

"저도 그런 걸 의심했죠. 그런데 그런 건 아니었습니다. 수경이네도 그걸 못 따라갈 형편은 아니었거든요. 좁은 집에서 살기는 했어도 그거야 수경이 학교 때문에 그런 거고, 사실은 집이 하나가 더 있었으니까요."

"아, 어쩐지, 그렇게 잘생긴 개들은 이 동네에 안 어울린다 했어요."

"그렇죠. 그래서 어느 부분에서 그렇게 소외감이 느껴지는 거냐고 물었더니 '드레스코드가요' 그러더군요. '너 지금 입고 있는 옷이 뭐가 어때서? 다른 날 봐도 너만큼 잘 입고 다니는 애가 없던데?' 하고 물으니까 수경이 말이, '저도 잘 모르겠어요. 뭘 어떻게 맞춰보려 해도 안 돼요. 걔네들끼리는 희한하게 맞춰 입은 것처럼 비슷한 옷을 입고 올 때가 있거든요. 평소에는 어울려서 잘 놀다가도 어느 날 주위를 둘러보면 다들 비슷한 옷을 입고 있는데 저만 다른 옷을 입고 있어요. 저게 유행인가 보다 하고 그런 옷이나 소품을 사놓으면 그다음부터는 또 아무도 안 입어요. 저만 유행 지난 옷을 입고 다니는 거 있죠. 버린 옷 주워 입은 것처럼' 이러지 않겠습니까. '유행이라는 게 원래 특별히 민감한 사람들이 있어' 했더니 뾰로통하게 입이 툭 튀어나와서는 '안녕히 가세요' 그러고 집으로 쏙 들어가버리더군요. 그리고 몇 주 뒤에 또 정문 앞에서 애를 봤는데 또 애가 그 이야기를 해요. 그래서 몇 달 만에 처음으로 의뢰를 받고 학교 근처에 가서 아이들을 관찰했습니다. 물론 보수는 따로 없었지만."

"뭐가 나오던가요?"

"일단 수경이 말은 맞는 것 같더군요. 그게 오랫동안 매일 잠깐씩 지켜봐야 하는 일이라 저 같은 처지가 아니었으면 맡을 수 없는 의뢰였는데, 그렇게 한 석 달을 봤더니,"

"석 달이나요?"

"석 달이나요. 좀 수상하기는 하죠? 하여간 석 달쯤 보니까 진짜 그렇더군요. 어느 날 한 번씩 보면 수경이가 화성 출신이라고 알려준 아이들만 비슷한 옷을 입고 오는 게. 그런데 그게 다가 아닌 게 문제였죠."

"왜요?"

"여기서는 어디나 다 그렇지만, 학교 근처도 어차피 도심 아니겠습니까. 학교 근처 가게들이 가끔 이벤트 같은 걸 하는데, 화성 출신들이 그 드레스코드에 맞춰서 옷을 입고 온 날이 되면 한 번씩 그런 이벤트가 열리는 거예요. 녹색 아이템을 갖고 있는 사람은 서비스로 뭐 하나 더 증정, 그런 이벤트가요. 가게 입장에서 보면 한 해에 한 번이나 할까 말까 한 이벤트인데 그 일대 가게들이 돌아가면서 하다 보니 은근히 횟수가 적지 않더군요."

"와, 치사하다."

"수경이처럼 따라가서 돈 내고 똑같은 거 사 먹는 아이들도 있었지만, 그게 어디 그렇게 되나요."

"그럼요. 이벤트 당첨돼서 먹는 거랑 돈 주고 사 먹는 거랑은 맛도 완전 다를 텐데."

"그렇죠. 그런 식으로 같이 갈 마음이 없어지게 만드는 일들이 학교 주변 어딘가에서 잊을 만하면 한 번씩 생겨나더군요. 그중에 제일 심하다 싶은 날은 아침 내내 햇볕이 쨍쨍하다가 오후에 학교 마칠 때쯤 갑자기 찬바람이 불면서 비가 쏟아진 날에 일어난 일이었답니다. 저도 그날은 일기예보를 확인하고 나왔는데 분명히 기상 계획표상으로는 계속 맑고 더울 예정이었거든요. 그런데 갑자기 그렇게 비가 쏟아진 겁니다. 하필 기상 의외성 변수가 제일 크게 발휘된 날이었던 거죠."

"그리고 화성 애들은 미리 준비하고 있었고요?"

"예. 그래서 학부모들이 항의를 했습니다. 그 학교뿐만 아니라 인근 학교까지 다. 이면 계획표 같은 게 있는 거 아니냐며. 당시 기상청장 딸이 중학생이었는데, 비를 쫄딱 맞고 집으로 돌아가는 사진이 어디에 퍼지는 바람에, 애매하긴 했어도 사건은 그냥 무마되고 넘어갔지요. 그런데 그렇게 무마되기에는 문제가 좀 있었던 게, 기상청장도 어차피 지구 출신이었거든요. 상류층처럼 보이기는 했지만 그 양반이야 아직 첫숨 지배층에 받아들여진 적이 없었으니까."

"무섭다."

"무섭죠. 그런데 교묘하기로는 그다음에 일어난 일이 더 심했답니다. 그날은 일이 완전히 반대로 일어났으니까요."

"어떻게요?"

"가을 시작될 무렵이어서 더웠다 추웠다를 반복하는 날이었는데, 그날은 사실 아침부터 추운 날이었거든요. 그런데 화성계 여학생들이 다들 하늘하늘한 원피스 같은 옷을 입고 덜덜덜 떨면서 학교에 온 게 아니겠습니까."

"낮에는 더워졌나요?"

"더 추워졌습니다. 무슨 일인가 싶었죠. 아마 지난번 일 때문에 일부러 그러나 싶기도 하고, 그런다고 화성 아이들만 옷을 맞춰 입고 온 사실 자체가 가려지나 하는 생각도 들고. 그런데 그게 그렇게 단순하게 끝난 일이 아니었답니다."

"그럼 어떻게요? 여기 진짜 이상한 데였구나."

"어떻게 됐냐면, 저도 늘 놓치고 있던 건데요, 그날 화성계 남학생들 드레스코드가,"

"말도 안 돼!"

"니트 상의 위에 얇은 재킷이더군요."

"우와! 그럼 화성 남자애들이 다 재킷 벗어서 화성 여자애들 입혀주고 사이좋게 집에 간 거예요? 말도 안 돼!"

"그런 데랍니다, 여기가. 그렇게 상류층끼리 만날 기회가 만들어지는 거지요. 모두에게 열려 있지만 숨겨진 암호가 여기저기 있어서 원래부터 그걸 읽을 줄 아는 사람에게는 전혀 다른 세상이 펼쳐지는 겁니다."

"그럼 다른 세계로 진입하려면 어떻게 해야 되는 거예요? 방법이 있는 거예요?"

"'아, 이건 어쩐지 나한테는 안 어울려' 싶은 생각이 들게 만드는 곳에서 위축되지 말고 뻔뻔하게 계속 버티고 있으면 되긴 될 겁니다. 물론 그게 쉬운 일은 아니겠지요. 유행도 워낙 말도 안 되게 빨리 바뀌는 사회라 바로바로 안 따라가면 뒤처진 것처럼 보이고, 또 너무 열심히 따라가려고 애쓰다 보면 꼭 제일 잘나가는 누군가의 뒤꽁무니 쫓아다니는 것처럼 보이고요."

"아, 그거 알아요. 말씀 듣고 보니 딱 생각나는 사람이 있어요. 아, 걔가 걔를 따라하는 게 아니었구나."

"유행 맨 앞에 서 있는 사람들이 따라야 하는 코드북이 있는데요, 고등학생들 경우처럼 실제로 그런 책이 있는 게 아니라 상징적인 의미로요. 상류층 사이에서는 그냥 입소문으로 도는 이야기라 어렵지 않게 다들 접하게 되는데 거기에 속한 적 없는 사람들이 눈치챘을 때는 이미 유행 지난 뭔가가 돼 있는 그런 것들이 있답니다. 그것도 다양한 분야에 걸쳐서 굉장히 많이. 누구에게나 열려 있는 장소지만 그 코드북을 잃어버린 사람이 상류사회 한가운데 서 있으면 어쩐지 자기가 초라해 보이는 거예요. 아시겠어요?"

"그럼요. 무용하는 사람들이 그런 거에 얼마나 민감한데요."

"저도 저 건물 들락거리면서 얼마 전에야 눈치챈 건데, 그런 상류층 화성 예법 중에 제일 기본적인 게 뭔지 아십니까?"

"글쎄요, 말투?"

"걸음걸이입니다."

"그래요? 걸음걸이가요?"

"며칠 전에 3구역 공연장 앞에서 제가 6분의 1 중력에 적응 못 한 거 기억나십니까? 제가 그때 딴생각하다가 깜빡하고 지구 중력에서처럼 걷는 바람에 위쪽으로 통 튀어 오른 일. 그때 저를 알아보셨죠?"

"눈에 띄었으니까요."

"맞습니다. 다들 제 쪽을 쳐다봤죠. 순간적으로. 그런 겁니다. 그것과 비슷하게 화성 출신들에게는 3분의 1 네이티브의 걸음걸이라는 게 있다고 하거든요. 일단은 튀어 오르지 않아야 되고, 속도 조절 못 해서 달려 나가는 건 당연히 안 되고, 그보다 진짜 어려운 건 언제 날아다녀도 되고 언제 날아다니면 안 되는가 하는 것이라고 합니다. 그냥 얌전히만 걷는 거면 할 수 있겠는데 그러면 또 활달해 보이지 않는다고 낙인찍히거든요. 소심해 보인다고. 결국 계속 움직이라는 건데 그러면서도 선을 넘지 말라는 겁니다."

"알아요, 그거. 맞아요, 지구 출신들이 잘 틀려요. 사실 여기서 공연하는 달 공연팀들이 그거 때문에 서커스 같아 보이는 거예요. 너무 과장되게 6분의 1을 표현하니까. 그런 거구나."

"사실은 중력이 다른 건데, 마치 공기가 다른 것처럼 행동하라는 거지요. 물리적인 제약 이상의 문화적인 관습을 요구하는 겁니다. 그리고 바로 그 점이, 그 일을 공모한 사람들이 묵희 씨를 고른 이유인 것 같습니다. 이제 짐작이 되십니까?"

"음, 아니요. 아직."

"이렇게 말씀드리면 어떻겠습니까. 3분의 1 네이티브들이 지구 중력 출신들을 비웃는 미학적인 이유를 그대로 6분의 1 네이티브에게 적용한다면. 예상치 못했던 결과겠지만 오히려 자신들보다도 달 사람들의 움직임이 상대적으로 더 우월해 보이지 않겠습니까. 화성의 공기가 그렇게 특별하다고 생각하던 사람들이 더 특별한 공기를 경험하게 되는 셈이니까요. 그러니까 이게 무슨 소리냐면, 그 사람들이 이용하려는 건 묵희 씨와 반지업 씨 사이의 관계가 아니라는 말입니다. 반지업 씨 때문에 훨씬 수월해지기는 하겠지만, 그건 오히려 부차적인 거고, 진짜 중요한 건 묵희 씨가 갖고 있는 그 6분의 1 네이티브의 움직임이라는 겁니다."

17. 출생의 비밀

다음 날 아침, 또다시 중재원으로 출근을 했다. 심동완이 밝은 얼굴을 하고 앉아 있다가 내가 방으로 들어서는 모습을 보고는 묘하게 표정을 일그러뜨렸다. 반갑다는 걸까, 보기 싫다는 걸까.

"심동, 그거 좀 알아?"

"또 뭐요?"

"'저쪽' 구역. 무슨 무기 생산한다는 말이 들리던데."

"아, 좀 나가세요. 여기 중재원인 거 몰라요? 중립 지역이라고요, 중립 지역. 중재원 사무국에서 무기 이야기를 하고 그래."

"뭐 좀 아는 눈친데."

"아무 말도 안 했어요. 긍정도 부인도."

"아는구나."

"몰라요."

"열 내는 거 보니까 민감한 주제이기는 한가 보네. 무슨 말들이 오가기는 한 모양이지? 그건 됐고, 나모린 이야기 좀 해봐."

"무슨 이야기요?"

"일 잘해?"

"쓸데없이 잘하죠. 아무것도 잘할 필요 없는 집안인데."

"누가 자기 일자리 뺏긴다고 생각하는구나."

"한두 명이 아닐 걸요."

"심동 생각은 어때? 반지업이랑 잘 어울리는 것 같냐?"

"이 아저씨, 민감한 거 많이 건드시네."

"자주 봐? 어디서 일해?"

"나모린이야 자기네 회사에서 일하겠죠. 중재원 사무국 직원이 아니라 법률 대리인이니까."

"그렇구나."

나는 곰곰이 생각에 잠겼다. 전날 밤 한묵희에게 한 충고를 떠올렸다. 이용하려는 사람이 있는 게 좋은 일은 아니지만, 본인 경력과도 관련이 있는 일이니 일단은 닿을 수 있는 데까지 가보자는 내용이었다. 고민하고 있던 일에 관해서는 내가 좀 더 자세히 알아봐주겠다는 약속도 함께였다. 해야만 하는 일인지 그렇지 않은지는 그쪽에서 좀더 직접적인 요청이 들어오면 그때 가서 다시 고민해도 될 것 같다는 판단에서였다.

어쩌면 무리를 하더라도 그 일을 맡는 게 옳은 걸지도 모르지. '저쪽' 구역에서 정말로 위험한 일이 일어나고 있는 거라면.

첫숨은 비효율적인 콜로니였다. 한 칸의 규모가 워낙 커서 작다는 생각이 별로 안 들기는 했지만, 우주정착지에 관해 아는 사람이라면 누구나 이상하게 생각할 만한 출생의 비밀을 안고 있는 곳이기도 했다. 그리고 그 비밀이란 다름 아닌 옆칸의 정체에 관한 것이었다.

스페이스콜로니는 태양광을 활용한다. 사실 태양광을 활용하기 위해서 만들어진 공간이라고 해도 무방할 정도였다. 대기가 없는 우주 공간에서는 양질의 태양광이 언제나 끊이지 않고 안정적으로 제공된다. 시설 운영비를 제외하면 에너지 원가가 제로라는 소리였다.

그런데 첫숨은 지구 주위를 돌고 있지는 않았다. 다만 지구와 태양 사이, 태양보다는 지구에 훨씬 가까운 위치에 있는 중력균형점에서, 그러니까 지구 궤도의 바로 안쪽에서 지구와 나란히 태양 주위를 돌고 있었다. 세 장의 거대한 반사거울을 언제나 태양을 향해 펼친 채로. 그런데 태양 주위를 돈다는 건 1년에 360도, 그러니까 하루에 1도 정도를 계속해서 움직이고 있다는 뜻이기도 했다. 즉, 첫숨의 회전축을 연장한 선이 언제나 정확히 태양을 가리키고 있으려면 콜로니 전체가 하루에 1도가 조금 안 되는 각도만큼 서서히 고개를 돌리고 있어야만 했다. 그런데 여기에는 한 가지 문제가 있었다. 인공중력을 얻기 위해 계속해서 회전하는 구조물이기 때문에 생기는 문제였다.

돌고 있는 팽이를 툭 건들면 처음에는 회전축이 살짝 흔들리다가 금방 원래 위치로 돌아오는 것처럼, 모든 회전하는 물체는 회전축을 틀려는 움직임에 대해 저항하려는 성질을 갖게 된다. 다시 말해서 콜로니가 태양 주위를 도는 속도에 맞춰 하루에 1도씩 회전축 방향을 옮기는 데에 너무 많은 에너지가 든다는 것이다.

이 힘을 상쇄시키기 위해서는 같은 회전축에 걸려 있으면서 서로 반대 방향으로 돌고 있는 비슷한 크기의 또 다른 원통 하나가 더 필요했다. 빠르게 도는 오토바이 바퀴의 회전저항력을 조금이라도 상쇄하기 위해 엔진을 반대 방향으로 돌리는 것처럼. 그렇게 하면 자전축을 회전시키는 일이 훨씬 쉬워진다. 즉, 첫숨처럼 생긴 우주 정착지는 나란히 붙어 있는 쌍둥이 정착지 때문에 유지될 수 있는 것이다.

하지만 이놈의 도시는 그런 공간은 아예 처음부터 존재한 적도 없는 것처럼 생각하는 경향이 있지. 골치 아픈 문제니까. 그런데 화성 구역에 들어가는 것과 그 반대편 정착지에 침투하는 일은 직접적으로 어떻게 연관되어 있는 걸까?

"첫숨 도면 있나?"

대뜸 던진 질문인데도 대답이 빨랐다. 심동완도 이제 슬슬 내가 하는 일에 관심을 갖기 시작했다는 의미였다.

"지도요?"

"아니, 스페이스콜로니 도면."

"그런 게 있을 리가요."

"하긴."

"알아볼 수는 있겠죠."

그는 이미 선을 넘고 있었다. 반대편 정착지는 늘 의심스러운 구역이었고, 특히 지구궤도연합 측의 입장에서 보면 누구도 크기를 가늠할 수 없는 미지의 위협 요소로 보이는 게 당연했다. 그 공포를 무마하기 위한 정책이 바로 첫숨을 개방하는 정책이었고, 이 정책의 중요한 성과물들은 모두 중재원과 관련된 일들이었다. 그러므로 중재원 사무국 직원이란 그 쌍둥이 구역의 대척점에 있는 사람이어야 했다.

"나모린 회사가 어디라고?"

11시가 되기 전에 나는 심동완이 알려준 대로 나모린의 회사 건물 맞은편에 있는 12층 건물 옥상에 쌍안경을 들고 올라가 있었다. 물론 출입증의 힘을 빌린 덕이었다.

그 위에서 내려다보니 나모린이 일하는 건물의 내부가 훤히 들여다보였다. 그 층뿐만 아니라 건물 한 면 전체가 투명한 유리벽으로 되어 있었다. 내부는 중간중간 흰색 칸막이 모양의 굵은 선이 이리저리 뻗어 있어서 어떻게 보면 개미집처럼 보이기도 하고 또 다르게 보면 세워놓은 미로처럼 보이기도 하는 옅은 하늘색 공간이었다.

잠깐 들여다보니 어렵지 않게 나모린의 사무실을 찾을 수 있었다. 다른 방보다 면적이 넓은 편은 아니었지만 천장이 두 배쯤 높이 솟아 있어서 벽면에서 차지하는 공간은 훨씬 커 보였다. 특히나 건너편에서 바라보면 옛날 이집트 벽화 같은 느낌이 들기도 하는 방이었다. 중요한 사람에게 더 많은 공간을 할애하는 원칙에 따라 그린 그림.

나모린은 액자 안에 들어 있었다. 그러나 갇혀 있는 느낌은 아니었다. 그렇게 투명한 건물에서 일한다는 게 신경이 안 쓰이는 일은 절대 아닐 텐데도, 나모린의 자세나 제스처에서는 누군가에게 관찰당하는 것에 대한 두려움이 전혀 느껴지지 않았다. 한묵희가 6분의 1 네이티브라면 나모린은 시선에 대한 네이티브인 셈이었다.

저건 거의 일부러 보여주는 거잖아. 다른 데도 아니고 첫숨에서. 이래 가지고는 하루 종일 여기 붙어서 감시해봐야 쓸 만한 건 하나도 못 건지겠어.

하지만 그때 쓸 만한 물건이 눈에 들어왔다. 나모린의 방 벽에 걸려 있는 그림의 일부였다. 깊이와 고독과 막막함이 느껴지는 어두운 바다색, 그 안에 비치는 거대한 그림자, 아니, 사실은 그림자처럼 보이는 외로운 존재의 지느러미.

진품인가.

어디선가 사진으로 전체 그림을 본 적이 있었다. 비서실에서 챙겨온 자료 더미 사이에서였을 것이다. 그것은 위에서 내려다본 고래의 모습을 담은 그림이었다. 머리를 아래쪽에 꼬리를 위쪽에 두고 있어서 추락하는 것처럼 보이는 그림. 하지만 그 그림에서 느껴지는 가장 중요한 정서는 쓸쓸함이나 절망 같은 게 아니라 그보다 훨씬 밝고 희망적이며 구체적인 느낌이었다. 짙은 색깔로 표현된 바다의 장엄한 무게감 때문에 오히려 부각되는 감상이기도 했다.

기억을 더듬었다. 그림 속의 바다는 짙고 묵직했다. 수면 가까이 올라와 있기는 했지만 아직은 물속에 잠겨 있는 거대한 고래의 몸체가, 그 짙은 바다의 위세에 눌려 형체가 아닌 그림자로만 보일 지경이었다. 그리고 그림 한가운데, 음울한 덩어리로만 보이는 고래의 실루엣 안쪽에 하얀 물거품이 일렁이고 있었다. 물거품은 바다와 대기의 경계를 나타내고 있었다. 정확히 말하면 그 경계에 걸쳐 있는 어떤 존재가 바다를 밀쳐내는 흔적이었다.

그 존재는 바로 새끼 고래였다. 갓 태어난 작은 고래. 어미의 넓은 등에 얹혀 맨 처음 수면 밖으로 숨 구멍을 내민 어린 생명. 다른 존재의 등에 업혀 자기 등에 있는 숨 구멍을 통해 맨 처음 하늘 맛을 보는 순간.

그림의 제목을 기억하고 있었다. '첫 숨'이었다.

그리고 그 그림에는 맥락이 있었다. 굳이 거기까지 생각하려는 사람은 많지 않지만 당연히 존재해야 할 반대편 끝인 '마지막 숨'이라는 제목의 그림이었다. 같은 화가가 그린 두 장의 그림.

「마지막 숨」의 주인공은 자신도 이미 거대한 덩어리가 되어버린 다 자란 고래였다. 등에 박힌 수많은 혹들이 그가 지나온 삶의 지형을 암시하고 있었다. 수면으로 올라온 등의 일부, 하지만 대부분 수면 아래에 잠겨 있는 커다란 몸체.「마지막 숨」의 바다는「첫 숨」의 바다처럼 어둡고 장엄하지 않았다. 심지어 화폭 한구석에는 어렴풋이 핑크빛이 감돌기까지 했다. 머리를 위에, 꼬리를 아래에 둔 고래의 몸체는 위쪽으로 솟구쳐 오르는 이미지를 담고 있었다. 하지만 그 몸에서는 힘이 느껴지지 않았다. 지느러미는 아래로 축 쳐져 있었고, 바다와 하늘의 경계를 가르는 곳에서 일어나는 물거품조차 이미 맥이 다 풀려버린 것 같았다.

그리고 수면 아래에는 다른 고래 그림자들이 대여섯 개나 모여들어 있었다. 아직 생생한 활력을 가진 지느러미, 아니, 거의 필사적으로 요동치는 몸짓들.

물속에 있는 고래들이 맨 위에 있는 지친 고래를 수면 위로 받들어 올리고 있었다. 이미 몇 시간이나 지속된 싸움이었을지도 모른다. 스스로 떠오를 기력이 없는 동료를 위해 온 힘을 다해 해수면과 싸우는 다른 존재들. 반드시 비극으로 끝날 운명, 그래도 여전히 포기할 수 없는 싸움.

두 그림은 한 쌍이었다. 하나하나 따로 두어도 웅장함이 느껴지는 그림이었지만, 크기와 비율이 완전히 똑같은 액자 안에 든 두 장의 그림을 같은 벽에 나란히 걸어두었을 때의 장대함은 화가의 인생 전체를 요약한 것만큼이나 인상적인 광경이라고 했다. 쌍둥이 우주정착지 첫숨과 맞숨처럼.

그런데 「마지막 숨」이 어디에 걸려 있다고 했더라.

어쩌면 수면 아래에 잠겨 있던 누군가의 음모가 모습을 드러내는 순간도 딱 저 그림 속에서 묘사되고 있는 것과 같은 광경일지 모른다는 생각이 들었다.

나는 수면의 이쪽과 저쪽을 상상했다. 그리고 물거품을 일으키며 그 너머로 침투해 들어가는 일도. 만약 그 일이 누군가는 꼭 해야 하는 일로 밝혀진다면, 나는 과연 한묵희에게 그 일을 맡으라고 충고할 수 있을까.

18. 첫숨

'첫숨'은 사상이고 관념이었다. 세상에는 관념어로 된 이름을 가진 도시들이 더러 있었다. 예를 들어 무언가를 잡아둔다는 뜻을 가진 '콘셉시온concepción'이라는 말은 개념이라는 뜻 이전에 잉태라는 뜻을 갖는다. 그중에서도 특히 성모 마리아의 수태를 뜻하는 종교적인 의미의 관념어로 사용되는 경우가 많은데, 지구의 어떤 도시는 바로 그 관념어를 이름으로 갖고 있다.

첫숨도 그와 비슷했다. 명확하고 구체적인 순간을 지칭하는 말이었지만 화성인들의 종교와 신념 체계 속에서 첫숨은 곧 관념적인 의미를 갖게 되었다. 모두가 그렇게 믿고 있었다.

그런데 사실 첫숨이 가리키는 순간은 생각만큼 명확하지가 않았다. 정확히 어느 순간에 화성인들이 지구에서 가져온 각종 생명 유지 장치에 의존하지 않고 스스로 화성의 대기를 호흡하게 되었을까. 정답은 알 수 없다. 대략 언제부터 언제 사이의 기간일 거라고 예상할 수는 있지만 누가 맨 먼저 첫숨을 경험한 사람인지는 확정하기가 쉽지 않다. 화성 대기 개조가 완성되는 시점이라는 것이 '어느 특정한 날의 정오'처럼 정확히 눈금으로 표시할 수 있을 만큼 짧은 순간은 아니기 때문이다. 분명 누군가는 아직 완성되지 않은 맛없는 대기를 호흡해봤을 것이고 또 다른 누군가는 실제로는 첫숨을 겪어보지 않았으면서도 자신이 제일 먼저 화성 대기를 맛보았다고 증언했을 수도 있다. 정확한 순간을 가려내기에 화성은 이미 너무 많은 사람들이 살고 있는 정착지였다.

그렇다고 첫숨의 순간이 존재하지 않는다는 말은 아니다. 화성 전체의 첫숨을 가려낼 수 없을 뿐, 당시 화성 주민 개개인에게 첫숨의 경험은 하나하나가 다 각별한 것이었다. 붉은색이던 하늘이 푸르게 변하고 이산화탄소로 가득했던 대기에 숨을 쉬어도 좋을 만큼 충분한 산소가 더해지는 과정. 그 모든 과정이 끝나고 이제 정말로 새로운 시작을 맞이하게 되었다는 신호.

자유롭게 숨을 쉴 수 있게 되었다는 것은 더 이상 어디에도 얽매일 필요가 없게 되었다는 의미이기도 했다. 호흡기로부터의 해방, 좁은 거주 구역에서의 탈출, 각종 차폐 장치를 벗어던지고 아무렇게나 살아갈 수 있게 된 데에 대한 환희. 그리고 그날이 오기까지, 때로는 위태로운 지경에 몰리곤 했던 화성인들의 삶을 든든하게 지탱해준 지지자들에 대한 무조건적인 숭배.

정치적인 의미에서 첫숨은 독립기념일이나 마찬가지였다. 사실 첫숨 직후의 화성인들은 난생처음 주어진 자유에 잘 적응하지 못하고 여전히 좁은 초기 정착지 근처에 머물렀던 것도 사실이었다. 그래서 그 지역에 세워진 도시들이 지금도 최고의 부동산 가격을 자랑하는 거대 도시로 성장했다는 점 역시 부인할 수 없다. 그래도 어쨌거나 첫숨 이후 화성인들은 분명 지구인들과는 다른 인류로 발전해나갔다. 자기 손으로 직접 일군 땅과, 고향과, 역사를 지닌 인류로.

호흡기를 떼자마자 화성인들이 맨 처음 한 일은 지구에 반기를 드는 일이었다. 그러니 일부 지구인들에게 우주정착지 첫숨이 지구 침공을 위한 화성인들의 전진기지처럼 보이는 것도 당연했다. 이름부터가 너무 노골적이라는 것이었다.

하지만 현실적으로 지구 침공은 우주에서 가장 비효율적인 사업이 될 게 틀림없었다. 그리고 대부분의 화성인들은 과거의 원한보다는 돈벌이에 관심이 더 많았다.

그런 과정을 거치다 보니 첫숨은 '첫 숨'이라는 말에서 느낄 수 있는 설렘에 비하면 훨씬 고리타분한 말로 변해 있었다. 화성인들이 아니면 아무도 찾지 않을 첫숨박물관, 첫숨기념사업회처럼 원래의 선명했던 색채를 잃어버리고 빛바랜 관념어가 되어 공문서 한가운데 놓여 있어도 위화감이 느껴지지 않을 지경에 이르고 말았던 것이다.

늘 보고 사는데도 존재 자체를 의식하지 못할 정도로.

나는 첫숨기념사업회 건물 입구로 들어섰다. 교회나 대성당처럼 생긴 건물이었다. 원칙적으로는 모두에게 개방된 곳이었지만 입구의 위치나 모양은 그와는 완전히 상반된 이야기를 하고 있었다. 일부러 주의 깊게 찾아보지 않으면 어느 문이 창고나 경비실로 들어가는 문이고 어느 문이 일반인 출입구인지 알 수가 없었던 것이다. 나 또한 그곳에 직접 발을 들인 것은 그때가 처음이었다.

안으로 들어서자 맨 먼저 그 그림이 눈에 띄었다. 나모린의 사무실에 걸려 있는 그림과 짝을 이루는 '마지막 숨'이라는 제목의 그림이었다. 나는 그림을 찬찬히 들여다본 다음 2층 전시 공간 쪽으로 올라갔다. 건물 안에는 나모윤 집안에 관한 전시관이 따로 마련되어 있었다. 한눈에 봐도 그냥 마련되어 있다는 표현보다는 모셔져 있다는 표현이 어울릴 만한 공간이었다. 나모윤 집안의 역사를 쭉 늘어놓은 전시관 복도 맨 끝에는 아직 해놓은 일이 그다지 많지 않은 나모린의 공간도 마련되어 있었다. 기념사업회 측에서 나모린에게 「마지막 숨」의 다른 쪽 쌍인 「첫 숨」을 선물하는 사진도 함께였다.

나모린은 이 사람들과 직접적인 관련이 있어. 단순히 일방적인 숭배가 아니야.

딱 30분 만에 내릴 수 있는 결론이었다. 추론 같은 것은 필요도 없었다. 첫숨기념사업회는 거의 그 밀접한 관계를 과시하기 위해 만들어졌다고 해도 과언이 아닐 만큼 노골적으로 관객들의 시선을 나모린에게로 이끌어가고 있었다. 그런데 여기에는 한 가지 생각지도 못한 문제가 있었다.

내 기억이 틀리지 않다면 여기는 첫숨 과격파들의 성전이었을 텐데. 나모린이 화성 출신 과격파 쪽과 손을 잡은 거야? 굳이 왜?

발걸음을 돌려 건물 밖으로 나왔다. 생각만큼 간단한 일이 아닌 모양이었다. 일단 나모린과 첫숨기념사업회 양측이 서로를 대외적으로 활용하고 있다는 사실만큼은 분명했다. 아는 사람이 보면 누구라도 알 수 있도록, 한 쌍인 그림을 누구나 볼 수 있는 곳에 나누어 걸어둔 사실이 바로 그 증거였다. 하지만 과연 그게 다일까? 좀더 본질적이고 내밀한 협력 관계가 있었던 것은 아닐까.

나는 전날 한묵희가 한 말을 떠올렸다. 달 출신 친구들을 통해 한묵희에게 무언가 이상한 일을 부탁하려 하는 사람에 관한 이야기.

"그 이야기 듣고는 덜컥 겁이 나서 제가 무슨 짓을 하고 있었나 싶었어요. 그렇잖아요. 저한테 스파이 일을 하라는 거니까. 게다가 그 사람이 관련된 일이니까."

"그 사람이 누군지 아십니까?"

"네."

"누구죠?"

"그 사람은……, 중재원 쪽에서 일하는 변호사인데, 사실은 그것보다 훨씬 유명한 사람이에요. 아직 젊은데도 영향력도 꽤 있고요."

"이름을 아시나요?"

"나모린이라고 해요."

"아……"

"하지만 나모린 씨가 다는 아니에요. 또 한 사람이 더 있어요. 진짜 걱정스러운 건 그 사람인데, 테러리스트 전력이 있어요. 본인은 모함이라고 주장한다지만 아무것도 안 했는데 억울하게 누명을 쓴 건 아니에요, 그 사람. 아직 실행할 준비가 안 돼 있을 때 발견된 것뿐이지."

"그쪽은 이름이?"

"최소이."

"아."

"활동가예요. 화성 쪽."

"들어본 적 있습니다."

화성 중력권에 있는 인구 2만 명 정도 규모의 지구계 정착지 외벽에 구멍을 뚫으려는 계획이 있었다. 실현 가능성은 높지 않은 구상이었지만, 밝혀진 시점이 문제였을 뿐 시간만 충분히 주어졌더라면 어떤 결과로 이어졌을지 알 수 없는 진지한 계획이었다. 관할 문제로 오랜 논쟁의 대상이 되었다가 화성 측에서 끝내 신병 인도를 거부하면서, 최소이 같은 핵심 공모자들 중 일부가 '활동가'로 이름을 바꾸고 다시 세상에 모습을 드러낼 수 있게 되었다는 것이 내가 아는 그 사건의 결말이었다.

전날 한묵희가 한 말은 간접적으로나마 확인이 된 셈이었다. 하지만 어째서였을까. 왜 나모린 같은 점잖은 사람이 최소이 같은 호전적인 첫숨주의 활동가와 손을 잡게 되었을까. 그것도 온건 첫숨주의자들의 성지라는 첫숨 정착지 같은 공간에서.

물론 저 건너편 콜로니 때문이겠지. 맞숨 구역에서 화성인들이 비밀 무기를 만들고 있다는 소문 때문에.

그게 만약 어느 정도 믿을 만한 정보라면 궁금해하는 사람들이 많은 것도 당연했다. 무기에 열광할 과격론자들이나 무기라면 질색인 평화주의자들 모두. 거꾸로 생각하면 이런 결론도 내릴 수 있었다. 그 두 부류의 사람들이 연합을 시도했다는 것은 그만큼 신빙성 있는 정보가 흘러나왔다는 뜻이기도 하다는.

그렇다 해도 비밀 협약이 아니라 저렇게 노골적으로 손을 잡는 건 이해하기 힘든데. 하여간 직접 이야기를 들어봐야겠군. 한묵희에게는 정말로 위험한 일이 될지도 모르니까.

다음 날 공연이 펼쳐질 광장 쪽을 향해 길을 나서는데 심동완에게서 연락이 왔다. 콜로니 도면 몇 개를 찾았지만 딱히 쓸모 있어 보이는 자료는 아니라고 했다. 나는 그거라도 좋으니 일단 보관해두라고 하고는 현장 리허설이 진행되고 있을 공연장으로 향했다. 그리고 그곳에서 장목은을 만났다.

그가 말했다.

"바쁘시군요. 진전이 좀 있으십니까?"

"글쎄요. 진전이랄 게 있나요."

"도울 일이 있으면 말씀하시지요."

"아직은 뭘 도와달라고 해야 할지도 잘 모르겠습니다."

그러자 장목은이 씩 미소를 지어 보였다. 역시 좋은 인상이라고는 할 수 없는 표정이었다.

그래도 사람은 성실할 텐데.

내가 물었다.

"그 출입증 말인데요, 건물 보안담당자 신분증."

"말씀하시지요."

"활용 범위가 어느 정도나 되겠습니까?"

"어지간한 데는 다 가실 수 있을 겁니다. 어디, 출입이 불편한 데라도 있으셨습니까?"

"글쎄요, 아직 안 가본 데라."

"말씀해보시죠. 꼭 필요하시면 제가 안내해드릴 수도 있습니다."

"'저쪽'이요."

나는 눈짓으로 맞은편 콜로니 쪽을 가리키며 말했다. 그러자 그가 의아하다는 듯이 물었다.

"'저쪽'이요?"

"개인적인 호기심입니다."

짧은 순간이었지만 그가 의심의 눈초리를 보내는 것을 느낄 수 있었다.

"그렇습니까? 그쪽까지는 출입증 권한이 미치지 않습니다만, 방법을 찾을 수는 있을 겁니다. 하지만 꼭 이 시점에 그렇게까지 하셔야겠습니까?"

"물론이지요. 시점이 시점인 만큼."

나는 그가 무슨 말을 하는지 전혀 알지 못했다. 시점이라니. 그러나 뭔가가 있는 것은 분명했다. 감정 없는 목소리로 그가 말했다.

"예의상 여쭤봤는데 어려운 부탁이 돌아오는군요. 달 축제 끝난 다음에 한번 알아보도록 하지요. 저쪽도 지금은 수습하느라 바쁠 테니까요. 그런데 어디서 벌써 그런 정보를 얻으셨는지 궁금하군요. 나모린 변호사 사무실 근처에 가신 건 출입증 사용 기록으로 알고 있습니다만…… 아, 그렇군요. 그 그림을 보셨군요. 하지만 그게 그렇게도 연결될지는 의문이네요."

"일단은 파악할 수 있는 건 다 알아보는 게 좋지 않겠습니까."

"그럴 수도 있겠지요. 그런데 마지막으로 묻겠습니다. 정말로 직접 거기를 확인해보셔야 되는 게 맞습니까? 자료는 충분히 전달해드릴 수 있습니다만…… 게다가 이건 어디까지나 집안일 아닙니까. 거기까지 가면 저희가 예상했던 영역을 넘어서게 되는데요."

"그런가요? 아무튼 제 판단으로는 그렇습니다."

"그렇다면 어쩔 수 없겠군요. 알겠습니다. 주선해보도록 하지요. 오늘은 일단 들어가셔서 내일 달 축제 준비를 좀 해두시고요."

그는 당연하다는 듯이 그렇게 말했다. 나는 무슨 준비를 하라는 건지 이해할 수가 없었지만 대화를 더 길게 나누고 싶지 않았기 때문에 별다른 대꾸를 하지는 않았다.

그리고 30분 뒤 저녁 리허설을 마치고 마지막 연습을 위해 3구역 공연장으로 향하는 한묵희를 만나 간단한 인사말을 건넸다. 조사가 순조롭게 진행되고 있으니 지금은 다른 것은 신경 쓰지 말고 공연 준비에나 집중하라는 말이었다. 그러자 한묵희가 진심으로 위안을 얻은 듯한 표정으로 대답했다.

"걱정은 안 해요. 늘 하던 거라. 오히려 편안할 거예요. 늘 하던 걸 바깥에서도 할 수 있는 거니까."

나는 고개를 갸웃했지만 한묵희는 이미 다른 단원들과 함께 대기 중인 버스에 올라탄 뒤였다.

19. 달의 날

다음 날 아침에 눈을 떴을 때 나는 비로소 장목은과 한묵희가 한 말이 무슨 뜻인지 알 수 있었다. 중력이 약해져 있었던 것이다.

당연히 알 거라 생각하고 아무도 말해주지 않은 모양이었지만, 나는 달 축제에 대해 아는 바가 거의 없었다. 전혀 몰랐다고 해도 과언이 아니었다. 도시 지상층 전체의 중력이 달 중력 크기 정도로 줄어드는 날이라니.

언젠가 송영이 한 말이 떠올랐다. 나모린에 비해 한묵희는 아무래도 부족해 보인다는 말에 대한 대답으로 송영이 한 이야기였다.

"우리 눈에는 다 그렇게 보이니까요. 지금은 그래요. 그런데 세상이 바뀌면 다르게 보일 거예요. 세상이 바뀌냐고 묻고 싶으시겠지만, 바뀌기도 한답니다, 여기서는. 그 공연은 꼭 보세요. 그날 이후로는 달라질 테니까요."

세상이 바뀐 날.

침대를 박차고 나와 몇 걸음을 내딛었다. 가볍게 살짝 뛰었더니 머리가 거의 천장에 닿을 듯했다. 방 안을 둘러보았다. 물건들은 거의 제 위치에 놓여 있기는 했지만 어쩐지 살짝 어긋난 느낌을 주는 것들이 있었다. 모든 것이 갑자기 가벼워진 탓이었다.

나는 마음을 고쳐먹었다. 오늘은 전부 비워놓기로. 그리고 비워둔 시간을 전부 한묵희의 공연으로 채워 넣기로. 원래는 다른 일을 할 생각이었다. 비서실에 가서 자료를 좀더 뒤져보다가 오후에나 달 축제를 보러 갈 생각이었다. 하지만 이제는 그럴 수가 없었다.

면도 거품을 얼굴에 문지르며 달 축제에 관해 검색했다. 공식 명칭은 달의 날. 맞숨은 첫숨보다 개장이 늦어서 첫숨이 완전히 도시로서 기능하기 시작한 뒤에도 주요 구조물 몇 개를 재배치하는 작업을 해야 했다. 그중에는 건물을 통째로 들어 옮기는 작업도 포함되어 있었는데 이 일을 용이하게 하기 위해 중력을 지구 중력의 7분의 1까지 낮췄다고 했다. 즉, 콜로니의 자전 속도를 지금보다 훨씬 느리게 만들었다는 뜻이었다. 쌍둥이 콜로니의 회전 속도는 동일하게 유지하는 것이 기본이었으므로 첫숨 정착지도 맞숨 측의 요청에 따라 그 기간 동안 거의 7분의 1 중력을 유지해야 했는데, 우려와 달리 시민들의 반응이 긍정적이어서 아예 매년 하루씩 날짜를 골라 일부러 6분의 1 중력을 재현하기로 한 것이 바로 이 달의 날의 유래였다.

사람들을 너무 안 만나고 다녔구나. 이걸 몰랐다니. 그나저나 차량 통행이 전면 금지면 공연 장소까지는 어떻게 가지? 걸어서 갈 만한 거리인가?

공연은 오후였지만 오전부터 일찌감치 길을 나섰다. 안전 문제로 엘리베이터가 폐쇄되어 있어서 계단을 이용해야 했다. 난간을 붙들고 한 발 한 발 계단을 내려갔다. 머리 위에 풍선을 서른 개쯤 매단 듯 온몸이 꿈속처럼 가벼웠다. 다음 칸을 디디려고 뻗은 발이 생각보다 더디게 바닥에 닿았다.

마침내 1층 아파트 정문을 나서자 통통 튀며 큰길을 오가는 사람들이 눈에 띄었다. 늘 지나다니던 동네 음악학교 공터 농구 골대에서는 동네 십대 아이들 몇몇이 덩크슛을 해대고 있었다. 차도는 완전히 비워져 있었고, 길 양옆 보도에는 작아진 중력 따위 아랑곳하지 않고 평소처럼 아무렇지도 않게 걸어 다니는 사람들도 보였다. 이런 일은 이미 여러 번 겪어봤다는, 토박이 첫숨 시민의 자부심 같은 것이 엿보이는 광경이었다. 그렇게 평소처럼 걷는 사람들 때문에 날아다니듯 신나게 뛰어다니는 사람들의 모습이 한층 더 비현실적으로 느껴지기도 했다.

이래서였구나. 첫숨 사람들이 제일 좋아하는 축제가 바로 달의 날인 건.

한묵희의 공연 리허설이 떠올랐다. 그 리허설이 볼품없어 보였던 건 마른 땅에서 아이스쇼를 연습하는 것이나 다름없는 장면이었기 때문이다. 스케이트를 신지 않고 맨땅에서 얼음 위를 연기하는 것. 그게 대체 무슨 의미가 있나 싶었다. 그들의 춤을 제대로 이해하려면 광장이 아니라 그들의 구역으로 찾아가야 하는 것이 아니냐고도 생각했다. 차지하는 공간으로만 따지면 도시 전체의 만분의 1도 채 되지 않는 그들의 공연장으로. 그들을 정말로 돋보이게 해주는 것은 6분의 1 중력 그 자체였다. 달 구역이 주는 압도적인 신비감, 그리고 그 공간에서 평생을 살아온 달 네이티브들의 자유로운 움직임.

하지만 첫숨이 꿈꾸는 것은 그런 것이 아니었다. 첫숨은 더 큰 꿈을 꾸고 있었다. 달에서 온 무용수 한묵희에게 우주정착지 첫숨이 약속한 것은 변해버린 세상 그 자체였다.

"세상이 바뀌냐고 묻고 싶으시겠지만, 바뀌기도 한답니다, 여기서는."

다시 한 번 송영의 말을 떠올리며 공연이 펼쳐질 광장으로 향했다. 걷는 것은 생각보다 어렵지 않았다. 시험 삼아 속도를 내보니 달리기는 문제가 좀 있었다. 지구 중력에서처럼 빠르게 발을 내디디며 달렸다가는 하체가 상체보다 먼저 앞으로 나가서 무게중심이 금방 뒤로 기울었다. 넘어져도 크게 아프지는 않겠지만 아무래도 속도를 내려면 차라리 껑충껑충 뛰어다니는 편이 나아 보였다.

어쨌거나 걷기 좋은 길이었다. 적당히 따뜻하고 상쾌한 바람이 부는 날이었다. 도시 전체가 완전히 새로워 보일 만큼 쾌적하고 즐거운 경험이었다. 몸이 가벼워진 사람들의 발걸음에서 한결 가벼워진 마음을 느낄 수 있었다. 원래도 별로 무거워 보이지는 않았지만.

그러다 곧 조바심이 났다. 조금 있으면 한묵희의 본모습을 볼 수 있으리라는 생각 때문이었다. 발걸음이 조금 더 빨라졌다.

예전에도 겪어본 적이 있기는 했어도, 6분의 1 중력에서 튀어 오르지 않고 걷기란 쉬운 일이 아니었다. 막상 해보면 또 그렇게 어려운 일도 아니지만, 사실 그것도 천천히 걸을 때에나 해당되는 일이었다. 걷기에서 달리기로 바꿔야 하는 속력이 지구 중력일 때보다 훨씬 낮은 지점에서 형성되기 때문이었다. 자동차로 치면 좀더 일찍 기어를 다음 단으로 바꿔야 한다는 뜻이었다. 그런데 달리는 자세를 유지하는 것은 또 그것 나름대로 쉬운 일이 아니었다. 결국 겅중겅중 뛰어다니는 게 더 편하다는 것을 깨닫게 되지만, 그렇게 몇 걸음을 내딛다 보면 왠지 우스꽝스러운 느낌이 들곤 하는 것이었다.

나는 다시 속도를 늦추고 천천히 한 걸음씩 발을 뗐다. 며칠 전 3구역에서 본 한묵희의 걸음걸이를 떠올리면서.

화성인들이 지배하는 첫숨 같은 콜로니 안에서도 3분의 1 중력으로 채워진 공간은 희소가치가 있었다. 하물며 6분의 1 공간은 말할 것도 없었다. 공간 자체가 사치품인 셈이었다. 그 6분의 1 공간이 모든 사람에게 무상으로 제공되다니.

그리고 그런 생각이 들었다. 지금 그 공연을 보러 가는 사람 전부가 달의 걸음걸이를 연습해보고 있다는 것. 다시 말하면 그들이 앉게 될 객석이 무대로부터 완전히 분리된 공간이 아니라 무대의 연장선상에 놓여 있으리라는 점이었다.

공연을 보고 나면 다른 사람들도 그 걸음걸이를 따라해보겠지. 달 중력이 지속되는 동안은.

광장에 다다랐다. 천막은 이제 보이지 않았다. 삼면이 닫힌 채 한쪽 방향으로만 열려 있는 무대 앞에는 단차가 있는 임시 스탠드가 세워져 있었다. 몇 명이나 수용할 수 있을지는 알 수 없었지만 첫숨 인구에 비하면 결코 작지 않은 규모의 객석이었다.

나는 가운데 앞쪽에 자리를 잡고 앉았다. 공연 시작까지 한 시간이나 남은 시점이라 아직은 빈자리가 훨씬 많았다. 하나둘씩 사람들이 들어차는 모습을 보며 눈앞에 세워진 무대를 바라보았다. 아마도 최상의 환경은 아닐 것이다. 음향은 그렇다 치더라도 조명을 거의 쓸 수 없을 테니까. 현장 리허설을 여러 번 했으니 그에 대한 대비는 대충 되어 있겠지만 객석 분위기는 어쩔 수 없을 게 분명했다. 안 그래도 들떠 있는 사람들인데.

사람들이 서서히 모여들면서 객석이 점점 떠들썩해졌다. 특히 아이들 목소리가 많이 들리는 게 신경이 쓰였다. 그러더니 공연 20분 전에 안내 방송이 나왔다. 어린이 대상 공연이 아니므로 15세 이하의 어린이를 동반한 손님은 객석 뒤쪽 좌석으로 이동하라는 안내였다. 그리고 공연 진행 요원들이 돌아다니며 직접 어린이와 함께 온 관객들을 스탠드 뒤쪽으로 올려보냈다. 문화위원들이, 콕 집어서 말하면 반지업이 공연에 꽤 신경을 쓰는 모양이었다. 그래도 결국 낮 공연이다 보니 시선을 무대로 집중시키기는 여전히 힘들어 보였다.

그런데 공연 10분 전이 되자 갑자기 공연장이 어두워졌다. 불가능한 일이었다. 애초에 그곳은 전용 공연장도 아니었기 때문이다. 나는 고개를 들어 위쪽을 올려다보았다. 밤이었다. 콜로니 전체가 어두워져 있었다. 말도 안 되게 이른 밤.

물론 기술적으로는 단순한 일이었다. 콜로니의 낮과 밤이라는 건 결국 콜로니 바깥쪽에 있는 커다란 거울의 각도가 빚어내는 환상에 불과하니까. 하지만 아무나 하고 싶을 때 해도 되는 일은 결코 아니었다. 지구에서나 우주정착지에서나 낮을 밤으로 바꾸는 일 같은 것은 개인이 마음대로 개입해도 되는 영역이 아니었다.

스위치를 내려버리다니. 그렇게나 초자연적인 존재로 보이고 싶었던 걸까?

다시 안내 방송이 나왔다. 일식을 재현한 것이라는 설명이었다. 그 말이 사실일 리는 없었다. 아니, 사실일 수는 있지만 적어도 순서는 완전히 반대일 것 같았다. 일식에 맞춰서 공연을 진행하는 게 아니라 공연을 위해 일식을 일으킨 셈이었다.

한묵희에게서 받은 공연 프로그램을 슬쩍 훑어보니 일식에 관한 이야기는 나와 있지도 않았다. 프로그램을 인쇄하고 난 다음에야 결정된 일이라는 뜻이었다.

그 조치의 효과는 분명했다. 갑자기 사방이 어두워지고 미리 계산된 부드러운 조명이 공연장과 공연장 아닌 곳의 경계를 가르자 객석 분위기가 한결 차분해졌다. 그 일을 돕기 위해서인지 광장 근처 건물들은 일식이 시작된 지 한참이 지났는데도 불이 밝혀지지 않고 있었다.

어디선가 "무료 공연이라더니 제대로 된 공연이잖아" 하는 말이 들려왔다. 사실은 그 이상이었을 것이다. 세상을 좌지우지할 수 있는 능력을 은연중에 드러내 보이는 날이었으니까.

첫숨은 도시 치고는 작은 편에 속했다. 하지만 중력의 크기부터 낮과 밤의 길이와 주기까지, 사람들의 일상을 규정하는 모든 것을 통제할 수 있는 도시 치고는 비슷한 예를 떠올릴 수 없을 만큼 거대한 곳이기도 했다.

여기 주민들은 그 힘을 두려워하기보다는 자기와 동일시하고 싶은지도 모르지. 맨 먼저 그 힘에 노출되는 건 다름 아닌 자기 자신일 텐데도. 반지업의 입장에서 보면 한묵희도 결국 저 계획의 일부였던 걸까. 그렇게까지 확대해석할 필요는 없겠지?

그러는 사이 무대에 조명이 밝혀졌다. 음악이 흘러나오고 객석 전체가 차분해졌다. 메아리가 생길 만큼 큰 소리는 아니었다. 그리고 짧은 시간 안에 모두의 눈과 귀가 무대로 모아졌다. 드디어 그 사람이 등장할 차례였다.

나는 머릿속에 잔뜩 켜져 있던 불빛들을 다 꺼버렸다. 웅웅거리는 소리를 내며 자는 동안에도 쉴 새 없이 돌아가던 복잡한 생각들, 잘나가던 내부조사관이던 그때 닫혀 있던 그 문을 열지 말걸 하는 후회에서부터, 결국 이용당하는 게 아닌가 하는 불안한 예감, 언뜻 보고 지나친 자료 여기저기에 놓여 있던 중요해 보이는 키워드들, 그리고 진짜 내 의뢰인으로 받아들이기로 한 한묵희가 알고 보면 그냥 평범한 사람일지도 모른다는 허탈한 기대까지. 그 모든 것들이 한순간에 머릿속에서 사라지고 말았다.

아무도 없는 방, 닫혀 있는 문. 바닥을 통해 전해오는 누군가의 존재감.

막이 오르고 공연이 시작되었다. 많은 것들이 달라져버린 그날. 한묵희가 무대 위로 날아들었다.

20. 춤

줄에 매달린 인형처럼 달의 무용수들이 등장했다. 느리기는 해도 평범해 보이는 걸음걸이였다. 실제로 줄이 달려 있지는 않았다. 끈에 가까운 것이라면 아슬아슬하게 들려오는 현악 반주가 다였다. 어쩌면 정말로 그런 의도였을지도 모른다. 수십 가닥이나 되는 가느다란 선율이 인형을 조종하는 끈처럼 위쪽을 향해 휘발되듯 올라가고 있었다. 첼로처럼 약간 무거운 소리가 끼어들면 무용수들은 몸통을 지탱하는 끈이 당겨진 것처럼 허리를 곧추세우거나 몸이 향하는 방향을 돌려세우곤 했다.

그들은 가까워진 하늘을 탐하지 않았다. 위로 튀어 오르려고 애쓰지 않았다는 뜻이다. 오히려 하늘보다는 지면을 탐하는 것처럼 보일 때가 많았다. 무릎부터 발끝까지 다리를 곧게 쭉 뻗어서 간신히 바닥을 스치는 듯한 가벼운 걸음걸이 때문이었다. 꼭 닿지 않아도 그 높이에 그대로 머무를 수 있지만 기회가 있을 때마다 빠뜨리지 않고 발끝으로 바닥을 톡 건드려주는 일. 자칫 그 가벼운 터치를 빼먹을까 봐 걸음걸음마다 신경을 써서 일부러 온몸을 아래쪽으로 살짝 뻗어주는 동작.

그들의 몸은 어디에도 매달려 있지 않았다. 그들도 역시 바닥을 딛고 서야 했다. 걸을 때도 마찬가지였다. 하지만 그들의 움직임은 거의 중력을 잊어버린 듯 자유로웠다. 그저 '엄마가 빠뜨리지 말랬지' 하는 기억이 문득 떠오르기라도 한 것처럼 버릇처럼 내딛는 가벼운 걸음.

음악이 빨라지자 그런 조짐이 조금 더 분명하게 드러났다. 보폭이 커지고 이동 거리가 멀어졌다. 여전히 가느다랗기는 하지만 무거운 첼로 소리가 바이올린을 리드했다. 높은 소리들은 굵은 가지에서 뻗어 나온 잔가지처럼 들릴 듯 말 듯 투명한 끈이 되어 무용수들의 움직임에 섬세함을 더해갔다. 팔랑거리는 팔과 손끝의 정교함. 보폭이 커지자 그곳에 모인 관객 모두가 겪어야 했던 속도 문제가 생겨났다. 달릴 것인가, 겅중겅중 뛰어다닐 것인가. 6분의 1 네이티브들은 이 숙제를 어떻게 풀었을까.

그들은 걷는 쪽을 택했다. 하지만 동시에 뛰어다니는 셈이기도 했다. 체공 거리가 보통 걸음의 두 배나 되는 거리를 날아가며 보통 사람들이 지구 중력이 작용하는 공간에서 하듯 두 걸음을 걸었다. 차이가 있다면 두번째 걸음에서는 발이 땅에 닿지 않았다는 점이었다. 오른발은 땅을 왼발은 허공을 디딘 다음, 다시 오른발이 바닥에 닿고 왼발은 바닥에 닿지 않는 긴 걸음걸이. 처음 디딘 발을 쭉 뒤로 빼지 않고 거의 몸 바로 아래에 둔 채로 몸만 살짝 앞으로 밀어주고는, 다음에 다시 그 발을 땅에 디딜 때는 다리를 뒤쪽으로 쭉 빼주는 동시에 반대

쪽 발을 앞으로 길게 뻗어, 걸음걸이라고 해도 좋은 몸짓을 만들어내는 방식으로.

알고 보면 한 발로 뛰어다니는 것이나 다름없는 방식이었다. 그런데 또 꼭 그것만은 아니었다. 어디선가 현을 통통 튕기는 소리가 날아와 두번째 발이 닿을 허공 위에 작은 발판을 만들어주었기 때문이다.

그런 걸음걸이들이 하나둘씩 등장했다. 그렇게 해서 만들어진 스텝들이었다. 스텝 중간중간, 다른 쪽 발이 나와야 할 순서에 낮아진 중력을 대신 끼워 넣는 해법. 6분의 1 네이티브들의 해법은 그런 방식의 우아함을 담고 있었다. 그러면서도 동시에 효율적이기까지 했다. 정말 한묵희가 들려준 선생님 말씀처럼 그냥 걷는 모양만 보고 있어도 마음이 가벼워지는 걸음걸이였다.

그리고 그 스텝들에서부터 변화가 만들어졌다. 자유로워진 발걸음 위에서 익숙하지 않은 팔 동작들이 생겨났다. 비현실적인 느낌을 주는 느린 턴과, 반대로 시간을 일그러뜨리는 듯한 빠른 스텝들까지. 그 순간 그들은 이미 인형이 아니었다. 하늘과 무용수들을 이어주던 가느다란 선율도 이제는 툭툭 끊어진 짧은 음들로 전부 바뀌어 있었다. 적어도 그 공연에서만큼은, 이 짧은 음들은 곧 해방이나 자유와 뜻이 통했다.

그들은 두 세계 위를 걷고 있었다. 바닥에 닿는 발이 지상의 걸음이라면 소리 위에 닿는 발은 천상의 걸음인 셈이었다. 그리고 그들의 몸은 두 나라의 말을 하고 있었다. 땅의 말과 하늘의 말. 하나를 다른 하나로 번역하는 게 아니라 그 두 개의 말 사이에 만들어진 그들의 모국어로 살아온 이야기들을 속닥속닥 쉬지도 않고 들려주고 있었다. 그리고 이야기의 가장 중요한 대목마다, 모두의 시선이 쏠리는 곳에는 어김없이 한묵희가 춤을 추고 있었다.

한묵희는 단연 눈에 띄는 무용수였다. 조명이나 대형이 시선을 그쪽으로 몰아간 탓이기도 하지만, 모두의 기대가 한곳으로 쏠렸을 때 움츠러들지 않고 자기 역할을 충분히 해내는 것 역시 아무나 할 수 있는 일은 아니었다.

한묵희는 단단하고 우아했다. 조명 아래 홀로 남겨졌을 때에도, 군무에 스며들어 정체를 감췄을 때도, 다시 갑자기 군무에서 이탈해 혼자만 다른 세계를 살아가는 듯 자신만의 춤을 추고 있을 때도, 심지어 남자 무용수의 팔에 실려 몸을 틀며 멀리 내던져질 때조차, 이 주연 무용수의 손과 발이 닿는 곳에는 언제나 자신감과 힘이 느껴졌다. 정확한 동작에서 오는 안정감이었다. 거기에, 길고 느린 턴 중간에 단 한 번 시선을 던졌다 거둬들이는 동작만으로도 빈 공간을 의미 있는 곳으로 만들어버리는 표현력까지. 그 공간을 채운 것은 한묵희의 압도적인 존재감이었다.

한묵희는 위로 뛰어오르지 않았다. 지구 중력에서보다 훨씬 긴 체공 시간을 이용한 착시도 활용하지 않았다. 신기해 보이려고 시작한 춤이 아니었다. 아니, 누군가에게 보여주기 위해 만들어진 춤 자체가 아니었다. 단지 그들의 삶을, 그들의 생존 방식을 그대로 옮겨 담은 춤이었다. 다른 사람들이야 보거나 말거나.

한묵희는 달의 춤 그 자체였다. 전부라고는 말할 수 없어도 가장 결정적인 한 부분인 것은 틀림이 없었다. 1부가 끝나고 20분쯤 쉬는 시간이 주어졌을 때 관객들은 이미 그 사실을 부인할 수 없는 상태가 되고 말았다. 시에서 하는 축제용 무료 공연이라는 사실이 무색할 만큼 자리를 뜨는 사람이 거의 보이지 않았던 것이다. 쉬는 시간동안 객석을 맴돌던 기분 좋은 소란은 2부 공연이 시작되자 약속이라도 한 듯 곧바로 잠잠해져버렸다. 숨소리조차 잠잠해진 광장에 다시 음악이 흘러나왔다. 그리고 막이 올랐다.

아무도 기대하지 못했던 점이지만, 그 공연의 매력은 의외로 부드러움보다는 힘에 있었다. 발로 힘차게 바닥을 구르지 않고도, 스스로의 몸을 타악기로 만들어 공연자와 관객의 심장 박동을 점차 절정을 향해 몰아가지 않고도, 달의 무용수들은 그들이 가진 역동적이고 거대한 에너지를 역치 이상의 지점까지 강하게 몰아쳐갈 수 있었다. 그러기 위해 그들이 이용한 것은 무게가 아니라 가벼움이었다.

그 춤은 존재의 질량을 재는 또 다른 방법을 보여주고 있었다. 존재의 깊이를 어떻게 표현할 것인가? 지구인들이라면 곧바로 중력을 이용할 것이다. 아직도 인류의 상당 부분이 보편적인 자연의 섭리라고 알고 있는 그 지구의 중력가속도를. 어떤 물체가 지구 중력가속도를 만나면 무게라고 하는 질량의 대용품이 만들어진다. 내 존재와 세상의 상관관계. 꽉 찰수록 묵직하게 느껴지는 생명과 삶과 존재의 무게. 하지만 그 중력가속도가 없다면 어떻게 할 것인가? 무게의 주재료 중 하나가 지구의 6분의 1밖에 안 되는 곳에서라면.

달에서 나고 자란 네이티브들의 선택은 관성이었다. 관성을 통해 직접 질량을 드러내 보이는 것이다. 움직이는 것은 계속 움직이게 하고 멈춰 있는 것은 계속 멈춰 있게 하는 바로 그 질량의 민낯을 보여주는 방식으로.

목성의 삶은 지구의 삶보다 무거운가. 달의 삶은 지구의 삶보다 가벼운가. 세상 어딘가에 다른 중력장의 영향 아래 살고 있는 사람이 있어서 더 이상 지구의 중력가속도가 보편적이며 절대적인 것이 아닌 게 된 순간, 우리는 서로의 질량을 어떤 방법으로 비교하고 이해해야 할 것인가. 움직이던 몸이 갑자기 멈춰 서지 못하고 위태롭게 앞으로 튀어 나가는 것을 보면 정확하게 측정할 수는 없어도 대략의 존재감을 알아낼 수 있지 않을까. 멈춰 있던 몸이 갑자기 앞으로 튀어 나가지 못하고 발이 묶인 듯 천천히 가속해야만 하는 모습을 보면 그 몸을 그 공간에 속박하고 있던 관성의 크기를 가늠할 수 있지 않은가.

재빠르게 움직이다 방향을 틀고, 다른 무용수를 만나 부딪칠 듯 얽혔다가 다시 풀어지고, 제자리를 돌다 우뚝 멈춰서고 다시 고개를 돌려 다음 움직일 곳을 찾는 한묵희를 보면서 나는 그런 생각을 했다.

지구 사람들이라면 몸이 무겁다고 하고 말았을 첫숨 정착지에서의 하루하루를 저 사람은 관성을 중심으로 다시 쓰고 있는 거야. 첫숨으로 오기 전까지는 몸이 무거워본 적이 없었을 테니까.

그들은 지구 무용수들이 힘차게 바닥을 두드리듯, 관성을 두드려서 에너지를 표현하고 있었다. 물론 관성은 눈에 보이는 게 아니었다. 그래도 그들이, 그리고 한묵희가 관성을 두드리고 있다는 사실은 누구나 알 수 있었다. 맨눈으로 관성을 보게 만드는 춤이었기 때문이다. 또한 관성을 듣게 만드는 춤이기도 했다.

그 조용한 소리가 타악기 소리처럼 심장에 와 닿았다. 무용수의 가슴속에서 뛰고 있을 심장의 리듬이 그 소리를 통해 객석에 전해졌다. 객석에서도 심장이 뛰기 시작했다. 한묵희는 아무것도 두드리고 있지 않았다. 여전히 우아하고 세련되고 정확한 동작, 그뿐이었다. 하지만 그 안에는 리듬이 있었다. 무언가를 강하게 두드려서 만들어내는 비트가 있었다. 정확히 뭘 두드리는 건지는 알 수 없지만 모두가 느낄 수 있는 강렬한 무언가가 있었다.

그 비트가 점점 결말을 향해 치달아가고 있었다. 음악이 빨라지고 춤도 빨라졌다. 절정을 지나 이쯤이면 결말을 향해 안전하게 하강하겠다 싶은 지점에서 오히려 속도가 조금 더 빨라졌다.

체력을 완전히 소진시키는 춤이었다. 자주 부딪치고, 자주 달려나가고, 쉴 새 없이 관성을 붙들었다 뿌리치며 온몸의 근육을 극한으로 몰아넣는 춤이었다. 그런 무지막지한 춤을 지치지도 않고 끝까지 몰아붙이는 에너지를 가진 여자였다.

갑자기 멈춰 서서 내쉬는 한숨, 그리고 그것을 끝으로 단 한 번도 숨을 쉬지 않고 마지막 순간까지 계속해서 이어지던 또 다른 절정, 그 위에 걸쳐 있는 또 한 번의 절정.

하지만 이제는 정말로 끝이었다. 공연은 이제 벼랑 끝에 놓여 있었다. 뛰어내릴 수조차 없는 진짜 마지막 경계에. 나는 숨이 멎어버릴 것 같은 벅찬 심정으로 무대 위의 한묵희를 바라보았다. 할 말을 잊은 채, 숨 쉬는 것조차 망각한 채로.

두근거리는 심장. 마지막으로 언제 그렇게 강렬하게 뛰었던가 기억조차 나지 않는 순수한 환희.

결말 없이, 하강하지 않고, 준비한 모든 것을 다 해낸 순간 그냥 그 상태 그대로 끝나버린 공연.

박수가 터져 나왔다. 그리고 그 순간 한묵희는 바닥에 털썩 주저앉아버렸다. 다른 무용수들이 황급히 다가갔다가 한묵희의 얼굴에 떠오른 미소를 발견하고는, 마찬가지로 그 옆에 주저앉았다.

그렇게 막이 내려갔다. 환호와 함성이 그칠 줄을 몰랐다. 파도 소리처럼 박수 소리가 밀려왔다가 밀려나갔다. 무용수가 사력을 다해 움직이는 내내 숨소리마저 죽여가며 조용히 기다리고 있던 사람들이 마침내 소리를 낼 수 있게 되자마자 폭발하듯 쏟아낸 최초의 호응이었다. '일식'이 끝나고 늦은 오후의 해가 갑자기 다시 밝아올 때까지.

그것은 달의 목소리였다. 사람이 살기에는 적당하지 않아서 자원 개발과 연구를 위한 시설만 겨우 들어서 있던 달 기지 사람들. 수십억 년 동안이나 지구의 위성이었던 운명 그대로, 지구에서 파견 나와 지구의 일을 하며 일을 마친 뒤에는 다시 지구로 돌아가 그곳에서 경력을 이어갈 사람들. 그런데 그 사이에 이상한 사람들이 태어나 살기 시작했다. 사람이 살기에는 적당하지 않다던 그곳에 뿌리를 내리고 살려 했던 사람들이었다. 그러다 곧 뽑혀버린 뿌리. 단 한 세대도 살아내지 못하고 다른 세상으로 옮겨 심어져야 했던 달의 꽃들. 그들이 내는 목소리였다.

"여기에 문명이 있어요!"

그리고 그것은 달의 마법이었다. 한묵희를 둘러싼 모든 것들이 이전과는 완전히 달라져버린 날이었다.

21. 하늘로 가는 문

그날 밤이 채 다 가기 전에 다시 달이 졌다. 스페이스콜로니 첫숨의 인공중력이 지구 중력의 93퍼센트 수준을 회복했다는 뜻이었다. 들떠 있던 물건들이 제자리에 든든하게 자리를 잡고 날아갈 듯 가벼웠던 사람들의 발걸음도 서서히 원래의 무게로 돌아갔다.

그렇게 지구 중력으로 돌아왔다. 다시 시간이 흐르고 지구에서의 삶을 쏙 빼닮은 일상이 펼쳐졌다. 하지만 달의 날을 겪은 사람은 누구나 그 일상이 영원불변한 것이 아님을 알 수 있었다. 저절로 당연하게 주어진 것이 아니라 누군가에게 선택되고 건설되었으며 인간의 의지에 의해 간신히 유지되고 있는 일상. 그 생활은 영원하지 않을 수도 있었다. 그러므로 삶은 더 이상 절대적이고 신성한 것이 될 수 없었다. 인간을 사랑하고 생활의 소박함을 찬양하는 사람들은 이제 다른 것을 숭배해야 했다. 그런데 그게 뭘까. 숙명처럼 너무 거대하지도 않고 '지금 이 순간'처럼 너무 표면적이지도 않은 것. 그런 삶의 이름.

달에서 온 젊은이들이 내민 답안지를 슬쩍 떠올려보았다. '관성'이라는 주제로 풀어낸 답안이었다. 어떻게 그런 생각을 했을까. 일상 대신 관성을 숭배하겠다니.

그들의 여신이 눈앞에 아른거렸다. 한동안은 잊히지 않을 장면이 분명했지만, 그래도 결국 시간이 가면 무뎌지고 말 기억이 분명했다. 가장 끔찍한 것은 순전히 내 머릿속에서 만들어진 것들이 그 장면의 신성함을 서서히 대체해가는 과정일지도 모른다. 그렇게나 생생한 기억이었는데도.

그와 동시에 겉으로 드러나 보이지 않았던 또 다른 한 사람의 존재가 떠올랐다. 바로 그 답안지를 작성한 사람. 달의 여신을 소재로 펼쳐진 그 답안의 모태가 된 최초의 원안을 작성한 인물.

그러나 첫숨 주민들의 마음을 사로잡은 것은 단연 한묵희 쪽이었다. 나도 별로 불만은 없었다. 사람들의 관심이 서서히 들끓고 있었다. 그리고 나는 다른 사람들이 모르는 사실 하나를 더 알고 있었다. 달의 화신에게 사랑하는 사람이 있다는 사실이었다.

사람들이 뭐라고 생각하건 목요일 아침이 되자 어김없이 그 소리가 들려왔다. 늘 들리던 것과 똑같은 격정적인 신음 소리. 한묵희를 반지업에게서 떼어놓을 수 있는 가장 간단하고 결정적인 빌미가 될 수 있는 소리.

저게 밖으로 새 나가면 전부 없던 일이 되고 마는 거야. 나모린이 무슨 계획을 갖고 있든, 반지업이나 송영이 무슨 생각을 하고 있든. 내가 여기까지 온 이유도 사라지고 말겠지. 처음부터 없던 일인 것처럼.

하지만 그날 아침, 나는 내심 그 소리를 기다리고 있었다. 소리가 들려오지 않는다면, 연인들에게 어떤 변화가 생겼다면, 어쩐지 아쉬운 마음이 생겼을지도 모른다.

소리가 들리는 것을 확인하고는 곧 집을 나섰다. 거리는 언제 그랬냐는 듯 당연하게 축제 이전으로 돌아가 있었다. 그러니 도시 전체가 열광했다는 말은 분명 과장이었다. 한묵희의 공연이 얼마나 대단했든, 아직도 첫숨 주민의 대부분은 그 공연에 관해 전혀 아는 바가 없었다.

그래도 파장이 일기 시작한 것은 틀림없었다. 그런 종류의 파장에 가장 민감하게 반응하는 사람들은 이미 지진계처럼 그 미세한 변화를 감지해내고 있었다. 그들은 주로 잡지나 신문 같은 매체에서 일했다. 아무도 보지 않는 곳에다 소식을 전하고 있었다는 뜻이다. 물론 정말로 아무도 안 보는 것은 아니었다. 적어도 몇몇 사람은 정말로 그런 잡지를 사서 읽기도 했다. 그런데 첫숨을 움직이는 건 바로 그 한 줌밖에 안 되는 사람들이었다.

"당연히 보죠. 여기서 만들어진 잡지 중에 읽을 만한 거라고는 그거 하나밖에 없는데. 안 보세요?"

심동완이 말했다. 나는 순간 말문이 막히고 말았지만, 아무 내색도 하지 않고 침착하게 다음 질문을 던졌다.

"도면은 쓸 만한 게 나타났어?"

“쓸 만한 도면이라. 어떻게 쓰시느냐에 달렸겠죠. 잘 쓰시면 쓸 만한 거고 쓸 줄을 모르시면 뭘 갖다 줘도 소용이 없을 거고.”

“왜 이렇게 말을 돌리실까?”

“정확히 어느 부분을 보고 싶으신 건데요?”

“저쪽 구역. 비밀 무기 같은 게 있을 만한 곳.”

“그게 어딘데요?”

“글쎄.”

“그럼 쓸 만한 물건을 찾을 수가 없죠. 일반적인 도면은 다 공개가 돼 있고, 도시 구조나 생산시설 배치 알아보는 것도 어렵지 않을 거고, 그 생산시설들이 도면대로 제대로 돌아가고 있는 게 맞는지 확인하는 건 시간이 좀 걸려서 그렇지 하면 못 할 일도 아닌데, 지금 그거 하려는 거 아니죠?”

“그걸 할 건 아니지. 자료를 어마어마하게 청구해야 할 수 있는 일일 거니까.”

“분명히 염두에 두고 계신 데가 있을 텐데요. 그냥 지금처럼 툭툭 던져보실 건가요, 제가 딱 맞는 물건을 우연히 내놓을 때까지?”

“그러면 안 되나?”

“제가 그 짓을 왜 하겠어요. 한다 쳐도, 그래도 될 만큼 시간이 충분한 일도 아닐 거고.”

나는 잠시 생각에 잠겼다. 그리고 심동완의 얼굴을 빤히 들여다보았다. 언제나 그랬던 것처럼 책상 위에 놓여 있는 일거리에 코를 박고 있는 듯했지만, 나는 그가 원하는 바를 어렴풋이 짐작할 수 있었다. 내가 맡고 있는 일의 내막이 궁금했던 것이다.

직접 물어보는 법이 없어. 내가 알려줄 때까지 기다리겠다는 거야 뭐야? 자기나 나나 접근 방식이 똑같잖아.

"믿어도 좋은 사람인가, 당신?"

"누가 할 소리를. 저는 믿으라고 한 적 없는데요."

"거참, 대답 한번 찝찝하게 하네. 좋아. 접근 경로를 확인해보려고."

"접근 경로요? 저쪽 구역으로 가는 경로요? 구체적으로 어디에서부터?"

"다른 도면이 아무리 복잡해도 콜로니 회전축에 나 있는 통로는 일자로 쭉 뚫려 있을 거 아냐."

"역시 거기였죠?"

"별수 없지. 일단 거기부터 생각해볼 수밖에. 아무튼 그 통로는 시 소유가 아니지?"

"우주선 관할이죠. 그래서 도면을 구하기가 힘든 건데."

우주선 관할. 다른 콜로니들과 마찬가지로 첫숨은 컨테이너 두 개가 실려 있는 배 같은 구조로 관리되고 있었다. 그 두 개의 컨테이너가 배 자체보다 훨씬 크다는 차이가 있기는 했지만 기본 개념은 다르지 않았다. 배를 관장하는 선장과 선원들이 있고 그들에게만 접근이 허가된 구역이 따로 설정되어 있지만, 선장이 화물 전부에 관한 통제 권한을 가지고 있는 것은 아니다. 정치적으로 첫숨은 자치권을 갖고 있었다. 또한 기후 설정권과 기상 통제권, 심지어 중력과 일광 시간을 결정할 수 있는 권한까지 보유하고 있었다. 하지만 이 경우에도 예를 들어 한낮에 갑자기 불을 꺼버리는 것 같은 일을 하기 위해서는 우주선관리단의 협조가 필요했다. 콜로니 외부의 반사거울을 통제하는 것은 첫숨 거주민들이 직접 할 수 있는 일이 아니었기 때문이다.

맞은편 구역 '맞숨'의 경우는 그렇지 않았다. 맞숨은 우주선관리단 측의 지분이 꽤 있는 곳이었고 거주용으로 설계된 곳이 아니어서 자치권을 논하는 것 자체가 무의미했다.

그런데 거의 완전한 자치권을 갖고 있는 첫숨 거주 구역 한가운데에도 우주선관리단 관할 구역이 버젓이 설치되어 있었다. 바로 콜로니의 회전축을 따라 이어져 있는 기다란 통로였다. 정확히 회전축 상에 놓여 있어서 중심으로부터의 거리가 0이 되는 곳, 그래서 중력이 완전히 제로인 곳. 그곳에 나 있는 통로. 두 개의 정착지를 직접 연결하는 가늘고 긴 무중력 고속도로. 멀리서 보기에는 가늘어 보이지만 실제로 가보면 꽤 크고 복잡한 형태로 되어 있을 구조물.

심동완이 물었다.

"그걸로 어디까지 침투할 수 있는지 보시려는 건가요?"

"아, 그것보다는 쉬울 거야. 반대쪽을 알아보고 있거든."

"어떤?"

"이쪽에서 회전축으로 접근해가는 경로."

"아."

"내가 일을 해보기로 한 데가 말이야,"

"그 건물이 회전축까지 뻗어 있다는 걸 모르는 사람도 있나요?"

"그렇지. 좀 높더라고. 하늘에 닿을 정도로. 가는 방법은 아무도 모르지만. 아마 연결이 안 돼 있다시피 하겠지만, 통로가 하나는 있을 거야, 그렇지? 회전축까지 닿게 해놨는데 회전축으로 넘어가는 문이 없으면 이상할 거니까."

"있겠죠. 화성인들 중 누군가는 그걸 다 넘나들고 있겠죠."

"예를 들면 송영이나 반인석 같은."

"건물 주인들이 쓰겠죠, 물론. 메디치 일가가 길바닥에 발 한 번 안 디디고 피렌체 곳곳을 넘나든 것처럼. 그런데 일반인은 접근이 안 되겠죠. 구역 자체가 거의 분리돼 있는 거나 다름없을 거고."

"그래도 그 집안사람 몇 명은 그냥 넘나들 거 아냐. 우주선 구역으로도 갔다가 일반 거주구역으로 다시 넘어왔다가."

"그렇겠죠. 넘어 다니려고 만든 문이니까."

"그런데 다른 사람이 그 문을 이용하려면 말이야, 어떻게 해야 되는 걸까? 송영이나 반씨 집안사람들한테 접근하면 되는 건가?"

"글쎄요. 일단 도면을 봐야겠죠. 회전축으로 접근하는 경로가 무슨 용도로 쓰는 어느 방에서부터 이어져 있는지 알아봐야 할 거니까. 그렇군요."

"그렇지. 그래서 도면이 궁금한 거야."

"음, 상당히 수상한 일이군요. 중재원 사무국 직원이 해도 되는 일일 것 같지는 않은데."

"절대 안 되지."

"그럼 해보죠."

"저 삐딱한 인생. 생긴 건 영락없는 모범생인데."

"됐고요, 그런데 더 물어봐도 되나."

"어차피 물어볼 거면서."

"그래서 거기를 침투하려고요?"

"설마."

"그렇죠?"

"누가 침투를 하려고 하더라고. 도대체 무슨 생각으로 그런 걸 계획하고 있는 건지 궁금해서."

"경로가 있다는 말이군요."

"그렇지. 누군가는 알고 있어."

"그럼 일이 쉬워지겠네. 누군가 경로를 알아냈다는 거니까, 직접 새로 경로를 알아낼 생각을 하기보다는 그 사람들이 경로를 알아낸 과정을 추적하는 게 빠르겠네요."

"하, 저 잔머리. 그런데 생각해보니 내가 궁금한 것도 딱 그거였던 것 같기도 하네. 경로 자체가 궁금한 건 아니야."

"자, 마지막 결정적인 질문. 그 건물 내부 어디가 출발점이죠?"

"글쎄."

"그럴 것 같더라. 알면서 숨기는 거죠?"

"글쎄. 그냥 꼭대기 층 어디 아닐까."

"아닌 것 같은데."

"대강 그 정도로만 좁혀서 도면을 구해줘봐. 마지막 확인 작업은 결국 내가 해야 돼. 당신도 너무 깊이 개입하면 다치니까. 나 같은 사람하고 그런 일에 엮여서 좋을 거 없어. 소문 못 들었어?"

"아, 내가 거기에 못 엮여서 얼마나 안타까웠는데요. 그 좋은 구경을 못하다니. 와, 그런 어마어마한 비자금을 진짜. 그 일에 비하면 이건 사소한 일 아닌가요?"

"제발 그랬으면 좋겠네."

심동완이 내 표정에서 무언가를 읽어냈는지 이렇게 덧붙였다.

"뭐 그렇게 하시죠. 일단 거기까지만 알고 도면을 찾아보는 걸로. 누군가 보호하려는 사람이 있는 눈치니까."

22. 초대

보호해야 할 사람.

저녁에는 지하 세탁실에서 한묵희를 만났다. 생각해보면 그다지 특별할 것 없는 만남이었다. 하지만 나는 순간 흠칫 놀라고 말았다.

"이런 데서 빨래를 하시는군요."

"그럼 어디서 해요?"

"글쎄요. 며칠 사이에 사람들 보는 눈이 달라진 거 못 느끼셨습니까?"

"모르겠는데요. 조금 전에도 누가 세탁기에서 건조기로 빨래 옮겨놓고 갔는데."

세탁기에 빨래와 세제를 넣는 동안 한묵희가 복도에 서서 내가 나오기를 기다렸다. 그리고 나를 보자마자 이렇게 말했다.

"오찬모임에 초대받았어요."

세탁실 쪽에서 세탁기에 물 차는 소리, 건조기 돌아가는 소리가 들려왔다. 나는 잠시 생각을 정리하고는 침착한 목소리로 되물었다.

"송영 의원 오찬모임에요?"

"네, 아세요?"

"몇 번 가본 적이 있습니다."

"어때요, 거기 분위기?"

"뭐 그렇게 걱정하실 필요는 없을 겁니다. 진짜 말 그대로 점심 모임이거든요. 이어지는 모임이 아니고 그냥 한 번으로 끝나는 모임이니까 정말 부담 없이 가셔도 상관없을 겁니다. 다만 집주인이 좀……"

"들었어요. 독특하시다고."

"독특한 방식으로 독특하시지요. 그런데 혹시, 반 위원도 오신다던가요?"

"사실 그분 독특하다는 이야기도 반지업 씨 통해서 들었어요. 자기도 오겠다던데요. 따로 초대를 받은 건 아니지만, 그 집 식구니까요."

"그렇긴 하지요. 할머니네 가서 점심 먹는 거니까."

갑자기 머릿속이 복잡해졌다. 기대했던 것보다 빠른 진행이었다. 벌써 오찬에 초대되다니.

"혹시 후속 공연 이야기는 나오던가요, 그날 공연 뒤에?"

"공연 뒤에요? 사실은 예전부터 있었어요. 제대로 된 무대에서 하는 걸 가정하고 만든 공연인데, 그에 비하면 지난번 야외 무대는 음향이나 조명이나 무대장치 같은 게 제약이 꽤 많았거든요. 아예 생략해버린 부분도 꽤 있고, 있으면 좋은데 포기한 데는 더 많고요. 준비는 오히려 후속 무대에 맞춰져 있다고 보시면 돼요."

"그래요? 하지만 공연장 이야기가 구체적으로 나왔던가요? 그게 그렇게 금방 준비가 되는 게 아닐 텐데."

"그렇긴 한데 공연장이 서른 개쯤 있는 것도 아니니까요."

"그럼 제4공연장 지구에 있는 그때 거기를 말씀하시는 건가요?"

"아, 거기도 나쁘지는 않은데 그보다 좋은 데도 있어요. 제대로 하려면 아무래도 이쪽에서 해야죠. 음향이나 무대장치나 그쪽이 훨씬 나으니까. 공연장 형태도 재미있게 생겼고요. 공간을 아주 다른 느낌으로 쓸 수 있거든요."

"어디가 될지 대충 아신다는 말씀이시네요."

"거기밖에 없으니까요. 제대로 하게 된다면."

엘리베이터가 내려오는 소리가 들렸다. 남자 하나가 빨래 바구니를 들고 엘리베이터에서 내렸다. 그가 세탁실에 들어갔다 나올 때까지 우리는 한동안 중요한 이야기는 꺼내지 않은 채 날씨 이야기, 첫숨 주위를 도는 농작물 생산 구역에서 새로 재배에 들어갔다는 과일 이야기로 시간을 보냈다.

잠시 후 그 남자를 태운 엘리베이터가 지상으로 올라가자 한묵희가 먼저 끊어졌던 대화를 이었다. 거의 속삭이듯 낮은 목소리였다.

"며칠 전 야외 공연 때 공간을 약간 좁게 썼던 거 느끼셨어요? 그게 그 공연장을 생각하고 안무를 짜서 그렇거든요. 거기가 첫숨 제1공연장인데,"

"제1공연장이요? 그런데 거기는 2구역에 있지 않습니까, 3구역이 아니라."

"맞아요. 화성 구역에 있어요."

"거기서 6분의 1 중력 공연을 하신다고요?"

"네. 전에 보셨겠지만 불가능한 일은 아니에요. 맞은편 콜로니 쪽에서 무슨 일이 있어서 또 잠깐 중력 조정 기간을 요청했다고 하던데요. 그날에 맞추려고요. 가끔 있는 일이라던데."

하지만 그 일은 한묵희가 생각하는 것보다 훨씬 이례적인 일이었다. 달의 날이 지난 지 얼마 되지도 않았는데 다시 한 번 중력을 반으로 줄인다는 것은, 뭐가 됐든 맞숨 구역에 뭔가 심상치 않은 일이 발생했다는 것을 의미했다.

한묵희가 말했다.

"거기 공연장이 좁고 위로 길어요. 육면체인데 밑면이 좁고 키가 큰 공간이거든요. 공연장도 그렇지만 무대 자체도 천장이 높아요. 그 공간을 아래위로 다 쓸 수가 있어서 재미있는 시도가 될 거예요."

맞숨과 첫숨, 두 구역을 잇는 통로로 진입하는 숨겨진 길. 그 길이 어디에서 시작되게 되어 있는지 알 것 같았다. 전에도 안다고 생각했지만 사실은 전혀 잘못된 정보였다. 그 길은 달 중력이 작용하는 구역, 즉 3구역에서 시작되는 것이 아니었다.

2구역 어딘가, 생각보다 훨씬 낮은 높이에서부터 시작해서 맨 꼭대기 층까지 올라가는 길이 될 모양이었다.

직접 끝까지 침투하라는 게 아니라 뭔가 기계장치 같은 걸 심어놓고 오라는 건지도 모르겠군. 어쨌든 비밀 통로가 있을 거란 말이지. 보안팀 쪽에서 파악하지 못하고 있는 허점 하나가 말이야. 그런데 그걸 어떻게 알았을까. 음모를 꾸미는 쪽에도 건물 전문가가 있다는 소리 같은데. 아예 건물 보안팀에서 일한 적이 있거나 지금도 일하고 있는 누군가가.

나는 내가 파악하고 있는 일의 진행 상황을 아주 간략하게 설명한 다음 일을 좀더 서두르겠다는 말을 덧붙였다. 솔직히 여유가 좀더 있을 줄 알고 느긋하게 생각하고 있었다는 말도 함께였다. 한묵희가 물었다.

"그보다 일단 오찬모임에는 가봐야겠죠?"

"그럼요. 그 모임 자체는 별로 고민할 여지가 없으니까요. 공연의 효과 정도로만 생각하시면 될 것 같습니다. 다만,"

"다만, 반지업 씨가 걸리네요."

"저도 그렇습니다. 그쪽에서 따로 의미를 두거나 하려고 한다면 일이 살짝 귀찮아질 수는 있습니다. 어떻게 생각하실지 모르겠지만, 송영 의원 쪽에서는 두 분 관계를 좀 다른 식으로 보고 있거든요."

"다른 식으로요? 아, 그거."

이 여자는 무슨 생각으로 반지업을 대하고 있었던 걸까. 저쪽에서 다른 의도를 가지고 접근하고 있다는 사실 자체를 모르는 게 아닐 텐데.

"역시 심각하게 생각하시는 건 아니시죠?"

나는 넌지시 한묵희의 의견을 물었다. 이미 답을 알고 있는 것이나 다름없었지만, 본인 입에서 직접 나오는 대답을 들어둘 필요가 있어서였다. 무슨 생각을 하고 있건 상관할 바는 아니었다. 하지만 가능하다면 한묵희 본인이 원하는 것이 정확히 무엇인지 파악해두는 편이 낫기는 했다.

그러나 한묵희는 아무 대답도 하지 않았다. 다만 입가에 희미한 미소를 떠올렸을 뿐이었다. 아무 의미도 없는 미소. 어떤 식으로도 해석되지 않는 웃음. 그저 무언가 답을 했다는 표시일 뿐, 담고 있는 메시지라고는 아무것도 없는 표정.

대답할 생각이 없군. 하긴. 꼭 대답을 들어야 하는 것도 아니지.

한 걸음 뒤로 물러났다. 그리고 상황을 찬찬히 돌아보았다.

내가 조언자 역할을 맡기로 한 다음부터 한묵희가 나를 대하는 태도가 어떻게 달라졌는지를 떠올렸다. 원래 한묵희는 혼자 서 있는 사람이었다. 손쉽게 다른 사람에게 도움을 청할 수 있을 만큼 의존적인 느낌은 전혀 안 드는 사람이었다. 그런데 지금은 달랐다. 그날, 공원을 함께 걸으며 나모린과 최소이에 관해 털어놓던 날 이후로는 어쩐지 다가가기가 한결 쉬워진 느낌이었다.

그러나 그것 역시 착각이었을지도 모른다. 내가 한묵희를 보는 눈이 바뀌었을 뿐, 한묵희 본인은 여전히 나를 완전히 믿고 있지 않을 수도 있었다. 당연한 일이었다. 한묵희에게 나는 아직 내부인이 아니었다. 직접 돈을 받고 의뢰를 받아들인 관계도 아니고, 다만 호의로 부탁을 들어주는 사이일 뿐이었다.

착수금은 이미 송영이 지불한 거나 다름없다고 이야기하고 신뢰를 얻는 편이 나을까? 하지만 지금 굳이 신뢰를 얻어서 더 좋아질 건 또 뭐람. 그리고 그 이야기를 하면 정말로 신뢰를 얻을 수 있기는 한 걸까? 어쩌면 이 사람에게는 반지업 역시 다른 조언자들 중 한 사람일지도 모르지. 보호자가 아닌 조언자 하나.

그래, 이 사람한테는 이미 나름의 대본이 있었어. 그냥 남들한테 떠밀려서 움직이고 있는 건 절대 아니었지.

이런저런 대화를 이어가면서 나는 재빨리 목표를 수정했다. 상대가 눈치채지 않기를 바라면서.

그렇다. 사실 나는 한묵희를 보호할 필요가 없었다. 누구라도 마찬가지였을 것이다. 이 사람은 스스로 알아서 자기 무대를 찾아갈 거니까. 외부 환경이 얼마나 우호적으로 작용하고 있든, 그 모든 것을 가능하게 만드는 가장 중요한 변수를 손에 쥐고 있는 것은 어디까지나 무대 위에 선 한묵희 자신이었다. 반지업을 이용하든 나를 이용하든, 아니면 나모린과 송영을 포함한 다른 사람 전부를 도구로 사용하든, 누군가 한 사람만 부당한 이득을 본다는 느낌은 들지 않을 것이다. 언제 어디서든 자기 무대를 얻을 만한 자격이 있는 사람이니까.

그러니 나는 내 역할만 잘해내면 된다. 나모린의 계획이 어떤 것인지 알아낸 다음 그 일이 얼마나 위험한 일인지, 혹은 꼭 해야만 하는 일이라면 얼마나 중요한 일일지 평가하고 조언해주는 일. 반지업처럼 실질적인 도움이 될 만한 일은 해줄 수 없겠지만, 절대 내려서는 안 되는 판단 같은 게 있다면 그게 뭔지는 가려낼 수 있을 것이다. 그냥 그것만으로도 충분할 것이다. 나머지는 본인 스스로 알아서 찾아갈 일이다. 지금까지 쭉 그래온 것처럼.

그리고 그런 생각이 들었다. 나모린이라면 나처럼 접근하지는 않았겠지. 대신 제안을 했을 거야. 그 일을 하면 어떤 이득을 얻을 수 있을지를 말해준 게 아니라, 일단 줄 수 있는 이득이 아무것도 없다고 선언한 다음, 그럼에도 불구하고 그 일에 참여할 생각이 있는지를 진지하게 물었겠지. 그것만이 스스로 자기 길을 찾아내줄 사람을 기꺼이 움직이게 만들 유일한 방법이었을 테니까.

한묵희에게 말했다.

"오찬모임은 그냥 하시던 대로 하시면 됩니다. 나모린 변호사나 반지업 위원이 별말 없었던 일이라면, 그걸 따로 준비할 필요는 없을 겁니다. 뭘 어떻게 해야 잘하는 건지는 저도 잘 모르겠지만, 굳이 뭘 잘하실 필요도 없지 않을까 싶네요."

"제 생각도 그래요, 사실. 저는 그거 하는 사람이 아니니까요."

"그러니까요. 그 말씀이 맞습니다. 다만 송 의원은 좀 신경이 쓰이기는 할 겁니다. 그 모임에 가본 사람 치고 그분 신경 안 쓰인 사람이 있기나 한지 모르겠어요. 그런데 그것도 뭐, 나쁘지 않은 경험일 겁니다. 관광 상품이다 생각하고 구경하고 오시면 되지 않을까요."

"관광 상품이요? 심하다. 아무리 그래도 그쪽 상사 아니세요?"

"뭐, 말하자면 그렇죠. 어쨌거나 인간문화재 같은 양반이거든요."

"그렇게 말씀하시니까 괜히 기대되네요."

"실망하실 일은 없을 겁니다. 갔다 온 사람들은 다들 말이 많아진다고들 하거든요."

다시 엘리베이터가 내려오더니 젊은 부부 한 쌍이 이불 빨래를 들고 세탁실로 들어갔다. 우리는 그 엘리베이터를 잡아타고 각자의 집을 향해 올라갔다. 나보다 한 층 먼저 엘리베이터 문을 나서면서 한묵희가 말했다.

"반지업 씨도 소문보다는 훨씬 괜찮은 사람이에요. 소문은 소문대로 맞는 말이겠지만 능력은 또 능력대로 인정해줘야 할 거예요."

"그렇게 말하는 사람들이 여럿이더군요."

엘리베이터 문이 닫히는 바람에 나는 한묵희의 표정을 확인할 수 없었다. 그리고 그걸 꼭 알아야 하는 것은 아니었다.

23. 천장

다음 날 저녁에는 그 남자의 집을 찾아갔다. 언젠가 집 앞까지 미행한 적이 있는, 한묵희와는 꽤 각별한 사이로 보였던 바로 그 남자였다.

그를 찾아간 것은 정당한 용건이 있어서였다. 무용수는 아닌 것 같았지만, 언젠가 광장 야외 공연 리허설 현장을 찾아갔을 때 그 천막 안에 자연스럽게 서 있는 그를 볼 수 있었다는 점으로 볼 때 어쨌든 무용단 소속이기는 할 것이다. 그의 정체를 확인하기 위해 나는 우선 무용단 단원 명부를 입수했다. 사진이 붙어 있지 않은 리스트였지만, 거주지 주소를 그때 적어 온 그의 집 주소와 대조해서 어렵지 않게 그의 이름을 알아낼 수 있었다. 연민수라는 이름의 안무가였다.

아파트 문 앞에 서서 한참을 기다렸다. 한 시간쯤 뒤에 그가 집으로 돌아오다가 나를 먼저 알아보고 걸음을 멈췄다.

"최신학 선생님이시죠?"

"알아보시는군요."

"그럼요, 전부터 쭉 알고 있었습니다. 얼마 전에도 뵌 적 있고요."

"묵희 씨한테는 슬쩍 이야기만 해놓고 찾아왔습니다. 여쭤볼 게 있어서요."

"안으로 모시면 좋겠는데 혼자 쓰는 데가 아니어서요. 밖에서 이야기하는 게 안전할 것 같네요."

그는 지구 출신이었다. 연구소에서 일하는 모친을 따라 달에서 어린 시절을 보낸 후 스무 살이 되기 전에 다시 지구로 돌아가 무용을 공부했다고 했다. 그리고 그 뒤로는 쭉 지구에서 무용수와 안무가로 일했다. 첫숨으로 옮겨온 한묵희의 부름을 받고 공연단에 합류하기 직전까지.

그를 따라 인적이 드문 골목길 쪽으로 걸어갔다. 공식적인 직함이 있는 수사관도 아니고, 그렇다고 사적으로 친분이 있는 관계도 아니어서 말을 꺼내기가 쉽지 않았다. 일단 달의 날 공연 이야기로 대화를 시작했다. 내가 간략하게 먼저 '관성'에 관한 느낌을 이야기하자, 그가 흥미롭다는 듯 내 쪽을 바라보며 눈을 반짝였다. 역시 그 공연을 만든 건 사실상 이 사람인 모양이었다.

그가 말했다.

"그렇게까지는 생각을 못 해봤는데, 독특한 관점이네요. 다음 공연 팸플릿에는 그 이야기를 써봐야겠는데요. 부탁드려도 될까요?"

"아니요, 그럴 재주는 못 됩니다. 말로만 할 줄 알았지 막상 장면 하나하나를 떠올려보면 아무 생각도 안 날 걸요."

"관성과 무게라. 멋진데요. 좀더 본격적으로 연구를 해보면 좋을 것 같네요. 지금 머릿속으로 떠올려보니까 무슨 말씀이신지 알 것 같아요. 그게 그렇게 되는 거였군요. 음, 이 부분은 좀 아닌가."

"하나도 안 맞을 겁니다. 저야 뭐 문외한이니까요. 그냥 워낙 압도적이라 혼자 집에서 복기를 좀 해본 것뿐인데, 그때 아마 기억이 다 제멋대로 섞였을 겁니다. 그런데 그보다 이렇게 찾아온 건,"

"예, 말씀하세요."

"아, 한묵희 씨와 제가 주고받은 이야기들은 대충 다시 전해 들으셨나요? 아니면 지금 간단하게 정리를 하는 게 좋을지."

"거의 다 알고 있다고 생각하시면 될 거예요. 그, 학생들 드레스코드 이야기 같은 것도요."

"잘됐네요. 그럼 설명은 생략하고 짧게 이야기를 하자면, 아, 혹시 화성 구역에 있는 제1공연장 말인데요, 거기를 염두에 두고 구성한 안무라고 들었는데요."

"예, 거기서 하면 꽉 차 보일 공연이긴 하지요. 휑한 공간에 사람 몇 명이 심심하게 뛰어다니는 춤이 아니라 시야 전체가 꽉 찬 느낌 주게 만든 공연이라. 거기서 연습을 해둔 건 아니어서 막상 가보면 고칠 게 있겠지만, 그래도 거기서 하는 게 공연이 훨씬 잘 나올 거예요."

"그렇군요. 그 전 공연보다 좋은 공연이면 어마어마하겠네요. 그런데 말이죠, 그 춤 구성하실 때 혹시 한묵희 씨에게 뭔가를 제안하려고 한쪽에서 특별히 부탁한 부분 같은 게 있었을까요? 특히,"

"묵희 관련해서요?"

"그렇죠. 아무래도 그 부분이 중요하니까."

잠시 동안 그는 아무 말도 하지 않았다. 대략 서른 걸음 정도를 걸을 만큼의 거리였다. 지겹도록 긴 시간은 아니었지만 어색함을 느끼고 걷던 방향을 바꾸고 싶은 충동이 들기에는 충분히 긴 시간이었다.

"이건, 비밀인데요,"

"압니다."

"그 문제가 아니라, 공연 때문에 비밀로 해둔 부분인데요, 아무래도 말씀드리는 게 낫겠죠?"

"물론입니다. 저야 뭐, 스태프라고 생각하시면 편하지 않을까요?"

"그래도 민감한 문제거든요. 스태프들이라고 미리 다 알 수 있는 건 아니니까요. 음, 어떻게 말씀드려야 되나. 일단 뭔가 요청이 들어온 건 맞아요."

"호오, 그렇다면 큰 도움이 되겠군요."

"더 자세한 건 나중에 알려주겠다고 했는데, 일단은 춤의 결말 부분에서요, 그래서 말씀드리기가 곤란한 건데,"

"이해합니다. 꼭 필요한 부분만 말씀해주시면 됩니다. 내용까지는 설명해주실 필요가 없고, 저한테 뭐가 도움이 될지만 생각해보시면 되겠지요. 제가 찾으려고 하는 건 그 공연장 공간에서부터 건물 꼭대기에 있는 콜로니 회전축까지 이어질 비밀 통로 같은 겁니다. 건물 보안팀에서도 모르는 걸 보면 아마 눈에 딱 보이는 건 아닐 텐데, 어쨌든 그 공연장 주위에서 시작하는 건 맞을 겁니다. 그걸 대충 알아보려는 건데요, 그래야 저쪽에서 어떤 식의 침투를 부탁하려는 건지 대강 감이 잡힐 것 같거든요."

"아, 그거면, 있어요. 천장이요."

"천장이요?"

"내용을 말씀드릴 수는 없지만, 그런 거라면 공연장 천장에서 찾아보기 시작하셔야 될 것 같은데요."

"그쪽을 콕 집어서 부탁받으셨군요."

"예, 나쁘지 않은 제안이었거든요. 그 일에 참여하게 되든 아니든 일단 공연 자체로만 놓고 봐도 꽤 그럴듯한 제안이라 일단 거기까지는 받아들이기로 했어요. 그 일에 참여를 하든 하지 않든."

"역시, 그런 스타일이었군요, 우리 공모자는."

"그렇죠. 그런데 도움이 될까요? 이런 정도밖에는 알려드릴 수가 없어서."

"물론입니다. 저도 옛날 도면들을 아직 다 못 구해서 지금 현재 통제구역으로 돼 있는 곳이 어떻게 생겼는지는 짐작이 잘 안 되지만, 그만하면 힌트가 될 겁니다. 시간을 단축시키는 게 관건이니까요. 아시겠지만, 공연이 제 생각보다는 훨씬 빨리 잡힐 것 같아서요."

"그렇게 됐어요. 저희는 처음부터 어느 정도 생각하고 있었던 거기도 하고요."

"알겠습니다. 그러면 그쪽은 제가 알아보는 걸로 하고. 아, 또 한 가지 더 부탁드릴 게 있는데요."

"네."

"언제가 됐든 결국 그쪽 사람들을 직접 좀 만나봐야 할 것 같은데, 최소이 씨나 나모린 씨 같은 분들을요. 나모린 씨 같은 경우는 어떻게든 접촉이 가능하긴 합니다만, 제가 이용할 수 있는 경로는 되도록 노출을 안 시켜야 될 것 같은데, 혹시 어떤 경로로 연락이 왔는지 알 수 있을까요? 대강 달 친구분들을 통해서 제안이 들어온 것으로 알고 있기는 한데, 그쪽 루트를 거꾸로 밟아가는 편이 안전할 것 같아서 그렇습니다."

"알려만 드리면 되나요? 소개해드릴까요?"

"주선해주시는 편이 훨씬 편하겠죠."

"그럼, 그렇게 해보겠습니다. 묵희 통해서 말씀드리면 될까요?"

"그래주시겠어요? 감사합니다."

"제가 더 감사하지요."

그렇게 갑자기 대화가 끝났다. 용건이 다 바닥이 나버리자 갑자기 할 말이 한마디도 떠오르지 않았다. 아니, 딱 한 가지 주제만 머릿속을 맴돌았다. 하지만 나는 그 말을 입 밖에 꺼내지 않았다. 한묵희의 애정사는 정말이지 내 알 바가 아니었다.

정말로 아닌 건가.

그대로 헤어져서 다른 곳으로 향하고 싶었지만, 일단은 골목길을 빠져나가야 했다. 서른 걸음보다는 훨씬 먼 거리. 그렇다고 멀찍이 떨어져서 걸을 수도 없고, 실없이 아까 한 말을 반복할 수도 없었다.

그의 걸음걸이를 바라보며 내가 물었다.

"달에서도 춤을 추셨습니까?"

그가 내 쪽을 돌아보더니 조금 전과는 전혀 다른, 체념하는 듯한 목소리로 대답했다.

"빠져 있었죠. 미친 듯이 춤만 췄어요. 미래 같은 건 생각을 안 했던 것 같아요. 거기는 특별한 세상이었어요. 쭉 그렇게 살 수 있을 것 같았는데……"

그가 말끝을 흐렸다. 나는 생략된 말을 어렴풋이 짐작할 수 있었다.

"지구로 돌아가고 나서는 달의 춤을 출 기회가 없었겠죠?"

"그럼요. 비슷한 걸 할 수 있는 방법을 내내 찾아다녔는데 결국 그럴 수가 없었어요. 일단 중력 문제는 어떻게 해도 해결이 안 됐고, 그런 식으로 경력을 이어갈 방법이라는 게 많지가 않았어요. 사람이 뭘 배우면 한동안 안 하고 있어도 잊지 않으려고 꿈에서 이따금씩 연습해보곤 하는 거 아시죠? 자전거 타는 꿈이나 물 위에 떠오르는 꿈 같은 거. 저는 내내 춤을 추는 꿈을 꿨어요. 그 꿈을 꾸고 나면 진짜 다른 생각은 하나도 안 나거든요. 그래서 어떻게든 그 춤을 계속 출 방법을 찾아 나서곤 했는데, 역시 쉽지는 않았어요. 선생님 추천서가 워낙 잘 먹히기는 했지만 그래도 그다음 길은 스스로 헤쳐나가는 수밖에 없었으니까. 하지만 무엇보다 중요한 건 아마 이걸 거예요."

생각에 잠긴 듯 그가 뜸을 들였다. 그리고 조금 전에 비해 훨씬 힘이 들어간 목소리로 이렇게 말을 이었다.

"지구에는 묵희가 없었다는 거."

"아."

"이해가 되세요?"

"이해는 못 하겠지만 무슨 말씀이신지는 알 것 같습니다. 그래서 한묵희 씨가 첫숨으로 온다는 소식을 들으셨을 때는 기분이 남다르셨겠군요."

"그렇긴 한데, 그때 저는 이미 그 춤을 출 수 있는 사람이 아니었어요. 하면 할 수는 있는데, 다시 해보라는 이야기도 많이 들었지만 지구에서도 계속 춤 관련된 일을 하고 있어서 그 정도 감도 못 잡을 정도는 아니었어요. 아, 나는 저 춤을 직접 담아낼 수 있는 몸이 아니구나."

"그래도 그 해석은 말할 수 없이 훌륭했습니다."

"제 해석보다 선생님 해몽이 더 훌륭한데요 뭘. 그리고 저는 훌륭할 필요까지도 없어요. 그냥 지금이 좋아요."

골목을 벗어나 큰길로 나왔다. 그는 고개를 꾸벅 숙이고는 아파트 쪽으로 걸어갔다. 나는 잠깐 동안 그의 뒷모습을 바라보았다. 짊어진 것 없어 보이는 홀가분한 지구 출신의 걸음걸이였다. 그래도 그는 그게 부러웠을 것이다. 달 사람들이 짊어진 짐이.

그 뒷모습에서 어떤 그리움 같은 것을 읽을 수 있었다. 드디어 다시 같은 공간에 있게 되었지만 이제 다시는 닿을 수 없게 된 누군가에 대한 마음을. 한묵희는 그렇게 손에 잡히지 않는 사람이었다. 그리고 정말로 한묵희가 사라져버리는 순간이 오면 그는 아마 한묵희를 향해 손도 한번 뻗어보지 못할 것이다. 어차피 닿을 수 없을 테니까.

24. 도면

엘리베이터에서 내려 집이 있는 쪽 복도로 돌아서는 순간, 문 앞에 서 있는 천사를 보았다. 살아가는 데 아무 도움도 되지 않는 환영이 왜 하필 천사의 모습을 하고 있었던 걸까. 그가 있어서 도움이 되는 점이라고는 단 하나밖에 없었다. 언제든 내가 틀렸을 가능성이 있다는 사실을 스스로 돌아보게 만든다는 점.

짜증나는 일이군.

그리고 그날 밤 심동완이 집으로 찾아왔다. 그는 집 안으로 들어서자마자 따지듯 물었다.

"한묵희가 이 건물에 살아요?"

"어떻게 알고 왔어?"

"잡지에 사진 다 나와 있다니까요. 어쩐지 주소가 낯익다 했네."

"아니, 한묵희 집 말고 우리 집은 어떻게 알고 찾아왔냐고."

"그거야 뭐. 그보다 그 일에 한묵희가 연관되어 있는 거였어요? 아, 진짜 멋지다. 그 공연 놓쳐서 땅을 치고 후회하고 있었는데."

나는 현관문을 잠그면서 검지를 입술에 갖다 댔다. 그러자 그도 재빨리 흥분을 감췄다.

심동완은 현관에 선 채로 가방에 든 것을 꺼내 나에게 내밀었다.

"벌써?"

"바빴거든요. 그러니까 제 말은, 빨리 해치우고 본업을 해야 해서."

"타이밍 좋을 때 부탁했네. 바쁠 때."

"아주 좋은 일은 아닐 걸요. 국제 정세가 심상치 않게 돌아가는 바람에 갑자기 할 일이 많아진 거라."

"그래? 그런 뉴스 못 봤는데."

"물밑에서요. 그게 또 하필 이거 관련된 일이라, 빨리 해치우지 않으면 자료가 숨어버릴지도 모르는 타이밍이었거든요."

"이 자료가?"

"그럼 뭐겠어요. 그게, 적대행위금지조약이라고 있어요. 우주에 배치된 무기들 관련된 군축조약 비슷한 거예요. 원래 우주에 무기를 배치하는 건 원칙적으로 전부 금지되어 있지만 현실적으로는 다들 편법을 동원해서 뭔가 의심스러운 것들을 갖다 놓고 있거든요. 공공연한 의심 같은 거예요. 다들 알지만 안 건드는 거죠. 그 '알지만 안 건드는' 행위의 주체가 적대행위금지조약기구고요. 거기에 사무국이 있는데 궤도연합 쪽에서 그 사무국을 통해서 의심 시설 조사 결의안이라는 걸 통과시키려고 물밑 접촉을 하고 다니는 모양이에요."

“갑자기?”

“아니 뭐, 늘 있는 일이기는 해요. 그 사람들 그때마다 새로운 법리 같은 걸 들고 오는 거 보면 딱 그것만 전담하는 기구가 꽤 대규모로 돌아가고 있는 게 분명하지만, 이번에는 분위기가 좀 심상치 않기는 하던데, 뭔가 꼬투리를 잡았나 싶기도 하고요. 언제는 안 그랬나 싶기도 하지만요. 아무튼 이거 한묵희도 얽혀 있는 일 맞아요?”

“뭐 글쎄.”

“와, 큰일 났다 큰일 났어. 이런 걸 들고 여기까지 와버렸으니.”

“그것만 주고 가.”

“그래야겠죠. 이거면 일단 충분할 거예요. 뭘 찾으시는지 모를 때는 판단이 잘 안 됐는데 지금 보니까 대충 알 것 같네요. 거기에서부터 이어지는 길을 찾으실 거죠?”

“어, 거기.”

“맞을 거예요. 특히 제일 앞에 있는 놈. 그걸 보세요. 그건 확실할 거예요.”

“왜? 귀한 거야?”

“저야 모르죠, 다른 것보다 그게 더 귀한지. 그런데 그게 바로 그거거든요, 다른 누군가가 열심히 찾아 헤맨 한 장. 그 물건 자체는 다른 것들처럼 깨끗한데, 그거에 접근해 들어간 흔적이 지저분해요. 뭐 원래 인간이 자료에 접근해가는 경로를 옆에서 보면 멍청하고 지저분해 보이니까 그런 거지 특별히 더 이상할 건 없지만."

"누군가 이걸 열심히 찾아 헤맸다는 거지?"

"범위를 좁혀가며 검색해 들어간 흔적이 잔뜩이라는 말씀."

"중요한 거군. 당신도 이거 찾으려고 검색해 들어간 건가? 결국 여기로 모이게 돼 있는 거야?"

"몰라요. 내용은 전혀 모르겠고, 자료 주위에 남아 있는 흔적들만 가지고 중요도가 높아 보이는 걸 뽑아온 거니까. 직접 검색해 들어가는 짓 따위는 안 해서 당분간 그 물건이 제 손에 들어왔다는 건 아무도 모를 거예요. 그런데 얼마나 갈지는 모르겠어요."

"이상한 낌새가 있었어?"

"아마도. 역추적이 들어올지도 모르겠어요."

"그래서 직접 전해주러 왔군. 흔적은 어떻게 지울 거야?"

"당연히 못 지우죠. 대신 다른 걸 다섯 개쯤 더 찾아봐야죠."

"물타기?"

"그렇죠. 다른 것도 같이 찾고 있었던 것처럼. 그 자료 검색 들어가기 전에 두 개는 해놨으니까, 한 이틀만 더 하면 되겠네요. 아, 괜히 낚여가지고 이게 뭐하는 짓인지 원."

나는 손에 든 자료를 들여다보았다. 그리고 심동완이 방금

한 말을 되새겨보았다. 상상 속에서조차 그림이 그려지지 않는 추상적인 이야기였다.

"그런데 역추적당한다는 건 어떻게 알아?"

"이것도 물밑 이야기인데, 이 바닥에는 말을 관리하는 사람들이 따로 있어요. 질문을 관리하는 거죠. 누가 뭘 궁금해하나. 백과사전만 돼도 그게 필요 없어요. 뭘 물어보지 않아도 일단 자료 자체는 분량이 얼마나 됐든 그 안에 다 있는 거니까. 질문하지 않고도 자료를 열람할 수 있다고요. 자료집을 펼쳐 보기만 하면. 그런데 자료가 천문학적인 수준으로 주어지면 그게 안 돼요. 자료가 너무 많아서 없는 거나 마찬가지니까. 세상 모든 자료가 다 있는데 물어보지 않으면 아무것도 안 내놓는 거예요. 뭘 물어봤느냐에 따라 다른 자료집을 얻게 된다는 뜻인데, 저기, 그런데 선배가 알려준 거 아니었어요? 왜 이걸 나한테 물어봐요?"

"나? 그런 건 몰랐지. 알았어도 다 까먹었을 거고."

"허, 나는 누구한테 배운 거라고 생각하고 있었는데. 뭐야, 나 이거 스스로 터득한 거였잖아. 그럼 나한테 가르쳐준 게 몇 년간 쌓아놓은 노하우 같은 게 아니라, 어느 날 우연히 발견한 걸 별생각 없이 읊어주고는 정작 본인은 까먹은 거네요?"

그가 돌아갔다. 돌아간 자리에 침묵이 남았다. 조용히 왔다가 조용히 갈 것 같은 친구였는데 막상 떠나고 보니 현관에 남은 소리의 잔향이 생각보다 요란하고 떠들썩했다. 사무실에서 내가 혼자 떠들고 있는 동안에도 그는 아마 내 이야기를 다 듣고 있었을 것이다. 어쩌면 서류 여기저기에다 메모까지 남겨뒀을지도 모른다. 그가 지우개를 들고 서류 여기저기를 문질러대던 모습이 떠올랐다.

궁금해서 어떻게 참았을까. 그만큼 궁금했으니까 자기 신분도 잊고 나서기로 한 거겠지.

도면을 들여다보았다. 삼차원을 표현한 그림이기는 했지만 도면이라기보다는 오래된 지도에 가까운 모양이었다. 몇 장의 지도를 비교해보면 첫숨 곳곳이 어떤 과정을 거쳐서 지금과 같은 모습에 이르게 되었는지 상상해볼 수 있었다.

첫숨은 역사의 궤적이 남아 있는 도시였다. 처음부터 지금 모습대로 만들어진 것이 아니라 수십 년에 걸쳐 변화를 겪은 흔적이 퇴화된 인간의 꼬리뼈처럼 여기저기 그대로 남아 있었다. 그 지도들을 들여다보고 있으면 현재 상태를 정리한 통계자료를 통해 알 수 있는 것과는 전혀 다른 측면을 이해할 수 있었다. 어느 부분이 도시의 핵심을 이루고 있고 어느 부분이 쉽게 다른 모습으로 변화해갔는지, 어떤 부분이 앞으로도 계속 남아 있을 형태이며 어떤 부분은 교체가 가능한지를 별다른 설명 없이 직관적으로 파악할 수 있었다.

그리고 거기에는 그 건물의 옛 모습이 꽤 자세하게 묘사되어 있었다. 지금처럼 구조를 전혀 알 수 없는 폐쇄적인 형태로 바뀌기 전, 과시하듯 콜로니 회전축에서부터 아래로 이어지는 통로를 겉으로 드러낸 시절의 지도가 특히 인상적이었다. 그 후로 수십 년간 이런저런 변화를 겪었겠지만 기본 구조 자체는 변하지 않았을 것이다.

어쩌면 그런 옛 구조물들 중 일부는 미처 폐쇄되거나 개조되지 못하고 그대로 새 구조물 아래에 파묻혀버렸을지도 모른다. 지금은 아무도 사용하지 않지만 예전에는 드물지 않게 사용되었을 통로. 그리고 자세히 찾아보면 지금도 멀쩡하게 남아 있을 그런 길. 완전히 뚫려 있지는 않겠지만 벽 하나 정도만 넘어갈 수 있다면.

내가 찾으려는 것은 그런 통로였다. 첫숨 제1공연장 바로 위에서부터 시작되는 숨겨진 통로. 사람이 지나다닐 수 있는 길이거나, 아니면 그보다 훨씬 좁은 환풍구 같은 통로이거나.

누군가 문을 두드렸다. 도면을 갈무리해두고 현관으로 나갔다. 한묵희가 아닐까 기대했으나 문을 열고 보니 장목은이었다.

혹시 이것도 환각은 아닐까.

나는 잠시 고민에 빠졌다. 그러나 그는 아무 말도 하지 않고 메모지 한 장을 내밀 뿐이었다. 그곳에는 시간과 장소가 적혀 있었다. 무슨 무슨 건물의 지하 12층 터미널. 그렇게 깊은 곳에 있는 터미널이란 우주선 정거장밖에 없었다. 지구에서는 우주선을 위로 쏘지만 우주정착지에서는 아래로 쏘는 게 우주선이니까.

나는 그의 얼굴을 바라보았다.

'정말 여기를 보내주겠다고요? 이 시점에?'

그는 마치 그렇다고 대답하고 있기라도 한 것처럼 내 얼굴을 똑바로 바라보았다. 넘어가주기를 바라는 걸까, 아니면 그냥 내가 어떻게 반응할지 지켜보는 걸까. 가봐야 아무것도 없으니 마음껏 가보라는 뜻일까, 아니면 그렇게 생각하고 그쪽 구역에 관한 관심을 끊어버리기를 바라는 걸까.

나는 고개를 끄덕였다. 그러자 그가 말했다.

"일차로 가보시고 또 필요하시면 말씀하시지요."

그런 말을 남기고 그는 계단을 통해 아래층으로 내려갔다. 당연하다는 듯한 걸음걸이였다. 걸어 올라온 걸까, 엘리베이터에 있는 카메라에 노출되지 않기 위해? 심동완도 그랬을까? 목요일 아침마다 한묵희를 찾아오는, 대충은 누군지 알 것 같은 그 미지의 인물도?

하룻저녁에 두 사람이나 갑자기 집을 찾아왔다는 사실이 그저 우연만은 아닌 것 같았다. 몇 달이 가도록 한 명도 찾아오지 않던 집이었으니까. 그리고 그 두 차례의 방문 모두가 내가 찾지도 않은 시점에 제 발로 먼저 찾아와서 직접 무언가를 전하려 했다는 공통점이 있었다.

이러다가 어느 날 최소이도 찾아오는 거 아닌가 몰라. 집에서 보고 싶지는 않은 얼굴인데.

다시 도면을 펼쳐 들었다. 제1공연장 바로 위쪽에서부터 이어지는 폐쇄 구역. 지금은 송영 집안사람들이 사유지로 사용하고 있지만 과거 언젠가는 건물 다른 구역들과 마찬가지로 사람들의 접근이 허용되어 있었을 공간. 일단 가능해 보이는 경로는 모두 눈에 익혔다. 옛날 지도에만 표시가 되어 있어서 요즘도 존재하는 경로인지 확인이 불가능한 것들이 대부분이었다.

어쨌거나 저 중 하나는 분명히 남아 있다는 말이지. 최소이나 나모린이 찾아와서 색연필로 줄 하나만 그어주고 가면 좋겠군.

문득 장목은이 서 있던 곳으로 시선이 옮겨갔다. 맞숨 구역에서 일어난 일에 관해서는 자체는 아직 자세히 들여다보고 있지도 않았다. 직접 가 본들 과연 뭘 발견하게 될지 알 수도 없었다. 맞숨은 첫숨만큼이나 넓은 공간이었다. 무작정 넘어갔다가는 거의 정해진 코스를 돌면서 도시를 디자인한 사람들이 의도한 장면만 보고 돌아오게 될 가능성이 높았다. 꼭 보고 싶은 장소가 있지 않은 한.

그래도 드문 기회인데 이참에 한 번쯤 가보는 것도 나쁘지는 않지. 당장은 얻어낼 게 별로 없겠지만, 관광이라고 생각하지 뭐.

25. 그것

다음 날 아침 일찍 그곳으로 향했다. 장목은이 알려준 지하 터미널로.

지하 12층으로 내려가는 길은 직관적이지도 효율적이지도 않았다. 함부로 접근하지 않기를 바라는 듯한 디자인이었다.

우주로 향하는 모든 출구가 그렇게 폐쇄적인 형태를 취하고 있는 것은 아니었다. 외부에서 첫숨을 오가는 우주선 터미널은 원통의 밑면에 해당하는 부분 바깥쪽 면에 자리하고 있었다. 첫숨에서 태어나서 자란 소수를 제외하고 현재 첫숨에 거주하는 거의 모든 사람들이 그 똑같은 터미널을 통해 첫숨에 들어왔다. 우주선이 첫숨의 자전 속도에 맞춰서 천천히 회전을 하고, 마침내 회전 속도가 똑같아지는 순간 회전축으로 들어가 항구에 정박하는 과정을 경험한 것이다.

그러므로 우리 모두는 첫숨이 우주로부터 완전히 분리되어 있는 세계가 아니라 어딘가를 통해 끊임없이 우주의 다른 부분과 교류하고 있는 세계라는 사실을 알고 있었다. 다만 그 '우주의 다른 부분'에는 맞은편에 있는 첫숨과 똑같이 생긴 정착지 맞숨이 포함되어 있지 않았을 뿐이었다.

맞숨으로 가는 우주선은 작고 아담했다. 캡슐형 알약처럼 생긴 길쭉한 모양에 열두 명이 정원인 셔틀버스. 다른 승객은 아무도 없었다. 미지의 세계로 가는 여행은 첫숨 도심에서 지하철이나 버스를 타고 다른 구역으로 이동하는 것보다도 훨씬 짧았다. 교통 체증도 없고 중간중간 정차할 일도 없었기 때문이다. 심지어 연료도 거의 소모되지 않았다.

머리 위에는 커다랗고 둥근 창문이 나 있었다. 그 창을 통해 첫숨의 외피가, 그 안에 살고 있는 사람들이 발밑이라고 생각할 만한 곳의 모습이 펼쳐졌다. 사실 그것 말고는 아무것도 눈에 들어오지 않았다. 그만큼 거대한 구조물이었기 때문이다.

셔틀은 톱니바퀴에 맞물려 있기라도 하듯 첫숨 회전 방향과 반대 방향으로 서서히 회전했다. 위쪽이 항상 콜로니 중심을 향하도록 하기 위한 조치였다. 맞숨을 향해 날아가는 동안 셔틀은 나선형으로 콜로니를 완만하게 휘감으며 이동하게 되어 있었다. 잠시 후 첫숨을 넘어서 맞숨 구역에 다다르자 우주선이 맞숨의 회전과 거의 똑같은 회전을 하고 있다는 사실을 알 수 있었다. 멀리서 맞숨 쪽 정거장이 우주선을 향해 다가오는 듯한 착각이 들었다. 아니, 그것은 사실이기도 했다. 셔틀은 정거장을 찾아서 날아가는 게 아니라 정확히 맞아떨어질 지점을 향해 미리 계산된 속도와 궤도로 그저 정확하게 날아가고 있을 뿐이었다.

10분이 채 안 되는 비행을 마치고 맞숨 쪽 정거장으로 올라갔다. 안내역인지 감시역인지, 근무 중에 불려 나온 것 같은 보안 직원 한 사람이 별말도 하지 않고 앞장서서 걸어갔다.

첫숨 쪽 정거장과 마찬가지로 맞숨 정거장에서 지상으로 가기 위해서는 꽤 먼 거리를 올라가야만 했다. 첫숨에 비해 구조 자체가 복잡한 길은 아니었지만, 계속해서 위쪽으로 올라가야 한다는 사실은 변함이 없었다. '발밑의 우주'라는 비현실적인 현실감. 우리의 감각에 따르면 우리는 우주 위에 둥둥 떠 있는 것이나 다름없었다. 위아래 감각이 만들어낸 기묘한 착각이었지만 그 안에서 살아가는 우리에게는 쉽게 폐기할 수 없는 타당한 착각이기도 했다.

나는 우주에서 멀리 떨어져 나와 열심히 지상으로 올라갔다. 감시인이 말했다.

"안내가 필요하시면 동행해드리겠습니다. 아니면 시간을 정해놓고 나중에 여기서 다시 만나기로 하시지요."

나는 고개를 끄덕였다. 동행이 필요하다는 건지 아닌지 알 수 없는 대답이었으나 그는 별로 망설이지도 않고 내가 후자 쪽을 선택한 것으로 이해했다. 어디서 온 누구인지는 모르겠지만, 거기까지 왔으니 당연히 그걸 보러 온 게 아니겠냐는 태도였다.

'그거'라니.

"저쪽입니다."

그가 공손하게 손짓으로 언덕 쪽을 가리켰다. 그리고 왔던 길로 사라져버렸다.

맞숨은 첫숨과는 전혀 다른 분위기의 정착지였다. 일단 그곳은 초원이나 다름없었다. 곳곳에 대규모 공장 지대가 눈에 띄고 농경지나 목초지도 군데군데에서 발견할 수 있었지만, 첫숨에 비하면 거의 아무것도 없는 곳이나 다름없는 풍경이었다. 다만 끝없이 펼쳐진 지평선 같은 것은 기대할 수 없었다. 대지가 안쪽으로 말려 있어서 아무리 먼 곳이든 다 한눈에 들어왔기 때문이다.

그렇다. 그런 한적한 콜로니에서는 길 안내라는 게 별로 필요가 없었다. 뭘 찾으려는 건지 정확하게 알고만 있다면 눈으로 직접 위치를 확인하면서 그쪽으로 걸어가기만 하면 그만이었다. 물론 감시하는 입장에서도 마찬가지였다. 좋은 망원경만 갖고 있다면 굳이 뒤를 밟을 필요도 없이 어느 곳에서든 감시 대상의 행적을 추적할 수 있다.

마침 머리 위에, 천장에 거꾸로 매달려 있는 듯한 천문대가 눈에 띄었다. 별이 뜨는 밤하늘이라는 게 존재할 수 없는 정착지. 그에 비하면 결코 작지 않은 규모의 망원경 돔.

그래도 맞숨의 언덕길은 생각했던 것보다는 훨씬 쾌적하고 아늑했다. 사실 그 길은 언덕길도 아니었다. 대지 자체가 말려 올라가 있어서 그렇지, 중심에서부터의 거리를 재보면 전혀 높이 차이가 나지 않는 길이었던 것이다.

언젠가 송영의 오찬모임에서 손님 한 사람이 해준 말이 떠올랐다.

"맞숨은 개조 직후의 화성 어딘가를 재현한 데거든요. 인구가 희박하고 인공적인 느낌이 가득해서 돌아보면 누군가 쳐다보고 있을 것 같은 느낌이 들기는 하지만 그래도 누군가의 고향 같은 곳이랍니다. 정 붙일 데를 찾는 게 그렇게 어렵지는 않을 거라는 말입니다."

길을 따라 혼자 한참을 걸어갔다. 기괴하게 생긴 시설이 눈앞에 버티고 서 있었다. 지구의 것은 절대 아닐 것 같은 건물. 마치 무슨 폭발 사고라도 일어난 것처럼 가운데가 움푹 패어 있는 듯한 건물 배치.

계속 길을 따라가자 그 시설물이 조금씩 눈앞으로 다가왔다. 그와 동시에 내 눈높이도 건물 정면에 가까워지도록 조금씩 조금씩 아래로 내려갔다.

그리고 어느 순간, 나는 두 가지 사실을 깨달았다. 첫번째는, 그 시설이 생각했던 것보다 훨씬 큰 규모의 구조물이라는 점이었다. 밑바닥을 달랑 들어서 볼 수만 있다면 분명 곡면이 느껴질 정도의 넓은 면적을 차지하는 단일 시설. 그런데 그보다 중요한 것은 두번째 발견이었다. 그것은 그 건물의 기묘한 조형에 관한 깨달음이었다.

저건 폭발 사고가 일어나기라도 한 것 같은 건물 배치가 아니라 진짜 폭발 사고가 일어난 현장이야.

발걸음이 조금 빨라졌다. 한참을 걸어가니 검문소나 안내소처럼 보이는 가건물이 나타났다. 그쪽으로 조금 더 다가가자 누군가가 내 쪽으로 다가와 옷가지를 건넸다. 모자가 딸린 방호복에 장갑, 장화 같은 것들이었다. 시설물 주변 곳곳에 그런 옷을 갖춰 입은 사람들이 여럿 눈에 띄었다. 아직 꽤 먼 거리였지만 건물은 충분히 알아볼 수 있을 만큼 거대했고, 그 아래에 있는 사람들은 웅장한 시설물 외벽의 위용에 눌려 실제보다 훨씬 작게 왜곡되어 보였다.

여기는 원래 뭐하는 시설이었을까?

방호복을 입고 건물을 향해 걸어가면서 나는 폭발의 규모를 가늠해보았다. 아마도 맞숨 전체가 뒤흔들릴 만한 규모였을 것이다. 어쩌면 첫숨 역시 흔들렸을지도 모른다. 꽤 심각한 충격이었겠지만, 나 같은 일반인들은 그저 누군가 가끔씩 콜로니 궤도를 조정할 때면 생기곤 하는 가벼운 지진 같은 것이라고 생각하고 대수롭지 않게 넘겼을 것이다.

하지만 내막을 알고 있는 일부 관련자들에게는 그야말로 초유의 비상 사태였겠지.

전날 장목은이 셔틀 정류장 주소가 적힌 쪽지를 내밀면서 한 말이 떠올랐다.

"일차로 가보시고 또 필요하면 말씀하시지요."

그는 내가 이 사건에 대해 알고 있다고 생각했을까, 아니면 당신은 아직 아무것도 모르는 것 같으니 아무래도 이것부터 한번 보고 이야기하는 게 좋겠다는 말을 하고 싶었던 걸까.

심동완이 말한 국제 정세 이야기를 되짚어보았다. 이 사실이 외부에 알려진 걸까. 첫숨에 고정되어 있는 어딘가의 천체 망원경에 급격한 열 반응 같은 것이 나타난 건 아닐까. 혹은 대단히 특별한 상황에서만 관측되곤 하는 희한한 파장이나 입자가 관측되었다거나. 이를테면 신종대량살상무기를 개발하다 원료 관리에 문제가 생겨 대규모 폭발 사고가 일어난 경우에나 나타날 수 있는 특유의 파형 같은 것이.

시설 안으로 들어서지는 않았다. 어차피 특별한 자격이 있는 전문가가 아니면 더 이상의 출입은 제한되는 모양이었다. 내 출입증의 허용 범위를 넘어서는 자격이. 몇몇 사람들과 눈이 마주쳤지만 말을 걸어오는 사람은 아무도 없었다. 생긴 것만 보면 딱 시골 같아도 사실은 첫숨보다 더 대도시 같은 곳이 맞숨이라는 의미였다. 닫혀 있는 문은 굳이 열지 않는 사람들.

아무튼 이렇게 쉽게 나한테 보여주는 걸 보면 나모린이 확인하려는 게 이 현장은 아니야. 오히려 나모린이 목적을 달성하기 어렵게 된 이유가 바로 이런 사건 때문에 첫숨 보안 등급이 높아져버린 탓이라고 보는 게 진실에 가깝겠지. 송영이 장목은을 통해서 나한테 하려는 이야기도 그런 걸지도 몰라. 우리 사정이 이러니 당신도 이해를 좀 해줄 필요가 있다는 이야기.

검게 타버리거나 아예 녹아내린 것 같은 흔적들이 눈에 들어왔다. 안쪽에서 바깥쪽으로 무너진 잔해들. 안쪽에서 시작해서 바깥쪽으로 진행된 폭발.

그런데 이건 도대체 뭐가 터진 거야? 이거 진짜 무기 아닌 게 맞아? 방호복은 뭘 막으려고 입는 거지?

준비가 되어 있지 않은 방문이었으므로 외관만 보고 무언가를 알아낸다는 것은 전혀 불가능했다. 나는 그 특이한 구조물을 되도록 오래 눈에 담아둔 다음 다시 안전선 밖으로 나와 방호복을 벗어던졌다. 그리고 곧장 왔던 길로 돌아갔다.

셔틀 정거장으로 향하는 길에 멀리서 폭발 현장을 돌아보았다. 건물의 크기를 실감할 수 있는 상태에서 다시 돌아보니 폭발의 규모를 한눈에 짐작하는 데에는 오히려 좀 멀리 떨어져서 보는 편이 나은 것도 같았다.

이런 민감한 시기에 이런 걸 보여주다니, 송영은 이미 나를 내부인으로 생각하고 있는 게 아닐까. 하긴 이제는 딱히 돌아갈 데도 없긴 하지만.

약속한 시간보다 일찍 정거장 지상 출입구에 도착했다. 아무도 나올 낌새가 보이지 않아서 더 기다리지 않고 아래로 내려갔다. 지하 8층 정도에 다다르자 누군가가 나타나 지극히 사무적인 태도로 나를 셔틀 바로 앞까지 안내해주었다. 아까 나왔던 사람과는 전혀 다른 사람이었지만 몸에 밴 태도나 습관 같은 것은 거의 동일인이라고 해도 좋을 만큼 비슷해 보였다.

그의 안내에 따라 나는 다시 발밑에 있는 우주로 돌아왔다. 올 때와 마찬가지로 다른 승객은 아무도 없었다. 정말로 우주 공간을 통과해 날아가는 작은 우주선. 그 안에 앉아 있는 10분쯤 되는 시간 동안 저 위에서 일어나는 일들이 다 아무것도 아닌 것처럼 느껴졌다. 진짜 세계가 아니었으니까. 그래봐야 다 누군가가 만들어놓은 인공물 위에서 일어나는 사건에 지나지 않으니까. 하지만 정말로 그렇게 다 상대적이고 허망하기만 한 걸까. 의미라고 할 만한 건, 삶이라고 할 만한 것은 아무것도 없는 걸까.

달 사람들의 춤이 떠올랐다. 관성으로 재해석한 일상의 단단함. 그리고 연민수. 더는 6분의 1 네이티브가 될 수 없다는 사실을 깨달은, 꿈에서도 6분의 1 네이티브이고 싶었던 달의 아이가 만든 춤. 가까이에 있어도 절대 본질에까지 가서 닿을 수는 없었던 찬드라무키, 혹은 한묵희.

그러나 그다음 순간 놀랍게도 이런 생각이 드는 것이었다. 다른 사람들의 해석은 어땠을까. 훨씬 더 오래 우주를 떠돌아온 3분의 1 네이티브들의 견해는.

문득 송영의 머릿속이 궁금해졌다. 우주정착지 첫숨에 정착한 송영의 삶은 과연 어디에 뿌리를 내리고 있었을까.

26. 생명

“생명이에요. 그거.”

나모린이 말했다. 내가 물었다.

“생명이라고요?”

“화성 출신 이주민들이 뿌리내린 곳 말이에요. 지구를 떠나 화성에서 살다가 다시 우주로 나온 사람들의 일상이 탄탄하게 발을 딛고 설 수 있는 대지가 어디였을까 하는 거 아니에요? 조사관님이 말씀하신 대로라면 달 출신들은 그 탄탄한 대지 자체를 벗어나버린 거지만 화성 출신들은 여전히 뭔가를 딛고 서 있는 거니까요.”

“그렇게 정리할 수 있는지는 미처 몰랐네요. 생명이라니.”

“저도 그렇게 암기하고 있을 뿐이에요. 화성 출신이 아니어서 대단히 내밀한 부분까지는 알고 있다고 말하기도 어렵고요.”

그러자 반지업이 끼어들었다.

“저는 뭐 아나요? 그 정도면 저보다 훨씬 잘 정리하셨는데요 뭘. 저도 들으면서 새삼 ‘아, 그렇구나’ 싶었으니까.”

“그런가요? 그럼 조금 더 덧붙여볼까요?”

“그래주시죠.”

“보탤 부분이 있으면 말씀해주세요. 화성분들은 처음부터 다시 시작했다는 생각을 품고 사세요. 거의 무로 돌아갔다가 다시 문명 수준까지 끌어올렸다는 점에서요. 그래서 문화와 문명을 가진 사람들이지만 항상 그 원점을 염두에 두고 있는데, 그 원점이 생명이에요. 삶의 형태라는 측면에서요. 조사관님 말씀의 화두가 일상이나 생활이라는 형태의 삶에서 시작됐잖아요. 그건 문명이나 문화에 의해서만 정의되는 삶이거든요. 그런데 화성 역사에서 삶이라는 건 언제나 삶의 근원적인 순간까지 되돌아가요. 이렇게 말씀드려도 될지 모르겠지만, 거의 원시적인 수준까지 내려가거든요."

반지업이 다시 맞장구를 쳤다.

"저희도 그렇게들 표현합니다. 계속하시지요."

"네, 그 태초의 삶의 순간이 바로 생명인데요, 쉽게 말하면 첫숨 사상이에요."

나모린은 거기까지 말하고는 잠시 틈을 내주었다. 하고 싶은 말이 있는 사람은 그 순간에 끼어들라는 신호였다. 나는 그 틈을 놓치지 않고 자연스럽게 나모린의 말을 받았다.

"생존 같은 건가요? 결국 살아남았다는 의미로?"

그러자 식탁에 앉아 있던 다른 손님들이 모두 우리 쪽으로 시선을 던졌다. 나모린은 그 시선에 시선으로 짧게 화답하고는 흐름이 끊어지지 않게 재빨리 말을 이었다.

"거기서 오해가 생기곤 하죠. 안 그런가요?"

그 말에 화성 출신 손님들이 가볍게 고개를 끄덕이며 미소를 내보였다. 다시 나모린이 말했다.

"첫숨은 조금 달라요. 첫숨이 먼저냐 생명이 먼저냐를 생각해보신 적이 있으세요? 누구나 처음 스스로 숨을 쉰 순간은 있을 거예요. 그런데 그 첫 숨을 내쉬기 전에는 살아 있지 않았나요? 분명 살아 있었을 거예요. 탯줄이 이어져 있었거나 뭔가 다른 종류의 호흡을 하고 있었겠죠. 첫숨 사상은 그 순간까지 되돌아가지는 않아요. 스스로 자기 호흡을 갖게 되는 순간을 태초로 보는 거거든요. 살아 있었다는 사실 자체를 부정하는 게 아니라."

나모린의 바로 옆자리에 앉아서 왼손으로 턱을 괸 채 잠자코 듣고 있던 한묵희가 재미있다는 표정으로 한마디 보탰다.

"생존까지 문제 삼지는 않는 거군요. 삶의 제일 근원적인 수준까지 물러났다가 문명 수준까지 돌아오기는 했어도 그 경계선이 삶과 죽음의 경계는 아니었다."

"맞아요, 묵희 씨. 그런데 딱 그 대목에서 입장이 갈려서, 일부는 그 회귀 지점이 정말 삶과 죽음의 경계선이었다고 믿기도 해요. 그렇게 되면 정치적으로 과격한 입장이 되는 거고요. 왜냐하면 원한 관계가 생기게 되니까. 그런데 묵희 씨 말씀처럼 생존 가능성 자체를 문제 삼자는 게 아니라 삶 자체는 계속 이어졌을 거라고 가정하고 다만 스스로 호흡을 갖게 된 순간을 기억하는 입장을 취하게 되면 정치적이라기보다는 오히려 다소 종교적인 색채를 띠는 생명중심주의로 흐르게 되는 거예요. 일상을 직시하고 평범한 생활을 긍정하는 문화가 되는데, 다만 그러면서도 생명을 굉장히 소중하게 생각하는 문명이 되는 셈이에요."

다시 반지업의 웃음 섞인 목소리가 들려왔다.

"그 부분을 이해시키기가 참 힘들어요. 그래서 지구 문명권 사람들이 보기에 첫숨이라는 이름이 붙은 집단은 테러리스트처럼 보이는 거고요. 뭐라고 길게 설명은 해대는데, 자기들 귀에는 그게 그걸로 들리니까."

"달에서 보면 지구나 화성이나 그게 그거 같은데 말이죠."

한묵희가 솔직하게 한마디를 던지자 오찬장 전체에 웃음소리가 퍼져나갔다. 그 소리에, 중요한 연락을 하느라 잠시 자리를 비웠다 돌아온 송영이 아쉬운 듯 사람들을 돌아보며 물었다.

"어머, 내가 없으니까 재미있는 이야기가 나왔나 보죠. 무슨 일인지 누가 간략하게 설명해줄 건가요? 요약하면 하나도 재미없어지는 이야기는 아니겠죠?"

"제가 새로 오신 분 교육 좀 시켰어요, 여사님. 좀 엄하게 하다 보니 옛날 버릇이 나와서 다들 웃으시네요. 개구리 올챙이 적 기억 못 한다고 생각하시는 거겠죠?"

손님이 여덟 명인 모임이었다. 원래 가기로 했던 한묵희, 반지업에다 나와 나모린까지 더해져서 테이블이 약간 빽빽하다 싶은 느낌이 들었다.

나모린의 말에 굳어 있던 송영의 표정이 풀어지는 모습이 보였다. 송영 의원은 오찬모임 중에 자리를 비울 사람이 아니었다. 웬만한 다른 공무보다는 자기 오찬모임이 더 중요하다고 여기기 때문이었다. 그런 송영이 연락을 받기 위해 자리를 비웠다는 것은 첫숨 바깥에서 뭔가 심상치 않은 일이 일어나고 있다는 뜻으로 이해해도 무리가 아니었다.

하지만 자리로 돌아온 송영의 얼굴은 어느새 근심 하나 없이 편안한 표정으로 돌아가 있었다. 한묵희와 나모린, 그리고 손자가 함께하는 자리여서일 것이다.

그런데 나는 굳이 왜 부른 거지? 내 얼굴도 보면 흐뭇해지고 그러나? 제발 좀 안 그랬으면 좋겠는데.

송영이 반지업을 바라보며 말했다.

"다음 공연 날짜는 정해져 있는 거나 마찬가지지? 맞숨에서 중력 조정 요청했던데."

"그렇죠. 어차피 그날밖에 없어요. 2구역 공연장을 고수할 거면요. 다음에 또 그 자전 속도가 되려면 몇 달을 기다려야 할지 알 수 없으니까요."

"너무 촉박하지는 않니?"

"처음부터 시리즈로 기획하다시피 해서요. 묵희 씨 생각은 어떠세요?"

한묵희가 대답했다.

"괜찮아요. 처음부터 그 무대를 생각하고 기획한 거니까요. 그런 기회가 생긴 것만 해도 대단하다고 생각하고 있어요."

그러자 송영이 만면에 웃음을 띠며 호들갑을 떨었다.

"어머, 사실은 궁금해하는 사람들이 많아서 그래요. 우리 같은 화성 노인네들은 달의 날에 지상으로 내려가는 게 여간 번거로운 일이 아니거든요. 엘리베이터도 어찌나 천천히 다니는지 대중교통처럼 붐빈답니다. 그냥 집에 틀어박혀 있는 수밖에 없는데, 그래서 그날 공연을 놓쳐버린 사람이 많아요. 그런데 그날 깜짝 놀랄 만큼 대단한 공연이 광장에서 있었다는 소문이 화성 구역까지 들리지 뭐예요. 아쉬워하는 사람이 어찌나 많은지. 아시는지 모르겠지만 공연팀이 유지되려면 노인네들을 잘 사로잡을 필요가 있답니다. 그렇지 않겠어요? 젊은 사람들이 무용단 같은 걸 유지하는 데 얼마나 관심을 기울이겠어요?"

나는 송영이야말로 한묵희의 가장 중요한 후원자 중 한 사람일 것이라는 사실을 알고 있었다. 그러나 송영은 단 한 번도 사람들 앞에서 그 사실을 공표한 적이 없었다.

"반 위원님도 잘하시고 있고……"

"그렇지가 않아요. 왜 처음부터 연속 공연으로 확정해두지 않고 조건부로 연장할 생각을 했는지 모르겠네요. 지업이 너는 공연팀한테 후속 공연 연습을 시켰으면 무슨 수를 써서라도 다음 공연을 보장해줬어야 했다는 생각은 해본 적이 없는 거니? 흥행을 해야 다음 단계로 넘어갈 수 있는 거면, 어떤 이유로든 흥행이 안 됐으면 모른 척했을 거냐?"

그러자 나모린이 반지업을 대신해서 대답했다.

"에이, 여사님도, 그럴 리야 있겠어요? 생각이 있으셨겠죠. 반 위원 입장에서는 오히려 무슨 수를 써서든 어떤 일을 관철시키는 게 부담스런 경우가 없지 않을 것 같은데요."

"낙하산 소리 들을까 봐요? 그 소리를 안 들을 방법은 없지 않아요? 낙하산이 아닌 게 아니니까요. 그 소리 안 들으려고, 해야 할 일을 못 했다는 게 말이 되나요? 낙하산이 아니라는 소리를 들으려 하지 말고 낙하산이지만 제 몫은 한다는 소리를 들으라고 그렇게 가르쳤는데, 귓등으로 흘리는 저 태도 좀 보세요. 예전에는 야단을 치면 뛰쳐나가기라도 하더니 나이를 어디로 먹어서 저렇게 됐나 모르겠네요."

"할머니, 그래도 요즘은 잘한다 안목 있다 소리 듣잖아요. 한묵희 씨 덕분이지만."

"그렇게 보이게 일을 꼬았잖니. 시간이 지나고 한 발 떨어져서 보면 누구나 알 수 있을 일을 어느 타이밍에는 어디까지 보여주고 다음 기회에는 또 어디까지 보여주고 해서 더 그럴듯하게 보이게 된 게 그렇게 좋으니? 그렇게 보이는 건 중요한 게 아니에요, 일이 그렇게 돼 있어야 하는 거지."

"예, 예. 아무튼 공연은 곧 올릴 거예요. 결과적으로는 계획대로 다 잘됐으니까 너무 걱정하지 마세요."

보통 때와는 조금 다른 오찬모임이었다. 식탁 놓여 있는 것까지는 평소와 다를 게 없었지만 조금 떨어진 곳에 놓인 테이블이 문제였다. 뷔페식 오찬이었던 것이다. 한묵희 본인을 제외한 모두가 그 이례적인 오찬의 숨은 의도를 알고 있었다. 소문이 자자한 달 출신 무용수의 걸음걸이와 움직임을 구경하려는 것이었다.

실례로 여겨질 수 있는 시도였다. 다만 한묵희를 위한 안전장치가 부족하지는 않았다. 오찬 참석자의 절반이 조금 안 되는 사람들이 모두 한묵희의 지지자였으니까. 만약 한묵희 본인에게 바람직하지 않은 결과를 초래할 수 있는 상황이었다면 내가 아니어도 나모린이나 반지업이 먼저 나서줄 것이다. 아니면 주최자인 송영 본인이라도.

그리고 그 지지자들 또한 궁금증이 들기는 마찬가지였다. 화성 구역 안에 들어왔을 때 이 사람은 어떤 걸음걸이로 걷게 될까.

화성의 예법에 따른 걸음걸이는 익히기가 은근히 까다로웠다. 뛰어올라서는 안 되고 발을 끌면서 미끄러져 다녀서도 안 되지만 또 어느 순간에는 너무 무거워 보이는 걸음걸이가 오히려 좋지 않은 평가를 받게 되는 빌미가 되기도 했다. 그럴 때는 경쾌하게 위로 솟구쳐 올라주는 것이 화성인들이 생각하는 예절에 가까웠다. 쭉 그렇게 살아온 사람들에게는 그리 복잡한 일도 아니지만, 어떤 목적이 있어서 일부러 그 규칙들을 익혀야 하는 외부인들에게는 말도 안 되게 일관성 없고 까다로운 예법들.

한묵희의 걸음걸이는 사실 예법에 맞는 걸음걸이가 전혀 아니었다. 당연한 일이었다. 화성의 예법이라는 게 본인들이 주장하는 것처럼 그렇게 자연스럽거나 필연적인 귀결은 아니니까. 그래도 한묵희의 걸음걸이를 보고 실망하는 사람은 없었다. 아니, 사실은 정반대였다. 지지자들을 포함해 오찬 테이블에 앉아 있는 모든 사람의 머릿속에 비슷한 생각이 떠오른 것 같았다.

'걸음이 망가지는구나. 여기는 아무래도 저 사람의 발걸음을 담아내기에 적합한 공간이 아니구나.'

그것은 미안함이었다. 그리고 부끄러움이었다. 화성 상류사회에서는 좀처럼 보기 힘든 감상이었다. 자부심으로 가득했던 그들만의 공간이, 물속을 걷는 듯 신비한 느낌을 주던 그곳이, 구름 위를 걸어온 사람의 발길이 닿자마자 그만 초라한 웅덩이로 변해버린 순간.

송영의 표정이 묘하게 일그러졌다. 만족감인지 당혹감인지 알 수 없는 표정이었다.

반면, 반지업은 그저 웃고 있을 따름이었다.

27. 무기

식사를 마치고 1층으로 내려가는데 나모린이 건물 로비에서 기다리고 있었다. 내가 다가가자 소파에 앉아 있던 나모린이 자리에서 일어나며 말했다.

"한묵희 씨는 반 위원이랑 같이 갔어요. 차를 타고 나가는 것만 봐서 어디로 가는 건지는 모르겠지만."

아무 감정도 느껴지지 않는 말이었다. 그 문제에 관해서라면 정말로 아무 생각도 없는 게 분명했다. 내가 고개를 끄덕이며 대꾸했다.

"공연 이야기를 한다고 하더군요."

"생각보다 빠른 시점에 할 수 있을 것 같죠? 이미 하는 게 기정사실로 돼 있어서 관객 동원도 어려울 것 같지는 않고."

"그날 공연은 보셨습니까?"

"아니요, 저는 중요한 사건이 있어서. 그래도 이야기는 많이 들었어요. 그렇게 될 줄 알고 있었고요."

"그러셨으리라 믿습니다. 그보다 잠시 이야기를 좀 나눌 수 있을까요?"

"그러려고 기다리고 있었어요. 그 일 때문에. 최근에 움직이기 시작하셨다는 이야기를 들었어요. 조사관님이 언제쯤 본격적으로 일을 맡으실까 궁금해하고 있었거든요."

나는 나모린의 얼굴을 바라보았다. 상대 역시 나를 똑바로 쳐다보고 있었지만 공격적인 느낌은 전혀 들지 않았다. 다만 원래 사람을 그렇게 대한다는 느낌뿐이었다.

하지만 저렇게 아무렇지도 않은 눈빛으로 많은 일들을 꿰뚫어보고 있겠지.

"누가 일을 맡기거나 한 건 아닙니다."

"알고 있어요. 어느 날 정신을 차리고 보니 맡아야 할 일이 눈앞에 벌어지고 있었겠죠. 여사님 스타일이 좀 그래요. 좀 일방적이긴 하지만 나쁘다고만 할 수는 없기도 하고. 그런데 조사관님 일이 어디까지 진행되고 있는지는 전혀 모르겠네요. 저한테 물어보실 게 있을 것도 같은데."

"최소이라는 사람이 연관되어 있다고요. 동명이인이 아니라면?"

"그분 맞아요. 그 방향으로 조사를 하고 계셨다면 이야기가 좀 수월하겠네요. 만남을 주선해달라고 부탁하셨던데, 최소이 씨를 직접 만나기는 어려울 거예요. 최근에 지구궤도연합 쪽이 이쪽에 관심을 많이 기울이고 있는 건 아시죠?"

"그 사건 때문에요?"

"맞숨 폭발 사건. 그 사건 때문에 많은 사람들이 의심받고 있어요. 표면적으로는 최소이 씨도 그중 하나인 모양이고요."

"표면적이라고요? 다른 해석이 있습니까?"

"그럼요. 사건이 아니라 사고라는 거죠. 오히려 맞숨 쪽에서 뭔가를 비밀리에 생산하고 있다가 내부 사정으로 폭발이 일어나는 바람에 사건이 바깥에 노출됐다는 설명이에요."

"그쪽이 더 신빙성이 있습니까?"

"몰라요. 둘 다 성립할 수도 있는 일이라. 아무튼 맞숨 콜로니나 심지어 첫숨 측에서도 외부 공격으로 몰아서 덮어버리려는 정황은 있어요. 정말로 그렇게 생각하는 건지 그렇게 생각하는 것처럼 보이고 싶은 건지 모르겠지만."

"그런데 나 변호사님 계획은 좀더 오래된 것 아닙니까. 한묵희 씨가 첫숨에 온 시점을 생각하면."

"맞아요. 아슬아슬하게 저희 쪽이 먼저 한묵희 씨에게 접근했죠. 그래도 최소이 씨의 연루 여부가 해명되는 건 아니에요. 동시에 진행한 일일 수도 있으니까."

"위험할 수도 있다는 생각은 하시는군요. 그 첫숨주의자들과 연합하는 문제."

"언제나 위태로운 줄타기죠. 그런데 아시잖아요, 저희 집안 내력. 결국 첫숨주의자들과 연결될 수밖에 없는 거. 되도록 안 나서는 편이지만 가끔 가문의 부흥을 꾀하는 분들이 나타날 때면 줄타기 비슷한 걸 하기도 했답니다. 그래서 쌓인 노하우가 있는데, 결국은 나서지 말라는 거였어요. 아무 일도 하지 말고 조용히 살라는 가풍 같은 거죠."

"그런데 왜?"

"나서냐고요? 저도 나서고 싶은 생각은 별로 없지만, 그건 진짜 싫거든요. 전략 무기, 군비 경쟁, 긴장 상태, 그런 거."

"진짜로 무기 같은 게 있다고 믿으시는군요."

"그냥 그런 게 진짜로 있는지 확인하고 싶은 거라고 표현하는 게 더 정확할 거예요. 싫다고 거부할 수 있는 건 아니겠지만, 알고 있으면 대비는 할 수 있으니까. 생존 차원의 문제예요."

주위를 둘러보았다. 특별히 지켜보는 사람도 없고 도청당하고 있을 가능성도 별로 없었다. 적어도 비서실에서 훑어본 자료대로라면 그랬다. 숨겨진 감시 계획 같은 것이 있을 수도 있지만 첫숨 사람들의 기질을 생각하면 굳이 그렇게까지 해서 다른 사람의 말을 엿들으려 할 것 같지는 않았다. 직접 찾아가서 물어보면 모를까.

하지만 나도 모르게 목소리가 낮아진 것도 사실이었다.

"궁금한 게 있는데요."

"말씀하세요."

"섣부른 판단을 하실 분은 절대 아니라고 믿기 때문에 드는 생각입니다만."

"네."

"폭발 이전에, 맞숨에 진짜로 비밀 무기가 있다고 생각하실

만한 근거가 있었습니까? 소문이야 계속 떠돌고 있었겠지만, 그거야 지구인들이 우주정착지 어딘가에 외계인이 살고 있을 거라고 믿는 것과 별로 다르지 않은 일 아니겠습니까. 그런 걸 믿으셨을 것 같지는 않고, 어떤 결정적인 계기나 근거 자료 같은 게 있었을 것 같은데, 어떻습니까, 제가 넘겨짚은 건가요?"

이번에도 나모린은 전혀 망설이지 않고 마치 기다렸다는 듯 곧바로 대답했다.

"내일 건네드릴게요."

"그냥 주신다고요?"

"그럼요. 어차피 지금쯤 되면 한묵희 씨한테도 보여드려야 했을 자료니까요. 오히려 잘된 점도 있어요. 자료가 좀 복잡하고 직관적이지가 않아서 그쪽 전문가가 아닌 분한테 설명해 드리기가 살짝 까다로웠거든요. 그걸로 설득해야 되는 문제도 있고. 그런데 조사관님이 중간에서 매개를 해주시면 저로서도 자료를 따로 가공할 필요가 없어서 마음이 편해요. 아무래도 손을 덜 거친 자료가 더 좋은 자료일 수 있으니까요."

"어떤 자료인지 미리 여쭤볼 수 있을까요?"

"반인석 사장이 물류 쪽 일을 꽤 크게 하고 있는 건 아시죠?"

"들은 적 있습니다."

"우주정착지 간 교류에 관한 일을 주로 하고 있는데, 화성 근처 콜로니 물류에도 꽤 깊이 관여하고 있어요. 다소 비공식적인 네트워크도 관리하고 있고요. 잘 알려지지 않은 소규모 물류회사 이름으로요."

"아."

"여러 가지 목적이 있겠죠. 그런 회사가 딱 하나만 있는 것도 아니고요."

"세금이나 규제를 피하려는 목적이 있겠지요."

"바로 그거예요. 국적 세탁용 회사. 그 작은 회사들 중에 독립 정착지 마론에 속해 있는 업체가 있는데요,"

"마론이면, 짐작이 되네요."

"그렇죠. 화성 궤도에서 여기 중력균형점까지 직접 운행하는 라인을 관리하고 있더군요."

"검역 없이 말이죠."

"검역이나 수색이나 직간접적인 화물 추적의 영향을 받지 않고요. 첫숨으로 바로 이어지는 노선은 아니고 근방에서 하역을 한 번 해서 화물이 섞이기는 하는데, 아무튼 결국 맞숨에 있는 물류 창고로 연결이 돼요. 지금은 폐쇄된 라인이지만."

"폐쇄되기 전에 무슨 일이 있었겠군요."

"한 2년 전쯤, 그 라인이 폐쇄되기 직전에 정체를 알 수 없는 화물 하나가 밀봉된 채로 맞숨으로 흘러갔어요. 정체를 알 수 없는 화물이 그것 하나만은 아니지만, 아무튼 그 화물에 관한 이야기예요."

"누군가 자료를 남겼군요."

"경로 세탁 과정을 거쳤는데 그래도 자료가 남았어요. 내부 고발자라 신원은 끝까지 비밀로 남겠지만, 물류 직원 하나가 화물들이 서로 뒤섞이는 과정에서 물리적인 방법으로 표시를 해서 어느 화물이 어느 화물로 둔갑했는지 기록을 남겨버린 거예요."

"그 화물이 맞숨으로 갔군요."

"네, 목성으로 가기로 돼 있던 게 여기로 왔어요. 게다가 그 직후에 반인석 사장이 첫숨에서 자취를 감추다시피 했고요."

"첫숨에서요?"

"사업체가 맞숨에 있는 거나 다름없어요. 그래도 생활은 여기서 했는데, 정치에 뜻을 두고 있어서요. 그런데 별다른 이유 없이 그 시점에 잠적해버렸어요. 스캔들이 있었던 것도 아니고 새로운 비리 의혹이 터진 것도 아니고요. 아마도 콜로니 우주선 구역이나 맞숨에 있을 걸로 추정되기는 해요. 가끔씩 공식 석상에 나타나기는 하니까요. 요즘은 주로 반지업 씨가 대신 그 자리를 채우고 다니지만."

나는 곧바로 대꾸하지 않았다. 침묵이 그 자리를 차지했지만 그런 어색할 수 있는 순간에조차 나모린은 전혀 어색해 보이지 않았다.

내가 물었다.

"그 자료를 어느 날 최소이가 변호사님께 가지고 왔다는 거군요."

나모린은 잠깐 동안 아무 대답도 하지 않았다. 할 말이 없어서라기보다는 침묵을 말 대신 이용하려는 의도였다.

"무슨 말씀이신지 저도 알아요. 자료를 받자마자 곧장 받아들인 건 아니고 저희 쪽에서도 충분히 검토를 마친 일이에요. 저희는 최소이 씨가 반전 활동가로 전향했다고 믿고 있답니다."

"첫숨 원리주의자에서 평화주의자로 전향했다고요? 너무 쉬운 결론인데요."

"내면까지 바꿨다고 믿는 건 아니에요. 다른 사람 내면 같은 건 그건 애초에 검토 대상도 아니었고요. 다만 그런 자료를 넘겨준 동기는 충분히 이해가 간다는 말일 뿐이에요. 그다음은 생각해본 적도 없고요. 핵심은 이거예요. 그 폭발 사고 때문에 심증이 굳어지기는 했지만 원래 제가 목표로 삼은 지점은 그 쪽이 아니에요."

"회전축에서 가까운 우주선 공용 구역 어딘가겠죠?"

"맞아요. 맞숨 구역 저중력 구간 어딘가에 있는 반인석 사장 소유의 시설이 될 거예요."

"그런데 꼭 직접 침투해야 하는 일입니까? 한묵희 씨한테는 좋을 게 하나도 없는 일인데."

"한묵희 씨만 앞세워놓고 뒤에 숨어 있으려는 건 아니에요.

다만 일이 끝날 때까지는 비밀로 해두는 게 편할 것 같아서 조용히 움직이고 있는 거죠. 그리고 직접 침투하라는 요구도 하지 않을 거고요. 어차피 한묵희 씨가 직접 본다고 내용을 파악할 수 있는 시설은 아닐 테니까."

"뭔가를 침투시키실 계획이군요."

"비행기가 있어요. 아주 작은 비행기."

"아."

기억을 더듬었다. 나모린 일가의 사업체 중에 그래도 꽤 안정적인 성장세를 보이고 있는 사업체 하나가 떠올랐다. 중력 맞춤형 초소형비행체 관련 사업.

"그걸 어느 지점까지 운반해주시기만 하면 돼요. 나머지는 저희 쪽에서 알아서 할 거고요."

"그러니까 정확히 말하면 침투 임무가 아니라 운반 역이군요."

"이해가 빠르시네요. 침투가 전혀 아니라고는 말씀을 못 드리겠지만. 그래도 조사는 좀더 해보세요. 일단 보내드릴 자료부터 보신 다음에 추가로 필요한 게 있으면 더 요청하시고요. 한묵희 씨에게 전혀 부담이 안 되는 일은 아닐 거예요. 어느 정도는 스스로 책임감을 지니시기를 바라고 함께하기를 제안하는 일이니까 분명히 전달이 됐으면 해요. 물론 구체적인 계획은 한묵희 씨를 직접 만나서 말씀드릴 거지만, 그 전에 이 일을 받아들이실지 여부부터 알아야 할 것 같아서요. 무슨 말씀인지 아시겠죠?"

28. 사당

화성에는 독특한 종교가 있었다. 기계를 숭배하는 신앙이었다. 누가 봐도 사람이 만들어서 갖다 놓은 게 분명한 기계를.

숭배의 배후에는 신이 놓여 있지 않았다. 즉, 신의 사도로서 얻게 된 신성함이 아니라는 뜻이었다. 그 기계의 신성함은 구도자로서의 삶이나 운명 같은 것에서 비롯된 것이었다. 혼자 남겨진 채 구조될 가능성이 전혀 없는 상태로 수명이 다할 때까지 황량한 사막을 끝없이 걸어가야 했던 그 철저한 외로움 때문이었다. 그러니 그 몸에 생명을 부여한 존재가 누구인지는 중요하지 않았다. 중요한 게 있다면 생명을 얻은 이후 그가 겪어야 했던 삶, 그것뿐이었다. 후천적으로 성스러움을 획득한 기계.

1단계 정착 임무가 완료된 후 화성인들은 곧 탐사에 나섰다. 그게 그들의 일이었다. 생존, 그리고 탐사. 생명체의 흔적을 찾아내는 일은 화성 정착민들에게 주어진 가장 중요한 임무 중 하나였다. 하지만 화성 고유의 생명체를 찾는 일은 거의 불가능했다. 행성 개조 작업이 시작되면서 이미 화성 대기와 지표면 일부가 지구에서 온 미생물들로 오염되기 시작했기 때문이다.

대신 그들은 오랫동안 기억에서 사라져 있던 생명체들을 찾아 나섰다. 고생물학자가 공룡 화석을 발굴해내듯 모래 속에 파묻힌 그 생명의 잔해를 파헤쳐가는 그들의 손길에는 그때부터 이미 경건함이 묻어 있었다.

그렇게 찾아낸 초기 화성 탐사로봇들은 자연스럽게 화성인들의 선조가 되었다. 유전자를 공유하고 있지 않을 뿐만 아니라, 생명현상의 가장 본질적인 부분에서조차 전혀 다른 양상을 띨 수밖에 없는 이질적인 존재들일 뿐이었지만, 화성의 인간들은 그 기계들에게서 다른 무엇에서도 느낄 수 없는 동지애를 느꼈다. 인간이든 기계든 그들 모두는 무언가를 찾고 있었던 것이다. 결국 찾아낼 수 없으리라는 사실을 직감하고 있으면서도, 아무리 열심히 뒤져도 '아무것도 없음'이라는 결론을 내릴 수 있을 만큼 충분한 범위를 수색해볼 수조차 없으리라는 사실을 누구보다 잘 알고 있으면서도, 그들은 답을 찾아 헤매고 있었다.

발굴 현장에는 곧 사당이 세워졌다. 머지않아 그 사당은 신전으로 바뀌었고, 어느 정도 행성 개조가 완료된 뒤에는 신학교를 연상시키는 공립연구시설과 박물관, 미술관 같은 건물이 바로 주위에 들어섰다. 탐사로봇들이 지나간 곳으로 추정되는 길들은 화성에서 가장 중요한 순례지가 되었다. 다시 말하면 성지가 발생했다는 뜻이었다. 화성인들의 종교, 화성인들의 정신세계.

심동완이 갖다준 옛날 첫숨 도면에서 오래된 사당 하나를 발견했다. 이제는 얼마 남지도 않은 3분의 1 네이티브들의 성전이었을 것으로 추정되는 곳이었다. 화성 중력 구역에 모셔진 화성인들의 사원.

첫숨은 원통 모양의 콜로니였고, 원통의 밑면에 해당하는 곳에는 화성 중력이 작용하는 구역이 꽤 넓게 분포하고 있었다. 그런데 그 밑면 부분은 대부분 주거시설이 아닌 산업시설이었다. '사람 사는 동네'에 있는 화성 중력이 작용하는 구역이라는 것은 사실 생각보다 넓지 않았다. 첫숨과 맞숨을 통틀어 거주 구역 내에 있는 화성 중력 구역 성지는 아마 그 건물 안에 있는 사당이 유일했을 것이다.

즉, 중심축에서 사당까지 위에서 아래로 내려오는 통로가 있었을 거라는 뜻이겠지. 그때야 우주선 구역에서 일하는 사람들 대부분이 화성 출신들이었을 거니까. 아래에서 위로 올라올 사람들은 아무래도 대부분 지구 출신들이었을 테니 그쪽 출입구는 아예 만들지도 않았을 거고 말이지.

나중에 작성된 도면에는 사당이 더 이상 존재하지 않는 것으로 나와 있었다. 정말로 사라진 것인지 찾는 사람이 없어서 표시를 하지 않게 되었을 뿐인지는 알 수 없었다. 하지만 사당이 있었던 그 작은 방에는 여전히 위쪽으로 통하는 통로들이 남아 있었다.

나는 내가 비서실에서 직접 가져온 삼차원 지도들을 꺼내 보았다. 그리고 현재 도면과 예전 도면을 대조했다. 통로가 있던 구역은 공용 구역으로 처리되어 전부 보라색으로 표시되어 있었다. 자세한 내부 구조는 알 수 없다는 뜻이었다. 그래도 옛날 구조물이나 통로 들을 다 밀어버리지는 않았을 것이다. 꽤 넓은 공간이기는 했지만 바닥이 심하게 경사진 구역인 데다 그나마도 아랫면이 들쑥날쑥 균일하지 않은 모양이어서 쓸 만한 홀을 만들 가능성이 거의 없어 보였기 때문이다.

나는 최근 지도에서 사당이 있었을 것으로 짐작되는 위치를 점으로 표시했다. 보라색 구역의 맨 아래, 그리고 문제의 첫숨 제1공연장 조금 위쪽. 하지만 두 구역 사이에는 틈이 있었다. 공연장에서 옛 사당까지 곧바로 이어진 공간은 아니라는 뜻이었다.

그런데 그 두 공간 사이에 '사유지: 도서관'이라고 표시된 작은 홀이 있었다. 방이라고 하기에는 지나치게 넓고 개별 시설이라고 하기에는 다소 좁은 공간. 다른 자료를 뒤져보았다. 그 공간에 대한 직접적인 언급은 찾기 어려웠지만 3개월 전에 작성된 보안팀 순찰 계획표에서 '반인석 사장 서재'라는 순찰 지점을 발견할 수 있었다. 순찰 코스를 하나하나 따져보니 대략 그 사설 도서관이라는 곳의 위치와 맞아떨어졌다.

나는 그제야 들고 있던 자료를 모두 내려놓고 편안한 자세로 의자 등받이에 몸을 기댔다.

칩거해 있는 반인석 사장이 맞춤과 그 건물을 오가는 통로가 바로 이 길이라는 소리군.

그러다 문득 무슨 생각이 떠올랐다. 나는 다시 자세를 바로잡고 최근 2년 치 신문을 뒤졌다. 그리고 어느 매체에 실린 반지업의 인터뷰 하나를 찾아냈다.

"그럴 때는 서재에 틀어박혀서 혼자 생각에 잠기곤 해요. 며칠씩 동굴처럼 틀어박혀 있을 때도 있는데 그러다 보면 돌파구가 만들어지곤 하죠. 그런데 사실 뭐 특별한 걸 하고 있지는 않아요. 그 서재에 신기한 물건이 좀 많거든요. 『기계감성과 화성정착민 문화사』 같은 옛날 희귀본들이 있는데 그림이 글자보다 많은 책이에요. 그런 걸 들여다보고 있으면 시간 가는 줄 몰라요. 그러다 정신을 차리고 나와 보면 갑자기 돌파구가 생기곤 한달까요."

첫숨 학술자료 데이터베이스에 접속했다. 그리고 『기계감성과 화성정착민 문화사』를 검색했다. 소장된 곳은 단 한 군데뿐이었다. 첫숨 공공 도서관 희귀 자료 열람실 신착 자료 서가. 대출 불가. 기증자 반인석.

그 방에 있던 책이야. 반지업이 부친한테서 물려받은 방이라는 소리군. 아주 사적인 공간이라 반인석조차도 더는 이용하지 않는 통로일지도 모르겠어.

반인석 역시 부친에게서 물려받은 공간일지도 모른다. 말하자면 동굴을 물려받은 것이다. '이제 너도 어른이 됐으니 틀어박힐 공간이 필요할 거라 생각한다' 하는 말과 함께.

그러니까 그 공간에 침투하려면, 그렇게 사적인 공간에 들어가려면, 반지업의 사적인 초대가 필요하다는 뜻인가? 그냥 그런 거라면 왜 공연 같은 게 필요한 거지? 그보다, 나모린 본인이 직접 할 수도 있는 일이잖아.

반지업이나 한묵희에 대한 나모린의 태도를 돌이켜보았다. 미묘한 순간이 없는 것도 아니었다. 오찬 후 로비에서 대화를 나누던 중에 나모린이 한묵희의 달 공연에 관해 했던 말 또한 그런 장면들 중 하나였다.

"하지만 한묵희 씨 공연 이전에도 달 공연은 있었잖아요. 서커스 같다고들 하기는 하는데, 보신 적이 있는지 모르겠지만 그 공연들도 나쁘지 않아요. 꽤 괜찮죠. 무용이냐 서커스냐 하는 기준만 가지고 보면 당연히 설 자리가 없어지지만, 처음부터 복합장르 공연이라고 생각하면 그 사람들이 거둔 예술적인 성취 같은 것도 무시할 수준은 아니거든요."

"그럼 그쪽 무용수 중에서 이 일을 맡길 사람을 물색해보신 적도 있었다는 말씀입니까?"

"없지는 않았어요. 다만, 그 사람들 가지고는 그 공연장까지 가기가 힘들었죠."

"왜죠?"

"여기 상징권력이라는 걸 화성 출신들이 장악하고 있으니까요. 오늘 오찬모임에 초대된 분들 중에도 몇 분이 있는데, 그분들이 그쪽으로 예민하시거든요. 중력이나 저중력을 탐하는 정도 같은 것에 관해서. 너무 탐해서도 안 되고 또 너무 무관심해서도 안 돼요. 눈에 딱 보이는 답이 있는 것도 아니고 '대략 이 정도에서 이 정도까지' 하는 식이어서 현실적으로 그 사람들 마음에 안 들면 무슨 수를 써도 안 먹히는 셈이거든요. 하지만 한묵희 씨는 먹히겠죠. 그건 장담할 수 있었어요."

그 순간 나모린의 눈에 질투 같은 것이 떠올랐다. 찰나에 지나지 않는 순간이었지만, 나모린은 분명 무언가를 부러워하고 있었다. 1초도 안 돼서 '내가 왜 이런 걸 부러워하지?' 하고 평정심을 되찾은 것 같았지만.

어떤 이유에서건 나모린 스스로는 자신이 반씨 일가 남자들의 서재에 침투하기에 적합하지 않다는 판단을 내린 게 분명했다. 그래서 한묵희가 발탁된 것이다. 발굴해낸 것은 반지업이었지만 한묵희를 보고 눈을 반짝였던 것은 오히려 나모린 쪽이었을지도 모른다.

물론 나모린에게는 두번째 계획이 있었을 것이다. 마지막 퍼즐 조각이 나타나지 않는다면 다른 식의 계획을 짰을 사람이었다. 하지만 딱 맞는 조각이 나타난 마당에 그걸 마다할 이유는 없었다. 화성인들의 구역으로 이어지는 통로, 그 통로 끝에 위치한 사당, 그 아래에 있는 반지업의 서재, 반지업이 시 문화위원으로 있는 첫숨 제1공연장, 그 공연장에 올릴 만한 공연, 아마도 반지업의 서재 어딘가에 남아 있을 비밀 통로, 그 비밀 통로 앞에 놓을 초소형비행체 기술. 그리고 한묵희.

나모린은 그 모든 것을 이용해서 첫숨의 비밀에 접근하려 하고 있었다. 반씨 일가가 연루되어 있는 중대한 비밀. 자신을 총애해 마지않는 첫숨 최고 실권자 송영 의원이 장악하고 있을 거대한 비밀의 내막에.

그런데 정말로 개인적인 감정이 섞일 여지가 없었던 걸까. 나모린은 정말로 반지업에게 아무런 관심도 없었던 걸까. 그렇게 믿기에는 자꾸만 떠오르는 장면들이 있었다. 단 한 번, 공개적인 오찬 장소에서 본 모습일 뿐이었지만, 둘 사이에는 그저 예법 차원의 문제로만 볼 수 없는, 아니, 오히려 예법이라고는 절대 생각할 수 없는 미묘한 기류가 흐르고 있었다.

그렇다면 어떻게 되는 걸까. 나모린과 그 집 사람들의 관계는. 나모린은 정말로 대의를 위해 그런 사적인 계기들을 전부 묵살하려 하는 걸까.

하긴, 내가 그런 걸 어떻게 알아? 남의 연애사 따위. 내 연애사도 제대로 챙겨본 적 없는 주제에.

그 순간 그리운 누군가가 마음속에 떠올랐다. 하지만 그리

오래 지속되지는 않았다. 그나마도 두세 명에 관한 기억이 엉망으로 얽혀 있어서 날카로운 추억 하나를 따로 골라내기란 불가능에 가까웠다.

다시 자료를 들여다보았다. 그리고 생각에 잠겼다. 아직 생명 유지 장치를 벗어던지지 못한 시기 화성 정착민들의 영혼과 내면에 관한 것이었다. 그러다 문득 기억 한 조각이 무의식 영역에서 의식의 영역으로 둥실 떠올랐다. 송영의 오찬장에서 본 화성 탐사로봇 그림이었다.

29. 가십

다음 날 아침 일찍 신상우에게서 전화가 걸려왔다. 서운한 듯도 하고 들떠 있는 목소리 같기도 했다. 연락이 없었던 건 섭섭하지만 완전히 같은 직책을 갖고 있는 내가 어떤 이유에서건 제대로 된 일을 맡게 되었으니 자기한테도 곧 직책에 어울리는 일이 주어지게 되지 않을까 하는 기대를 하는 모양이었다. 그럴 일은 별로 없을 것 같았지만 나는 아무 말도 하지 않았다.

"제가 또 무슨 일을 시작했다는 거예요? 별로 하는 일 없이 돌아다니고 있구만."

"저쪽 콜로니에 갔다 왔다며. 어제는 나모린하고 이야기하는 걸 봤다는 사람이 있는데. 중재원에도 들락거리지 않아?"

"탐정 맞네, 맞어. 왜 영양가 없는 사람 뒷조사나 하고 다니고 그래요? 어디 바람난 유부남이라도 쫓아다니시지. 많잖아요, 여기. 가족 남겨두고 혼자 파견 온 남자들."

"왜 이래 이거? 나도 프로의 감이라는 게 있어."

"그러시겠죠."

간신히 전화를 끊고 수화기를 내려놓자 앞에서 지켜보고 있던 비서실장 장목은이 다 이해한다는 표정으로 고개를 절레절레 흔들었다.

"성가신 인물입니다."

"그러게나 말입니다."

"정말로 진지하게 드리는 말씀입니다. 저희 쪽에서 망명시킨 인물이라 방금 같은 통화는 사실 저희 쪽에 책임이 있는 거나 다름없거든요."

"그렇군요. 그런데 어쩌다가 그런 일을?"

"그러니까요. 줄이려고 노력은 합니다만, 잊을 만하면 한 번씩 그런 오판이 나오곤 하더군요. 이 경우에는 어째서 그런 오판을 하게 됐는가가 중요한 게 아니고 어떤 계기로 다행히 그자와 발을 끊게 됐는지가 더 중요하지만."

"사고라도 쳤습니까?"

"이걸 보시겠습니까?"

장목은이 사무실 금고 쪽으로 다가가더니 능숙한 손놀림으로 문을 열어 서류철 하나를 끄집어냈다. 그러고는 그 안에서 사진 한 장을 찾아내 책상 위에 살짝 올려놓았다. 나모린을 찍은 사진이었다. 한 번도 본 적 없는 밝은 얼굴을 하고 있는 사진. 다른 곳에서는 사진에서조차 본 적 없는 짧은 반바지에 발랄해 보이는 긴팔 니트 상의.

거기에 한 사람이 더 있었다. 오른쪽에서 나란히 걷고 있는 남자. 허리를 잔뜩 숙여서 거의 나모린의 가슴에 안기듯 매달린 채로. 그게 다가 아니었다. 남자의 오른손이 문제였다. 그

손은 분명 나모린의 왼쪽 가슴 위에 올라가 있었다. 게다가 배경이 밤이 아니었다. 그림자 길이로 짐작해 보건대 아마도 아침이나 늦은 오후 중 하나인 것 같았다.

"이걸 찍어서 왔더군요."

"신상우 씨가요?"

"그렇습니다. 저희로서는 적잖이 당황스러운 일이었습니다."

그럴 만도 했다. 얼굴이 보이지는 않았지만 사진 속의 남자는 반지업이 분명했다. 말하자면 신상우는 나모린에 관한 가십만 추적한 게 아니라 반지업의 사생활까지 건들고 만 것이다. 둘 중 하나만 해도 용납할 수 없는 일이었지만, 특히 반지업을 건든 것은 그야말로 당혹스러운 일이었을 게 틀림없었다. 송영이나 비서실로서는 자신들이 데려다 놓은 탐정에게 협박을 당한 셈이었으니까.

"물론 손 놓고 당황만 하고 계셨던 건 아니겠죠?"

"그럴 리가 있겠습니까. 결국 그게 제 일인데요. 그래서 후임으로 최 선생을 뽑았는데, 입이 무겁고 조용하셔서 아주 마음에 듭니다."

"그 양반 덕에 반사이익을 챙길 때도 있군요."

나는 사진을 자세히 들여다보았다. 특히 나모린의 표정이 인상적이었다. 정말로 순수하게 행복한 표정. 그 순간이 사라지지 않기를 바라듯, 혹은 사라져버릴 그 순간을 최대한 만끽

하려는 듯. 살짝 내려다보는 눈길에서 경계심이라고는 찾아볼 수 없는 자애로움이 느껴졌다. 표정뿐만이 아니라 몸짓이나 손동작도 마찬가지였다. 사진 속의 나모린은 분명 사랑에 빠진 사람 같았다.

그런데 지금은 어떨까. 반지업과 나모린, 두 사람은 정말 아무 사이도 아닌 걸까.

장목은이 말했다.

"한동안 소문이 돌아서 그거 잡느라 애를 좀 먹었습니다. 그런 다음에는 가십 전파 경로 연구를 좀 하기도 했고요. 3년째 연구 용역을 주고 있는데 결과물이 꽤 괜찮습니다."

언젠가 잠깐 들여다본 자료가 떠올랐다. 첫숨 권력 구조의 배후에 달 출신 망명자들이 있다는 소문, 콜로니 지하 어딘가에 비밀 함대가 숨겨져 있다는 식의 음모론, 그리고 스페이스 콜로니라면 어디에서나 들을 수 있는, 도시 어딘가에 외계인이 섞여 산다는 소문에 관한 연구.

"최 선생도 신경을 좀 쓰셔야 될 겁니다. 우리나 나모린 씨 측이야 스스로 대처할 능력이 있지만 한묵희 씨가 그런 환경에 노출됐다가는 아주 사소한 일로도 걷잡을 수 없는 사태가 돼버릴 수 있으니까요."

장목은이 말했다. 나는 고개를 끄덕였다. 마음속으로는 더 크게 고개를 끄덕였다. 그가 말을 이었다.

"말씀하신 자료는 그 정도면 충분하겠습니까? 더 필요한 게 있으면 말씀을, 아니, 직접 찾는 게 편하시겠군요. 그럼 저는 이만 자리를 비우겠습니다. 다른 것도 그렇지만 특히 이건 좀 민감한 자료라, 되도록 자리를 비우지 않으시기를 바랍니다. 한 시간 뒤에 돌아올 텐데 그 정도면 충분하겠지요?"

"충분할 겁니다. 그런데 그 전에 궁금한 게 있는데요. 최근 돌고 있는 소문에 관한 겁니다."

"뭡니까?"

"지구궤도연합 쪽에서 봉쇄를 계획하고 있다던데. 우주선 몇 대를 이쪽으로 파견했다고요."

"아, 그런 정보를 통제할 정도의 능력은 안 됩니다. 소문에서는 저희가 좀 과대평가되는 경향이 있거든요. 저쪽에서 조사선을 파견하는 일에 관한 논의가 시작된 건 사실입니다. 다만 항로 봉쇄까지는 저쪽에서도 능력이 안 되고, 아마 첫숨으로 오는 화물 중에서 특수화물로 분류되는 것들에 관한 검색 지원 인력을 파견하는 안을 그렇게 이야기하는 모양입니다. 과장이지요."

"특수화물이라는 건, 정체를 밝히지 않는 화물들을 말씀하시는 겁니까?"

"좀 복잡한 경로로 들어오는 화물들이 있습니다. 여러 가지 이유에서요. 저는 그쪽 전문가가 아니라 더 자세히 드릴 말씀은 없지만요. 그럼, 저는 이만 실례해도 되겠습니까?"

그가 자기 방을 나갔다. 탁자 위에는 맞숨 폭발 사고에 관한 간략한 조사 보고서 사본이 놓여 있었다. 맞숨 측에서 첫숨 주요 정책 결정자들에게 참고용으로 보내준 문서인 듯했다. 물론 결론은 예상한 대로였다. 그냥 단순한 폭발 사고였고 의심스러운 물질 같은 것은 발견되지 않았다는 내용이었다. 그대로 믿는 사람은 절반 정도밖에 안 됐겠지만.

한참 동안 자료를 들여다보다가 문득 송영의 의도를 떠올렸다. 사실 송영은 나모린이 무슨 일을 꾸미고 있는지 다 알고 있는 게 아닐까. 그래서 보호받을 방법이 별로 없는 한묵희에게 직접 보호자를 고용해준 게 아닐까.

하지만 그렇게 생각하기에는 보호 대상과 보호자를 소개하는 방식이 너무 간접적이고 우연에 가까웠다. 그러니 한묵희를 감시하려는 의도가 전혀 없었던 것은 아닐 것이다. 다만 나를 그 아파트에 갖다 놓은 시점에는 나를 정확히 어떤 용도로 활용할지 결정을 내리지 못했을 뿐인지도 모른다.

어쨌거나 이해가 안 되는 일이야. 이렇게 자료를 다 공개하다니. 이런 식으로 일하는 기관은 본 적이 없어. 제대로 임명된 내부조사관도 아닌데.

어쩌면 다른 의도가 있었을지도 모른다. 어차피 뛰어봐야 부처님 손바닥이라는 생각이거나, 아니면 다른 식으로 이용할 생각이거나.

다시 자료로 눈을 돌렸다. 잘 만들어진 보고서였다. 너무 늦게 만들어지지도 않았고, 너무 세련되게 가공되어 있지도 않았다. 말하자면 서둘러 만든 느낌을 잘 살린 보고서였다. 그러나 역시 열려 있는 보고서라기보다는 이미 스스로 완결된 보고서에 가까웠다. 현실을 참조할 여지없이 그 문서 하나만으로도 사건의 거의 모든 측면이 매끄럽게 설명되는 문건. 사실 그쯤 되면 더 이상 자료라고 부를 수 있는 물건도 아니었다. 그저 누군가의 해석일 뿐이었다.

역시 이 일에는 뭔가 석연치 않은 부분이 있었다. 날카로움이라고는 찾아볼 수 없는, 이미 뭉툭해져버린 진실의 파편들 때문이었다.

설득력이 있는 건 그나마 나모린 쪽이야. 나 같아도 그렇게 행동할 것 같아. 딱 한 가지만 빼고.

조금 전에 본 나모린의 사진이 떠올랐다. 아무래도 이 일은 애정사가 아닌 게 아닌 모양이었다. 결국 집안일 뒤처리하는 탐정 역할이 맞다는 뜻이기도 했다. 보통 집안 문제와는 다르게 국제 관계가 살짝 얽혀 있을 뿐.

전날 대화 중에 언뜻 비친 나모린의 표정을 가만히 되새겼다. 반지업의 서재에 관해 알아낸 것은 어쩌면 나모린 본인이었을지도 모른다. 본인이 직접 침투할 수는 없게 된 공간, 그래서 누군가 대신해주기를 기대하고 있기는 하지만 그 도움이 무조건 반갑지만은 않은. 그 계획에는 역시 한 가지 걸리는 데가 있었다. 바로 마음의 문제였다.

혼자 남겨진 지 40분쯤 됐을 때 다시 한 번 신상우에게서 전화가 걸려왔다. 나는 전화를 받지 않았다. 전화통을 붙들고 있기 아까운 시간이기도 했지만, 보나마나 대답하기 난처한 이야기를 잔뜩 늘어놓을 게 분명했기 때문이기도 했다.

그러면서 한편으로 정신을 바짝 차려야겠다는 생각이 들었다. 송영 일가에게는 협박에 가까웠던 그 구직 활동을 신상우가 다시 한 번 시도한다면 이번에는 그 대상이 나모린이 아니라 한묵희가 될 가능성이 높았다. 그리고 한묵희에게는 나모린의 계획 전부를 무로 돌릴 치명적인 약점 하나가 잠재해 있었다. 그 일이 알려진다고 해도 개인적으로는 크게 타격을 입을 일이 없겠지만 나모린의 침투 계획은 한순간에 물거품이 될지도 모른다.

하지만 정말로 그 일을 권해도 되는 걸까? 누군가의 대역으로 반지업의 동굴에 침투하는 일을? 그리고 나는 내 판단에 대해 얼마나 확신을 가질 수 있을까. 혹시 나도 모르는 사이에 결정적인 오류 같은 게 끼어들면 어쩌지?

모든 것은 그 침투 임무를 통해 얻으려고 하는 정보가 얼마나 중요한 것이냐에 달려 있었다. 그 문제에 관한 한 내 의견은 나모린의 생각과 완전히 일치했다. 정말로 스페이스콜로니 어딘가에서 화성인들의 비밀 무기가 개발되고 있는 거라면 누가 됐든 무슨 수를 쓰든 반드시 확인할 필요가 있다는 것이었다.

혼자라면 반신반의할 만한 확신이지만 나모린 같은 사람과 동일한 의견이라면.

나는 보고서를 덮으며 속으로 되뇌었다.

한묵희를 설득해봐야겠어.

30. 비행체

한묵희는 재미있다는 표정으로 내 이야기를 가만히 듣고 있었다.

"물론 지구에서 개발된 겁니다. 중력이 있는 대기에서 비행하도록 고안된 거였고요. 잠입용 도구로 사용되곤 했는데, 첫숨에서는 원칙적으로 비행이 금지되어 있습니다. 잠입용이어서가 아니라, 모든 비행기가 다 비행이 금지되어 있는데 여기서는 초소형비행체들도 무인 항공기로 분류하거든요. 크기나 비행 고도에 관계없이."

"집에서도요?"

"집 안은 첫숨 영공에 해당하지 않는 사적인 공간이니까 법 적용을 받지는 않습니다."

"술 같은 거군요. 어른이기만 하면 특별히 금지하는 사람도 없지만, 밖에 들고 다니면서 마시면 안 되는."

"그렇게 생각할 수도 있겠군요."

한묵희의 머리카락이 땀에 젖어 있었다. 호흡조차 아직 안정되지 않은 채였다. 나는 한묵희의 호흡이 가라앉기를 기다리며 하던 이야기를 다시 이어갔다.

"중력이 얼마가 됐건 중력이 있는 공간에서의 비행은 비슷한 점이 있습니다. 일단 방향이 정해져 있거든요. 아래와 위가 있으니까요. 중력이 단 10퍼센트라도 그 점은 일단 다르지 않습니다. 그런데 무중력으로 분류할 수 있는 정도가 돼버리면 이야기가 달라집니다. 방향이 사라지거든요. 항법 자체가 완전히 달라지는 셈입니다. 무중력 공간은 경험해보셔서 아시죠?"

"그럼요, 여기로 오는 우주선만 해도. 정말 말 그대로 방향 감각이 사라져버리더라고요."

"그렇습니다. 게다가 공중에 떠 있는데 힘이 전혀 들지 않고요. 동력을 다른 방식으로 활용해야 한다는 뜻입니다. 그래서 보통은 다른 기체를 쓰곤 합니다. 중력이 있는 공간에서 무중력 공간으로 옮겨 다닐 일이 사실은 그렇게 많지는 않으니까요."

"무중력 네이티브가 따로 있는 셈이네요."

"그렇지요. 3분의 1 네이티브도 따로 있고 6분의 1 네이티브도 따로 있을 겁니다. 아직은 사람 사는 곳이라고 부를 만한 환경이 지구 중력, 화성 중력, 달 중력, 무중력 딱 네 가지여서 중간에 있는 다른 환경에까지 모두 특화된 기체가 있을 필요는 없으니까, 대략 그 네 가지가 다라고 보시면 됩니다."

그런데 이번에 우리가 사용할 기체는 조금 달랐다. 저중력에서 무중력으로 항법 전환이 가능한 비행체였던 것이다.

물론 그것 자체가 어려운 기술은 아니었다. 두 가지 항행 방식을 모두 가지고 있다가 필요한 순간에 적절한 하나를 꺼내 쓰는 것쯤. 하지만 침투용 초소형비행체의 경우에는 그런 일이 쉽게 허용되지 않았다. 무조건 크기가 작아야 했기 때문이었다. 기계적인 측면에서든 운영 체계에 관해서든, 초소형비행체에 들어가는 모든 기술은 되도록 작고 단순해야 했다. 언제든 꺼내 쓸 수 있는 두 개의 시스템을 갖고 있는 게 아니라, 두 가지 환경에서 모두 만족할 만한 효과를 발휘할 수 있는 단일한 시스템을 채용해야 한다는 뜻이었다.

"나모린 씨 일가 가업 중에 초소형비행체 사업체가 하나 있는데, 아마도 중력 전환에 관한 한 우주 최고의 기술을 보유하고 있다고 해도 좋을 겁니다."

"그런 세계가 있었군요. 그럼 제가 할 일은 결국 그 친구를 운반하는 건가요?"

"그렇습니다. 더 구체적인 계획은 나모린 씨가 직접 만나서 전달할 겁니다. 묵희 씨 참여 의사도 확실히 할 겸."

"곧 대답을 들려줘야 하겠군요."

"나모린 씨가 다시 설명을 하겠지만, 역시 미리 입장을 정해 놓으시는 게 좋겠죠."

"어떻게 생각하세요? 정말로 꼭 필요한 일인가요?"

나는 잠시 아무 말도 하지 않았다. 꼭 필요한 일이라고 생각하지만 내가 아는 것들을 어디까지 이야기해줄 수 있을지 확신할 수가 없었다. 맞숨에서 일어난 폭발 사고, 아직 느슨하다고는 하지만 점점 숨통을 조여올 게 확실한 지구궤도연합 측의 봉쇄망, 그 맥락 안에 자리 잡고 있는 송영의 정치적 입지, 나모린과 반지업 사이에 있었던 잘 알려지지 않은 과거.

한묵희는 인내심을 가지고 내 쪽을 바라보고 있었다. 생각이 모두 정리되기를 기다리고 있는 것이었다.

"결론만 말씀드려도 될까요?"

"결론만요? 음, 아니요. 과정까지 말씀하실 수 없으시면 그냥 아무 말씀 하지 마세요. 아직 때가 안 된 거예요."

나는 입을 다물어버렸다. 그리고 그 말은 사실이었다. 나는 아직 준비가 되어 있지 않았다. 한묵희가 그 모습을 보고 살짝 웃어 보였다.

"좀더 생각해보고 조언해주세요. 오늘 말씀 고마웠어요. 도망치는 것 같지만 저는 또 연습하러 가야 돼서요. 잠깐 구경하시게 하면 좋은데 우리 연출이 이번에는 특히 보안 문제에 좀 예민하네요. 이해하시죠, 보안담당자시니까?"

나는 발뒤꿈치를 살짝 든 채로 공연장 안으로 반쯤 날아 들어가는 한묵희의 뒷모습을 바라보았다. 껑충 크게 걸음을 내딛고 날아가던 한묵희가 공중에서 몸을 뒤로 돌려 나에게 가볍게 눈인사를 하고는 다시 날아가던 방향으로 몸을 틀어 공연장 쪽으로 재빨리 사라져버렸다.

6분의 1 중력. 나는 제4공연장지구에 있는 달 공연장 로비에서 있었다. 전에 왔을 때에 비하면 그곳은 훨씬 활기가 넘쳤다. 박물관이나 도서관처럼 경건한 분위기는 사라지고 잘 돌아가는 회사나 관공서처럼 생기 있고 자신감 넘치는 동선들이 그 자리를 채웠다. 심지어 매표소 앞에도 짧지 않은 줄이 늘어서 있었다.

그리고 그곳을 오가는 사람들 중에는 분명 한묵희의 걸음걸이를 흉내 내는 사람들이 있었다. 한묵희는 스타가 되어가고 있었던 것이다. 아직 몇 차례 검증이 더 남아 있었지만, 검증받을 기회가 저절로 생긴다는 것 자체가 이미 탄탄대로에 올라서 있다는 증거일 수 있었다.

그런데도 그 일을 맡으려고 할까, 직접 위험을 감수해가면서까지? 아무튼 한 번 더 확인을 할 필요가 있다는 말은 전적으로 동감이야.

건물을 내려와 나모린이 일하는 회사로 향했다. 결론에 이르는 과정을 좀더 명확하게 만들어줄 결정적인 자료를 넘겨받기 위해서였다. 그리고 그곳에 도착하자마자 나는 무슨 일인가가 일어나고 있다는 사실을 알 수 있었다.

엘리베이터를 타고 나모린의 사무실이 있는 층에 내리려는데 긴박한 공기가 엘리베이터 안쪽으로 밀려 들어왔다. 그뿐만이 아니었다. 분위기를 살피며 사무실 문을 두드리는 순간 나모린이 인사할 틈도 없이 문을 열고 밖으로 나오며 말했다.

“시간 맞춰 오셨네요. 고마워요. 자료는 여기 있어요. 안전한 곳에 가시기 전까지는 되도록 가방을 닫고 있으세요. 가방은 안 돌려주셔도 돼요. 그럼 저는 갑자기 바쁜 일이 생겨서.”

“무슨 일이 있나요? 분위기가 심상치 않던데.”

그러자 나모린이 속삭였다.

“아, 화성에서 여기로 향하는 무역항로에 지구궤도연합 측 비행체가 접근해오고 있다는 소식이 들어왔어요. 시 집행위원회에서 임시 회의를 소집했는데 참관인 소집 연락이 왔어요. 거기 가는 길이에요.”

“알겠습니다. 그럼.”

“실례하겠습니다.”

닫혀버린 방문 앞에 혼자 남겨진 채로 사람들의 모습을 바라보았다. 사람들이 분주하게 사무실을 오갔다. 실제로 일어나서 돌아다니는 사람은 몇 명 되지 않았지만 그 몇 사람만 봐도 콜로니 바깥에서 일어나는 일의 다급함을 짐작할 수 있었다. 바로 조금 전 길가에서 본 보통 사람들의 표정과는 사뭇 다른 느낌이었다. 아직은 이런 몇몇 관계자들 사이에서만 알려진 사건이기에 생긴 온도 차였다.

문득 사무실 안의 급박한 기류가 그리웠다. 보통 사람들에게는 결과적으로 아무것도 아닌 일이 될 수도 있지만, 수면 아래에서 그런 중요한 일들이 일어나는 순간순간마다 쓸데없이 빨라지곤 하는 사무실 안 공기. 내가 호흡하며 살아온 대기는 바로 그런 묵직하고 숨 가쁜 공기였다. 그냥 평범한 지구의 대기가 아니었다. 첫숨으로 쫓겨나기 전 원래의 나는 그런 대기에 속한 사람이었다. 때로는 다름 아닌 내 스스로가 급박한 대기 순환의 원인이 되기도 했던 사람.

중력도 중력이지만 공기역학이 달라지면 항법도 그에 맞춰서 달라져야 한답니다, 묵희 씨. 그런데 아무래도 곧 바람이 바뀔 모양이군요.

중재원 쪽으로 발걸음을 옮겼다. 거리로 나서자 다시 공기의 흐름이 눈에 띄게 느려졌다. 그러다 시청으로 향하는 길목에서, 아무것도 모르는 행인들의 시선마저도 잠시나마 잡아둘 만큼 긴박한 기류가 다시 한 번 느껴졌다. 아마도 나모린이 참석한 시 집행위원회 회의가 시청이나 시의회 건물 어딘가에서 진행되고 있을 것이었다. 송영과 반지업, 어쩌면 반인석도 참석하는 회의일지도 모른다.

난기류를 지나자 다시 안정된 대기가 나타났다. 한가하고 느리고 세상일에 무관심한 입자들로 이루어진 대기.

어떻게 이런 갑갑한 공기를 들이마시고 살아온 거지? 가끔 환기되고 있기나 한 거야?

송영이 만약 내가 이미 자기 사람이 된 것이나 다름없다고 믿고 있다면 그것은 바로 이 느낌 때문일지도 모른다. 내 항법 장치는 결코 그런 느릿느릿한 기류에 맞춰져 있지 않았다.

그래서일까. 나는 어느새 중재원 1층 로비에 자리를 잡고 앉았다. 심동완이나 혹은 현재 국제 정세를 잘 설명해줄 다른 누군가를 찾아가 이야기를 나누는 것 같은 구체적인 계획이 있어서가 아니었다. 그저 바쁘게 움직이는 사람들 사이에 스며든 채 자연스럽게 흘러나오는 이야기를 주워들으려던 것뿐이었다. 첫숨에서 국제 문제에 대한 감각이 제일 뛰어나다고 여겨지는 사람들의 이야기를.

어떤 직위를 가지고 무슨 일을 하는 사람인지 알 수 없는 누군가가 말했다.

"지구 쪽 군사 전문가로 온 사람 있지? 아까 무력 충돌 가능성 이야기하던데."

"그 사람 권위자 맞아?"

"글쎄, 어디 교수라는데 지표면연합 쪽에서 자문위원인가 평가위원인가 했대."

"지표면연합은 또 뭐야?"

"지상에 있는 지구인들 전부지 뭐. 대기권 아래, 지표면에."

"그런가? 무력 충돌 이야기는 뭐래? 첫숨에 군대가 있나?"

"동맹이지 뭐. 화성 쪽에 있는 지구계 콜로니들 인질로 삼아서 뭐든 해볼 수는 있지."

"아씨, 보험조약 들여다봐야 되게 생겼네. 화성계 보험사 약관은 무슨 말인지 하나도 모르겠던데."

"당장 충돌이야 일어나겠어?"

"그래도 위에서 공부해놓으라고 할 것 같은데. 아무튼 아직 확인은 안 된 거지? 수송선인지, 군사행동인지?"

"아직 미확인비행체 상탠데, 그게 출발지 쪽에서 확인 요청을 거부해서 그런가 봐. 일단 크기는 작지 않대."

"도발이네."

"저쪽에서는 맞숨도 미확인비행체라는 논리니까 할 말 없지. 이쪽에서도 확인 요청 거부하기는 마찬가지니까."

31. 강경 대응

오후에는 내내 집 안에 틀어박혀 있었다. 자료를 한참이나 들여다봤지만 종이에 인쇄된 자료여서 어떤 숫자가 어디에 연결되어 있는지 맥락을 파악하기가 쉽지 않았다.

저녁 즈음에는 송영이 뉴스에 나왔다. 언제나 그랬듯이 송영의 입장은 강경 대응이었다. 말투는 사무적이었지만 내용은 절대 흘려들을 이야기가 아니었다. 다행스러운 점은 송영의 생각이 곧 시 전체의 의견이 되는 의사 결정 체계는 아니라는 것이었다. 송영의 의견은 어디까지나 첫숨 정치권 일부의 의견일 뿐이었다. 대단히 중요한 일부이기는 하지만.

어느 오찬모임에서 송영이 그런 강경 발언을 해야 하는 상황에 대해 이야기한 기억이 났다.

"어머, 그런 약해빠진 소리는 하나 마나 아닌가요. 중간 어딘가에서 합의가 이루어지기야 하겠죠. 그렇다고 미리 그 중간에 가서 서 있겠다고요? 그럼 거기서부터 상대방 사이에 있는 어느 지점에서 합의가 되는 거 아닌가요? 실제로 어떤 식의 합의를 기대하든 그런 상황에서 나 같은 늙은이가 할 수 있는 말은 몇 가지 없어요. 그게 싫은 노인네는 애초에 여기에 있으면 안 되는 거라고요."

낮에 있었던 시 집행위원회 회의에서는 다소 흥미로운 에피

소드가 있었던 모양이다. 미확인비행체에 대한 대응 방안으로 이쪽에서도 역시 미확인비행체를 보내 대응하자는 안건에 관한 논의였다. 뉴스에서는 그 안에 대한 송영의 발언이 벌써 몇 번이나 반복되어 소개되고 있었다.

"복지위원장님, 요즘 시 보장 보육 연령이 몇 살까지죠? 임완 의원이 해당이 되나요? 안 된다고요? 저런, 겨우 쉰인데 충분히 준비도 안 된 채로 어른들 세계에서 살아가야 하다니, 가혹하네요. 연령 문제는 나중에 손보도록 하죠. 그런데 방금 위원님들이 토론하신 내용이 뭐였죠? 미확인비행체를 보낸다고요? 우리도 모르고 지구궤도연합 집행위원회도 정체를 알 수 없는 비행체를 보내시는 건가요, 아니면 우리는 아는데 상대는 모르는 비행체를 보내겠다는 말씀이신가요? 후자를 지칭하시는 거겠죠? 그럼 이 명칭의 주체는 지구궤도연합 집행위원회가 되겠군요. 모르는 건 그쪽이니까요. 그런데 여러분, 여러분은 어떠실지 몰라도 저는 그런 관점은 용납할 수 없어요. 다른 기관이 주체가 되게 하다니. 이론상으로라도 받아들이고 싶지 않네요. 아마 여러분 유권자들 중 몇 분도 그러실 거라 믿어요. 그게 몇 분이 됐든 저는 그분들을 대신해서 첫숨 집행위원회가 우리 동맹에 요청해서 파견할 그 미확인비행체라는 것의 정체가 뭔지 알아낼 생각이에요. 그리고 당연히 누가 물어보면 알려줄 거고요."

그리고 그 발언은 이렇게 마무리되었다.

"차라리 저는 유권자가 분명히 알고 있는 공격기를 보내는 안을 지지하겠어요. 유권자가 모르는 무력 수단은 단 하나도 내보낼 수 없어요. 여러분은 첫숨의 시민들이 '우리는 그런 건지 정말 몰랐다'고 말하는 상황을 만들 생각인가요? 제발 그런 논의는 이제 그만 접으세요. 유권자가 분명히 내용을 파악하고 책임을 질 수 있는 실질적인 방안으로 넘어가야 하지 않겠어요?"

저녁 무렵에 그 발언은 이렇게 한 줄로 요약되었다.

"강경파 송영 의원이 공격기 파견을 지지하고 나섰습니다."

영 틀린 말도 아니었지만, 대중에게 전해지는 그 한마디는 첫숨 지도층이 송영에게 보내는 신뢰의 근거를 단 한 조각도 제대로 담아내지 못했다.

그래, 사실 송영 본인도 그렇게 투명하기만 한 사람은 아니잖아. 맞숨이 저 상태로 방치돼 있는 건 결국 반 정도는 저 집안사람들 책임 아닌가? 게다가 이 수상한 자료 하며.

어쨌거나 뉴스에 나온 것은 공개 회의 때의 영상뿐이었다. 비공개 회의에서 무슨 말이 오갔는지는 여전히 추측에 맡기는 수밖에 없었다. 그 넓은 우주 공간에 떠 있으면서도 늘 분쟁의 한가운데에 놓여 있는 도시.

다시 책상 위로 눈을 돌렸다. 나모린이 넘겨준 자료는 꽤 크고 두꺼운 책자였다. 모르는 사람이 보면 아무 의미도 없어 보이는 숫자들의 나열. 아는 사람이 봐도 의미 있는 숫자가 어떤 것들인지 알아내기 전까지는 그냥 그림으로밖에 안 보이는 막막한 기록물. 그런 자료를 사람이 직접 검토한다는 것은 사실 말도 안 되는 이야기였다. 애초에 사람이 맨눈으로 직접 들여다보라고 만들어진 자료도 아니었다. 그런데 나는 바로 그 일을 해야 했다.

우선은 자료의 구조를 파악해야 했다. 목차도 서문도 없는데다, 단일한 기관에서 작성된 자료조차 아니어서 형식이며 도표의 크기 같은 것들이 들쑥날쑥했다. 그래도 그것은 일단 좋은 신호가 분명했다. 의미가 있을 수도 있고 없을 수도 있는 자료 무더기 전체가 아니라, 필요한 것들만 따로 추려낸, 의미가 있을 가능성이 꽤 높은 것들로만 이루어진 자료라는 뜻이기는 했으니까.

나는 편집자의 의도를 상상해보았다. 화성에서 출발해 꽤 복잡한 중간 과정을 거쳐 마침내 맞숨에 이르는 머나먼 무역로. 우선은 화성 근처에 있는 터미널에 모든 종류의 화물들이 모여들었을 것이다. 나모린이 말하길 목성으로 가게 되어 있던 화물이 지구 근처로 왔다고 했으니 중요한 것은 딱 두 가지다. 목성으로 갈 화물과 지구 쪽으로 올 화물. 밀봉된 특수화물에 물리적으로 표시를 해서 추적을 했다면 아마도 표시를 한 위치는 화물이 뒤바뀌기 직전, 즉 화성 근처 화물 집하 장소일 가능성이 높았다. 그 자료를 작성한 내부고발자 역시 바로 그곳, 마론 정착지에서 일하는 사람일 게 분명했다.

운송회사 사람은 아닐 거야. 공공기관에서 일하는 누군가였겠지. 표시를 해야겠다고 생각할 만큼 그런 수상한 일을 여러 번 목격한 게 분명해. 그리고 그 두 개의 화물을 추적했겠지.

자료를 펼쳐들고 비슷한 모양의 도표가 있는 곳들을 장별로 나누었다. 그리고 그 사이에 손가락을 끼워 넣었다. 곧 손가락이 모자랐다. 메모지를 하나씩 끼워놓고는 다시 자료를 한 장 한 장 살폈다. 마론에서 작성된 자료들이 모여 있는 곳. 목성으로 날아간 화물 하나와 결과적으로 맞숨에 도착한 화물 하나. 문자가 섞인 열두 자리 숫자들 사이를 더듬어 내려갔다. 화물에 부여된 고유번호들이었다. 다 똑같이 생긴 숫자들. 그렇게 한참을 자료에 파묻혀 있었다. 얼마나 봐야 의미 있는 숫자가 튀어나올까. 어떻게 생기면 의미가 있는 걸까.

그러다 숫자 하나가 눈에 띄었다. 시간이 얼마나 흘렀는지 알 수 없었다. 나는 뻣뻣해진 고개를 좌우로 몇 번 흔들고는 다시 그 숫자를 들여다보았다. 별다른 특징은 없어 보이지만 자세히 보면 다른 숫자들보다 한 자리가 더 긴 숫자, 1이 여러 번 들어가는 바람에 마치 열두 자리처럼 보이는 열세 자리 숫자. 그 숫자 하나가 여기저기에서 반복되어 등장하고 있었다.

그게 바로 물리적으로 표시된 컨테이너인 모양이었다.

이제 이게 지구 쪽으로 날아온다는 말이지?

그런데 그렇지 않았다. 그 숫자가 날아간 곳은 지구가 아닌 목성이었다. 표시된 쪽 화물이 목성으로 날아간 셈이었다. 다시 말하면, 내가 찾는 화물은, 표시된 쪽이 아니라 그것과 뒤바뀌어 지구 쪽으로 배달된 화물이어야 했다. 원래는 목성으로 가게 되어 있었지만 결과적으로 지구 쪽으로 온 숫자.

그건 또 어떻게 찾아낸담.

알 수가 없었다. 다른 표시는 나타나지 않았다. 열세 자리 숫자도, 열한 자리 숫자도. 모두 열두 자리 숫자들뿐이었다.

자료에서 아예 손을 뗐다가 다시 자료를 펼쳤다 하기를 서너 번, 마침내 화성에서 지구 쪽으로 올 예정이었던 화물 목록 어딘가에서 이상한 숫자를 찾아냈다. 중간에 '1'이 하나 모자랐지만 나머지는 조금 전에 찾은 열세 자리 숫자와 완전히 똑같은 숫자였다.

그래, 이 둘이 한 쌍이라는 의미군. 이 열두 자리 숫자가 원본에 붙어 있던 번호고, 열세 자리 숫자는 복사한 숫자라는 뜻이겠지?

책자를 뒤져 열두 자리 숫자의 화물 상세 이력을 찾아냈다. 내용이 확인된 화물이라는 설명이 달려 있었다.

뭐가 들어 있는지 확인된 안전한 화물 하나가 지구로 오게 되어 있었다가 목성으로 간 셈이군. 내용 확인을 한 다음에 바꿔치기를 한 거야. 우리 내부고발자의 손이 닿는 거리에서 적지 않은 빈도로 일어난 일이었겠지. 이런 수법이었던 거야.

그러나 화물이 이동한 경로를 보면, 늘 이용할 수 있는 수법은 아닌 것 같았다. 길어야 몇 달. 화성과 지구의 상대적인 위치가 변하고 하청 업체나 감독 기관이 변경될 때마다 새로 뚫어야 하는 루트일 게 분명했다. 다시 말하면, 유지 비용이 꽤 드는 루트라는 뜻이었다.

열세 자리 번호의 정체는 뭐였을까. 1이 덧붙은 복사한 번호가 아닌, 원래 그 화물의 고유번호를 알아낼 수 있을까. 참고할 만한 목록 하나를 찾아냈으나 하나라고 하기에는 너무 방대한 자료여서 인간의 힘으로는 대조가 거의 불가능했다. 하면 할 수는 있겠지만, 도저히 의욕이 생기지 않는 분량이었다. 나는 잠시 손을 놓고 생각에 잠겼다가 내용이 확인되지 않은 화물, 즉 특수화물 목록이 따로 있는지 찾아보았다. 그런 게 있었다. 그리고 생각보다 짧은 리스트였다. 도착지에서 작성된 그 목록을 거의 비슷하게 생긴 출발지 목록과 비교했다. 출발지에는 있었으나 도착지에는 없는 숫자가 있었다.

자료집 앞쪽으로 돌아갔다. 지구 쪽으로 오는 화물 목록에서 그 열두 자리 숫자를 추적했다. 그 숫자가 나타날 때마다 책자에 표시를 해두고 싶었으나, 결국 아무 표시도 하지 않고 눈으로만 추적했다.

내용 검색 거부. 도착지 사정으로 내용 확인 면제(AA2055 협정 적용 대상).

결국 내용이 확인되지 않은 화물이었다. 한 시간여를 더 추적해보니 그 화물이 날아간 경로를 대충은 알 수 있었다.

그래, 어찌어찌해서 지구 근처 중력균형점까지 왔군. 일단 여기까지는 알겠어. 그런데 이 다음은 어떻게 추적하는 거지?

아직 넘겨보지 않은 페이지가 많았다. 이전까지의 과정보다 지금부터의 과정이 더 복잡할 거라는 의미였다. 일단은 추적하고 있던 그 문제의 숫자를 외운 다음 자료를 덮어 가방 속에 집어넣었다. 마치 가방이 열려 있으면 숫자들이 알아서 기어 나오기라도 할 것처럼.

벌써 몇 시간이나 숫자들의 우주를 헤매고 있었는지 몰랐다. 잠시 휴식이 필요한 시점이었다. 그리고 솔직히 다음 단계는 어떻게 풀어가야 할지 전혀 감이 안 잡히기도 했다.

그래도 대강 방향은 알겠어. 나모린이 말한 것처럼 뭔가 수상한 물건이 이쪽으로 온 건 분명해. 정확히 어디로 갔는지는 좀더 추적해봐야겠지만.

밤이 깊었다. 낮에 봤던 송영의 발언이 한 번 더 뉴스에서 흘러나오고 있었다.

누군가 초인종을 눌렀다. 존재하지 않던 문 바깥쪽 세계가 다시금 만들어지는 것 같은 소리였다.

"저예요, 한묵희예요."

문을 열고 한묵희를 맞아들였다. 문 안으로 들어서는 한묵희의 모습이 어쩐지 한층 피곤해보였다. 처음 들어서는 타인의 사적인 공간에 대한 자연스러운 반응이었을 수도 있지만 그래도 내 눈에는 그 살짝 움츠러든 어깨가 어쩐지 안쓰러워 보였다.

"좀 늦었어요."

"괜찮습니다. 공연 때문에 바쁘신가 봐요. 충분히 쉬어가면서 하셔야 될 텐데."

"그래야죠. 그런데 공연 전에는 늘 여유가 없기는 해요. 공연 날짜에 맞춰서 감각을 끌어 올려야 되는 거라 미리 알고 준비해도 별수 없지만요. 그래도 걱정은 마세요. 아주 무리한 일정은 아니에요. 그보다, 소식 들었어요. 심상찮게 돌아간다고 하던데."

"일단 안으로 좀 들어오시겠습니까?"

"이제 설명해주실 건가요?"

"결론은 빼고 설명해드리겠습니다. 제때 잘 오셨습니다."

그 말에 한묵희가 살짝 미소를 지었다.

32. 옆방

모든 것을 다 설명해줄 수는 없었다. 이야기할 필요가 없는 것도 있고 비밀로 분류된 정보여서 발설할 수 없는 부분도 있었다. 물론 내가 아직 파악하지 못한 대목도 적지 않았다. 그런 것들을 다 빼고 남는 정보만 전달할 수도 있었지만, 판단을 내리는 데 필요한 핵심적인 이야기들은 다 해줄 수 있었다.

첫숨이라는 사상, 그 이름을 듣자마자 거부감을 느끼게 될 지구 측 사람들, 초기 화성 정착민들과 나모윤 일가의 관계, 나모린이라는 새로운 가능성, 첫숨에 중재원이 들어선 배경과 국제 분쟁, 베일에 가려져 있는 맞숨이라는 정착지, 반인석의 사업, 그리고 그의 최근 행적. 먼저 그런 배경 이야기를 필요한 만큼만 짤막하게 요약해서 들려준 다음 지금 막 일어나려 하는 국제 분쟁과 그 원인에 관한 이야기로 넘어갔다.

"맞숨에서 작지 않은 규모의 폭발이 있었습니다. 이쪽 지진계에도 측정이 됐더군요. 규모가 상당했고, 폭발의 원인도 아직 밝혀지지 않고 있습니다. 문제는 그게 콜로니 밖, 한참 떨어진 곳에서도 감지가 됐다는 사실입니다. 이쪽에 심어져 있는 정보원을 통해서 안 건지, 원거리에서 뭔가를 탐지해낸 건지는 분명하지 않지만 아무튼 뭔가가 있다는 점만큼은 저쪽에서도 분명히 알게 된 모양입니다."

"그러면 제가 그 일에 참여해야 하는 건가요, 단지 그런 이유로?"

"물론 그게 다는 아닙니다. 나모린 씨가 움직이게 된 계기가 있습니다. 나모린 씨도 최소이 같은 첫숨주의자를 절대적으로 신뢰하는 건 아닌 것 같지만, 그 최소이가 가지고 온 첩보는 꽤 믿을 만한 구석이 있습니다. 역시 뭔지는 알 수 없지만 뭔가 수상한 물건이 화성에서 맞숨으로 배달이 됐거든요. 그 자료를 제가 지금 직접 확인 중인데, 상당히 신빙성이 있는 것으로 보입니다."

"그럼 그게 정말이라는 거예요? 화성인들이 비밀 무기를 만들고 있다는 소문이?"

나는 대답 대신 고개를 끄덕였다. 한묵희가 다시 물었다.

"그런데 그 시설은 폭발했다면서요. 그럼 다 날아간 거 아닌가요?"

"한 군데에서 다 만드는 건 아닐 수도 있으니까요. 나모린 씨 말로는 폭발 전부터 의심하고 있던 시설이 있답니다. 이번 폭발 지점이 바로 그 지점은 아니어서 이 계획이 여전히 유효한 거고요. 나모린 씨 입장에서는 '한 군데가 아니었단 말이야?' 하는 생각이 들 만한 일이니까요."

"그렇군요. 그런데 제가 그 일을 하면, 그러니까 나모린 씨가 그 작은 비행기로 비밀 구역에 침투하는 데 성공하면, 상황이 달라질 수 있는 건가요? 예를 들면 전쟁을 막을 수 있다든지."

"그건 저도 모릅니다. 아마 나모린 씨가 묵희 씨를 직접 만나서 이야기하려고 할 겁니다. 그때 궁금한 것들을 빠짐없이 질문하시면 될 겁니다. 저도 같이 질의를 할 거니까 그거 준비하느라 따로 시간 낭비하실 필요는 없습니다. 다만, 결정은 한묵희 씨 몫입니다. 아시죠, 지금 공연 무대를 얻기까지 나모린 씨가 살짝 거들어준 것 말고는 특별한 보상이 없는 일이라는 건?"

"알고 있어요. 보상이 있었으면 생각도 안 해보고 거절했을 거예요. 수상하고 위험하니까요."

"옳은 말씀이십니다. 위험하고 수상한 일이지요. 그래도 아주 수상하지는 않은 것 같습니다. 아, 다만 개인적으로 껄끄러운 상황이 연출될 수는 있습니다. 구체적인 계획을 들어봐야 알겠지만, 나모린 씨는 어쩌면 묵희 씨가 반지업 위원을 이용하기를 바랄지도 모릅니다."

신상우가 찍은 나모린과 반지업의 사진을 떠올렸다. 아직은 한묵희에게 그런 이야기를 해줄 필요까지는 없어 보였다. 한묵희의 개인사를 나모린에게 말할 필요가 없었던 것처럼.

한묵희가 말했다.

"역시 그런 걸까요? 아닐 수도 있다고 생각했는데. 그 천장 때문에."

"천장이요? 아."

잊고 있던 일이 다시 생각이 났다. 높이가 유난히 높은 공연장. 가장 오래된 도면에서도 이미 지금의 공간 대부분을 점유하고 있던 3분의 1 네이티브들의 문화적 성지. 화성인들에게 높은 천장은 일종의 자부심 같은 것이었다. 화성 출신이 반 이상을 차지하는 첫숨 고위 공직자들의 개인 사무실은 제2구역에 있든 제1구역에 있든 관계없이 평면적이 좁고 천장이 높았다. 면적이 좁은 것은 높은 천장을 돋보이게 하기 위한 장치 같은 것이었다. 결코 손 닿을 일이 없을, 오로지 시선만이 머무를 수 있는 비효율적인 공간.

6분의 1 네이티브들의 다음 공연은 그 공간을 모두 사용하는 것이었다. 입체 도면에 표시된 삼차원 공연장 구역 전부를.

"그렇군요. 그것만 해도 간단한 주문은 아니었군요."

"그러니까요. 그런 요청을 했으니 그 점을 활용하지 않을까요? 이제 와서 반지업 씨를 더 활용하기보다는."

서랍을 뒤져 도면 하나를 꺼냈다. 심동완이 특별히 눈여겨보라며 전해준 도면이었다. 탁자 위에 옛 지도를 펼쳐놓자, 한묵희가 유심히 공연장 근처를 들여다보더니 공연장 위쪽에 있는 공간을 가리키며 물었다.

"여기는 지금 뭐가 돼 있는 거죠?"

"문제의 서재입니다. 당시에는 도서관이었고요."

"어, 여기가 그 서재였어요?"

"뭔가 짚이는 게 있으신가요?"

"그런 것 같은데요. 이 서재 모양이, 아니, 모양보다는 위치가 살짝 이상하네요. 생각했던 것과는 다른데 이 위치 때문에 뭐가 떠올라서요. 이것도 공연에 관련된 비밀이라 말씀드리기가 곤란하지만, 문제의 그 천장 쓰는 장면에서요, 희한하게 무대 정중앙 위쪽에 있는 부분이 아니라 좀 치우친 곳을 쓰도록 구성이 돼 있거든요. 그것도 무대 위가 아니라 객석 위 천장을. 연습하기가 좀 불편해서 연출한테 이유를 물었더니 그건 자기가 고른 지점이 아니라고 하더라고요."

"요청받은 부분이었나요?"

"그랬다는데요. 꽤 정확한 지점을 콕 집어서 알려줬는데, 레이저를 천장에 쏴서 한 점을 딱 찍어주더라고."

고개를 숙여 도면을 들여다보았다. 그렇게 한참을 말없이 도면만 바라보고 있는데 잠시 후 한묵희가 다시 말을 이었다.

"그런데 그 방 치고도 위치가 좀 이상하네요. 이 서재라는 곳, 이 지점을 정확히 찍어보면 서재 안쪽이 아닐 것 같은데요. 이쯤인데."

"여기요? 이쯤 되는 게 맞나요?"

"그런 것 같아요. 도면이 복잡해서 정확하게 위치를 짚어내기는 좀 어려울 것 같지만 아무튼 무대에 섰을 때를 떠올려보면 그쯤이에요. 서재 안은 아닌 것 같아요."

"그렇군요. 그런데 이건, 방이라기에는 좀 좁은데요."

"통로일까요?"

"그렇겠네요. 복도 치고는 좀 넓긴 하지만, 방이라고 해도 사실상 통로처럼 썼겠네요. 그런데 여기를 통해서 뭘 하려는 걸까요? 혹시……?"

"아직 말씀드릴 수는 없어요. 하지만 거기에 무슨 장치를 설치할 거예요. 일종의 무대장치 같은 걸요."

"천장에요? 위에서 아래로요?"

그날 밤은 꿈자리가 사나웠다. 의미를 알 수 없는 숫자들과, 화성 시간에서 지구 시간으로 환산된 달력과 시간표, 한사코 표준 시간대를 도입하기를 거부하는 행성 출신 외교관들의 손목시계, 오래된 스페이스콜로니 도면, 폭발로 반쯤 날아가버린 거대한 공장 시설, 달아난 첫숨주의자, 첫숨과 맞숨을 오가는 지하 셔틀 정류장, 보육 시설에 들어가려다 거부당하는 중년의 시의원 같은 것들이 꿈과 현실 사이를 넘나들며 내 의식을 붙들고 늘어졌다. 그리고 물론 커다란 날개가 달린 멍한 표정의 남자도.

나모린이 알아서 잘 설명할 거야. 최종 결정은 한묵희가 하는 거고. 나는 그냥 조언자일 뿐이야. 그걸로 무력 분쟁을 막을 수 있을지 어떨지는 나모린 손에 달린 거겠지. 지구 궤도 쪽에서도 영향력이 작은 사람이 아니니까.

전화벨 소리에 잠이 깼다. 신상우였다.

"출근 안 했구만, 다들 비상인데, 아직 자나?"

"일이 없으니까요."

"그래? 그래도 벌써 8시인데."

"벌써라고요?"

"미안해, 미안하다고. 알려줄 게 있어서 전화했지. 심동완이라는 사람 말이야, 자네 쪽 사람 맞지?"

"제 쪽 사람이라는 건 아무 데도 없는데요."

"헤이, 사람 참. 하여튼 잘 알지?"

"같이 일한 적은 있으니까요. 지구에서."

"그래, 그랬다고 했지. 기억이 났어. 그 이름 보자마자 딱 생각이 나더라고. 그 사람 오늘 새벽에 전출됐어."

"전출이요?"

"벌써 첫숨 떴을걸. 아직 소식 못 들었을 것 같아서. 무슨 일인지 모르겠지만 갑자기 그렇게 보내버리네. 짐은 쌌나 몰라. 요즘 하도 뒤숭숭해서 원."

나는 정신이 번쩍 들었지만 다행히 내색은 하지 않았다.

"중재원 사무국에서 어디로 출장 같은 거 보냈겠죠. 요즘 떠들썩한 그 사건 때문에 어딘가 일손 모자라는 데가 있을 거니까."

"그런가? 그럼 다행이고."

"알아서 잘 살겠죠. 잘나가는 몸이시던데. 아무튼 들어가세요. 저는 더 자야 돼서요."

"그래? 반응이 영 그러네. 아무튼 좋은 일 생기면 혼자만 알고 있지 말고 나한테도 좀 알려주고그래."

중재원 내부 사정을 어떻게 그렇게 잘 알고 있나 싶었다. 일을 할 줄 아는 사람인 건 분명했지만, 그것은 그에게 호감을 느낄 만한 이유가 아니라 점점 더 그를 멀리해야 할 이유에 불과했다.

그나저나 심동은 어떻게 된 거지? 중립의무위반 같은 걸로 걸린 건가? 맞숨에 관한 자료를 직접 건든 건 아닐 텐데. 흔적을 남겼을 것 같지도 않고 말이야. 이쯤에서 슬슬 빠질 때가 되긴 했어도 뭔가 하나쯤은 더 해줄 게 있었을 텐데, 아쉽게 됐군.

나는 자리에 누운 채로 천장을 올려다보았다. 그리고 그런 생각이 들었다.

그냥 가버렸을 리가 없어. 뭔가 남겨뒀을 거야.

자리에서 일어나 서둘러 외출 준비를 마치고 곧장 중재원으로 갔다. 그리고 전날 그 건물에서 일하는 사람들이 하는 이야기를 듣기 위해 앉아 있던 자리로 가서 가만히 무언가를 기다렸다.

중재원은 출근이 늦었다. 관공서처럼 생겼지만 아주 전통적인 의미의 관공서는 아닌 탓이었다. 나는 눈에 띄지 않는 한구석에 자리를 잡고 앉아서 출근하는 사람들의 발걸음을 가만히 들여다보고 있었다. 이유가 있어서라기보다는 그저 시선을 피하기 위해서였다. 여러 가지 얼굴들이 스쳐 지나갔다. 인상을 가진 얼굴 사이사이에 표정이 있는 얼굴도 더러 눈에 띄었다. 그래도 그쪽을 올려다보지는 않았다.

약속 같은 것은 전혀 되어 있지 않았다. 그냥 혹시나 하는 마음에 기다릴 뿐이었다.

뭔가 더 알아보기는 했을 텐데. 거기에서 끝나지는 않았을 거야. 눈빛이 그랬어. 그쯤에서 그만두겠다고 하기는 했지만 정말로 손을 뗄 분위기가 아니었어. 한묵희와 관련된 일이라는 걸 알고 흥분한 것만 봐도 그렇고 말이지.

순간 멈칫하는 발걸음이 시야에 들어왔다. 느려지는 발걸음. 그러다 다시 아무렇지도 않은 듯 내 쪽으로 다가오는 누군가의 궤적. 마침내 그가 내 앞으로 다가와 멈춰 섰다. 그제야 나는 고개를 들었다. 심동의 옆방에서 일하던 동료였다. 언젠가 내가 심동완을 찾아갔을 때 의심스러운 눈초리로 나를 맞았던 바로 그 인물이었다.

"이런 데서 뵙는군요."

그가 말했다. 눈빛에서 적개심이 느껴졌다. 하지만 바로 다음 순간 나는 판단을 바꿨다. 그 적개심은 표정이 아니라 인상에 묻어 있는 얼룩이었다. 그 순간의 나를 향한 것이 아니라 좀더 오랜 시간 동안 바라보던 어떤 대상들을 향한 것이었다.

"잘 지내셨습니까. 간밤에 인사이동이 있었다는 소식을 들었는데요."

"아시다시피 좀 살벌합니다."

"저런."

"괜찮습니다. 너무 평화로우면 이런 일 하는 보람이 없거든요. 저만 그렇게 생각하는 게 아닐 겁니다. 아무튼 심동완 씨가 말을 몇 마디 전해달라고 하더군요."

"메시지가 있었습니까?"

"그렇습니다. 밤늦게 둘이서 술을 마시고 있는데 갑자기 호출이 왔거든요. 그 연락 받자마자 본인이 직접 전달할 기회는 없을 거라고 생각한 모양인데, 예감이 정확했던 모양입니다. 모르긴 해도 그 친구, 지금쯤 꽤 신나 있을 겁니다. 하여간, 선생님께 몇 마디 전해달라고 하더군요. 언제고 한번 들르실 거라고. 다시 보면 알아볼 수 있을까 걱정하고 있었는데 다행히 한눈에 알아봤네요. 그렇게 수상하게 앉아 계시면 누구라도 알아보겠습니다만."

그를 올려다보았다. 그는 잠시 뜸을 들이고 있었다. 나는 기꺼이 그의 연극을 참아주었다. 그 5초가 그에게는 평생 기억에 남을 무용담이 될지도 모르니까.

그가 말했다.

"이렇게 말하더군요. '디코이를 만들다가 발견했음. 우리가 찾던 게 누군가의 디코이였음.' 물론 저도 의미는 전혀 모릅니다. 알고 싶은 생각도 없고요."

디코이라면, 맞춤으로 통하는 진입로를 찾고 있다는 사실을 숨기기 위해 거짓으로 검색해볼 예정이라던 다섯 종류의 가짜 검색어들을 말하는 게 분명했다.

"그게 답니까?"

내가 물었다. 그러자 심동완의 옆방 동료가 거만한 목소리로 대답했다.

"하나가 더 있습니다. '없음이 너무 일찍 나타남.' 뭐 여기까지입니다. 그럼 저는 이만 가보겠습니다. 좋은 하루 보내시기 바랍니다. 분위기는 영 어수선하지만요."

33. ‘없음’

자리에서 일어나 발걸음을 옮겼다. 그리고 생각에 잠겼다. 없다는 건 어떤 의미일까. 자료의 관점에서. 언젠가 고민한 적 있는 화두가 떠올랐다. 과자 봉지에 관한 사고 실험이었다.

과자를 산다. 겉포장에 한 봉지를 더 주는 이벤트를 하고 있다. 봉지 안에서 당첨 스티커를 발견하면 과자 한 봉지를 더 받을 수 있다. 포장을 뜯는다. 봉지 안을 살핀다. 스티커가 없다. 그 사실을 이해하는 데 전문적인 지식은 필요 없다. 살펴보고 없으면 그만이다. 하지만 그 순간에도 ‘없음’은 확정되지 않는다. 과자를 다 먹어서 봉지 안이 완전히 빌 때까지 기다리거나 아니면 처음부터 봉지 안에 든 것을 다 쏟아부어서 정말로 그 안에 스티커가 없는지 확인해야 한다.

그래도 여전히 ‘없음’은 완전히 확정되지 않는다. 자료의 차원에서는 그렇다. 정말로 없었던 걸까. 원래는 있어야 되는데 실수로 안 들어간 건 아닐까 하는 의심이 뒤따르기 때문이다.

그러므로 가장 확실하게 ‘없음’을 확정하는 방법은 “꽝”이 인쇄되어 있는 스티커를 봉지 안에 넣어두는 것이다. “없음”이 있으면 없음은 쉽게 확정된다. 그렇지 않으면 ‘없음’을 확인하는 일은 ‘있음’을 확인하는 일보다 훨씬 번거로운 작업이 된다.

자료를 수집할 때 부딪히는 가장 곤란한 경우도, 바로 자료가 없다는 사실을 확인하는 일이다. 자료는 정말로 존재하지 않는가, 다만 아직 발견하지 못한 것인가. 언제까지 찾아본 다음 없다고 말하면 상사가 더 찾아보라는 말을 하지 않을 것인가. 그러다 다른 데서 그 자료가 나타나버리면 어떻게 할 것인가.

심동완은 그 일을 외계생명체를 찾는 일에 비유하곤 했다. 인간이 외계생명체를 찾기 시작한 지 벌써 수백 년이 지났지만 아직 이렇다 할 증거는 발견된 적이 없다. 하지만 그렇다고 지구 밖에 생명체가 존재하지 않는다고 단언할 수는 없다. 그 누구도 충분히 찾아봤다는 말을 할 수가 없기 때문이다.

"그러니까 논쟁 같은 거 할 때 뭔가가 없다는 입장을 취하는 쪽이 바보죠. 있다는 걸 입증하는 쪽이 더 쉬워요. 하나라도 나오면 있는 거니까 아무거나 하나만 알아내면 되잖아요. 할 수 있든 없든 일단 일 자체가 간단하니까. 귀찮으면 안 해도 되고. 그런데 없다는 걸 입증하려면, 힘들어요. 일 자체가 단순하지가 않아서. 아시겠어요? 그러니까 누가 시간을 20시간쯤 들여서 찾아봤는데 아무것도 안 나오더라 그러면 그냥 없는 줄 알고 넘어가세요 좀."

언젠가 그가 한 말이 떠올랐다. "없음이 너무 일찍 나타남"이라는 메시지는 바로 그 맥락에서 나온 말이 분명했다.

그는 맞춤 진입로를 검색한 사실을 숨기기 위해 다른 다섯 가지의 주제를 더 검색해 들어갈 예정이라고 했다. 필요한 분량의 다섯 배나 되는 쓸모없는 일을 더 한 셈이다. 그런데 그 와중에, 디코이로 검색해 들어간 어떤 자료 더미에서 이상한 표지를 발견한 것이다. 바로 '없음'이라는 표지를.

내부조사 과정에서 종종 겪는 일이지만, '없음'이 지나치게 작위적으로 느껴질 만큼 일찍 발견된다는 것은 곧 그곳에야말로 반드시 무언가가 있는 게 틀림없다는 말과 같았다. '없음'은 자연 발생하지 않는다. 가끔은 그런 경우도 있지만 아닌 경우가 훨씬 많다. '없음'이 존재하려면 '없음'을 만드는 누군가가 있어야 한다. 우리는 그 존재를 시바라고 불렀다. 그리고 시바를 발견한 순간 드디어 범인의 흔적을 찾아냈다고 선언하곤 했다. 그러니까 심동완은 꽤나 결정적인 단서를 전해준 셈이었다.

그런데 나는 심동완이 어떤 디코이 자료를 검색했는지 알 수가 없었다. 말해준 적이 없기 때문이다. 어디를 파고들어가야 없다는 표지가 나타날까.

심동은 해줄 말은 다 해줬다고 생각한 거야. 주제를 따로 알려줄 필요가 없었다는 거지. 그렇다면 주제는 그거야. 평소에 그런 이야기를 할 때면 늘 예로 들던 주제. 외계생명체 탐사.

그러자 다른 많은 생각들이 연이어 떠올랐다. 송영의 오찬장, 초기 화성 탐사로봇을 그린 그림, 첫숨 온건주의자들의 생명파 사상, 초기 화성 정착민들의 생명체 탐사, 그리고 반지업의 개인 서재 바로 위에 있던 3분의 1 네이티브들의 작은 성역.

불안에 휩싸인 도심을 지나 나무처럼 고고하게 서 있는 내 서류상 근무지로 갔다. 비서실은 예상대로 분주했다. 그래도 내 출입증의 위력은 아직도 유효했다. 나는 분주한 사무실 한 구석에 놓인 의자에 삐딱하게 걸터앉아 한가한 자세로 자료를 긁어모았다. 열두 개의 주제들에 관한 자료를. 물론 그중 열한 개는 디코이였다. 관심은 없지만 괜히 찾아보는 자료 더미라는 뜻이었다.

그러다 중간중간 화성생명체탐사 관련 자료들을 검색했다. 기본적인 소개 글들이 등장한 다음, 중요한 키워드 몇 개가 떠올랐다. 그 키워드 다음에는 다른 키워드가, 그다음에는 또 다른 키워드가 나왔다. 디코이가 워낙 많다 보니 거의 한나절을 다 잡아먹을 정도로 방대한 일이었다. 하지만 나는 곧 심동완의 말을 확인할 수 있었다. 겨우 네 시간 만에 '없음'을 발견한 것이다. 소요 시간을 열두 배로 늘려놓은 작업환경에서 걸린 네 시간. 환산하면 겨우 20분 만에 마주친 시바였다.

이미 없다고 나와 있는 상황이니, 없는 자료를 더 캐 들어갈 필요는 없었다. 대신 다른 키워드를 사용해 동일한 주제를 다른 경로로 접근해 들어갔다. 그러자 더 많은 '없음'이 나타났다. "아직까지 발견된 증거는 없다" "연구가 계속되고 있지만 추가적인 성과를 기대하기는 힘들다" "가능성이 희박하다" "다른 연구 분야에 투자하는 것이 더 현실적이다" 같은 말들.

나는 장목은이 나타나기 전에 모든 검색을 마치고 멍하니 비서실 안쪽을 바라보았다. 그리고 그 안에 어울려서 일을 하는 상상을 했다. 그 방은, 그 조직은, 이름처럼 평범한 비서실이 아니었다. 단순히 경비실을 대신하는 공간도 아니었다. 그곳은 지구 주위에 머물고 있는 그 많은 우주정착지 전체를 통틀어 가장 영향력 있는 인물인 송영의 보좌기관이었다. 그래서 규모도 꽤 크고, 분위기도 비서실보다는 사무실이나 상황실이라는 이름이 더 잘 어울릴 것 같은 느낌이었다. 물론 우주에는 그보다 더 크고 근사하고 발 빠른 조직이 많이 있겠지만, 이곳 또한 다른 어떤 기관에 못지않은 매력을 지니고 있었다. 주인이 좀 괴팍하기는 하지만.

그래도 여기에 들어올 수는 없을 거야. 내가 요즘 하는 일이라고는 전부 이 집안 뒤통수치는 일밖에 없잖아. 물론 송영이라면 또 모르긴 해. 이거라도 잘하면 경력으로 쳐줄지도 모르지. 그런 쪽으로도 충분히 괴팍한 인간이니까.

그러자 마치 대답이라도 하듯 송영의 얼굴이 비서실 곳곳에 나타났다. 사무실 안에 있던 화면들이 전부 송영의 시의회 연설 실황을 비추고 있었던 것이다. 나는 그 화면을 뚫어져라 쳐다보고 있는 사람들의 얼굴을 흘끗 돌아보며 생각했다.

저 연설문도 사실은 여기 있는 누군가가 작성한 걸까?

그렇지 않다는 사실을 알아내는 데는 그리 긴 시간이 필요하지 않았다. 연설 내내 송영은 거의 아무것도 들여다보지 않는 듯했다. 그보다 일단 말투나 내용이 평소 송영 본인이 하던 말과 너무나 자연스럽게 맞아떨어졌다. 연설이라기보다는 토론에 가까운 발언이었다.

"어쨌거나, 존경하는 의원 여러분, 우리는 이틀 동안 이 긴급 사태에 대해 토론해왔습니다. 우리는 왜 긴급 사태인데 토론을 하고 있었던 걸까요? 대응 매뉴얼이 없어서인가요? 아닙니다. 매뉴얼은 있습니다. 읽어보신 분이 있으신지 모르겠지만 아주 끔찍하게 길고 시시콜콜한 것까지 다 정해져 있는 매뉴얼이 있습니다. 아직 존재하지 않는 위협에 대한 대응책도 있지요. 솔직히 무슨 생각으로 이걸 만들었는지 모르겠지만, 이걸 추진한 게 돌아가신 제 부군이었다는 점을 생각하면 이해는 안 돼도 설명은 되더군요. 저희 집에 와보신 분은 아실 겁니다. 궁금함을 참지 못해서 마침내 '이건 왜 하필 여기 붙어 있나요?' 하고 따지듯 물으신 분도 있지요? 기억하고 있습니다. 우리 정착지가 다 그런 식으로 생겨먹었다는 사실은 외부인들에게는 비밀이지만 여기 계신 분들은 다 아시리라 믿습니다.

그런데 지난 이틀간 우리는 왜 토론을 하고 있었던 걸까요? 대응 지침을 읽을 줄 몰라서요? 솔직히 몇몇 분들은 그런 것 같기도 하지만, 대부분은 아닐 거라고 믿습니다. 지금 이 토론이 진행되고 있는 건 확전에 대한 두려움 때문입니다. 우리 매뉴얼이 염두에 두고 있는 바도 그거지요. 그 긴 책자를 두 자로 요약하면 아마 '확전'이 될 겁니다. 그 점을 분명히 밝혀두고 싶네요. 어차피 이틀간 여기서 한 토론의 절반 정도는 매뉴얼을 적용할 것인가 말 것인가에 대한 논쟁 아니었겠어요? 그런데 그 논쟁을 하는 여러 의원님이나 전문가 들 대부분이 중요한 사실 한 가지를 놓치고 있더군요. 아마 알면서 피하고 있었을 겁니다. 몰라서 언급을 안 한 게 아니죠. 그런데 유감스럽게도 저는 이런 연극 같은 토론은 영 맞지가 않네요. 그래서 콕 집어서 지적하고 싶어요. 지금 우리가 토론해야 할 주제는 확전이라고요.

여러분이 두려워하는 게 뭔지 알고 있습니다. 궤도연합에서 보낸 건 미확인비행체일 뿐이고 확정된 무기가 아니지요. 우리 매뉴얼은 그런 미확인물체를 무력 도발로 간주하고 대응하게 돼 있고요. 즉, 이 상황에 우리 매뉴얼을 적용하면, 그 순간 저쪽 정책결정자들은 별 고민 없이 무력 대응을 할 수 있게 된다는 점 아니겠어요. 게다가 그 미확인물체가 수송이나 연구용도로 밝혀진다면 더 말할 여지도 없고 말이에요.

그래서 여러분이 원하시는 게 뭔가요? 책임을 지지 않고 적당한 수준의 대응을 하는 것 아닌가요? 확전을 결정하는 투표에서 찬성표를 던진 인간으로 어딘가에 기록되기가 싫은 거겠죠? 한심하다는 생각밖에는 들지 않네요. 정말로 확전을 원하지 않는 건가요? 그렇지도 않은 것으로 알고 있어요. 다만 저쪽에서 먼저 확실한 빌미를 제공할 때까지 먼저 확실한 의사표시를 하지 않으려는 것뿐이라고 생각해요. 그런 와중에, 오늘 아침에 나온 매뉴얼 변경 논의 같은 건 그야말로 무책임한 태도라고 지적할 수밖에 없네요. 그걸 고칠 때까지 아무 대응도 안 하겠다고요? 이 상황에서 입장이 없는 게 정말로 입장이 될 수 있다고 믿으시나요?

존경하는 의원님들, 아니라고 주장하실 건 다 알고 있습니다. 이 논의를 확전이냐 아니냐 하는 구도로 몰고 가지 말라고 하시겠지요. 그래도 이제 여러분에게는 선택의 여지가 없습니다. 제가 이 자리에서 제 이름을 걸고 매뉴얼을 적용할 것을 주장할 거거든요. 그 행위가 확전으로 이어질 수 있다는 사실을 분명히 인지한 채로 말이죠.

자, 이래도 이슈를 다른 식으로 끌고 갈 수 있으시겠습니까? 지난 이틀간 해온 더 낮은 단계의 대응책을 찾아보려는 소모적인 논쟁을 지금도 계속 이어갈 수 있을까요? 아마 그럴 수 없을 겁니다. 지지자들과 이 회의를 지켜보고 있을 우리의 친애하는 동맹들께서 먼저 제 입장에 반응할 거거든요. 찬성하든 반대하든 말이죠. 그런데 지금 여러분들의 입장을 가지고는 아마 그 목소리들을 무마시킬 수가 없을 겁니다. 왠지 아세요? 결과에 대해 스스로 책임을 지겠다고 선언하고 발언한 사람은 아직 저밖에 없으니까요.

그러니 존경하는 의장님, 동료 의원님들, 시민 여러분, 그리고 존경하는 참관인 여러분, 이름과 책임을 내건 사람의 권한으로 의제를 바꾸겠습니다. 확전을 유도하는 게 확실한 매뉴얼을 적용할 것이냐 말 것이냐. 지금 우리가 결정할 수 있는 건 이것뿐입니다. 지체할 시간 여유도 별로 없으니 말이죠. 그래서 말인데, 촉진 룰로 진행하도록 하겠습니다. 공수를 정하지요. 제가 먼저 움직이겠습니다. 충분히 강력하게 반대하지 않으시면 제 의견대로 결정되도록 하겠다는 뜻입니다.

제 입장은 이미 짐작하시겠지요? 어느 천체의 어느 바보가 뭐라고 받아쓰든 상관없이 저는 이렇게 말하겠습니다.

확전을 주장합니다."

34. 결정

"위기 상황이라고는 하는데 사실 정확히 어떤 상황인지는 구체적으로 그려보기가 힘든 것 같아요. 그렇지 않나요? 조사관님은 그 미확인비행체가 정확히 어떤 궤도로 어디를 향해 날아가고 있다는 건지 감이 오세요?"

나모린이 물었다. 느긋하고 한가한 목소리였다. 다음 날 아침, 아직 불이 켜지지 않은 3구역 공연장 객석에서였다.

전날 밤, 늦은 저녁 식사가 끝나가던 무렵에 나모린이 먼저 연락을 해왔다. 오전 연습이 시작되기 전에 한묵희를 만나 본격적인 이야기를 나누고 싶다는 내용이었다. 그 말을 전하자 한묵희도 그 편이 낫겠다고 대답했다. 사실 어차피 더는 미룰 시간이 없는 게 사실이기도 했다.

나는 고개를 저으며 나모린의 말에 대답했다.

"아니요, 전혀. 설명을 봐도 도통 모르겠더군요."

"세계의 모습이 우리 직관으로 파악할 수 있는 상태를 넘어섰으니까요. 안보 위협만 그런 게 아니라 일상적인 삶의 공간 자체가 그렇게 생겼으니까. 이런 콜로니만 해도 그래요. 위가 아래고 아래가 위고, 그나마도 영원할 수 없는 상식이고. 완전히 바보가 된다니까요, 가끔 다른 콜로니로 출장만 가도."

멀리서 한묵희가 통화를 마치고 돌아오는 모습이 보였다.

객석 사이 통로를 걸어오는 한묵희의 표정이 결연해 보였다. 누구와 통화를 하고 오는 길인지 알 것도 같았다. 달 중력이 작용하는 곳인데도 내딛는 걸음걸음에서 무게가 느껴졌다. 나는 한묵희가 왼쪽 발목을 살짝 절고 있다고 생각했다.

자리에 앉자마자 한묵희는 10분 전에 하던 말을 이어갔다.

"역시 제일 걸리는 부분은 그거예요. 이 계획, 최소이라는 사람과 관련이 있죠?"

"솔직히, 그래요. 부인하기 어려운 부분이네요."

나모린이 말했다. 그러자 한묵희가 다시 그 틈을 파고들었다.

"그럼 해명할 수 있으신가요?"

"해명이요? 아, 최소이 씨의 사주를 받아서 하는 일이 아니냐는 거죠? 사주까지는 아니라도 결과적으로 우리 전부가 이용당하는 꼴이 되는 게 아니냐는 말씀이신 것 같은데, 어떻게 생각하실지 모르겠지만 우선 제가 최소이 씨한테 조종당할 사람은 아닌 것 같고요, 그렇죠, 조사관님?"

"그 점은 전적으로 동감입니다."

"감사합니다. 최소이 씨는 지금 첫숨에 있지도 않아요. 저쪽 콜로니 사고 이야기 들으셨나요?"

"대강 전해 들었어요."

"그 사고 직후에 첫숨을 떠났어요. 사고와 관련이 있는 건 아니고 일반적인 보안 조치들이 다 강화되는 바람에 여기 남아 있는 게 많이 불편해졌거든요. 앞으로 더 불편해질지도 모르고. 그래서 잠깐 자리를 비운 건데 결과적으로 옳은 선택이었던 것 같아요. 최소이 씨 입장에서는요. 그 뒤로 한동안 저 혼자 진행하긴 했지만 방향은 별로 바뀌지 않았어요. 조종당해서 그렇다기보다는 일 자체가 그렇게 이루어지게 돼 있어서요. 그 자료를 본 이상은, 다른 방법이 없었거든요."

다시 나모린이 내 쪽을 돌아보았다. 나는 고개를 끄덕인 다음 확인하듯 한묵희에게 한마디를 건넸다.

"전에 설명해드린 것처럼 충분히 신빙성이 있습니다."

그러자 나모린이 말을 이었다.

"이게 제 입장이에요. 수상한 경로로 들은 이야기는 맞지만, 출처가 어디건 일단 들은 이상 움직이지 않을 수 없는 이야기였다는 거예요."

무언가 걸리는 게 있었지만 일단은 아무 말도 하지 않았다. 나모린이 한묵희를 설득할 수 있을지, 한묵희가 대의에 공감할 수 있을지, 그 판단을 듣는 것이 더 중요한 시점이었다.

대신 다른 것을 물었다.

"증거만 찾아오면 이 긴장 상황을 완화시킬 수가 있는 겁니까? 저절로 그렇게 될 거라는 답이 아니라 나 변호사님께 어떤 구체적인 계획이 있는지를 묻는 겁니다. 그 증거를 활용할 계획에 대해서요."

"물론이죠. 최소이 씨가 저를 찾아온 이유가 있지 않겠어요? 확실히 이슈화해서 조사단 파견으로 이어지게 할 수 있어요. 그리고 이건 지금 일어나고 있는 분쟁에 관한 것만은 아니에요. 실제로 비밀 무기가 있는 거면, 문제가 진짜로 심각해지거든요. 만약 그런 거라면,"

"무슨 수를 써서든 막아야겠죠."

한묵희가 끼어들었다. 그러자 나모린이 그 말을 반복하며 자기 말을 맺었다.

"무슨 수를 써서든 막아야죠."

나는 객석에 나란히 앉은 두 사람의 얼굴을 바라보았다. 결정은 이미 내려진 모양이었다. 하지만 잠시 후 나모린이 다시 한 번 한묵희에게 물었다. 확실히 하기 위해서였다.

"결정하셨나요?"

"네, 할게요."

"요즘 분위기에 떠밀려서 결정하시는 거라면, 사실 아직 그렇게 걱정할 단계는 아니라고 말씀드리고 싶네요. 서로를 향해서 직접 군사적인 위협을 하는 단계도 아니고, 사실 어느 정도의 갈등은 국제 관계에서는 그냥 정상 상태이기도 하고 그래요. 확전 이야기가 나오기는 했지만 그래봐야 상황은 충분히 통제되고 있는 상태일 거고요. 제 감으로는 그런데, 아마 틀린 감은 아닐 거예요."

나모린이 덧붙였다. 그 말을 듣고 한묵희가 잠시 눈을 감고는 조용히 생각에 잠겼다. 우리 두 사람을 의식하지 않고 혼자만의 세계로 빠져들기 위한 방법 같았다. 그리고 2분쯤 후에 다시 눈을 뜨고는 이렇게 말했다.

"지금 벌어지는 사태 자체는 그렇지만, 그다음에 우리가 짐작하고 있는 그 일이 터졌을 때는 상황이 많이 달라지는 거 아닌가요?"

"정확히 그래요."

"그래서 하려고요. 해야 되는 일인 것 같아요. 누가 시킨 게 아니었더라도."

"좋아요. 고마워요. 신중하게 생각하고 함께하기로 해주셔서. 자, 그럼 구체적으로 뭘 부탁드릴지 이야기해볼까요. 이미 대강은 짐작하시겠지만……"

두 사람의 대화가 이어지는 동안 나는 아무 말도 하지 않았다. 다만 두 사람의 표정과 말투, 몸짓 같은 것을 눈여겨보았을 뿐이었다.

문득 어색한 생각이 들어 자리에서 일어나 멀찍이 뒤로 물러나 앉았다. 그러자 나모린이 눈짓으로 고맙다는 인사를 건넸다.

객석은 아직 어두웠다. 소곤거리는 소리가 잘 어울리는 장소였다. 이제부터는 저 두 사람의 몫이었다. 무대 위에 서는 건

저 둘이었다. 내가 할 일은 주로 한묵희의 입장에서 일이 제대로 돌아갈지 살피는 일이다. 너무 조심스러울 필요도 없고, 너무 꼼꼼할 필요도 없는 일이었다. 나머지는 저 두 사람이 다 잘 알아서 할 것이다. 뭔가를 이루어내는 것에 관해서라면 세상 누구 못지않게 유능한 사람들일 테니까.

그런데 무언가가 자꾸 걸렸다. 심동완이 넘겨준 단서 때문이었다. '없음'이라는 표지로 가득한 길. 어떤 정보에 접근해가는 경로. 외계생명체. 전에도 몇 번 관심 있게 본 적 있는, 첫숨에 외계인이 살고 있다는 소문에 관한 연구들.

하지만 최소이가 나모린에게 넘긴 자료 쪽이 훨씬 중요한 것은 사실이었다. 나는 지난밤 그 자료 속에서 발견한 것들을 떠올렸다. 뒤바뀐 화물, 목성으로 가기로 되어 있었으나 지구 쪽으로 온 어느 컨테이너. 화물이 바뀌었는데도 목성 쪽 수신자는 아무런 이의를 제기하지 않았다. 그렇게 될 것을 이미 알고 있었다는 뜻이었다. 지구 쪽으로 온 문제의 화물은 검색 면책 대상에 포함되는 무역로를 통해 반인석이 실질적으로 지배하고 있는 복잡한 유통망으로 흘러들어갔다. 자료집 편찬자는 그 경로를 규명하는 데에 전체 책자의 반 이상이나 되는 분량을 할애하고 있었다. 눈에 익는 데만 해도 몇 시간이 걸리는 자료들이었다. 거의 숫자로 된 우주라고 봐도 좋을 정도였다.

그리고 그날 아침, 나는 결국 결론에 이르지 못한 채로 집을 나섰다. 거의 밤을 새우다시피 했지만, 집을 나서기 직전까지도 나는 그 자료를 끝까지 완벽히 파악하지 못한 상태였다. 그래서 나모린이 나를 보자마자 일단 자료부터 돌려주는 게 안전하지 않겠냐고 했을 때 나는 이런 궁색한 말을 늘어놓아야 했다.

"숙제가 너무 빡빡하던데요. 시간이 약간 더 필요할 것 같은데, 조금만 더 갖고 있어도 되겠습니까?"

"그런가요? 의외네요. 시간을 충분히 드렸다고 생각했는데."

"그렇습니까? 제가 감이 떨어진 건지도 모르겠네요."

"그럴 리가요. 그래도 대강 흐름은 파악하셨죠?"

"예, 제가 파악한 데까지만 해도 충분히 타당한 근거라고 한묵희 씨에게도 말씀드렸습니다."

그런 생각을 하는 사이 두 사람의 대화가 끝났다. 나모린이 먼저 자리에서 일어나자 한묵희가 고개를 숙여 인사를 건넸다.

"어떻습니까, 계획은? 무리다 싶은 부분은 없었습니까?"

나모린이 공연장을 나가는 모습을 확인하자마자 한묵희에게 다가가 넌지시 물었다.

"반쯤 조율이 돼 있던 거니까요. 그 작은 비행기를 전달받을 방법이랑 작동법 같은 걸 들었어요."

"침투시킬 위치도요?"

"그럼요."

세세한 부분까지 직접 듣지는 못했어도 나는 두 사람의 계획을 대강 짐작할 수 있었다. 침투 위치며, 거기까지 이르는 방법, 이후에 초소형비행체가 날아갈 경로까지. 실패할 것 같지도, 위험해 보이지도 않는 안정적인 계획이었다. 그러니까 나는 나모린의 계획을 한묵희에게 물은 게 아니라, 전날 밤 내가 한묵희에게 설명해준 경로가 실제로 나모린이 계획한 경로와 일치하는지를 물은 셈이었다.

한묵희가 대답했다.

"예상하신 대로예요. 그러니까 경로 문제는 크게 걱정하실 필요 없을 것 같아요. 고마워요."

내가 미소로 화답하자 한묵희도 곧장 무대 뒤로 사라졌다. 나는 텅 빈 객석에 앉아 생각을 정리했다.

별 탈 없이 진행될 거야. 변수가 개입될 여지가 많지 않으니까. 그런데 뭔가 석연치가 않아. 너무 예상대로 딱딱 흘러가는 느낌. 그게 흠이라면 흠인데, 그래도 일이 잘 진행되고 있다는 건 어쨌거나 좋은 신호이기는 하니까.

그리고 심동완이 남긴 말 중 첫번째 문장을 떠올렸다. "디코이를 만들다가 발견했음. 우리가 찾던 게 누군가의 디코이였음." 그 말이 내내 마음에 걸렸다. 물론 심동완은 최소이가 건네준 증거를 본 적이 없었으니 하는 말이었겠지만, 그래도 그런 말을 굳이 전하려 한 것을 보면 뭔가 이상한 흔적을 발견하긴 했을 것이다. 그게 뭘까. 혹시 이 일을 전부 뒤집을 만큼 결정적인 정보는 아닐까.

집으로 돌아가 다시 자료를 펼쳤다. 자료가 하는 말을 끝까지 들어보기 위해서였다.

35. 지우개 묵시록

자료는 이런 말을 하고 있었다.

"복잡해 보이지만 사실 그렇게 절망적이지는 않잖아요. 답이 있다는 사실 하나만큼은 분명하니까요. 겨우 이만큼만 찾으면 답이 나온다고요. 이만큼만."

금방 시간이 오후로 접어들었다. 점심을 걸렀고, 물 한 잔도 마시지 않았다. 하지만 문득 정신을 차려보면 그때마다 한 시간 이상이 흘러 있었다.

시간이 흐르고 있다는 사실을 잊지 않기 위해 뉴스를 켰다. 그리고 자료 속의 화물을 추적해 들어갔다. 거리상 첫숨 쪽으로 점점 가까워지는 경로부터 찾아 헤맸으나 화물은 아무래도 그 방향으로 날아오지 않은 모양이었다. 물류가 가장 많이 거쳐 가는 지점을 찾아봐도 마찬가지였다. 그 물건은 예상했던 것보다 훨씬 복잡한 경로로 첫숨 주위를 맴돌았다. 반인석의 계열사로 흘러가는 듯하다가 어느 날 갑자기 다른 회사 창고에서 나타나기도 했다. 그 창고에서 한참을 머물다 중간 과정 없이 다른 창고에서 발견되기도 했다. 그러고는 다시 반인석의 손에 들어갔다가 그길로 달을 향해 날아가기도 했다.

활자는 또 왜 이렇게 작은 거야? 사람이 보라고 만든 게 아니야, 역시.

배경음악처럼 틀어놓은 뉴스에서 무슨 소리인가가 들려오고 있었다. 정신을 집중하고 있지 않은 탓에 그게 무슨 의미인지 깨닫는 데 꽤 많은 시간이 걸렸지만, 아마도 수십 번은 반복되었을 그 말에 결국은 나도 고개를 들 수밖에 없었다.

"다시 한 번 전해드립니다. 지구궤도연합에서 우리 무역로를 향해 보낸 미확인비행체가 오늘 아침 무역로에 접근하던 도중 조난을 당했다고 외신들이 보도했습니다. 우리 시정부에서는 동맹 천체뿐만 아니라 중립 천체 등을 포함해서 가능한 모든 채널을 총동원해 사실 여부를 확인하고 있는 것으로 알려졌습니다. 궤도를 추적하고 있던 민간 연구 기관들의 비공식 발표에 따르면 해당 비행체는 당초 궤도를 이탈해 제3의 방향으로 날아가고 있는 것으로 보이며, 명시적으로 확인할 수 있는 징후는 없었지만 궤도 이탈 직전에 폭발이 있었을 가능성이 낮지 않다, 확언할 수 있는 단계는 아니지만 상당히 높은 확률로 폭발 사고가 있었을 가능성이 있다는 것으로 전해지고 있습니다. 그러나 이 비공식 발표에 대해서는 아직 논란의 여지가 있는 것으로 파악되고 있습니다. 자세한 소식은 잠시 후에 이어서 전해드리겠습니다."

나는 고개를 든 채로 멍하니 광고 화면을 바라보았다. 저 일은 도대체 어떻게 돌아가고 있는 걸까.

뉴스 대신 이내 광고가 흘러나왔으므로 나는 다시 자료 속으로 파고들었다. 내 화물을 먼저 추적해야 했다. 그렇게 복잡한 경로로 날아온 화물이라면 평범한 돌멩이 하나였어도 운송비가 어마어마하게 붙었을 게 틀림없었다. 도대체 몇 번이나 가속을 하고 몇 번이나 감속을 한 걸까. 그보다 이놈의 편찬자는 왜 정작 보여주려는 숫자는 구석에 처박아놓고 안 중요해 보이는 것들로 챕터 앞쪽을 채운 거지? 겨우 챕터 구별이 어떻게 돼 있는지 알아냈다 싶었더니만, 그래봐야 도움 될 건 하나도 없고 말이야.

시간이 얼마나 흘렀을까. 또다시 뉴스에서 이상한 말이 흘러나왔다. 시 정부 관리의 공식 브리핑인 모양이었다.

"그렇습니다. 해당 천체는 궤도를 이탈하면서 기체 자세 유지 등 비행에 필요한 필수적인 통제 능력을 상당 부분 상실한 것으로 추정되고 있습니다. 예? 예, 쉽게 말하면 돌고 있다는 뜻입니다."

나는 자료에서 눈을 떼지 않은 채로 그 말에 잠시 귀를 기울였다. 돌고 있다는 건 무슨 의미일까. 돌멩이처럼 구르고 있다는 뜻일까. 스스로 자세를 바로잡지 못하는 상태로. 첫숨 역시 돌고 있기는 마찬가지였지만 그것은 계획된 회전이었다. 꼭 그럴 필요가 없는데도 자전축이 물리적으로 표현되어 있었고 실제 자전 운동도 정확히 그 선을 따라 이루어지고 있었다. 만약 그 자전축이 요동치는 운동이라면, 이 안에서는 무슨 일이 일어나게 될까.

그리고 그 순간 자료가 막다른 길에 다다랐다. 미로 같은 길이라 몇 번이나 왔던 길을 되짚어보았으나 길을 헤매는 게 아니라 막다른 길에 이른 게 확실했다. 그렇게 한 시간 정도를 더 뒤지다가 마침내 절대 마주하고 싶지 않던 결론에 이르렀다.

이 화물이 최종적으로 어디로 갔는지를 설명해주는 자료는 여기에 없어.

그 대신 함께 있던 화물들의 행방을 추적했다. 확실한 증거는 될 수 없어도 정황 증거 정도는 될 수 있을 만한 자료였다. 물론 머릿속에 떠오르는 궁금증은 어쩔 수가 없었다.

왜 나모린은 이 자료가 분명히 그 위험한 화물의 행방을 설명해준다고 한 거지? 나모린쯤 되는 변호사가 이 정도 자료를 가지고 그런 확신을 가졌을 리가 없는데.

다시 자료의 목소리에 귀를 기울였다. 약 두 시간 뒤에야 나는 이런 대화를 완성할 수 있었다.

"같이 있던 화물들은 어디로 갔지?"

자료가 대답했다.

"정확히는 모르지만, 바로 근처에 있던 물건들을 확인해보죠. 아, 다행히 몇 개는 추적할 수 있겠네요. 완전하지는 않지만 기억이 남아 있는 게 더러 있네요. 음, 그런데 이건 좀 이상하네요. 틀릴 리가 없는데."

“왜?”

“아무래도 이건, 그쪽으로 간 것 같아요.”

“어디로?”

“첫숨.”

맞숨이 아니었다. 그 화물들은 분명 첫숨으로 향하고 있었다.

나는 자리에서 일어나 소파로 옮겨 앉았다. 그리고 천장을 바라보았다. 나모린이 한 말을 되짚어보았다. 나모린은 분명 그렇게 말했다. 2년 전쯤에 수상한 화물 하나가 밀봉된 채로 맞숨으로 흘러들어갔다고. 그리고 그 말을 입증하기 위한 자료를 나에게 건네주었다. 그러니 분명 책상 위에 놓인 그 자료는 맞숨으로 향하는 수상한 화물의 행적에 관한 자료일 것이다.

나는 비로소 그날 오전에 나모린이 한 말이 무슨 의미인지 알 것 같았다.

“그런가요? 의외네요. 시간을 충분히 드렸다고 생각했는데.”

그래, 나만 유독 오래 걸렸을 리가 없지. 내가 특별히 더 바보도 아니고.

나모린에게는 그 자료를 해독하는 일이 나만큼 어렵지 않았을 것이다. 왜냐하면 나와는 완전히 다른 화물을 추적해 들어갔을 테니까. 그리고 그 자료는 나모린이 추적한 그 화물의 행방을 중심으로 편집되어 있을 것이다. 알기 쉽게, 처음부터 끝까지 빠진 부분이라고는 하나도 없이.

그와는 달리 내가 추적한 화물의 행적은 곳곳에 빈틈이 있는 불완전한 것이었다. 적어도 그 자료 책자 안에서는 그랬다. 그래서 시간이 훨씬 오래 걸린 것이다. 그 자료집 속 우주에서 내가 추적한 화물은 주인공이 아니었으니까. 그 우주는 그 화물을 중심으로 재구성된 우주가 아니었으니까.

게다가 내 눈에 들어오는 모든 정보에는 언제나 날개 달린 남자가 끼어 있었다. 내 안에 있는 오류 가능성. 그래서 나는 남들보다 더 꼼꼼해야 했다. 의견을 나눌 사람이 없는 곳에서는 더 그랬다. 그럼에도 마침내 나는 이런 결론에 도달할 수 있었다.

누군가 고의로 시선을 끈 거야. 맞숨 쪽으로 관심을 돌리려고. 그러니까 나모린은 그 함정에 걸려든 거야. 관심을 가진 것까지는 좋지만, 이대로라면 그 누군가가 보여주려고 미리 준비해둔 것만 보고 나오게 돼. 내가 맞숨에 가서 보고 온 광경처럼 말이지.

공모자들에게 그 사실을 알리고 싶었으나 그럴 수가 없었다. 한묵희는 한창 연습 중일 시간이었다. 그렇지 않더라도 사실 확인도 하지 않은 채 한묵희에게 먼저 알릴 일은 아니었다.

반면, 나모린의 행방은 비교적 쉽게 알아낼 수 있었다. 생방송 뉴스에 나모린의 모습이 비쳤기 때문이다. 조금 전에 소집된 시 집행위원회 임시 회의를 참관하기 위해 시청사로 향하는 사람들 사이에서였다.

다시 책상으로 돌아가 송영의 비서실에서 모아온 문건들을 불러냈다. 확인하고 싶은 것이 있었으나 자료가 충분하지 않았다.

나는 최소이의 자료를 가방에 챙겨 들고 그길로 곧장 송영의 비서실로 향했다. 그리고 늘 앉곤 했던 책상으로 가서 그동안은 역추적당할 게 신경 쓰여서 일부러라도 들여다보지 않던 자료를 검색해 들어갔다. 맞숨에 있다는 비밀 무기에 관한 자료였다. 정확히는 그런 비밀 무기가 숨겨져 있다는 소문에 관한 문건들이었다.

초저녁부터 시작해서 밤늦게까지 계속되는 기나긴 작업이었다. 언뜻 방대해 보이는 규모였지만 실제로는 얼마 안 되는 문건을 복사하다시피 해서 재생산한 문건들이 대다수여서 자료의 양 자체가 많지 않았다. 또한 그나마도 대부분 근거가 희박한 낭설들이었다. 더러는 첫숨 밖에서 생산된 자료들에 대한 연구도 발견됐지만 모두 정황 증거에 근거한 추측이라는 결론에 이르고 있을 뿐, 결정적인 증거를 제시한 문건을 발견했다는 말은 어디에도 없었다.

그런데 그때였다. 이상한 단어 하나가 눈에 들어왔다. '지우개 묵시록'이라는 말이었다. 그것은 오자가 분명했다. 행성 개조 기술을 연구하다가 우연히 발견된 대기오염 병기의 별명인

'지옥의 묵시록'을 잘못 표기한 것이었다. 음모론자들의 주장에 따르면, 화성인들이 맞숨에서 바로 그 대량 살상 무기를 실용화하기 위한 연구를 진행하고 있다는 것이었다.

그 주장은 물론 근거가 희박했다. 단지 화성과 맞숨을 원초적인 수준에서 연결시켰을 뿐이었다. 또한 창의성 같은 것과도 거리가 멀어서, 지옥의 묵시록 하나만을 콕 집어서 언급하는 문건도 거의 없었다. 화성인들이 맞숨에서 개발하고 있을 것으로 추정되는 여러 가지 무기들을 '총정리'할 때 그중 하나로 다뤄지고 있을 뿐이었다. 그런데도 이 가상의 무기가 특히 중요한 것은 '지옥의 묵시록'이 아닌 '지우개 묵시록'이라는 틀린 표현이 다른 문건에서 또다시 발견되었기 때문이었다.

첫숨에 온 이후 처음으로, 지구에서 쓰던 분석 도구에 접속했다. 기본적인 도구여서 그런 사무실이라면 어디서나 쉽게 접근할 수 있는 것이었지만, 내가 그 도구를 사용한 것은 거의 1년 만에 처음이었다. 그리고 '지우개 묵시록'이라는 말을 그 분석 도구에 입력했다. 말을 제물로 받은 분석 도구는 지체 없이 결과를 쏟아냈다. 그 말이 포함된 문건들에 관한 대략의 정보가 화면 가득 펼쳐졌다. 그 분석 도구는 말을 생명체처럼 취급했다. 의미는 전혀 신경 쓰지 않고, 인간이 거주하는 영역 전체를 대상으로, 어떤 말이 언제 탄생해서 언제 얼마나 번성했으며 어떤 생애 주기를 거쳐 진화하고 소멸하고 다른 말과 합쳐졌는지를 보여주는 도구였다.

나는 설정 몇 가지를 조정해서 그 문건들의 전파 경로를 추적했다. 누가 누구의 글을 베꼈고, 그 글은 또 어떤 경로를 통해 누구에게로 퍼져나갔는지가 서서히 머릿속에 그려졌다. 당연하게도 내 눈은 그 표현을 맨 처음 사용한 사람에게로 옮겨졌다. 그리고 그 말이 널리 퍼지는 데에 관여한 주요 공헌자들에 대해서도 주의를 기울였다. 그리고 어렵지 않게 한 가지 사실을 알게 되었다.

다 같은 사람이야. 한 사람이건 팀이건, 한군데에서 만들어져서 그 사람 손에서 인위적으로 배양되고 퍼져나갔어. 이건 고의로 유포된 소문이야. 심동완이 한 말이 그 말이었군. 우리가 찾던 게 누군가의 디코이였다는 말.

마지막으로 그 사람이 누구인지를 확인했다. 그 팀의 현재 위치가 화면 한구석에 나타났다. 내가 앉아 있던 바로 그 사무실이었다.

36. 가면

늦은 밤이었는데도 도심은 여전히 술렁이고 있었다. 하지만 전날과는 전혀 다른 분위기였다. 조금 전에 있었던 송영의 기자회견 때문이었다.

"왜 나 같은 늙은이가 이런 자리에 서 있어야 하는지 모르겠군요. 하지만 질문에는 대답하겠어요. 좀더 젊고 똑똑한 늙은이들이 해주기를 기대했지만 아직 그런 늙은이는 없는 것 같으니까요. 들으신 바와 같이 조난 사고가 있었고, 지구궤도연합에서 출발한 미확인비행체에서 원인을 알 수 없는 폭발이 일어난 것으로 파악하고 있어요. 그리고 그 소식이 전해지자마자, 그러니까 지금으로부터 대략 일곱 시간 전에 우리 동맹측 우주선 두 대가 그쪽으로 날아갔어요."

"무장한 우주선입니까? 그쪽으로는 왜 날아갔습니까?"

"그건 저도 잘 모르겠어요. 무장을 했는지 안 했는지는 밝힐 수가 없다는군요. 아무튼 보유한 우주선 중에서 제일 빠른 게 날아갔다는 말밖에 못 해주겠다니까, 나머지는 상상에 맡겨야 하지 않겠어요. 군용이 빠른지 민간용이 빠른지."

"파견한 목적은 뭡니까?"

그러자 송영은 대답 대신 질문한 기자의 얼굴을 빤히 쳐다보았다. 그리고 잠시 뜸을 들인 후 목소리를 가다듬고 천천히 말했다.

“저녁 회의 내내 들은 질문이네요. 모두가 비슷하게 생각하시나 보죠. 제 말 똑똑히 들어주세요. 유권자 여러분, 첫숨은 여러분의 것이 아니에요. 첫숨 시 집행위원회는 납세자나 유권자의 권익을 보호하기 위해 있는 기구가 아니라는 점을 명심해주셨으면 해요. 무슨 말씀인지 아시겠어요? 이건 첫숨의 보호를 받을 권리가 있는 사람의 범위에 관한 이야기예요. 저 안에 있는 늙은이들은 아직 설득이 안 된 모양이지만 여러분은 설득이 됐으면 하는 마음에서 하는 말이에요. 여러분, 첫숨은 모든 인간의 생명을 보호할 거예요. 여러분이 낸 세금과 여러분이 자의 반 타의 반으로 운영을 맡겨놓은 이 정치기구의 주권은 첫숨 시 정부에 세금을 단 한 푼도 내지 않았을 뿐만 아니라 심지어 신원조차 파악할 수 없는 어떤 인간들의 안전과 존엄을 보장하기 위해 낭비되고 있어요. 앞으로도 그럴 거냐고요? 당연히 그래요. 누군가 위기에 처해 있고 나설 사람이 아무도 없다면 또 언제든 여러분의 세금이 집행될 거예요. 직접 예산을 집행하지 않더라도 방법이 뭐가 됐든 납세자 여러분의 주머니가 가벼워질 건 확실하다고 보시면 됩니다.”

그 말에 다시 누군가가 물었다.

“적이었던 것으로 알고 있는데요, 그렇지 않습니까? 어제 긴급 회의도 궤도연합 측의 무력 도발에 대한 대응 수위에 관한 것이었고, 송 의원님 연설도 강경 대응에 관한 것이었는데요."

"제가 그랬나요? 기억이 안 나네요. 제 나이가 되면 원래 깜빡깜빡해요. 게다가 정치를 하다 보면 더 그렇고요. 하여간 이것만 기억하도록 하죠. 그 미확인비행체 안에 사람이 타고 있었을까요? 저희는 상당히 신뢰할 만한 정보망을 통해 입수한 정보를 검토한 결과 그럴 가능성이 거의 120퍼센트에 가깝다는 판단을 내리고 있어요. 그 비행체의 항행경로가 평균적인 우주선들보다 20퍼센트 더 멍청해 보여서 내린 판단이에요. 그러면 거기에 타고 있던 인간들을 위해서 예산이 집행될까요? 당연하지요. 당연히 집행될 거예요. 그리고 사실 이미 집행이 됐어요. 돈이 그냥 허공에서 사라져버렸답니다. 적은 돈도 아닐 걸요. 나중에 한번 알아보세요."

비서실에 앉아 그 장면을 지켜보다가 나도 모르게 피식 웃음이 새어 나왔다. 주머니 속에 든 출입증의 둥근 모서리가 날카롭게 느껴졌다.

매력적인 사람이야, 역시. 물론 저게 다 가식일 수는 있지만.

곳곳에서 사람들이 이야기를 나누는 모습이 보였다. 원래 알던 사람들 같지는 않았다. 그것 또한 첫숨 특유의 이상한 공동체 문화의 발로였을 것이다. 운명 공동체라기보다는 승객 공동체라고 부르는 게 더 나을 법한 독특한 친밀감. 모두가 세금 이야기를 하고 있지는 않겠지만 그래도 몇몇은 그 이야기를 하고 있을 것이다. 작은 사건은 아니니까.

사람들의 표정은 대체로 밝아 보였다. 송영의 인도주의가 먹혀들어갔다는 의미였다. 어쨌거나 송영이 말한 대로 일이 진행된다면 위신을 잃지 않으면서도 무력 충돌은 피할 수 있을 테니까.

하지만 사람들이 모르는 일이 한 가지 더 있었다. 아직은 보안관계자들에게만 알려져 있는 영상. 그것은 최소이가 보낸 영상이었다.

송영의 비서실은 그 일로 분주했다. 영상의 진위 여부를 확인하는 것에서부터 최소이가 하는 말이 진실일 가능성이 얼마나 되는지 알아내는 일까지. 화면 속에서 최소이가 말했다. 궤도연합 우주선에 잠입해 있던 자신들의 동지 중 하나가 비행 중이던 어느 우주선 안에서 작은 폭발을 일으켰다고. 그러나 그 우주선이 정확히 어느 우주선인지는 자신들도 아직 파악하지 못하고 있다고.

물론 마지막 말은 궤도연합 측이 꺼낸 '미확인비행체' 카드를 비꼬느라 하는 말이었다. 그런데 나에게 중요한 것은 최소이의 화법이 아니었다. 최소이가 단순히 첫숨 보안 당국의 조사를 피해 잠시 첫숨 밖으로 피신해 있는 상태가 아니라는 사실이 훨씬 더 중요했다. 최소이가 아직 활동 중인 첫숨 근본주의 테러리스트라면, 나모린과 함께 공모한 기간이 모두가 의심한 것처럼 전향이 아니라 단지 잠복해 있는 기간에 불과했다면, 나모린과 한묵희의 잠입 작전도 그리 단순하지만은 않은 일이 될지 모른다. 혹은 함정 같은 것이 있을지도 모르는 일이었다. 과정이야 어떻든 결과적으로 최소이와 공모하게 되는 것만은 사실이니까.

나는 비서실을 나와 곧장 나모린이 일하는 회사를 찾아갔다. 그 순간 가장 먼저 대화를 나누어야 할 사람은 나모린일 것 같아서였다.

밖에서 올려다보니 방에 불이 켜져 있었다. 하지만 방 주인은 아직 돌아오지 않은 모양이었다. 어쩌면 아침이 될 때까지 돌아오지 않을지도 모르는 일이었다.

선 채로 잠시 기다리며, 가방을 뒤져 심동완이 가져다준 옛 도면을 들여다보았다. 지금은 반지업의 서재가 되어 있는 옛 공공 도서관 자리에서 화성인들의 성지로 향하는 길 쪽을 살폈다. 길은 하나가 아니었다. 도서관이나 사당 모두가 공적인 공간이었기 때문이다. 당시라면 어떤 식으로든 두 지점 사이를 오갈 수 있는 길이 두세 개쯤 열려 있을 것이라고 상상할 수 있었겠지만 지금은 달랐다. 최근에 그 공간에 가본 사람이 아니라면 누구도 장담할 수 없는 일이 되어버린 것이다.

불빛이 조금 더 환해진 느낌에 다시 위를 올려다보았다. 방

주인이 안으로 들어서는 모습이 보였다. 도면을 가방 안에 챙겨 넣고 곧장 나모린의 사무실이 있는 곳으로 향하려다가 다시 발걸음을 멈췄다. 그리고 가로등 불빛이 닿지 않는 모퉁이 뒤로 서서히 물러났다. 나모린의 뒤를 따라 또 다른 누군가가 방 안으로 들어섰던 것이다. 반지업이었다.

아마도 시청사에서부터 쭉 무슨 이야기인가를 하다가 온 듯 두 사람은 복도에서부터 하던 대화를 방 안에서도 자연스럽게 이어갔다. 그러다 문득 분위기가 이상해졌다. 대화가 줄어들고 바라보는 시간이 길어졌다. 그리고 나모린이 창문 쪽으로 다가섰다. 바깥쪽을 한번 훑어보는 듯했으나 나를 알아볼 수 있을 만큼 자세히 살피지는 않은 모양이었다. 그리고 유리창에 커튼이 쳐졌다.

뭐지?

예상하지 못한 상황이었다.

설마, 저 두 사람이 아직도?

신상우가 찍은 사진이 떠올랐다. 나모린은 무슨 생각을 하고 있는 걸까.

뭐가 됐든 금방 끝날 것 같지는 않은 회합이었다. 결행일까지 이제 하루 반밖에 남지 않은 밤.

일단은 집으로 발걸음을 돌렸다. 시간은 부족하고 숙제는 좀더 많아졌다.

아파트 엘리베이터에서 내려 복도로 들어서는데, 엘리베이터 옆 옥상으로 통하는 계단 중간쯤에 누군가가 웅크리고 앉아 있었다.

"묵희 씨, 왜 여기서 이러고 계세요?"

"오셨어요? 기다리고 있었어요."

"무슨 일 있으세요? 공연 준비는 잘 돼가시고요?"

"그럼요. 걱정 마세요. 특별히 무슨 일이 있는 건 아니에요. 그냥 머릿속이 복잡해서요."

웅크려 앉은 달 출신 무용수의 어깨에서는 언제나 묵직한 지구의 무게가 느껴졌다. 한묵희를 볼 때마다 느껴지는 가장 지배적인 인상이 바로 그 무게감이었지만, 그것은 결코 이 사람의 본질이 아니었다.

무슨 말이라도 해주고 싶었으나 내 스스로도 머릿속이 복잡하기는 마찬가지였다. 최소이의 일과, 나모린이 오판했을 가능성, 그리고 나모린과 반지업의 관계.

한묵희가 낮고 차분한 목소리로 물었다.

"지구에서 그 일 하셨을 때요, 그 비자금 내역 밝히셨을 때, 기분이 어떠셨어요?"

그 목소리를 듣자 한순간 긴장이 풀렸다. 나는 한묵희의 옆으로 가 앉으며 기억을 더듬었다.

"그때요? 음, 사실 아무 생각이 없었던 것 같습니다. 제가 좀 어이없이 그런 일에 대해서 아무 감도 없는 경우가 많았거든요. 그때 말고도 위태위태했던 적이 여러 번 있었는데 막상 터진 건 그때뿐이었죠. 그냥 별 생각 없이 터뜨렸다고나 할까요."

"후회는 안 하세요?"

"안 하긴요. 내내 후회했죠. 반성을 많이 했는데 막상 다음에 또 그런 기회가 오면 후회했던 게 기억이나 날지 그건 잘 모르겠습니다."

"저는 후회하게 될까요?"

"후회를 자주 하는 편이십니까?"

"아니요. 무대 밖에서 일어난 일에 대해서는 별로 깊이 생각을 안 해보고 산 것 같아요."

"무대 안에서 한 실수에 관해서는요?"

"자다가도 벌떡 일어나죠."

"그럼 무대 밖으로 나가고 싶으십니까?"

"무대를 떠나서요? 아니요, 아직은."

"그럼 후회하지 않으실 겁니다."

한묵희가 말없이 생각에 잠겼다. 나도 잠시 동안 말을 잇지 않았다. 아파트를 떠돌던 작은 소음들이 계단으로 올라와 우리 근처에 멈춰 섰다. 시간이 꽤 흐른 뒤에 한묵희가 말했다.

"고마워요, 단정적으로 말씀해주셔서."

"그랬나요? 그럼 안 되는데. 의뢰인한테는 애매하게 말해야 하는 건데, 제가 또 감을 잃었군요."

한묵희가 살짝 웃어 보였다. 소음이 다시 계단을 내려갔다. 나는 그 순간 한묵희에게 꼭 해줘야 할 말들을 떠올렸다. 하루도 안 되는 시간이었지만 꽤 많은 것을 밝혀낸 날이었다. 어디서부터 어떻게 이야기를 꺼내야 할까. 첫숨으로 날아온 수상한 화물과 맞숨으로 날아간 미끼 이야기가 핵심이 될 것이다. 아울러 '지우개 묵시록'이 포함된 문건을 고의로 유포한 송영의 비서실과, 스스로 지구궤도연합 우주선을 폭파했다고 알려온 최소이에 관한 내용도 빠뜨릴 수 없겠지.

그러나 결국 나는 아무 말도 하지 않았다. 압박붕대를 감은 한묵희의 왼쪽 발목이 눈에 들어왔기 때문이었다.

아, 내가 잘못 본 게 아니었군. 지금 저 사람한테는 송영이나 최소이보다 저게 더 머릿속을 복잡하게 만드는 일일지도 몰라. 적어도 지금은.

나는 한묵희의 발목을 가만히 바라보았다. 그리고 아무 말도 하지 않았다. 내가 가지고 온 문제들은 아무래도 나모린과 내가 둘이서 해결하는 게 나은 문제일 것 같았다.

나는 그 모든 말들을 생략한 채 이렇게 물었다.

"묵희 씨, 우리 원래 계획했던 것 말고 다른 걸 보러 갈까요?"

"네?"

"만약 그때와 똑같은 느낌이 든다면 어떻게 하는 게 좋을까요. 수십만 개나 되는 문을 들여다보다가 정말 특이하게 생긴 문 하나를 발견했는데 가까이 다가가서 보니 '아무것도 없음'이라고 씌어져 있다면. 길이란 길은 다 그쪽으로 통하는 것 같은데 아무것도 없다고, 심지어 문 자체도 아니라고 씌어져 있으면."

"비자금 밝히셨을 때 말씀이시군요."

"그렇습니다. 지금도 똑같고요."

"지금도요?"

"그 문을 열어볼까요?"

"문을요?"

"예, 음, 그런데 아직은 확실하지 않은 부분이 섞여 있군요. 하루쯤 몇 가지를 더 알아보면 확실하게 알 수 있을 것 같습니다."

한묵희가 묘한 표정으로 내 얼굴을 빤히 들여다보았다. 한묵희에게는 내 말이 그렇게 묘하게 들렸을 것이다. 나라도 그렇게 느꼈을 테니까.

한참 뒤에, 아니, 아직 그렇게 긴 시간이었다고는 할 수 없는 짧은 침묵의 순간이 지난 뒤에, 한묵희가 말했다.

"좋아요, 내일. 내일 이맘때 다시 한 번 단정적으로 말씀해 주세요. 안 그러면,"

"그냥 없던 일로 하시면 됩니다. 나모린 씨와 했던 약속부터 지금까지 진행 과정 전부 다."

37. 가늘고 긴 선

절뚝거리는 무용수를 집으로 바래다준 다음 나도 역시 집으로 돌아가 책상 앞에 앉았다. 잡다한 것들로 잔뜩 어지럽혀진 책상이었다. 가뜩이나 복잡해진 머릿속처럼.

그 위를 뒤적거리다가 한동안 방치해둔 단서 하나를 집어 들었다. 들여다보지는 않았지만 잊지는 않고 있었던 단서. 간단한 메모에 불과했지만 이번에는 내 손으로 직접 만든 문건이었다. 언젠가 송영의 비서실에서 아무렇게나 자료를 긁어모으던 날, 더는 견디지 못하고 비서실장 장목은이 직접 모습을 드러내던 순간에 내가 보고 있던 문건의 제목. 이틀 동안 내가 거기서 어떤 자료들을 어떤 시간 순서로 긁어모았는지에 관한 메모. 그리고 이 한 줄.

오후 6시 20분. 무중력공단 연구시설 임대 연장에 관한 건.

첫숨은 원통 모양으로 생긴 콜로니였다. 원통 양쪽 끝에는 원형으로 생긴 평면 공간이 있다는 의미였다. 한쪽은 맞숨에 연결되어 있는 곳이었고 다른 한쪽은 우주를 향하고 있었다. 다른 곳에서 날아온 우주선이 원통의 곡면에 착륙하는 것은 쉽지 않은 일이었으므로 공항은 바로 이 평면에 위치했다. 주요 생산시설도 마찬가지로 이 평면상에 분포해 있었는데 특히 원의 중심에 가까운 구역에는 당연하게도 무중력 혹은 저중력 생산시설이 밀집해 있었다.

그리고 그곳에는 연구시설 몇 개가 자리 잡고 있었다. 그날 오후 6시 20분에 내가 들여다보고 있던 문건은 그 연구생산시설들 중 하나에 관한 것이었다. 임대한 연구시설의 계약이 만료되어 관련자들이 계약 기간을 지구 시간으로 최소한 3년 이상 연장하는 일에 관해 의견을 교환한 상황을 담은 문서.

복사해 온 자료를 뒤져 문서를 찾아냈다. 별것 아닌 사소한 문건이었지만 문건을 내준 장목은의 태도는 그렇지 않았다. 아무렇지도 않게, 필요하면 그냥 가져가라고 했던 것이다. 그때도 느꼈지만 그 말의 진짜 의미는 이런 것이었다. '어차피 복사본이니 회수한다고 별로 달라질 것도 없을 거고 결국 핵심은 당신이 그 문서의 존재 자체를 알게 됐다는 건데, 기억을 지울 방법이 있는 것도 아니니 그냥 별것 아닌 걸로 생각하고 넘어가주기를 바랄 수밖에.'

문서 내용을 들여다보았다. 임차인이 송영 본인으로 되어 있었다. 그보다 재미있는 것은 송영의 의견이었다. 장기 임대도 좋지만 차라리 해당 공간을 매입하는 쪽이 낫지 않겠느냐는 입장이었다. 그보다는 다른 위치에 있는 시설을 매입해서 연구시설로 개조하는 것이 어떻겠냐는 매매 대리인의 제안에 대해서는 이런 대답을 하기까지 했다.

화성에서 오는 특수화물을 처리하는 일과 관련된 지리적 이점 때문에 현재 위치를 포기할 수 없음.

내 눈에 이 말은 이제 더 이상 평범해 보이지 않았다. 모두의 예상과 달리 화성인들의 비밀 무기는 맞숨이 아니라 첫숨 근처에서 만들어지고 있었던 것이다. 정확히 말하면 스페이스 콜로니 첫숨의 우주선관리단 관할 구역에서.

다음 날은 아침 8시에 집을 나섰다. 나모린이 출근하기를 기다리기 위해서였다. 나모린은 출근이 늦었다. 그때까지 나는 나모린이 일하는 회사 응접실에 앉아 멍하니 창밖을 바라보았다. 위쪽이라고 할 만한 공간은 있었지만 그곳 어디에도 하늘은 없었다. 콜로니의 하늘은 중심축을 잇는 가느다란 선 하나에 불과했다. 5백 년쯤 콜로니 하나만을 세상의 전부로 알고 살아온 사람들 사이에서 하늘 숭배 신앙이 다시 발생한다면 그때의 천신은 꽤 소박한 모습을 하고 있을 것이다. 나무나 기둥을 숭배하는 것과 다를 바 없을 테니까.

전날 밤에 본 수많은 도면들 중 하나를 떠올렸다. 화성인들의 사당. 하늘에서 내려온 존재, 약간의 시차를 두고 우주 저편 사람들과 직접 대화를 하다가, 화성이 태양을 사이에 두고 지구 정반대편을 지나는 기간에는 아무 일도 하지 않고 그 자리에 가만히 멈춰 있곤 했던 붉은 하늘의 자손. 언뜻 보면 기계를 숭배하는 토속신앙으로밖에 보이지 않지만 알고 보면 그보다 훨씬 복잡하고 심오한 화성 정착민들의 정신세계, 그리고 그 상징물.

그곳에서 첫숨의 하늘로 이어지는 길을 찾아냈다. 나중에 그 구역 전체가 재건축 대상이 되었을 때도 그 길 하나만은 여전히 그대로 남아 있었다. 그곳에 들어설 시설물 내부 한쪽 벽면에 용도를 알 수 없는 돌출된 기둥 하나를 남기면서까지 그 통로는 오래오래 보존되었다. 도면으로 확인할 수는 없었지만 화성인들의 성인은, 그 탐사로봇은, 지금도 여전히 첫숨의 하늘로 직접 이어지는 공간에 모셔져 있을 게 틀림없었다. 그리고 그 하늘은 콜로니 거주 지역을 가로질러 우주 공항이 있는 평면으로 이어질 것이다.

"어머, 일찍 오셨네요. 오래 기다리셨다던데. 일단 제 방으로 가실까요?"

10시가 되자 나모린이 전에 본 적 없는 청순해 보이는 머리 모양을 하고 응접실에 나타났다. 내가 뒤를 따라 방 안에 들어서자 나모린이 내 쪽을 돌아보며 물었다.

"그거 가져오셨죠? 커튼을 쳐도 될까요? 민감한 자료여서. 아시는지 모르겠지만 시기가 또 시기고 하니까요."

"최소이 건 말씀이시죠? 물론입니다. 사실 저도 이 방은 너무 탁 트여서 부담스럽거든요."

바깥에서 보는 널찍한 풍경과 달리 방 안쪽은 생각보다 좁고 길쭉했다. 하지만 답답한 느낌보다는 그래서 오히려 재미있는 느낌이 드는 방이었다. 인형의 집에 들어선 듯한 묘한 공간감. 나는 그림 앞에 놓여 있는 소파에 앉았다. 방 주인이 말했다.

"한묵희 씨는 부상이 있더군요. 제가 제대로 본 거라면요."

"밤에 복도에서 잠깐 봤는데 그렇더군요. 발목이 살짝 안 좋아 보이던데, 그래도 아무 내색도 안 하는 걸 보면 공연은 잘해낼 겁니다."

"그러시겠죠. 프로니까. 자료는 끝까지 다 검토하셨나요?"

나는 대답 대신 고개를 끄덕였다. 그리고 자료가 든 가방을 나모린에게 건넸다.

"최소이 씨 이야기는……"

나모린이 말끝을 흐렸다. 흐려진 말끝은 내가 대신 이어 붙였다.

"한묵희 씨한테는 아직 이야기하지 않았습니다. 저도 확신할 수 없는 부분이 있거든요. 변호사님은 역시 최소이의 이전 행적이나 어제 일도 이 일과는 관련이 없다고 보시는 거지요?"

"그럼요, 자료가 있으니까요. 자료 자체에 대한 추가 조사를 과하다 싶을 만큼 해봤는데 조작된 데이터는 아닌 것 같더군요."

"그래 보이긴 합니다만."

"거기에 이견이 없으시면 일단 계획대로 진행하는 게 맞는 것 같아요. 어제 그 구조 조치 때문에 상황이 좀 변했거든요."

"조난된 궤도연합 우주선이요?"

"네, 첫숨 측에서 구조를 해버리는 바람에, 그것도 너무 신속하게 거의 인지하자마자 구조대를 보내버리는 바람에 하루 아침에 국제 정세가 화해 분위기가 돼버렸어요. 그 화해 분위기라는 게 어제까지만 해도 불씨만 조금 생긴 단계였는데, 여기 시 집행위원회에서 장작을 넣을 생각이더라고요."

"장작이랄 게 있나요? 맞숨을 내주지 않으면 결국 무의미할 텐데."

"그거 말하는 거예요. 맞숨 사찰단을 수용하겠다는 거예요."

"우주선관리단 구역까지 포함해서요?"

"일부 포함해서요."

손해 볼 것 없는 거래였다. 어차피 그쪽에는 아무것도 없을 테니까. 뜸을 잔뜩 들여서 궤도연합 강경파들의 판돈을 한껏 올려놓은 다음 결정적인 순간에 갖고 있는 패를 깨끗하게 털어놓으면 그만일 일이었다.

"그럼 굳이 침투 작전을 강행할 필요가 없는 것 아닙니까? 전문사찰단이 들어올 텐데."

나모린이 대답했다.

"그러니까 지금 꼭 해야죠. 사찰을 수용하겠다는 건 빼돌릴 방안이 마련되어 있다는 거니까요."

"그렇긴 합니다만."

나는 더 이상 말을 잇지 못했다. 누구보다 신뢰할 만한 공모자였건만, 지금은 어쩐지 꺼림칙한 생각이 들었다. 전날 본 광경 때문이었다. 결국은 개인사일 뿐이고, 개인사를 문제 삼는 것은 옳은 일이 아니지만, 그 광경을 보는 순간 설명하기 힘든 위화감이 든 것도 사실이었다.

반지업과 그런 관계를 유지하면서 동시에 송영을 배신하는 일을 기획하고 실행한다는 것. 앞날을 기약하는 행동과 완전한 관계 단절을 가져올지도 모를 배신 행위를 한 집안에 속한 두 사람을 대상으로 동시에 실행에 옮길 수 있는 천진난만함. 나만 옳다면, 다만 내가 정의의 편에 서 있기만 하다면 다른 것은 아무래도 상관없다는 믿음.

그래서 반지업과 함께 있는 나모린을 보는 순간, 어쩌면 나모린 본인은 그 잠입 작전의 결과에 대해 나나 한묵희와 동일한 정도의 책임을 지게 되지는 않으리라는 암묵적인 확신 같은 것을 갖고 있는 게 아닐까 하는 생각이 들고 말았다. 얼마나 정의감이 넘치든, 그 정의감을 실행에 옮기기 위해 어느 정도나 자기를 내던질 각오가 돼 있든, 은인가의 나모린은 결국 은인가의 나모린일 테니까.

게다가 만약, 반지업에 대한 태도와 송영을 배신하는 일, 이 두 가지가 완전히 별개이거나 모순되는 일이 아니라면? 한묵희를 보는 순간 매료되어버린 반지업의 눈빛이 그 두 가지 일을 동시에 실행하도록 한 촉매제가 된 것이라면?

내가 생각할 수 있는 최악의 상황은 일이 잘못돼서 공교롭게도 한묵희에게 가장 무거운 책임이 전가되는 경우였다. 충직한 조언자 역할을 자임하고 있기는 했지만, 나 또한 마음 한 구석에는 믿는 구석이라는 게 있었을지도 모를 일이었다. 남이 대신 짊어지는 위험, 그래서 한결 자유롭게 불타오르는 정의감. 그런 정의감은 믿을 게 못 됐다. 내 스스로에 대해서도 마찬가지였다.

"그건 그렇고, 이 도면을 알아보시겠습니까?"

화제를 돌려 반지업의 서재와 화성인들의 사당이 표시된 옛 도면을 탁자 위에 꺼내놓았다. 그리고 공모자나 유명한 변호사가 아니라, 그저 가장 최근에 그 공간을 직접 눈으로 확인했을 사람에게 묻고 싶었던 것을 물었다.

"여기 이 통로가 지금도 그대로 있을까요?"

"옛날 테라스 옆 산책로네요. 있는 것 같아요. 직접 지나가

본 건 아니지만 누가 나오는 걸 본 적은 있어요. 그런데 그건 왜 물으시죠?"

답을 얻었다. 나에게는 그게 마지막 퍼즐 조각이었다. 그 사실을 감추기 위해, 질문을 던진 이유를 늘어놓았다.

"누군가 이쪽에서 나왔다면 경비실 순찰조였겠죠? 길이 아니니까."

"그렇군요. 순찰이 얼마나 자주 있을지 확인할 필요는 있겠네요. 우리 진입 지점에서 가까운 곳이니까."

하루 종일 비서실에서 시간을 보냈다. 놓친 것은 없는지, 혹은 넣지 말아야 할 것을 넣지는 않았는지 마지막으로 정리해야 할 것들을 머릿속에서 두 번 세 번 다시 확인하면서. 저녁 무렵에는 장목은에게서 달 공연단의 리허설이 생각보다 잘 안 풀린 것 같다는 이야기를 들었다.

"리허설이 원래 그런 거 아니겠습니까. 지뢰가 숨겨져 있을 것 같은 자리를 미리 다 밟아보는 게 리허설이니까요."

"최 선생 말씀도 일리는 있지만 문제는 한묵희 씨 발목 상태인 것 같던데요."

그 말을 듣고 원래 계획했던 것보다 일찍 집으로 돌아갔다. 그리고 엘리베이터 옆, 5층에서 6층으로 통하는 계단에 앉아 한묵희를 기다렸다. 10분쯤 뒤에 엘리베이터가 5층에서 멈춰 섰다. 조심스럽게 내딛는 발소리가 내 쪽으로 서서히 다가왔다.

"괜찮으시겠어요?"

"최 선생님! 놀랐잖아요."

"발목은요?"

그 말에 한묵희가 의외로 여유 있는 웃음을 지어 보였다.

"괜찮을 거예요. 무게가 많이 실리는 공연은 아니니까요."

"다행입니다."

"공연 때는 별 지장이 없겠지만 안 아프다고는 못 하겠네요."

"저런."

"늘 달고 다닌 병인데, 여기 중력은 이 병에 해롭거든요. 그보다, 할 이야기가 있으시죠?"

"그렇습니다."

"들어볼까요?"

"괜찮으시겠습니까, 지금 이대로 이야기가 시작돼도?"

"어쩐 일로 오늘은 어깨가 가벼우시네요."

"숙제를 다 끝냈거든요."

"표정 참 솔직하시다. 좋아요. 그럼 이번에는 결론부터 말씀해주세요."

"좋습니다. 일단 앉아보세요. 자, 그럼 결론을 들으실 준비가 되셨습니까?"

"네."

"묵희 씨."

"네."

"우리, 다른 걸 보고 오기로 하죠. 어제 말씀드린 것처럼."

"좋아요. 어제도 생각했지만 마음에 드는 결론이에요."

"그런가요? 좋아해주시니 다행이네요. 어떻게 할 거냐면, 경로를 바꿀 거예요."

"모험인가요?"

"아주 색다른 모험이 될 겁니다. 길을 알려드릴 테니까 잘 기억하셔야 해요. 수십 년 된 지도밖에 안 가지고 있어서 막상 가보면 제 설명과는 좀 다를 수도 있어요. 그래도 잘 찾아보면 분명히 길이 있을 거예요. 자, 잘 들어보세요."

"잠깐만요. 설명하시기 전에, 그렇게 가면 뭐가 나오는지부터 말씀해주세요."

"그쪽으로 가면요? 뭐가 나오냐면, 하늘이 나와요. 길고 가느다랗고 우주로 통하는 하늘이요."

38. 묵희

다시 한묵희가 날아올랐다. 달의 중력이 지배하는 무대 위로.

한묵희가 발을 딛고 서 있는 첫숨 제1공연장은 달 중력에 맞춰서 설계된 곳이 아니었다. 그곳은 텅 빈 우주 공간 한가운데에 화성을 재현하기 위해 만들어진 곳이었다. 물속에 들어와 있는 듯 가볍고 우아한 움직임. 화성인들의 자랑스러운 문화적 성취를 그들의 생활공간 한가운데에 그대로 옮겨오기 위한 시설. 그곳은 고대 도시국가들의 원형극장과도 같은 곳이었다. 원칙적으로는 첫숨 주민 모두에게 개방된 공간이기는 했지만 그 공연장을 찾는 사람들은 대부분이 화성계였다. 혹은 첫숨 상류층에 진입하기를 꿈꾸는 지구 출신 예술 애호가이거나.

무대 쪽에서 전에 들은 적 있는 익숙한 음악이 흘러나왔다. 같은 곡이었지만 음향 시설이 훨씬 좋아서 처음 들었을 때보다 한결 강렬하게 들리는 선율이었다. 강렬하게 이어지는 가느다란 선. 한묵희의 왼발이 그 선을 디디고 섰다. 실제로는 아무것도 디디지 않는 셈이었지만 그 발이 허공을 내딛는 순간마다 짤막한 통증이 내 발목에까지 직접 전해졌다. 리허설을 망가뜨렸다는 한묵희의 왼쪽 발.

하지만 그날 그 무대 위에서만큼은 그 발 역시 아무것도 망가뜨리지 못했다. 달에서 온 무용수가 내딛는 걸음은 언제나

처럼 빠르고 가볍기만 했다. 물속을 걷는 듯 우아한 몸짓을 담아내기 위해 만들어진 무대. 그러나 무대가 지닌 그 압도적인 목소리조차도 6분의 1 네이티브들이 지닌 천상의 몸짓 아래에서는 오히려 평범해 보이기까지 했다.

다행스러운 점은 객석을 채운 화성계 관객들이 새로운 공연을 받아들일 준비가 되어 있었다는 사실이었다. 현실 세계의 일이 무대 바로 앞까지 번져온 탓이었다. 화해 분위기로 돌아선 국제 정세, 사람들을 들썩이게 만드는 묘한 자긍심, 유례없이 낙관적인 경제 전망 같은. 첫숨 주민이라면 누구나 자부심을 느껴도 좋은 순간이었지만 화성계가 느끼는 성취감은 지구 출신 이주민들이 느끼는 공동체 의식과는 조금은 다른 것이었다. 그런 나르시시즘에서 비롯된 여유와 관용 때문인지 공연 시작 전부터 객석은 한껏 들떠 있었다.

압도당해도 좋다, 오늘만큼은. 우리 원형극장에 초대된 무대라면 그게 누구의 것이 됐든 열광할 준비가 되어 있다. 미리 계획돼 있던 공연이 아니라 마치 최근의 외교적 성공으로 인해 얻어낸 전리품이라도 되는 것처럼. 저 아래에서는 이미 한 번 무대에 오른 공연이었지만, 화성계 주민들이 인정한 무대에 오르지 않은 이상 초연으로 간주하는 게 마땅하다는 태도까지.

달의 날에 펼쳐진 첫 무대를 떠올렸다. 지금 생각해보면 6분의 1 네이티브들의 공연을 담아내기에는 부족한 게 많은 무대였다. 경계선마저 뚜렷하지 않던 무대였으니까.

무대는 비현실이다. 약속된 마법이며 경계가 분명한 격리된 시공간이다. 그래서 무대는 여간해서는 현실로 번지지 않는다. 경계를 확실히 해서 거리낌 없이 비현실을 담아내게 하는 것. 그게 바로 무대의 기능이다. 좋은 무대를 갖는다는 것은 좋은 마법이 담길 신전을 지니는 것과 같다.

그런데 이렇게 격리된 무대 안의 시공간은 선택된 몇몇 사람들에게 엘리베이터와 같은 기능을 한다. 문이 닫히고 열릴 때마다 다른 층에 있는 다른 공간을 보여주는 엘리베이터처럼, 막이 닫히고 열릴 뿐인데 공연장을 나와 정신을 차려보면 어느덧 다른 세계에 와 있는 자신을 발견하게 되는 것이다. 한묵희 같은 특별한 사람은.

한묵희가 말했다.

"우선 달에서 첫숨까지 오게 된 게 그렇고, 저 아래에서 여기까지 올라오게 된 것도 다 비슷해요. 늘 그랬거든요. 시간이 좀 걸릴 때는 있지만 그래도 어김없이 어딘가로 데려다주곤 했죠. 전에 있던 곳보다 조금이라도 더 나은 곳으로. 그런데 갑자기 불안한 생각이 드는 거예요. 이 좋은 엘리베이터가 언제까지나 이렇게 잘 작동해준다는 보장이 있을까. 그보다 이건 왜 이렇게 잘 작동하는 걸까? 그래서 어느 날은 이런 생각을 하게 됐어요. 도대체 어떻게 생겨먹은 기계인지 분해나 한번 해볼까."

안에서 밖으로 분해하는 기계. 나는 한묵희가 서 있는 무대를 바라보았다. 발아래 펼쳐진 생동하는 비현실을.

내 자리는 3층이었다. 천장이 워낙 높고 단차가 큰 공연장이어서 맨 뒤 좌석이 아닌데도 거의 조감도 같은 각도에서 무대를 내려다봐야 하는 자리였다. 그래도 관람에는 큰 지장이 없었다. 무대가 지향하고 있는 방향이 1층 정면 한곳으로 고정되어 있지 않고 비스듬히 위쪽 어딘가를 향하고 있었기 때문이다. 지상에서 펼쳐진 첫번째 공연에서는 눈치채지 못한 점이었다. 위쪽을 향해 비죽비죽 튀어나오는 무대의 시선.

1층을 바라보고 시작된 무대였다. 현악기 선율에 매여 있는 무용수들. 하나씩 단계별로 선보이는, 시간이 지날수록 점점 더 복잡해지는 스텝. 지면과 천상을 번갈아 밟는 법, 중력으로부터 존재를 해방시키는 움직임. 관성으로 입증되는 무용수의 존재감, 멈췄다 움직이고 움직이다 재빨리 멈춰서는 동작 사이사이에서 서서히 드러나는 인체의 굴곡, 골격, 근육과 힘, 유연함과 섬세함, 그리고 심장박동.

그렇게 몸이 모습을 드러냈다. 달에서 단련된 인간의 몸이었다. 모두가 보고 있었지만 아무도 보지 못했던 신체의 윤곽. 달의 무용수들이 몸을 얻는 순간 무대의 시선이 2층 한가운데쯤 되는 높이까지 한 칸 위로 올라갔다. 자유로워진 기체 분자가 공간을 팽창시켜 풍선을 살짝 띄워 올리듯 느리지만 자연스러운 과정이었다.

그리고 그 몸들이 다음 운동을 이어갔다. 서로의 몸을 이용한 운동. 달려 나가던 한묵희의 몸이 반대편에서 달려오던 무용수 두 명과 얽혀 운동량을 상실하고 허공에 멈춰 섰다. 제자리에서 떠오른 몸에, 운동하고 있는 다른 몸으로부터 비롯된 회전력이 더해지고, 또 다른 몸이 반대 방향에서 날아와 회전하던 몸을 다시 제자리에 멈춰 세웠다.

그 뼈대 위에 인간의 표정과 감정이 입혀졌다. 잡아채는 팔들은 날아오는 몸의 운동량이 아니라 분명 동경해 마지않는 어떤 존재의 심장을 향해 뻗어갔고, 그 팔에 붙들려 속도를 잃어버리는 몸 역시 마찰과 감속이 아닌 절망과 후회, 용서와 안도감 같은 감정들을 담아내고 있었다.

아무 데도 가지 않아. 지금은.

지금은?

앞으로도.

그러다 지면에 발이 닿았다. 무게를 실어 확실히 두 발로 땅을 짚어야 했다. 천상을 지향하는 영혼이지만, 결국은 중력에 묶여 있는 몸. 한묵희의 두 발이 바닥에 닿는 순간 발목의 통증이 날카로운 비명 소리처럼 무대를 빠르게 훑고 지나갔다.

아는 사람 귀에만 들리는 소리였다.

분명 나모린의 귀에도 방금 그 소리가 들렸겠지.

1층을 내려다보았다. 가운데쯤에서 나모린이 한 손을 턱에 괸 채 진지하게 무대를 응시하는 모습이 보였다. 왼쪽 두 칸 옆에는 반지업이 앉아 있었고 그 앞줄에는 송영과 첫숨 원로들이 자리하고 있었다. 그들 사이에 놓인 빈자리 하나는 아마도 반인석의 자리일 것이다. 역시나 존재하지 않는 사람처럼 되어버린 첫숨의 최고 유력자 중 한 사람.

나모린의 시선은 이제 약간 위를 향하고 있었다. 주위에 있는 사람들도 마찬가지였다. 1층 관객이 보기에는 바로 눈앞이라고 할 수 있는 높이에서 시작한 공연이었지만, 시간이 흐르면서 무대가 지향하는 방향이 조금 더 위쪽으로 올라간 탓이었다. 화성인들의 공간이 다 그렇듯 터무니없이 높은 천장을 지닌 무대. 수많은 화성계 예술가들이 그 무대 위에 섰어도 그 공간을 채워보려는 시도를 한 것은 달에서 온 무용수들이 처음이었다.

무대가 점점 분주해지면서 무대 전체의 무게중심이 서서히 위쪽으로 들려 올라갔다. 마치 무대가 스르르 고개를 드는 듯한 광경이었다. 나는 주위를 슬쩍 둘러보았다. 사람들의 표정에서 여유가 사라져 있었다. 첫숨의 승리를 축하하는 공연일 줄 알았는데, 화성인들의 원형극장에 편안히 등을 기대고 앉아, 첫숨의 품에 받아들여진 달 이주민 집단이 첫숨의 그 위대한 인간애에 보내는 찬사를 구경하게 될 줄 알았는데, 1부가 채 끝나기도 전에 그런 기대는 산산이 부서지고 말았다. 나는 등받이에서 떨어져 무대를 향해 앞쪽으로 살짝 굽은 화성계 관객들의 몸에서 이런 이야기를 읽어낼 수 있었다.

'불쌍한 사람들이 아니었잖아. 약하지도 않고 정복당한 적도 없어.'

그리고 시선이 모이는 곳마다 창백한 조명에 선명한 그림자를 비추며 혼신의 힘을 다해 달의 삶을 펼쳐내는 한 사람. 그들은 한묵희에게 빠져들어가고 있었다. 나는 무대 뒤로 사라졌다 다시 가벼운 걸음으로 걸어 나오는 한묵희를 보며 무대 뒤에 두고 온 통증을 떠올렸다.

오늘 공연은 꽤 길어질 텐데. 이 무대가 끝난 다음에도 말이야.

한묵희의 소지품 어딘가에는 나모린에게서 넘겨받은 초소형비행체 두 기가 숨겨져 있었다. 한묵희가 그 열쇠를 열쇠 구멍에 갖다 대면 어딘가에서 대기하고 있는 나모린의 수하들이 나머지 과정을 알아서 진행시켜줄 것이다.

그리고 그 일이 끝나고 나면 또 다른 무대가 기다리고 있을 것이다. 우리 공모자들은 알지 못하는, 우리 두 사람만 아는 비밀 임무가.

초조한 기다림이었다. 지켜보는 것 말고는 내가 할 수 있는 일이 아무것도 남지 않은 시점이었다. 주사위는 이미 굴려진 것이었고, 내 눈에는 한묵희가 바로 그 주사위처럼 보였다. 데굴데굴 거침없이 굴러가는 주사위. 그러나 절대 요행이 아닌 주사위.

그런 한묵희의 움직임을 따라 무대는 어느덧 1부의 마지막으로 치달아가고 있었다. 도약하려는 한묵희의 몸이 다른 무용수들의 손에 이끌려 다시 무대 위로 돌아오는 장면이었다. 완전히 모습을 드러낸 달의 몸을 갖게 된 한묵희의 마음이 다른 선택은 있을 수 없다는 듯, 지금보다 더 높은 곳을 바라보며 달려 나가고 있었다. 음악이 주는 힌트 역시 마찬가지였다. 한묵희는, 찬드라무키는, 도약을 멈출 생각이 없었다. 그러나 몇 번이고 도약과 좌절이 반복된 끝에 한묵희는 결국 무대 위에 가만히 내려서고 말았다. 한껏 고조된 음악과 조명 역시 마지막 순간에 이르러 평탄하고 단조로운 달의 색깔로 돌아갔다. 단아하고 청초하고 부드럽고 은은한.

군무를 마친 무용수들이 무대 왼쪽으로 빠져나갈 때, 뒤따라 나가던 한묵희가 슬쩍 뒤를 돌아보았다. 그 또한 전에는 눈여겨보지 못했던 디테일이었다.

그것은 슬픔이었다. 표정 없는 얼굴에 깃든 깊은 절망.

나는 그 표정을 알아볼 수 있었다. 안무가 연민수의 얼굴을 떠올렸다. 만난 적 없는 연출자도. 그들은 무슨 마음으로 저 페이지에 저 대목을 끼워 넣었을까.

아니, 어쩌면 바로 저 장면 때문이었을지도 모른다. 한묵희가 선뜻 무대 밖으로 튀어 나갈 결심을 할 수 있었던 것은. 결국 한묵희의 선택 이면에는 무용단의 절대적인 지지가 배경으로 깔려 있었던 게 아닐까. 그들은 한묵희에게 이런 말을 하고 있었다.

제발 이제 더는, 그런 멍한 표정을 짓지 말라고. 가고 싶은 곳이 생기면 어디든 망설이지 말고 달려가라고. 뒷일은 우리가 알아서 할 테니.

39. 월식조차

1부가 끝나고 객석이 밝아졌다. 장목은이 자리에서 일어나 성큼성큼 객석을 빠져나가는 모습이 눈에 들어왔다. 얼른 밖으로 나가 장목은의 위치를 살폈다. 특별히 긴장된 움직임은 없어 보였다. 아무것도 대비하지 않고 있는 것으로 봐서 우리 계획이 누설되거나 하지는 않은 모양이었다.

나는 로비에 놓인 소파에 걸터앉아 사람들의 표정을 살폈다. 달 중력이 지배하는 공연장 곳곳에서 기분 좋게 들뜬 사람들이 처음 우주정착지에 온 사람들처럼 통통 튀어 올랐다. 그래도 결례가 되지 않는 날이었다. 적어도 그날 그들에게만은 우주도 그저 신나는 곳일 뿐이었으니까.

누군가 이런 말을 하며 내 앞을 지나쳐갔다.

"일단 춤이 계통이 없어요. 수준이 떨어진다는 말이 아니라 정말 분류가 안 돼요. 자생한 춤인데 어느 수준까지 올라가 있다는 소리예요. 그냥 어느 수준이 아니라 상당한 수준이겠죠. 어떻게 그럴 수 있었나 모르겠어요. 그냥 한두 명이 확 뛰어난 무용단이 아니라 한 사람한테 시선을 완전히 집중시켜놓고 그 한 사람 움직임을 무대 전체로 확장시킬 때도 전혀 거슬리는 게 없을 정도로 전체적인 완성도가 높은 팀이라."

"장래성이 있겠군요."

"장래성이 아니라 벌써 다 완성된 것 같은데요."

2부가 시작되자마자, 잠시 고개를 숙였던 무대가 곧장 시선을 위로 치켜들었다.

정말 세상 마지막 날처럼 추는구나. 지금부터 속도를 내면 끝날 때는 어쩌려고.

하지만 누가 어떤 우려의 시선을 보내든 결코 느려질 리 없는 춤이었다. 그런 면에서는 과격하다고도 할 수 있을 무대였다. 지금 저렇게 성공하고 나면 몇 년이 지나든 무대에 올라갈 때마다 달의 춤은 당연히 저 속도로 추는 게 돼버릴 텐데.

그렇게 되고 말 것이다. 한 세대도 채 지나기 전에 달의 춤은 속도의 춤으로 각인될 것이다.

그러나 그 무대의 본질은 속도가 아닌 꺾임이었다. 길게 쭉 이어지는 선이 드문 춤이었다. 긴 선은 중간 어딘가에서 굴절되기 마련이었다. 굴절은 존재를 드러내고 존재는 누군가의 개입에 당황하지 않고 재빨리 새로운 움직임을 찾아가야 했다. 가만히 멈춰 서 있을 수도 없었다. 불규칙하게 일어나는 꺾임들이 음악에 맞춰 점점 하나로 모여갔다. 마침내 무대 전체가 하나의 리듬에 맞춰 꺾임과 굴절을 담아내는 단계에 이르자 무용수들은 자기 안에 담긴 리듬을 이용해 서로의 움직임을 보지 않고도 박자를 맞추고 타인의 움직임에 호응할 수 있게 되었다.

그리고 그 리듬에서 비트가 만들어졌다. 바닥을 두드리지 않고 만들어낸 비트.

무대의 중심이 조금 더 올라갔다. 마치 시선을 치켜들 듯이. 심장을 갖게 된 무대였다. 현실 세계로 번져가지 않도록 설계된 무대였지만, 현실과 비현실의 중간 지대에 놓인 관객석까지 안전하게 보호해줄 수 있다는 보장은 없었다. 오래 지나지 않아 객석의 심장박동이 무대의 비트에 속절없이 휩쓸렸다. 끌려가듯 조금씩 앞으로 당겨지는 상체. 지배당하는 쪽은 오히려 달이 아닌 화성이었다. 종속되지 않을 유일한 방법은 달 사람들이 이룬 성취를 재빨리 인류의 성취로 바꿔치기하는 방법뿐이었다. 다행히 첫숨은 그런 일에 익숙했다. 결국 첫숨이 최후의 승자가 된다면 그 비결은 바로 거기에 있었다. 누가 이기든 전부 '우리의 승리'로 만들어버리는 기술.

어딘가에서부터 시작되어 무대 쪽으로 향하는 파도에 객석이 빠르게 휩쓸려갔다. 나 또한 한묵희의 발만 쳐다보고 있지는 않았다. 그럴 수가 없었다. 바닥에서 시작된 무대의 무게중심이 이미 2층 높이까지 올라와 있었기 때문이다.

객석이 가파르고 무대 쪽에 가까운 공연장이었다. 경사가 아무리 심하더라도 객석에서 무대 바닥까지의 직선거리는 크게 차이가 나지 않는다. 하지만 무대 위쪽, 상공이라고 할 만한 곳이 무대의 일부가 되어버리는 경우에는 이야기가 달라졌다. 글자 그대로 무대가 눈앞으로 다가오는 것이다. 반쯤 날고 있는 무용수들. 공중에서 펼쳐지는 선과 꺾임. 꺾임이 만들어내는 리듬. 개별적인 움직임이 하나로 이어질 때 만들어지는 고요하고 강렬한 비트. 그 모든 것들이 무대와 객석 사이의 방어벽을 뚫고 곧장 관객의 눈앞에까지 육박해오는 것이다.

거꾸로 날아올라 몸 전체로 큰 반원을 그리다가 누군가의 손에 이끌려 갑자기 아래로 꺼져버리는 무용수들. 고요한 수면을 뚫고 고래 한 마리가 튀어 오르듯 갑자기 허공으로 떠올라 긴 체공 시간을 자랑하며 몸을 곧게 펴고 머리를 서서히 아래쪽으로 향한 채 무너져 내리는 석상처럼 추락하는 몸.

마지막 곡이 흘러나오고 한묵희의 몸이 무대 위로 솟구쳐 올랐다. 빠르게 몸을 비틀며 곧게 위로 올라가다가 꽃이 활짝 펴지듯 팔다리를 쭉 뻗어 크고 느리게 돌아 내려오는 한묵희. 그리고 지면과 몸 사이를 잇는 발, 지면이 만들어낸 또 한 번의 통증.

더 오래 떠 있을 수 있었으면 좋았을 것이다. 지면이 발목을 고통으로 다스리지 않는다 해도 한묵희는 공중에 떠 있는 편이 훨씬 자유롭고 행복해 보였을 것이다. 그러나 허공과 지면을 오가는 한묵희의 춤에도 결국은 예정된 종착지가 있었다. 크기가 아무리 작더라도 중력이 존재하는 한 언젠가는 지면으로 돌아가야 할 테니까. 또한 그것은 인류의 숙명이기도 했다. 당분간은 아무도 극복하지 못할, 인류 전체에 적용되는 마지막 평형상태. 어쨌거나 결국은 인간이니까.

연민이 팔을 따라 손끝까지 전해졌다. 이름을 붙일 수도 분류할 수도 없는 방식으로 허공을 품은 두 팔이 연민을 가득 담아 스스로의 존재를 끌어안으려다 아무것에도 닿지 못한 채 몸 옆으로 스르르 흩어졌다. 그것은 존재하는 무언가가 아니었다. 연민도 자아도 허공도. 존재에 닿지 못한 허망한 움직임도. 존재하는 것은 팔 그 자체뿐이었다. 분류되지도 이름을 얻지도 못했지만 결코 더 온전할 수 없는 방식으로 그 자리에 존재하고 있는 인간의 팔.

두 사람의 남자 무용수의 손에 이끌려 날아오른 한묵희가 돌아오지 않을 듯 하늘로 날아올랐다. 그리고 서서히 속도를 잃고 모두가 아는 물리법칙 그대로 발부터 아래로 떨어졌다. 올라갈 때와는 달리 안무가 들어가지 않은 순수한 하강이었다. 물론 그 물리법칙은 달의 지역성을 담고 있었다. 공간에 놓인 인간의 몸을 특별한 방식으로 끌어당기는 어떤 특수한 천체. 그 동작에는 달이 깃들어 있었다. 몸을 얻은 달의 무용수가 그 몸으로 다시 달을 표현하는 광경이었다. 그 근방에는 있지도 않은 달이 무대 위에서 마침내 몸을 얻는 순간이었다.

그렇게 몇 번이고 비슷한 도약을 반복하는 사이 무대 뒤편에 놓여 있던 무대장치 하나가 방향을 바꿔 무대 한가운데로 나왔다. 지수함수 그래프처럼 생긴 곡선이었다. 완만한 경사로 시작하다가 오른쪽으로 갈수록 가파른 경사를 그리며 위쪽으로 뻗어가는 곡선 경사로. 몇몇 무용수들이 오르내리곤 하던 그 무대장치의 가파른 쪽 경사면이 객석을 향해 쭉 뻗어왔다. 잔뜩 올려 세운 코끼리 코 같은 모양의 돌출 무대가 무대 쪽으로 바짝 다가선 첫숨 제1공연장 2층 객석 앞으로 거의 닿을 듯한 기세로 다가왔다.

뭘 하려는 거지?

객석이 바짝 긴장했다. 나 또한 예상하지 못한 광경이었다. 특별한 무대장치가 준비되어 있다는 것은 알았지만 내가 상상한 것과는 전혀 다른 트릭이었다. 내가 상상한 것은 천장에 달려 있는 무언가였으니까.

무대 뒤쪽에 멈춰서 있는 한묵희가 보였다. 춤동작을 마치고 애절한 눈으로 하늘을 올려다보며 가만히 정지해 있는 인간의 몸.

그 몸이 달려 나오기 시작했다. 무대 앞쪽, 객석을 향해. 처음부터 재빠른 발걸음이었다. 가속도가 느껴졌다. 빠르게 치달아가는 폭발적인 가속도였다. 두 걸음 중 한 번은 걷기도 힘들 만큼의 고통을 감수하고 감행해야만 하는 전력 질주. 6분의 1 중력에서는 지구 중력에서와 똑같은 방식으로 달려 나갈 수가 없었다. 그래서인지 남자 무용수 두 명이 한묵희의 양손을 이끌어 몸이 자세를 잃지 않도록 거들었다. 한묵희가 그 가파른 돌출 무대 위에 첫발을 힘차게 올려놓을 때까지.

폭이 60센티미터쯤 되는 경사로였다. 매끈해 보이는 경사로 군데군데에는 아래로 미끄러지지 않게 하기 위한 발판이 놓여 있었다. 계산된 경사였다. 발이 닿을 정확한 지점에서부터, 그 순간에 가해질 힘과 그 위를 내달리는 사람이 반작용으로 얻게 될 도약력까지. 자세를 흐트러뜨리지 않은 채 달려오는 속도를 상승하는 힘으로 바꿀 수 있도록 정교하게 다듬어진 곡선이 틀림없었다. 인간이 그렇게까지 완벽한 자세로 하늘을 향해 날아오를 수 있게 할 정도라면.

시간이 느려지고, 단 몇 걸음의 도약 끝에 한묵희가 하늘로 날아올랐다. 무대의 시선이 완전히 천장 방향으로 전도되었다. 객석도 마찬가지였다. 아니, 그러지 않을 방법이 없었다. 손에 닿을 듯한 거리에서 바로 눈앞을 질주하는 달의 무용수를 쳐다보지 않을 방법은 전혀 없었다.

이런 공간에서, 저 방향으로 날아가는 물체를 보게 될 줄이야.

그때였다. 속도를 늦출 기미를 보이지 않고 계속해서 날아가던 한묵희의 몸이 조금씩 자세를 바꾸었다. 머리부터 천장에 닿는 것을 피하기 위해서인 것 같았다. 그러나 안심하는 것도 잠시, 객석에 있는 모두는, 정상적인 인지력을 지닌 사람이라면 누구나 그 사실을 알 수 있었다. 속도가 충분히 줄어들지 않았다는 것을. 천장이 이미 거의 눈앞에까지 다가왔는데도 감속의 징후는 전혀 보이지 않는다는 사실을.

찰나의 순간이었지만 모두의 머릿속이 똑같은 생각으로 가득 찼다. 나 또한 마찬가지였다.

그렇게까지 무모할 필요는 없잖아!

나도 모르게 온몸이 움츠러들었다. 전율인지 긴장인지 측은지심인지는 알 수 없었다. 유난히 길어 보이던 몇 초. 한묵희의 몸이 그대로 천장을 향해 날아갔다. 천장을 이용하는 춤. 안쪽에서부터 해부하는 기계. 화성계 지배층의 자부심이 담긴 무대. 유난히 높은 천장, 아무도 온전히 활용해보지 못한 유별나게 키가 큰 입체 공간.

한묵희의 몸이 아래를 향했다. 날아가는 방향 정반대쪽을 바라보고 있는 셈이었다. 등을 천장 쪽으로 향한 채로.

영원 같기도 하고 찰나 같기도 한 시간이 흘렀다. 시간의 눈금이 느껴지는 것 같았다. 한 칸 한 칸 잘게 쪼개진 세계. 무대에 담긴 비현실적인 시공간. 그 시공간이 보여줄 수 있는 가장 기괴한 시간 축.

그 작은 시간 눈금의 어느 프레임에서 한묵희의 등이 천장에 닿았다. 하늘빛의 유리로 된 천장이었다. 그것은 시공간의 위쪽 경계선이었다. 무대라는 이름을 지닌 우주의 가장 먼 경계. 그 선을 넘어서는 순간 공간조차 존재할 수 없는 우주의 끝.

한묵희가 천장을 뚫고 우주 밖으로 튀어 나갔다. 무대 위를 뛰놀던 달의 무용수에게, 예정된 인간의 종착점은 아무 의미도 없었다. 어떤 특별한 인간은 '결국'이라고 이름 붙일 수 있는 때가 도래하더라도 모든 인간의 종착점으로는 돌아오지 않을 테니까.

그리고 시간이 흘렀다. 그 시간의 흐름을 따라 깨진 유리가 아래로 떨어져 나왔다. 위를 바라보고 있던 사람들이 황급히 몸을 움츠렸다. 나도 마찬가지였다. 하지만 유리는 진짜가 아니었다. 유리 조각처럼 보이는 이미지일 뿐이었다. 모두에게 익숙한 물리법칙에 따라 당연한 듯 아래로 떨어지던 이미지. 무대의 비현실이 끝나고 현실이 다시 그 공간을 채웠다. 모두에게 익숙한 물리법칙이란, 달이 아닌 화성의 중력가속도를 의미하는 것이었으니까.

그 사실을 깨달은 관객들이 하나둘 고개를 들었다. 그러나 떨어져야 할 것이 모두 떨어져 내린 뒤에도 달의 무용수는 떨어져 내리지 않았다. 찬드라무키가 완전히 사라져버린 순간이었다. 단지 모습을 감춘 게 아니라 세상 밖으로, 알려진 우주 밖으로 완전히 소멸해버린 순간.

그것은 감히 월식조차 아니었다.

40. 침투

"간단하고 안전한 임무였어요."

일이 계획과는 다르게 진행되고 있다는 보고를 받은 나모린이 나에게로 다가와 따지듯 말했다. 일종의 배신감마저 느껴지는 말투였다. 그러나 내가 어디로 달아나버리거나 한 게 아니었기 때문에 나모린 역시 곧 흥분을 가라앉혔다. 물론 그렇다고 눈빛마저 누그러진 것은 아니었다. 나는 나모린의 시선을 똑바로 마주 보며 대답했다.

"초소형비행체 한 대는 원래 계획대로 갔을 겁니다. 확인이 됐을 텐데요."

"두 대를 투입한 건 이유가 있어서예요. 저 건너편이 정확히 어떻게 생겼는지 모르잖아요. 한 대만 가지고는 성공할 수 있다는 보장이 없는 계획이었어요."

"오래 준비하셨으니까 잘하실 겁니다."

"그리고 분석할 시간이 필요한 계획이었다고요. 사진을 확보하기만 하면 되는 게 아니라. 미리 약속한 위치에 기체를 놓은 다음 아무 일도 없었던 것처럼 빠져나오기만 하면 되는 거였잖아요. 더 책임질 일도 없고 위험을 감수할 일도 없었어요. 왜 무리를 하세요? 한묵희 씨는 무슨 생각으로 그런 돌출 행동에 동참한 거예요?"

나는 아무 대답도 하지 않았다. 그러자 나모린이 한결 차분해진 목소리로 물었다.

"이제 어떻게 하시려고요?"

나는 낮은 목소리로 대답했다.

"다른 지점에 침투할 생각입니다."

"우리 기체를 가지고 말이죠?"

"어떤 시설이 됐건 한묵희 씨가 육안으로 본다고 알 수 있는 게 아닐 거니까요."

"그래서 우리 오퍼레이터들을 이용하실 계획이고요."

"누군가 초소형비행체를 조종하기는 해야 하니까요."

"그렇게 자신 있으세요?"

"나 변호사님이 고른 지점보다 제가 고른 지점이 더 그럴듯하다는 확신은 있습니다."

"확실한 근거가 있나요?"

"아니요. 하지만 한묵희 씨가 지금 그걸 가지러 가는 길입니다."

"나 참."

천장을 뚫고 나간 한묵희는 공연지원팀의 도움을 받아 반씨 집안의 서재 복도에 안착했다. 간이 칸막이로 격리된 공간이었고 한쪽 구석에는 공연을 마친 한묵희를 위한 대기실이 있었다. 사정상 무대 인사에는 얼굴을 내밀지 않기로 되어 있었기 때문에 원래대로라면 충분히 여유를 가지고 쉬어도 좋은 순간이었다. 공연이 끝나고 난 뒤 박수 소리를 들으며 즐기는 천국 같은 휴식.

그러나 한묵희는 수건 하나를 주워 들고는 곧장 다음 공연으로 뛰어들었다. 무용단 내에서도 단 몇 사람만 알고 있는 3부 무대로.

'음악이 없네.'

맨 먼저 그런 생각이 들었다고 했다. 그런데 대기실 간이 칸막이에 나 있는 비상용 출입문을 열고 나와 반지업의 서재에 발을 들였을 때는 오케스트라가 아닌 다른 게 아쉬웠다고 했다.

'조명이 없어. 방 구조가 하나도 안 보여.'

지도를 떠올렸다. 수십 년 전에 만들어진 지도였다. 그 뒤에 어떤 변화가 있었는지는 전혀 알 수 없었다. 확실한 것이라고는, 사당의 1층과 2층을 잇던 가파른 계단 중 하나가 아직도 그 자리에 남아 있다는 사실뿐이었다. 그러나 그 계단이 어디쯤에 놓여 있는지 알 수가 없었다. 아직 호흡이 가빴고 공간 감각이 평소처럼 안정되어 있지 않았다. 게다가 조명도 너무 어두웠다. 아마 반지업의 사적인 공간이어서 그랬을 것이다. 공공시설 복도처럼 열려 있는 공간이면서도 손님을 맞을 준비는 전혀 안 돼 있는 개인 서재.

옛 사당의 모습을 떠올렸다. 서재의 모양을 짐작할 수는 없어도 사당 아래층이 어떻게 생겼는지는 감을 잡을 수 있을 것 같았다. 네모난 1층 복도와 그 복도에 둘러싸인 방. 방 출입문 중 하나로 나와 오른쪽으로 고개를 돌리면, 복도 끝에 다른 방으로 통하는 문처럼 생긴 문 하나. 계단을 넣어둔 방. 가구인 듯 방 주인인 듯, 계단 말고는 아무것도 놓여 있지 않은 방.

우선은 모퉁이를 돌았다. 문이 나올 때까지. 세번째 모퉁이에 문이 있었다. 잠금장치가 없는 미닫이문이었다. 안으로 들어서자 불이 밝혀졌다. 정말로 계단밖에 없는 방이었다. 계단을 통해 위층으로 올라가자 고급스러운 바닥 장식이 어렴풋이 눈에 들어왔다. 정체를 알 수 없는 독특한 냄새가 코를 자극했다. 사당이 있던 자리였다. 뒤에서 문이 닫혔다. 기둥 없는 넓은 방을 가로질러 커다란 아치가 있는 쪽으로 다가갔다. 문득 고개를 돌려보니 홀 중앙에 무언의 실루엣이 들어앉아 있었다. 여덟 개의 바퀴가 달린 기계.

'화성 탐사로봇이잖아! 저 귀한 걸 여기다 방치해둔 거야?'

모조품일지도 모른다는 생각이 스쳐 지나갔다. 그래도 존재감을 느끼기에는 충분한 상징물이었다.

'저만한 크기의 탐사로봇이었구나. 걸어가는 걸 옆에서 봤으면 귀여웠겠다.'

아치를 지나 장식장으로 가로막혀 있는 좁은 통로 앞에 섰다. 속삭이는 듯한 바람 소리가 들렸다. 건물과 건물이 거의 맞닿을 듯 마주 놓여 있는 좁은 틈새였다. 사람은 지나갈 수 없지만 손바닥보다 작은 물체라면 얼마든지 지나갈 수 있을 만한 넓은 통로. 거기가 바로 나모린 측 전문가가 알아낸 지점이었다. 그날의 첫번째 목적지이기도 했다.

나모린에게서 넘겨받은 초소형비행체 케이스 하나를 옷에서 뜯어낸 다음 뚜껑을 열고 스위치를 켰다. 손톱만 한 크기의 케이스였다. 그 물건을 조심스럽게 바닥에 내려놓았다. 잠시 뒤에 그 안에 들어있던 작은 기계가 날개를 빠르게 움직이며 둥실 떠올랐다. 거의 알아보기도 어려울 만큼 작은 비행기였다. 날아가는 비행기를 바라보다가 빈 케이스를 주워 들고 다시 발걸음을 옮겼다.

'나모린 씨와의 약속은 됐고, 자, 이제 다음 곳.'

테라스가 있던 곳. 지도와는 달리 테라스로 향하는 통로가 사라지고 없었다. 눈앞에 있는 벽을 만져 보니 임시로 세워둔 벽이 아니었다. 목덜미에 흐르는 땀을 수건으로 훔친 다음 손으로 벽을 더듬으며 주위를 살폈다. 어디선가 바람이 흘러들어와 다리를 휘감고 지나갔다. 그쪽으로 다가가자 창문이 나타났다. 어둑어둑한 창문 너머로 수건을 늘어뜨려보니 안쪽 복도와 비슷한 높이에 바닥이 있었다.

조심스럽게 창문을 넘어 바닥에 두 발을 디디고 섰다. 다시 통증을 알게 된 왼쪽 발목이 시큰거렸다. 어둠 속에 서자 금방 어둠에 익숙해졌다. 울퉁불퉁한 바닥. 왼손에 다른 건물이 만져졌다. 아래층 어딘가에서 시작해서 위층 어딘가로 이어지는 건물 속의 건물이었다. 그 안으로 들어갈 일은 없을 것 같았다. 꽤 넓은 테라스였을 그 실내 광장은 지난 수십 년 사이 새로 생긴 건물들로 인해 공간을 잠식당하고 한껏 좁아져 있었다. 그 결과 테라스의 기능을 잃고 출입문이 폐쇄되기에 이르렀던 모양이었다.

'그러면서도 길 하나는 남겨뒀단 말이지? 아무도 안 쓰는 비밀 통로처럼.'

울퉁불퉁한 바닥 사이에 평평하게 다듬어진 바닥이 느껴졌다. 굴곡에 민감해진 왼발 탓이었다. 그 길을 따라 한참을 걸어갔다. 첫숨 제1공연장을 훌쩍 벗어날 만큼 먼 거리였다. 길 끝에, 희미한 빛이 새어 나오는 복잡한 계단 길이 나타났다. 대여섯 칸짜리 계단과 두 사람이 간신히 설 정도밖에 안 되는 층계참들을 불규칙하게 연결해서 만든 뒷골목 같은 작은 언덕. 지도에서 본 기억은 없었지만 방향을 생각해보면 그 언덕을 넘어가야 되는 게 분명했다. 한참을 돌아돌아 언덕 꼭대기에 이르자 사람 키만 한 가파른 계단이 나타났다. 난간을 짚고 계단을 올랐다. 짧은 골목으로 연결된 막다른 길이었다. 그리고 그

골목 끝에 사다리 끝자락이 보였다.

'다행이야. 계단보다 사다리가 훨씬 낫겠어. 이 발로는.'

좁지만 갑갑하지 않고 어둡지만 스산해 보이지 않도록 다정다감한 건축가의 손에 정성스럽게 잘 다듬어진 화성인들의 순례길. 그 길에 들어서는 순간 드디어 제대로 된 길에 들어섰다는 사실을 알 수 있었다. 바람이 그 느낌을 뒷받침하듯 등을 쓰다듬으며 빠르게 스쳐 지나갔다.

그다음은 진행이 한결 수월했다. 달 중력 정도밖에 되지 않는 곳을 손발을 다 써서 올라가는 일이었기 때문이다.

'지금쯤이면 내가 없어진 걸 이상하게 생각하는 사람이 나타났을까. 이상하다고 바로 수색을 하거나 하지는 않겠지. 무용단 사람들이 뭐라고 둘러댈 테니까.'

몇 번인가 사다리를 갈아탔다. 손으로 쥐기 좋고 발 놓기가 좋은 사다리였다. 완전히 수직으로 놓인 게 아니라 10도쯤 경사를 두고 세워져 있어서, 내려가는 길이라면 두 손으로 세로 기둥을 쥔 채 천천히 아래로 미끄러지기만 해도 좋을 것 같은 사다리 길이었다.

긴 사다리 하나를 오르자 그곳이 최종 목적지로 가는 출발점이라는 사실을 알 수 있었다. 그 층을 경계로 마치 시대가 바뀌듯 주위 경관이 바뀐 탓이었다. 매끈한 금속재 벽 곳곳에서 스페이스콜로니 첫숨의 로고가 눈에 띄었다. 오랜만에 보는 로고였다. 거주 구역에서는 좀처럼 볼 수 없는, 우주선관리단 통제구역에서만 볼 수 있는 상징.

다시 사다리 하나로 접어들었다. 유리관 안에 든 있는 긴 사다리였다. 유리관의 만듦새를 사다리와 비교해보니 원래부터 있던 관은 아닌 것 같았다. 혹시나 추락 사고가 발생하지 않도록 나중에 덧씌워놓은 안전장치가 분명했다. 재질이 투명한 것은 그 길을 가는 사람이 공포를 느끼지 않게 하기 위한 배려였을 것이다. 한 줄로 쭉 이어지는 긴 사다리를 놓지 않고, 여러 번 갈아타도록 짧은 사다리를 여러 개 놓아서 순례자가 자주 두 발로 바닥을 밟을 수 있게 한 것도 마찬가지였다.

유리관 너머로 건물 안쪽 풍경이 보이곤 했다. 우주정착지 첫숨에서 가장 높은 건물의 안쪽 풍경. 아주 오래전에는 그곳에서 곧바로 건물 바깥 풍경을 내려다볼 수 있는 길이었다고 했다. 높이를 생각하면, 그 광경을 직접 내려다볼 엄두가 날 것 같지는 않았다. 그래서 잘된 일이라는 생각이 들었다. 그곳은 정말로 하늘에 가까운 곳이었으니까.

그렇게 하늘로 올라갔다. 정착 초기, 화성인들의 사당으로 가는 여러 갈래 순례길 중에서도 가장 소박한 순례길이 아니었을까 싶은 길이었다.

한 칸 한 칸 밟고 올라가는 사다리가 아니었다. 중력이 크지 않은 곳이었으므로 지구 사람들이 생각하는 것보다 훨씬 빨리 이동할 수 있었다. 사다리 한 칸 한 칸의 간격 자체가 충분히 멀기도 했다.

'이제 다 와가. 발목에 힘을 줄 일이 거의 없어졌어.'

중력이 점점 줄어들었다. 이제 조금 있으면 중력이 거의 0에 가까운 지점에 다다를 것이다. 사다리를 놓아도 떨어지지 않는 곳. 첫숨을 관통하는 가늘고 긴 하늘.

마침내 하늘로 통하는 문 앞에 도착했다. 늘 봐오던 건물의 맨 윗층, 그 건물과 첫숨의 회전축이 글자 그대로 맞닿은 곳. 그런데 문이 잠겨 있었다. 그 문을 여는 방법을 들은 적이 없었다. 무슨 수를 쓰든 알아서 하는 수밖에 없었다. 하지만 어떤 수도 쓸 수 없을 만큼 단순하게 생긴 문 앞에서 머리를 굴려볼 여지는 많지 않았다. 그저 노크를 해보는 수밖에.

그때를 떠올리며 한묵희가 말했다. 정말 아무 생각도 안 떠오르더라고. 중력이 없어서 주저앉아지지도 않는 그곳에서 자신이 할 수 있는 일이라고는 그저 허공에 몸을 띄운 채 허탈한 마음으로 문을 두드려보는 것밖에 없었다고.

그 순간 거짓말처럼 철컥 문이 열렸다. 그리고 열린 문틈으로 흰 제복을 입은 누군가가 빼꼼히 고개를 들이밀었다. 기적적인 순간이라고 하기에는 다소 맹한 표정으로 그가 말했다.

"누구세요?"

"네?"

“저기, 그러니까, 일단 누구세요?”

“잠시만요.”

한묵희는 당황하는 우주선관리단 직원의 곁을 지나 첫숨 자전축으로 날아 들어갔다. 그리고 재빨리 방향을 틀면서 칸막이에 대고 힘차게 발을 굴러, 꽤 넓어 보이는 첫숨의 하늘을 무중력 비행으로 날아갔다. 오른쪽으로. 맞숨 방향이 아닌 첫숨의 맨 끝을 향해.

무대에서 갓 튀어나온 옷차림에 수건 하나만 달랑 두른 무용수가 통제구역을 지나 날아가는 모습을 보고 관리단 직원은 다시 한 번 멍한 표정을 지었다고 했다. 덕분에 시간은 좀 벌겠구나 생각하면서 한묵희는 하늘을 가로질러 갔다. 비유나 상징이 아닌 진짜 하늘과, 그곳을 가로지르는 하나밖에 없는 진짜 하늘 길로. 한묵희는 정말로 하늘을 날고 있었다.

41. 목격

그로부터 15분 정도가 지난 뒤에, 그러니까 한묵희를 처음 목격한 우주선관리단 직원이 침입자 발생 신고를 한 지 7분 정도가 지난 뒤에, 비로소 그 소식이 송영에게까지 전해졌다. 그러나 그 무렵 이미 한묵희는 첫숨의 끄트머리에 다다라 있었다.

그 지역의 중심 시설은 단연 우주 공항이었다. 맨 바깥쪽이 공항시설이었고, 바로 안쪽은 화물터미널이었다. 이 화물터미널을 중심으로 외부에서 날아온 물자들이 원통형 콜로니 첫숨의 밑면 곳곳으로 퍼져나갔다. 원료와 완재품의 수송이 용이한 만큼 원형으로 생긴 그 밑면에는 거의 대부분 생산시설이 들어차 있었다.

무중력을 활용하는 생산시설이나 연구시설은 화물터미널 한 칸 안쪽에 자리했다. 회전축에서 조금만 멀어져도 곧 인공중력의 영향권에 들게 되기 때문에 그런 특수시설이 들어설 공간은 늘 부족할 수밖에 없었다. 즉, 누구나 마음만 먹으면 어렵지 않게 찾아낼 수 있는 위치라는 뜻이었다.

'저기가 틀림없어.'

한묵희는 무중력 통로 중간으로 불쑥 튀어나온 구조물을 향해 다가갔다. 통로를 거의 반이나 막고 있는 구조물이었다. 그곳을 연구시설로 간주한 것은 당연했다. 중력이 작용하지 않는 공간을 조금이라도 더 확보하기 위해 애쓴 흔적이 보였기 때문이다.

'침투시킬 만한 데가 있을까.'

아직 사용하지 않은 초소형비행체 캡슐을 매만졌다. 하지만 그 기계를 잠입시킬 만한 틈새 같은 것은 눈에 띄지 않았다.

'여기에라도 풀어놓으면 언젠가 기회가 생기지 않을까?'

그래서는 안 될 것 같았다. 거기까지 침투했다는 사실이 알려졌으니 보안이 한층 강화될 게 틀림없었다. 기회는 바로 그 순간뿐이었다. 첫숨의 우주선 구역이 아직 항원 항체 반응을 일으키지 않고 있는 동안.

통로 주위를 맴돌았다. 둥그런 통로를 빙그르르 돌며 특이한 점이 없는지 살폈다. 비상시에 이용하는 좁은 통로나 환풍구, 혹은 밀폐된 창문 하나라도. 몇 바퀴 돌다 보니 방향감각이 완전히 사라졌다. 무중력 공간에 떠 있는 탓이었다. 중력이 없으면 방향감각마저도 한쪽을 바라보고 차분히 정렬되지 않아서, 금방 지나온 길도 순식간에 낯선 길이 되곤 했다. 그러면 지형지물이 아무리 단순해도 금세 길을 잃고 헤매게 되는 것이다.

'큰일이야, 벌써 시작됐어. 게다가 곧 누군가 들이닥칠 텐데.'

조바심이 났다. 거기까지 갔는데 그냥 빈손으로 돌아갈 수는 없었다. 지금 그렇게 물러나버리면 누구든 다시 그 앞에 설

수 있는 기회는 영영 돌아오지 않을지도 모른다. 정말로 큰일이 일어날 때까지. 돌이킬 수 없는 끔찍한 비극이 모두의 운명을 잠식해버리는 순간까지.

다시 벽을 두드렸다. 회전축으로 가는 통로로 접어들던 순간의 낙관적인 기대 같은 것은 이제 더는 할 수가 없었다. 잠겨 있는 문조차 아니었으니까. 그래도 계속 문을 두드려보는 수밖에 없었다. 그것 말고는 할 수 있는 게 없어서였다.

둥근 벽을 손으로 더듬으며 그 주위를 몇 바퀴나 맴돌았다. 그러는 사이 몇 번이고 몸이 놓인 방향을 바꿔야 했다. 그때마다 머리가 놓인 쪽이 위가 되고 발이 놓인 쪽은 아래가 되곤 했다. 조금 전까지는 전혀 위나 아래로 여겨지지 않던 곳이었다. 그 일이 반복되자 머릿속에 들어있던 공간의 모습이 하나 둘 사라져버렸다. 급기야 바로 눈앞에 놓인 벽 말고는 분명히 파악할 수 있는 게 아무것도 없게 되고 말았다.

그 순간 한묵희는 내 말을 떠올렸다고 했다.

"그러니까 이건 길이 두 갈래로 나 있는 것처럼 보이는 미로였습니다. 물론 처음부터 진짜 출구는 하나밖에 없었죠. 문제는 가짜 출구가 너무 그럴듯해 보였다는 겁니다. 그쪽이 더 매력적이었거든요. 이쪽은 제대로 된 길처럼 보이지도 않았고요. 그렇지 않습니까, 미끼가 맞춤이니까요. 송영 의원은 맞춤을 내줄 생각을 한 겁니다. 사상 최초로 적대행위금지조약기구에 사찰까지 허용할 생각이라고 하더군요. 지금 이 순간 태양계 전체에 그보다 더 매력적인 미끼가 있겠습니까. 없습니다. 앞으로도 당분간은 그렇습니다. 그런데 그 맞춤으로 가는 통로가 결국 막다른 길이라는 겁니다. 놀랍지 않습니까? 도대체 뭘까요, 맞춤보다 더 어마어마한 진실이라는 건? 그 큰 미끼를 다 내주고도 끝내 숨기고 싶은 무언가가 있단 말입니다. 그게 뭘까요? 도대체 뭘 실어 온 걸까요, 화성에서 여기까지?"

'그럼 어쨌거나 길이 있다는 거잖아' 하는 생각이 들었다고 했다. 앞뒤가 안 맞는 기대였지만 그걸 깨달을 만큼 여유롭지는 않았다고.

갑자기 덜컥 겁이 났다. 뒷일을 다 감당할 수 있을까. 멈춘 줄 알았던 사고가 그쪽으로는 유독 술술 잘 풀려나갔다. 스파이가 되다니. 금지 구역에 침투하다니. 들킬 일 없게 조심이나 할 걸. 이렇게 마구잡이로 파고들 게 아니라.

그리고 환영이 보였다. 당황스러웠지만 진짜로 그런 게 보였다고 했다. 혹시 누가 묻더라도 아무 말도 하지 말아야지 했던 환영이었다. 그 환영은 사람의 모습을 하고 있었다. 형태가 흐릿하거나, 너무 밝아서 알아보기가 어렵거나 한 것도 아니었다. 그저 익숙한 사람의 모습일 뿐이었다.

'차라리 기절을 하지. 이런다고 현실이 피해 가나.'

한심한 생각에 한숨을 내쉬며 환영이 하는 일을 멍하니 바라보았다. 환영은 능숙한 몸놀림으로 무중력 공간을 몇 바퀴 맴돌더니, 조금 전 한묵희 자신이 했던 것처럼 둥근 통로의 안쪽 면을 조심스레 살폈다. 그러다 어느 한 지점에서 멈춰 섰다. 그쪽을 가리키는 손.

멀리서 떠들썩한 소리가 들려왔다. 방금 지나 온 통로 저편에서 우주선관리단 근무복을 입은 사람 여럿이 무리 지어 날아오는 모습이 보였다. 한묵희는 그제야 못 이기는 척 환영이 가리키는 쪽으로 다가갔지만 환영의 존재를 믿고 싶은 생각은 전혀 들지 않았다. 얼마나 그럴듯한 모습을 하고 있든 그 형상이 환영인 것만은 의심할 여지가 없었기 때문이었다.

형체가 흐릿하거나 어설퍼서가 아니었다. 움직임이 자연스럽지 않아서도 아니었다. 오히려 그 반대였다. 너무 그럴듯하고 자연스러운 게 문제였다. 꿈에도 잊지 못할 그 사람의 모습. 그것은 선생님의 모습을 하고 있었다. 달 아이들이 움직이는 모습을 가만히 보고만 있어도 눈물이 난다던, 숨만 쉬고 있어도 반짝반짝 빛나는 제자들 때문에 달에 오게 된 게 너무나 감사하고 행복하다던, 6분의 1 네이티브들의 선생님.

'돌아가신 분이야. 여기까지 와서 누구한테 기대려고 그래, 한묵희.'

속으로 그런 말을 되뇌면서 선생님의 환영이 가리키는 곳을 바라보았다. 그런데 거기에 작은 틈새가 있었다. 먼지가 끼지 않은 매끈한 이음매가. 열리고 닫힌 흔적이 남아 있는 아주 미세한 세상의 균열이.

'아까 발견했다 놓친 걸 무의식이 다시 확인해준 건가.'

손톱을 넣어 틈새를 벌려보았으나 움직일 기미가 보이지 않았다. 고개를 들어 통로 저편을 살폈다. 너무 길고 곧게 뻗은 통로여서 사람들이 날아오는 속도를 짐작하기가 어려웠다. 게다가 방향감각이 사라진 탓에 어딘가를 바라보고만 있어도 현기증이 났다.

'뭔가 하려면 지금 해야 돼. 이래 가지고는 도망도 못 가겠어. 어차피 갈 데도 없겠지. 이제 저 환영이 뭐가 됐든, 신뢰할 만한 것이든 아니든, 일단 이 틈새가 눈에 들어온 이상 여기를 파고드는 수밖에 없어.'

손을 떼고 틈새를 가만히 들여다보았다. 긁힌 흔적 같은 것은 보이지 않았다. 어디서 끝나는 틈새인지 양 끝을 눈으로 따라가보았지만 균열이 생긴 부분은 그다지 길지 않았다. 오랜 세월에 걸쳐 열리고 닫히는 동안 약간의 변형이 일어나지 않았다면 그나마 눈에 띈 그 짧은 구간마저도 끝내 발견되지 않았을 것이다.

'손잡이가 없어. 스위치도 없고. 이쪽에서 열리는 게 아닌가. 연구시설에 나 있는 비상 통로라면 어딘가 열 방법이 있을 텐데. 비상 통로가 아닐지도 모르지만.'

선생님의 환영을 바라보았다. 올려다보는 건지 내려다보는 건지 알 수가 없었다. 둥근 벽 한쪽에 거꾸로 매달린 것처럼 보이던 선생님의 환영이 한참이나 말없이 한묵희를 바라보다가 뭔가를 말하려는 듯 입술을 삐죽 내밀고 고갯짓으로 틈새 쪽을 가리켰다. 그 표정을 기억하고 있었다. 어서 안 하고 뭘 가만히 보고만 있느냐는, 선생님의 표정.

고개를 가로저으며 그 얼굴을 바라보았다. 통로 저쪽에서 날아오는 사람들을 확인한 다음 현기증을 참으며 다시 틈새를 노려보았다. 그리고 두 발로 벌어진 틈새 주변을 세게 밀었다. 몸이 반대쪽으로 밀려 나갔다. 반대쪽 벽, 천장처럼 보이던 곳을 향해 천천히. 몸을 반 바퀴 돌려 진행 방향 쪽에 발이 가게 했다. 발이 통로 벽에 닿는 순간, 무릎을 굽혔다가 충분히 힘을 실어 벽을 밀어냈다. 그러자 몸이 반대쪽으로 밀려났다. 아까보다 훨씬 빠른 속도였다. 다시 몸을 돌려 틈새 근처를 발로 밀었다. 속도가 줄어드는 대신 그만큼의 힘이 통로벽에 전해졌다. 그리고 다시 한 번 몸이 반대쪽 벽을 향해 밀려나는 순간, 철컥 소리와 함께 빗장 같은 것이 풀리는 게 느껴졌다. 동시에 문이 열렸다. 걸어서 지나갈 만큼 넓지는 않았지만, 날아가듯 머리부터 빠져나가기에는 충분한 크기였다.

조금 전에 한 것과 똑같은 방식으로 두 발을 이용해 반대편 벽을 밀어냈다. 그리고 빨려 들어가듯 열린 문 안으로 날아 들어갔다. 통로 옆에 사다리 같은 모양으로 부착된 손잡이가 눈에 들어왔다. 비상용 통로가 맞는 모양이었다.

안으로 들어서서 속도를 늦췄다. 조명이 밝게 켜져 있었다. 먼지 하나 없이 깨끗한 공간이었다. 그러나 그게 연구시설이 맞는지 아닌지는 알아볼 수 없었다. 분위기는 그럴듯하지만 한눈에 용도를 알아볼 수 있는 실험 도구나 장비 같은 것은 전혀 없었다.

'뭘 봐야 되는 거지? 사람이 하나도 없어. 시간이 얼마 없을 텐데.'

옷에 붙어 있던 초소형비행체 캡슐을 뜯어냈다. 뚜껑을 열려다 다시 캡슐을 손에 꼭 쥐고 용도를 알 수 없는 빈 공간을 향해 날아갔다. 문이 열려 있는 방이었다. 잠금장치가 없지 않았지만, 누군가 잠시 안에 뭘 가지러 간 듯 어정쩡하게 살짝 열려 있는 문이었다.

내부는 생각보다 넓었다. 어느 방향을 바라보고 날아왔는지 곧 방향을 잃어버리고 말았지만 아마도 무중력 통로를 반이나 가리고 있던 그 구조물 안으로 들어선 것 같다는 생각이 들었다. 중력의 영향이 제일 적은 곳. 무중력 연구시설에서 제일 중요한 공간.

나중에 한묵희는 그 순간을 이렇게 회상했다.

"거기를 어떻게 찾았는지는 설명하기가 좀 그래요. 직관이었을지도 모르지만 아닐 거예요. 그냥 따라간 거거든요. 그 환영을. 그러니까 그 부분은 설명을 못하겠어요. 결과적으로는 옳았지만 과정이 이해가 안 돼요."

거기에는 방 하나를 꽉 채우는 크기의 수조가 놓여 있었다. 다섯 면이 투명한 벽으로 둘러싸인 직육면체 수조. 머리를 묶은 연구원 하나가 수조를 들여다보고 있다가, 수건을 두른 무용수가 수조의 다른 쪽 면을 향해 다가오는 것을 보고는 그쪽으로 고개를 돌렸다.

"어, 저기, 어? 혹시 한묵희 씨?"

머리를 묶은 연구원이 자신 없는 목소리로 그렇게 말했다. 한묵희는 기억을 더듬었지만 역시 아는 사람은 아니었다. 단순히 잡지나 뉴스에서 한묵희의 얼굴을 본 적이 있는 모양이었다. 무용수 같은 옷을 입고 있었으니 최근에 사진이라도 한 번 본 적이 있다면 기억을 떠올리기가 그리 어렵지 않았을 것이다.

"네, 맞아요."

"여기는 어떻게? 아, 견학 오신 건가요?"

묘한 긴장이 흘렀다. 아무리 생각해도 초대받고 온 것 같지는 않은 옷차림이었다. 출입 허가증을 달고 있지도 않았고 인솔자가 따라 들어오지도 않았다. 결정적으로 한묵희의 뒤를 쫓던 우주선관리단 사람들이 내는 떠들썩한 소리가 연구실 안에까지 새어 들어왔다. 말뜻을 알아들을 수는 없어도 말의 속도나 어조 분위기는 알아챌 수 있었다. 긴박함, 권위, 약간의 분노, 그리고 공격성.

한묵희는 재빨리 손에 든 캡슐을 열고 스위치를 눌러 초소형비행체를 작동시켰다. 다급한 상황에 비하면 꽤 침착하고 능숙한 손놀림이었다. 그제야 머리를 묶은 연구원이 사태를 파악하고는 당황하며 한마디를 내뱉었다.

"어, 침입하신 거예요?"

한묵희가 고개를 끄덕이며 차분한 목소리로 대답했다.

"네. 드디어 오늘 일정이 다 끝났네요."

그 말과 함께 거짓말처럼 안도감이 밀려왔다. 그리고 비로소 눈앞에 놓인 것을 정면으로 바라볼 수 있었다. 수조 안. 아마도 그날의 최종 목표일 게 분명한 무언가.

올려다본다고 생각했으나 내려다보고 있었던 건지도 모르는 일이었다. 조명이 밝게 켜진 수조 안이었다. 한묵희나 내가 사는 아파트의 침실과 거실을 합한 것보다 조금 더 커 보이는 수조. 중력이 작용하지 않으므로 압력이 한쪽으로 가해지지도 않을, 보기에는 익숙해 보이지만 보통 사람들이 생각하는 것과는 전혀 다른 물리법칙들이 작용하고 있을 물속 풍경. 방향도 없고 위아래도 없으며 어쩌면 시간조차 조금은 특이하게 흐르는 것처럼 느껴질지도 모를 미지의 시공간. 그런 비현실.

거기에 그것이 있었다. 세 개의 눈을 가진 그 아이가.

42. 숨겨둔 아이

"우연이 너무 많이 개입됐다고 생각하시나요? 그런데 그게 우연이 아니랍니다. 그 점이 제일 까다로웠거든요. 제 말은, 숨기는 입장에서요."

중재원 앞 사거리에서 보행 신호를 기다리며 송영이 말했다.

"그게 우연이 아니라고요? 하지만 제가 계획한 건 회전축에 도착할 때까지의 경로였는데요. 나머지는 찾을 수도 있고 못 찾을 수도 있는 길들 아니었습니까."

"최 선생, 우주선관리단은 비교적 보안 사고가 많지 않은 곳이랍니다. 연구원들이 출입문을 열어놓고 다니는 건 별로 특이한 일도 아니에요. 문 좀 잘 닫고 다니라고 해봐야 말을 들을 사람들도 아니고요. 그 정도는 알고 계획하신 것 아닌가요?"

"제 예상보다는 훨씬 복잡했으니까요. 좀더 쉽게 출입문을 찾아낼 줄 알았는데. 솔직히 한묵희 씨가 그 틈새를 찾아낸 거나 하필 열려 있는 문으로 들어가보기로 한 건 전혀 필연이 아니었지요."

신호가 바뀌고, 사람들이 횡단보도로 내려섰다. 송영은 느릿느릿하게 길을 건넜다. 횡단보도를 미처 다 못 건넌 채 신호가 바뀌자 정지선에서 기다리고 있던 차 한 대가 조바심을 감추지 못하고 엔진 소리를 키웠다. 그래도 송영은 아랑곳하지 않고 느긋한 걸음으로 길을 건넜다. 그렇게 자주 뉴스에 얼굴을 비췄는데도 아직도 도시 제일의 유력자를 못 알아보는 사람이 있다는 사실이 놀라웠다. 운전 습관을 보면 관광객은 절대 아닌 것 같은데도.

나무 그늘 쪽으로 발걸음을 옮기면서 송영이 말했다.

"옛날이야기를 하게 만드시네요. 기억도 잘 안 나는데. 앞부분은 다 생략하고, 최 선생도 화성 대기 개조가 끝난 시기를 첫숨이라고 부르는 건 아시겠지요? 대단한 일이기는 하지만 솔직히 저희 집안과는 직접적인 관련은 없는 이야기랍니다. 그때 화성에 있었던 사람들은 큰돈은 못 벌었거든요. 어디든 마찬가지겠지만 개조가 완료되고 안전이 확인된 다음에 맨 처음 들어간 사람들이 돈을 버는 거예요. 모험은 돈과는 거리가 멀 수도 있다는 말씀이에요. 아무튼 복잡한 건 생략하고, 그 이전에 화성에 있던 사람들 중에는 탐험가들이 많았어요. 모험가는 아니고 생명체 탐사를 하는 사람들이었지요. 그런데 첫숨 이후에 이 탐사 일이 많이 줄었지 뭐예요."

"들었습니다. 화성 고유의 환경이 아니게 돼서요. 말하자면 지구 생명체에 오염된 상태여서."

"그래요, 맞아요. 그런데 말이죠, 그 탐사 활동이 완전히 끝난 게 아니었어요. 개조 이후 화성에서도 말이에요. 지구의 영향을 받지 않은 생명체를 찾아내기가 한층 까다로워지기는 했지만, 그렇다고 불가능해진 건 아니지 않겠어요? 물론 애초에 화성생명체 탐사 규모를 너무 크게 잡은 탓도 있었겠죠. 거기 과학자 중에 외계생물학 전문가 비중이 워낙 높아서, 결과를 얻을 가능성이 희박해진 뒤에도 포기를 못 했거든요. 어디든 그렇지 않나요? 학계라는 건 늘 그 모양이니까요."

그렇게 말하는 송영의 얼굴에는 미안함이나 부끄러움 같은 것이 전혀 담겨 있지 않았다. 사고로 표류하는 미지의 우주선, 그 우주선에 구조 인력을 투입해 얻은 평화, 우주선 폭발 사고와 직접적인 연관이 있을지도 모르는 첫숨주의자 최소이, 그 최소이가 머물던 우주정착지 첫숨, 그리고 비밀 또 비밀. 그 모든 것들의 연관 관계를 무시하고 우주 시대 진정한 인간중심주의의 수호자라는 새로운 수식어를 아무 거리낌 없이 차지해 버린 정치인 송영의 얼굴 그대로였다.

송영이 계속 말을 이었다.

"맞아요, 성과 없는 탐사였어요. 그걸 몰랐던 게 아니에요. 그래도 탐사는 중단이 안 됐어요. 신념 때문에 계속한 건 아니었을 거예요. 그냥 돈이 그쪽으로 움직이니까, 제도가 생기고 일이 만들어진 거지. 그 상태로 얼마나 오래 지속됐는지 아세요? 아마 짐작도 못할 걸요. 정답부터 말씀드리면, 화성생명체 탐사는 중단된 적이 한 번도 없답니다. 무슨 말씀인지 아시겠어요? 지금도 진행되고 있다는 뜻이에요. 성과를 낸 적은 거의 없지만. 정말 끔찍하게 비효율적인 일 아니겠어요? 생명체라니, 그런 건 없다니까요. 왜 그 사실을 받아들이지 못하는지 모르겠어요."

나는 송영의 얼굴을 물끄러미 바라보았다. 그러자 송영이 신이 난 듯 틈을 주지 않고 다음 말을 이어갔다.

"그런데, 예외가 있었어요. 단 한 건."

"단 한 건이요?"

"단 한 건."

"한 건이라고 무시할 수 있는 게 아니지 않습니까."

"당연하죠. 그 한 건 때문에 외계생물학에 관한 모든 지식이 다 달라지는 거니까."

"탐사가 성공한 건가요?"

"나중에는 좀 복잡해지기는 했지만, 그래요. 일단은 발견을 했어요."

"어디에서죠? 어떻게요?"

"아, 그게, 옛날이야기라 기억이 잘 안 나는군요. 이렇게 생기면 한 2백 살은 되는 줄 아는 사람들이 있던데 내가 그 시절을 산 건 아니니까, 전해 들은 이야기예요. 그 옛날에는, 대기가 지구처럼 바뀌기는 했어도 그때는 다 사막이어서 지명이랄 것도 별로 없었어요. 나중에 바다가 돼버려서 그나마도 아무 의미가 없어졌지만. 원래도 바다였을 거예요. 하여간 그 사막에서 발굴을 했어요, 생명체의 흔적을요. 사실 생명체 하나를 찾아냈다고 보는 게 맞을 거예요, 흔적이 아니라. 보존 상태가 아주 좋았다더군요."

"그게 바로 그거군요."

"그래요. 그런데 아직 그 이야기가 나올 순서가 아니에요. 잠깐 기다려보시겠어요? 그 발굴 이야기로 돌아가서요, 보존 상태가 좋았는데, 사실 지나치게 좋았죠. 누가 일부러 보존해 놓은 것처럼 좋았다나요. 자세한 건 잘 모르겠네요. 중요한 건 그게 아니었어요. 어떻게 찾을 수 있었느냐 하는 거죠. 성공한 케이스가 한 건도 없는데 유독 거기서만 성공한 이유가 뭔가 하는 건데, 그게 바로 제가 하려는 이야기랍니다."

"우연히 찾았다고요?"

"우연처럼 보이지만 필연이었다는 말이에요. 탐사대가 갓 산소 공급 장치를 떼고 사막을 헤매고 다니던 시절 이야기예요. 거기는 진짜 아무것도 없었거든요. 사막도 그런 사막이 없었겠죠. 그런데 탐사 팀에 속한 박사 하나가 차를 타고 그 근처를 지나가다가 첫숨 이전 시기 보호복을 입고 춤을 추고 있는 사람을 발견했지 뭐예요. 사람이 있을 곳도 아니고, 있었어도 헬멧을 쓰고 있을 필요는 없던 때라 무슨 일인지 물어나 보려고 차에서 내렸는데 글쎄, 조금 전만 해도 분명히 거기에 있던 사람이 흔적도 없이 사라져버린 거예요. 숨을 데라고는 아무 데도 없는 곳에서."

"환영이었다고요?"

"헛것을 본 거죠. 한 번으로 끝난 것도 아니었어요. 그 근처를 지날 때마다 봤다니까. 그래서 그 양반이 연구비를 끌어다가 그 일대를 파고 들어간 거랍니다. 왜 굳이 거기를 파냐고 반대하는 사람도 있었겠지만 그때는 어디가 됐든 파긴 파야 했으니까 별 문제는 없었을 거예요."

"한묵희 씨처럼요? 그래서 우연이 아니라고요? 아무리 그래도 그건, 그냥 환영이 아니었습니까."

"입증이 끝난 환영이랍니다. 그 아이가 그런 식으로 말을 건 거예요. 낯을 안 가리는 아이여서 한묵희 씨한테만 접근한 게 아니었거든요. 우주선관리단 의료 기록을 보실 수 있으면 재미있는 케이스를 많이 보실 수 있을 텐데, 그렇게 해드려요?"

나는 순간 머릿속이 복잡해졌다. 그 환영이 헛것이 아니었다니. 그렇다면 내 눈에 나타나는 환영도 입증이 끝난 환영이란 말인가. 얼마나 먼 곳까지 영향을 미칠 수 있는지 묻고 싶었으나 일단은 말을 아꼈다.

"괜찮습니다. 지난 며칠간 자료라면 신물이 나도록 봐서요. 그보다, 그 아이는……, 아이라고 하니까 어색하네요. 아무튼 그 아이는 말하자면 화성 원주민 아닙니까? 그 관점에서 보면 그쪽이 토박이고 우리가 외계인일 텐데."

"그렇기는 하지만 아니기도 하답니다. 화성 토박이라고 보기는 어렵거든요."

"어째서죠? 눈이 세 개여서요?"

"등지느러미도 세 개지요."

송영이 대수롭지 않다는 듯이 대답했다. 나는 잠시 생각을 정리한 후 따지듯 물었다.

"다른 샘플이 없다고 하지 않았습니까."

"그렇지요. 그래도 이 아이는 화성 생명체가 아니었답니다."

"화성에서 찾았는데도요? 화성에서 찾은 유일한 샘플이면 비교하고 말고 할 것도 없이 그냥 그게 화성 토박이가 아닐까요?"

"최 선생, 우주는 우리가 아는 것보다 훨씬 이상하답니다. 이 아이만 해도 그래요. 너무 이상한 점이 하나가 있었거든요. 한 세기가 넘게 걸렸으니까 시간은 꽤 걸린 셈이지만 그래도 결국 유전정보를 깨끗하게 정리하는 데 성공을 하기는 했답니다. 했는데, 그 순간에 도저히 해결이 안 되는 수수께끼 하나가 터져 나왔지 뭐겠어요."

"수수께끼요?"

"유전정보를 규명했으니 이제 뭘 시도했겠어요? 복원을 시도했겠지요. 그런데 무슨 수를 써도 발생이 안 되는 게 아니겠어요."

"세포 발생 이야기를 하시는 겁니까?"

"맞아요. 그 문제였어요. 그러고도 이 아이를 되살리는 데 반세기 정도가 더 걸렸을 정도였으니까, 얼마나 까다로웠는지 이해하시겠어요? 여기서부터는 저희 집안과 관련된 문제랍니다. 말 그대로 삼대가 붙들고 있던 문제였거든요. 제 손에까지 넘어올 줄을 누가 알았겠어요? 제가 아직 어린애였을 무렵에 외할머니가 붙들고 있던 문제였으니까 말이죠. 그렇게 어마어마한 돈과 시간을 들여서 풀어낸 수수께끼였는데, 막 문제를 풀고 나니까 더 복잡한 상황이 발생하더군요."

"왜죠? 해답이 뭐였길래."

"발생을 성공시킨 연구소가 어디에 있는 연구소였을까요? 짐작 가는 데가 있으신가요?"

"전혀 모르겠습니다."

"첫숨에 있는 연구소였어요. 한묵희 씨가 견학하고 온 거기. 그게 무슨 뜻이냐면, 이런 소리랍니다. 중력이 있는 곳에서는 무슨 수를 써봐도 발생 과정 중 하나가 작동을 하지 않더라는 이야기죠."

다시 말문이 막혔다. 그게 무슨 의미일까. 그리고 잠시 후 송영 쪽으로 고개를 돌리며 물었다.

"그러니까 다시 말하면, 무중력에서만 발생한다고요?"

"그래요."

"그런데 그게 왜 화성에 있죠?"

"그게 우리 마지막 수수께끼였어요. 어쩌면 영영 풀 수 없을지도 모르는 수수께끼겠죠. 하지만 결론은 하나밖에 없답니다. 결론이 아니라 함의라고 하던가요? 하여간 그게 뭔지는 아시겠지요?"

어느 행성의 중력권 안이 아니라 아무 중력도 작용하지 않는 우주 공간에서 번식하던 생명체라는 뜻. 다시 말하면, 어느 경로를 거쳐왔는지는 모르지만 아무튼 우주를 건너온 생명체라는 함의.

한묵희의 묘사를 떠올렸다. 눈이 세 개인 아이였다. 제일 먼저 보인 건 그 눈이었지만, 머릿속에 떠오른 생각은 눈의 개수가 세 개인 게 중요한 게 아니라 아래위나 좌우가 없는 게 핵심이라는 점이었다. 눈 세 개가 120도마다 하나씩 나 있는, 얼굴. 그걸 얼굴이라고 부를 수 있다면.

두 생명체가 무중력 공간에 나란히 서서 서로의 눈을 마주보았다. 한묵희는 그 외계생명체의 위쪽 면이라고 여겨지는 곳에 있는 눈을 바라보았지만, 상대가 한묵희의 어느 쪽 눈을 들여다보고 있었는지는 알 수 없었다. 다만 서로가 서로의 눈을 들여다보고 있다는 사실만 확신할 수 있을 뿐이었다.

깊고 고요한 눈. 세 개의 눈.

고개를 갸웃하듯 생명체가 얼굴을 120도쯤 옆으로 기울였다. 길쭉한 몸체 앞에 붙어 있는 삼면으로 된 얼굴이었으므로, 고개를 기울였다는 것은 곧 몸 전체를 틀었다는 의미이기도 했다. 수조가 꽉 찰 정도로 거대한, 작은 고래 몸집 같은 몸이 세찬 물살을 일으키며 돌아눕듯 움직였다. 그렇게 120도를 틀고 나자 조금 전과 완전히 똑같은 얼굴이 달에서 온 무용수 앞에 떠 있게 되었다. 위아래와 좌우의 구분이 전혀 없는 얼굴. 그렇게 생긴 몸, 우주 멀미 없이 그런 식으로 세상을 인지하도록 만들어진 감각기관과 세 개의 등지느러미, 쉴 새 없이 오물거리는 세 개의 입술.

"귀엽더라고요."

한묵희가 덧붙였다. 나는 동의하지 않았다. 나모린도 마찬가지였다. 우리에게는 나모린의 초소형비행체가 찍은 사진이 있었다.

다시 송영에게 물었다.

"그런데 왜 그걸 숨기시는 거죠? 그야말로 순수한 연구 아닌가요?"

"악용하려는 사람이 생길지도 모르거든요. 가까운 곳에서. 한묵희 씨가 아무 말 안 하던가요? 저 생명체가 크기가 얼마나 되는지?"

"대충 들었습니다. 사진도 봤고요."

"그럼 이것도 생각해보세요. 그 생명체의 나이가 지구 나이로 이제 겨우 반년 정도밖에 안 됐다는 점을요. 맨 처음 저 생명체 화석을 발굴했을 때 말이에요, 발굴이 생각보다 어려웠던 이유가 있는데, 그게 좀 특이했어요. 너무 커서 애를 먹은 거였거든요. 사람 사는 곳에 풀어놓았을 때 저게 뭐가 될지는 아무도 모른답니다. 정신에 미치는 영향까지 생각하면 더 골치가 아프고요. 인간 아이들이 떼쓰고 울어대는 거하고는 차원이 다르거든요. 반년밖에 안 된 애가 벌써 저 정도니. 그런데 크기 자체는 제일 심각한 문제가 아닐지도 몰라요. 생태계에 전혀 다른 계통의 생명체가 유입된다는 건 그것 자체로도 사소한 문제가 아닐 테니까요."

그 말에 나도 모르게 고개를 끄덕였다. 인간 아이들이 떼쓰고 울어대는 것과는 차원이 다르다는 대목에서. 그리고 재빨리 화제를 돌렸다.

"무기가 될 수도 있겠죠. 그렇긴 하지만. 일부러 그런 짓을 할 사람이 있겠습니까?"

"최 선생, 이 나이가 돼보면, 내가 말부터 걸음마까지 다 가르친 자식인데도 그 자식이 하는 일에 더는 일일이 간섭을 할 수가 없게 되는 순간을 지나게 된답니다. 아무리 잘못된 일이어도 말이죠."

"반인석 사장 이야기를 하시는 겁니까?"

"맞춤 폭발 사고는 왜 일어났다고 생각하세요? 그거야 말로 우연히? 평화롭게 돌아가던 공장이 별 이유도 없이 단순 사고로 그렇게 싹 날아가버렸다고요? 순진하시군요. 그럼 나모린 양이 처음부터 아예 헛다리만 짚은 거라고 생각하셨겠군요."

"그럼 저를 맞춤 사고 현장으로 보내신 건?"

"함정이 아니었냐고요? 최 선생한테 달린 문제였겠지요. 함정이었을 수도 있고 진짜 필요한 걸 보고 오라는 의미였을 수도 있고. 하여간 순진하시군요. 하긴 그렇게 순진하시니까 거기까지 한묵희 양을 올려 보낼 수 있었겠죠. 마음에 들어요, 최 선생. 그 부분은 정말 마음에 들어요. 어때요, 최 선생. 오랜만에 제안하죠. 본격적으로 우리 비서실에서 일해볼 생각 있으세요?"

매력적인 제안이었다. 언제나 열려 있던 문이기는 했지만 지금처럼 서로를 파악하고 난 시점이라면 조금 더 특별하게 들리는 제안이었다.

나는 선뜻 말을 꺼내지 못했다. 송영 역시 대답을 재촉하지 않았다. 잠시 말없이 길을 걷다가 내가 먼저 대답 대신 질문으로 말문을 열었다.

"그 전에 알아야 할 일이 있는 것 같은데요. 그 아이, 어떻게 하실 생각입니까?"

"일단은 키워봐야죠. 괜히 깨웠나 후회가 되기도 한답니다. 혼자일 테니까요. 그런데 사실 선택의 여지도 별로 없었어요. 제가 그 일을 맡았을 때는 이미 돌이킬 수 없는 정도로 일이 진행된 상태였으니까요. 책임은 돌아가신 분들한테 물어야겠죠."

"이용하실 생각이십니까, 어떤 식으로든?"

"그러고 싶어 하는 사람들이 있긴 해요. 특히 추진기관이 어떻게 성장하는지 보고 싶어 하더군요. 우주를 건너왔다니까 뭔가 추진력을 만들어내는 기관이 있지 않을까 기대하는 모양이에요. 효율이 좋으면 우리도 따라해볼 수 있으니까요. 하지만 구체적인 계획이 있는 건 아니에요. 해부 같은 건 용납을 안 할 생각이고요. 저 아이의 장래에 관한 제일 구체적인 구상은 아마 이게 아닐까 싶네요."

"뭐죠?"

"원래 살던 환경으로 날려 보내는 것. 똑같은 데로는 못 보내겠지만. 첫숨 사상이 생명주의라고 말씀드렸던가요? 거짓말이 아니라 진짜로 그렇답니다. 다만 늘 걸리는 건 있어요. 저 아이가 자라면 과연 행복하게 잘 살아갈 수 있을까. 그럴 수 있을 거라고 믿는 편이에요. 동족을 만나기는 어렵겠지만, 일단 우리하고는 잘 지내고 있으니까요. 언젠가 저 아이도 인큐베이터를 나와서 첫숨을 쉬게 되겠죠? 일단은 그냥 지켜볼 뿐이랍니다. 우리는 저 아이에 대해 아는 게 너무 없거든요. 엄청나게 커질 거라는 것밖에. 그래서 말인데, 일단 제일 먼저 할 일은 저 아이를 다른 데로 옮기는 게 될 거예요. 더 거대해지기 전에 말이죠. 어때요, 이제 관심이 좀 생기셨나요?"

43. 방류

종잡을 수 없는 날들이었다. 외계인을 목격했다는 사람들의 수가 평소의 열 배 이상으로 늘어난 기간이었다. 그들은 모두 진실을 말하고 있었지만 그렇다고 그 사람들이 목격한 것이 정말로 외계인이었던 것은 아니었다.

선생님의 환영과 이틀간 진지하게 대화를 나눈 후 한묵희는 그 대화가 결국 자기 머릿속에서 이루어지는 대화와 다를 게 없다는 사실을 알게 되었다. 추억할 수는 있지만 새로운 일이 일어나는 만남은 아니었던 것이다. 그러자 한묵희는 곧 흥미를 잃어버렸다. 그리고 금방 무대로 돌아갔다.

나모린은 우주선관리단 측에서 한묵희에 대해 제기한 탑승 거부 심사에서 한묵희를 대리하기로 했다.

"일단 들어온 사람을 쫓아내는 건 굉장히 어려워요. 탑승 거부 결정이 내려진다고 해도 구제 절차가 많이 마련되어 있기 때문에 사실상 2년 정도는 더 머무실 수 있을 거예요."

"춤은 계속할 수 있나요?"

"거주 구역에서 활동하시는 건 우주선관리단 결정과는 아무 상관없어요. 첫숨 관할이거든요. 송영 의원님께서 따로 책임 추궁은 안 하시겠다니까 어떻게든 잘 풀리긴 할 거예요."

"여사님 혼자서 결정하실 문제는 아니잖아요."

"그게 문제죠. 그러니까 대리인이 있어야죠. 돌출 행동은 하지 마시고요. 일단 다 저한테 상의하세요. 수임료는 청구 안 할 거예요. 뒷감당은 같이하기로 했으니까요. 그러니까 제발 좀."

적대행위금지조약기구의 맞춤 지역 사찰로 눈코 뜰 새 없이 바빠진 기간에도 한묵희의 신변에 관한 일만큼은 다른 직원을 시키는 일 없이 나모린이 직접 나서서 챙긴 덕에 한묵희는 곧 무대에 오를 수 있는 자격을 회복했다. 꽤 까다로운 절차였지만 심동완 같은 첫숨 주요 문화소비자들에게는 그저 이런 인상만 남겼을 뿐이었다.

"발목 부상 회복되자마자 바로 무대에 오르는 거잖아요."

심동완은 좌천된 지 한 달 만에 첫숨으로 돌아왔다. 중재원 역시 고급 인력이 많이 필요한 시기였기 때문이다. 형식상으로는 잠깐 파견을 나온 것뿐이었지만 심동완은 파견이 끝난 뒤에도 한동안 사라질 기미가 보이지 않았다. 적어도 2년 이내에는 한묵희의 공연을 직접 볼 수 있는 곳이 첫숨 하나로 한정될 것이 분명했기 때문이다.

반지업의 성장은 예상대로 순탄했다. 나중에 첫숨을 떠나 독립을 하면서 몇 차례 고난을 겪게 되겠지만, 그 전까지는 누구나 예상할 수 있는 무난하고 안정적인 삶이 지속될 것이었다. 나모린을 만난 것이 그의 인생 최고의 기회였으나 그는 그 사실을 알지 못했다. 결국 두 사람은 공식적인 관계에 이르지 못했고, 신상우 같은 인물들의 노력에도 불구하고 열애설 같은 것도 퍼지지 않았다.

대외 활동이 눈에 띄게 많아지자 한묵희는 이내 거처를 옮겼다. 이사 가기 전 마지막 목요일 아침에도 어김없이 그 소리가 들려왔지만, 그다음이 어떻게 되었는지는 확인해보지 않았다.

나는 등에 커다란 날개가 달린 남자가 엘리베이터 옆 계단에 날개를 접고 앉아 있는 환영을 보곤 했다. 한묵희의 경험담을 듣고는 몇 차례 말을 걸어보기도 했지만 선생님 형상을 한 한묵희의 환영과는 달리 내 환영은 너무 말수가 적어서 이렇다 할 대화는 해볼 수가 없었다.

사찰단이 오기 전에 우리는 "그 아이"를 첫숨 밖으로 내보내야 했다. 사찰단이 환각이라도 경험한다면 일이 대단히 복잡해질 것이기 때문이었다.

아이는 이미 덩치가 지나치게 커져 있었다. 여객용 우주선으로 신호를 위장해서 내보내려던 것이 계획을 실행할 무렵에는 대형 화물선으로 위장하는 것으로 변경해야 할 정도로 성장이 빨랐다. 조금만 더 지체했다가는 공격함으로 위장해야 할지도 모를 지경이었다. 그러니 사찰 일정이 1년쯤 뒤로 밀렸더라도 더는 첫숨 콜로니 안에 수용할 수 있는 상황이 아니었다. 내보내지 않을 방법이 없었던 셈이다.

'삼면고래'라는 공식 명칭으로 불렸던 그 생명체는 첫숨을 빠져나가 편안하고 안정된 자세로 목성으로 가는 항로에 접어들었다. 그다음에 무슨 일이 일어날지는 연구진도, 우리 비서실도 전혀 예상을 하지 못했다. 다시 첫숨으로 불러들여서 조금 더 성장을 시킨 다음에 내보내야 할까. 우주 공간을 떠돌게 한 채로 영양 공급을 계속하며 꾸준히 발달 상태를 지켜보는 게 좋을까. 혹시 통제를 벗어날 경우를 대비해서 병력을 주위에 배치하는 게 현명하지는 않을까. 하지만 그 경우에 비밀 유지 문제는 또 어떻게 처리해야 할까.

그러는 사이 지구궤도연합 쪽에는 다시 이런 소문이 만들어졌다. 첫숨의 화성인들이 이번에는 비밀리에 우주 함대를 건설하고 있다고. 장목은 실장이 그 이야기를 소개하자 송영이 지긋지긋하다는 듯 짧게 대답했다.

"사찰이고 뭐고 잠시뿐이군요. 정말 끝이 없네요, 인간들의 망상은."

날아가는 삼면고래를 찍은 영상을 보면서 그런 생각을 하곤 했다. 옛날 신화에 나오는 얼굴이 셋 달린 신이란, 석상에 표현된 것 같은 그런 이상한 모양으로 세 개의 얼굴이 다다닥 붙어 있는 신이 아닐 거라고. 세 개의 면, 혹은 세 개의 차원에 동시에 걸쳐 있는 어떤 초월적인 존재를 최대한 인간의 사고에 맞게 표현하다 보니 그런 어색한 형태가 만들어진 게 아닐까. 우리 삼면고래가 눈 세 개에 등 지느러미가 세 개만 가지고도 위아래, 좌우 양옆의 방향 개념이 존재하지 않는 우주 공간 한가운데 아무런 감각의 혼란 없이 자연스럽게 떠 있을 수 있다는 점을 생각하면, 천 개의 눈과 천 개의 손을 지닌 신이란 결국 모든 차원, 모든 방향에 대해 태생적인 편향이나 치우침 없이 자연스럽게 존재하는 '우주적인' 상태를 말하는 것으로 해석할 수도 있을 것 같았다. 그런데 무중력 공간에 나가보지 못한 고대인들은 도대체 어떻게 그 상태를 알고 있었을까.

다면신에 대한 그런 깨달음은 곧 인간에 관한 발견으로 이어졌다. 인간이란 결국 일면 위를 살아가는 존재라는 깨달음이었다. 둥근 행성의 표면에 살고 있다는 사실을 분명히 알고 있으면서도 일상생활에서는 세상이 평면처럼 생겼다고 가정하고 살아가는 게 인간의 삶이다. 첫숨 또한 그렇게 디자인되어 있었다. 고개만 들면 우주정착지가 갖고 있는 수백 개의 블록, 수백 개의 면이 한눈에 다 들여다보이는 환경인데도, 고개를 들지 않고 아래만 바라보고 있으면 그중 내가 발 딛고 서 있는 단 한 개의 면 말고는 아무것도 보이지 않도록 디자인된 곳이 또한 첫숨이기도 했던 것이다. 수백 페이지짜리 책을 한눈에 다 들여다볼 필요 없이 그저 한 번에 한 페이지씩만 보고 살라는 의도로.

생활이라는 이름으로 표현되는 인간의 삶. 그에 대한 달 무용수들의 해법이 관성이고 화성인들의 해법이 첫숨이라면, 지구인들의 해법은 바로 일면이었을 것이다. 단 하나의 얼굴만 가지고 있어서 옆에서 일어나는 일은 곁눈질을 해야 하고 뒤에서 벌어진 일은 아예 까맣게 모르고 살아가도록 정해진 삶. 그래서 뒤돌아보는 사람은 고달프다. 닫혀 있는 문을 두드리는 사람의 삶도 마찬가지다.

그러니 당분간은 첫숨에 대한 화성인들의 지배가 계속된다 해도 이상할 것은 전혀 없었다. 첫숨 지배층은 다면의 삶에 익숙한 사람들이었다. 그들은 지구 출신들이 그토록 원하는 일면의 삶을 제공하고, 그 삶 곳곳에 놓여 있는 거대한 사각을 이용할 줄 알았다. 무엇보다 그 시기의 첫숨 화성인들은 악당으로 분류할 수 없는 사람들이었다.

송영이 한묵희나 나를 처벌하지 않은 것은, 단지 우리가 결정적인 비밀을 알고 있기 때문이 아니었다. 더 중요한 점은, 송영 자신이 악당이 아니라는 사실이었다. 나쁜 일을 하다 발각된 게 아니었으므로 그 일을 밝혀낸 사람들을 증오할 이유가 없었던 것이다. 그 한 가지 사실만으로도 송영은 내가 평생 겪어본 중 최고의 상관이 되고도 남았다.

물론 그 말은, 만약 송영이 진짜 음모를 꾸미고 있었다면 한묵희 씨나 내가 지금쯤 어떻게 돼 있을지 모른다는 소리이기도 하겠지.

사찰단 방문 셋째 날 오후에, 긴급한 소식 하나가 비서실로 날아들었다. 그리고 곧장 송영에게로 전해졌다.

"없어졌다고요? 어디로?"

송영은 아이의 미래에 대해 걱정이 많았다. 강인한 몸을 지닌 생명체였지만 행복하기보다는 불우한 삶을 살 가능성이 더 많은 운명이었다. 어떻게 하면 잘 살게 만들 수 있을까. 동족도 없고 전승받을 지식도 전혀 남아 있지 않은 우주에서. 송영의 가장 큰 고민거리는 그 아이가 누릴 성장의 한계가 결국 인간 문명 수준으로 한정되리라는 점이었다. 만약 저 생명체가 그것만으로는 만족할 수 없는 성장 잠재력을 지닌 위대한 존재라면, 우리는 과연 저 아이를 위해 어떤 일을 더 해줄 수 있을까.

그런 송영에게, 그 외계생명체가 아예 사라져버렸다는 소식은 충격이 아닐 수 없었다.

"납치당했다는 말인가요?"

"아닙니다."

"그럼 혹시, 공격당한 건가요?"

"불가능해 보입니다."

"그럼 뭐예요, 최 선생? 몇십억 광년 거리에 있어도 다 보이는 게 우주인데 멀쩡하게 날아가던 아이가 갑자기 사라졌다는 게 무슨 말인가요?"

아이의 행방은 알 수 없었다. 송영이 말한 것처럼 우주는 훤히 뚫려 있었고 우리는 분명 아이의 이동 경로를 추적하고 있었다. 사정상 대규모 선단을 꾸릴 수는 없었지만, 먹이를 주고 응급 상황에 대처하기 위한 보급선 한 대를 보모처럼 바로 곁에 붙여두기도 했다. 그런데도 그 아이는 어느 순간 감쪽같이 모습을 감춰버리고 말았던 것이다.

어차피 환영이 잔뜩 섞인 목격담이었으므로 목격자들의 증언은 아무 소용이 없었다. 관측 장비에 남겨진 기록들은 '갑자기 사라졌다'는 말을 다시 한 번 확인해줄 뿐이었다. 다만 아이가 사라지기 한 시간쯤 전에, 열다섯 대로 이루어진 미확인 비행체 편대가 대략 20분간 아이의 항로와 거의 평행한 방향으로 날아가다 갑자기 사라진 흔적이 추가로 발견되었을 따름이었다.

"사라져요?"

"갑자기 나타났다가 갑자기 사라졌습니다."

사라진 아이는 그 후로도 영영 돌아오지 않았다. 작은 스페이스콜로니 크기의 거대한 비행체 열다섯 개가 갑자기 나타났다 사라진 것을 두고 송영은 이런 이야기를 하곤 했다.

"화성에서 발굴한 그 아이의 원형이 된 화석이 그 정도 크기였던 것 같은데."

삼면고래라고 이름 붙인 그 생명체가 실제로 몇 개의 면에 걸쳐서 존재하고 있었는지는 알 길이 없다. 다만 그 아이가 보는 우주가 우리 일면인들의 직관을 넘어서는 수준의 공간이라면, 그래서 우리가 해수면 위쪽 공간만 바라보고 있었던 거라면, 수면 아래에서부터 헤엄쳐 올라와 수면 위로 튀어 오르는 고래를 보고 우리는 "갑자기 나타났다"고 표현하게 되었을 것이다. 반대로 수면 위를 떠가던 고래가 숨을 잔뜩 들이쉬고 물속 깊은 곳으로 잠수해 들어가는 순간이면 갑자기 사라지는 고래를 목격하게 될 수도 있지 않을까.

그러니까 그 아이는 끊어지지 않은 공간을 자연스럽게 헤엄쳐갔을 것이다. 그것이 송영의 생각이었고, 아이를 유지하는데 들던 어마어마한 비용을 다른 곳에 쓸 수 있게 된 연구진이 열정적으로 달려들어 검증하려고 한 가설이기도 했다. 돈이 나오는 가설은 곧 과학적인 타당성이 충분한 가설이 되고 마는 법이니까.

"홀가분하네요."

시간이 한참이나 지난 뒤에 송영이 말했다.

"그렇게 사라져서 다행이지 뭐예요. 생각해보면, 그 아이가 성체가 되고 난 뒤에는 이런저런 문제가 많았을 거예요. 관심 갖는 사람이 많아졌을 거고, 우리로서는 끝내 그 아이의 안전을 지켜내지 못했을지도 모르죠. 정말로 동족들이 나타나서 데려간 거라면 그보다 더 다행스러운 일도 없지 뭐예요. 시간이 너무 오래 흘러서 동족 같은 건 살아남아 있지도 않고, 있어도 벌써 다른 종으로 진화한 지 오래일 거라고 생각했는데, 그렇게 시공간을 넘어서 찾아올 수 있는 거였다면."

"그게 사실이라면 그보다 나을 수는 없겠죠."

"사실일 거예요. 그렇지 않나요? 동족들이 멀리서 나타나서 시공간을 건너뛰는 법을 보여주자마자 그렇게 훽 따라가버린 거니까."

"그쪽이 제일 듣기 좋은 이야기이기는 할 겁니다."

그로부터 반년이 지난 뒤에, 첫숨이 최소이의 테러 메시지를 은폐했다는 소식이 새삼스레 알려지면서 지구궤도연합 쪽 여론이 다시 첫숨에 적대적인 방향으로 기울어버렸다. 비슷한 무렵에, 적대행위금지조약기구의 사찰 활동 역시 알려진 것과는 달리 제약이 많았다는 증언이 지구로부터 슬슬 흘러나왔다. 반인석 사장이 빈번하게 첫숨 공식 석상에 모습을 드러내고 중재원을 둘러싼 기류 또한 심상찮은 날이 잦았지만, 첫숨은 여전히 궤도를 돌고 있었고 반사판을 비추는 태양도 언제나 꾸준했다.

늘 탐욕과 논란과 분쟁의 중심에 있었으면서도 첫숨의 공식적인 비전은 변함없이 '보편적 중립공동체 구상을 실현하는 것'이었다. 그 입장을 꾸준히 견지하기 위해 송영은 그 후로도 열세 차례나 다음과 같은 공식 입장을 발표해야 했다.

"강경 대응을 선택하겠습니다. 확전을 주장합니다."

새집으로 이사 가기 전날 한묵희가 찾아와 작별 인사를 건넸다.

"언제까지나 달만 바라보고 살지는 않을 거예요. 여기는 여기대로 독특한 움직임들이 있으니까요. 그걸 연구해보려고요. 그런데 솔직히 어떤 건 정말 촌스럽지 않아요? 우주에서 제일 유명한 인공도시인데 말이에요."

계단을 내려가는 한묵희의 뒷모습을 바라보았다. 달의 움직임을 지닌 사람. 그 움직임은 이제 달이 아닌 첫숨의 것이 되어 있었다.

첫숨은 그다지 위대하지 않았다. 하지만 위대해진 자가 누구든 어느새 그 위대함을 '우리'의 위대함으로 만들어버리는 기묘한 기술을 가지고 있었다. 바로 그 지점에 우주정착지 첫숨이 떠 있었다. 첫숨에 머물던 우리 또한 그런 식으로 서서히 인류가 되어갔다.

작가의 말

1

제라드 오닐Gerard K. O'Neill의 *The High Frontier: Human Colonies in Space*를 아는 사람이라면 이 책의 내용 중 우주 정착지의 구조에 관한 많은 부분이 그의 구상에서 온 것이라는 사실을 알 수 있을 것이다. 아주 비슷한 부분도 있고 영 다른 곳도 있지만, 1970년 전후에 걸쳐 논문과 책으로 나오기 시작한 그의 구상을 참고한 데에는 이유가 있다. 영화 「백 투더 퓨처」가 다룬 미래를 실제로 살아볼 수 있게 된 해가 바로 올해 2015년이듯, 오닐이 구상한 미래 또한 연도상으로는 이미 살짝 과거가 된 시기쯤이다. 우리는 그렇게 꽤 먼 미래에 살고 있다.

『문학과사회』 2014년 봄호에 기고한 「세계분석을 기다리며」라는 글에서 작품에 담긴 틀린 미래, 세계에 관한 틀린 해석 같은 것들이 어떻게 객관화될 수 있는지를 다룬 적이 있는데, 오닐의 구상 또한 그런 객관화된 틀린 미래의 한 예로 볼 수 있을 것이다. 오닐이 예견했으나 인류가 가지 않은 길에 2015년의 삶을 가져가보는 것. 오닐의 콜로니를 차용한 것은 그런 맥락에서 이해되기를 바란다.

'첫숨'이라는 제목은 동화 작업에 열의를 가지고 이것저것 떠올리던 시기에 메모해둔 것이다. 결국 글보다는 그림 부분이 핵심인 것 같다는 결론에 이르는 바람에 일단은 다 포기하고 다시 소설로 돌아오고 말았지만 몇몇 구상들은 이후의 소설 작업에도 그대로 이어져 적지 않은 영향을 남겼다. 이 이야기를 끄집어내는 이유는, 본문에 나오는 「첫 숨」과 「마지막 숨」이라는 그림 때문이다. 연재가 한창 진행되던 무렵, 편집자 최지인 씨로부터 와일랜드Wyland의 「First Breath」라는 작품 시리즈를 참고한 것이냐는 질문을 받았고, 인터넷 검색을 통해 그의 작품이 다루는 순간이 내가 소설 속에서 묘사한 「첫 숨」이라는 그림에 포착된 순간과 동일하다는 것을 알게 되었다. 바라보는 시점이 다르고, 게다가 「마지막 숨」이라는 짝이 있어서 차이점을 설명할 근거는 없지 않겠지만 아무튼 이 순간을 다룬 점 자체가 내가 생각한 것만큼 창의적이지 않은 일이었다는 사실만은 분명하다. 안 해도 되는 창작을 한 셈이나, 나보다 먼저 첫숨 사상을 만들어낸 창작자가 발견되기 전까지는 이 제목의 창의성은 여전히 유효하리라 생각했고, 또한 연재가 한창 진행되던 시기인 점을 고려하여 제목을 바꾸거나 하지는 않았다.

아울러 미리 밝혀두자면, 이 소설의 뼈대는 몇 년에 걸쳐 서서히 만들어졌다. 『창작과비평』 2010년 겨울호에 실린 단편 「예술과 중력가속도」에 나오는 달 출신 무용수가, 2012년 12월 이음에서 출간된 단편선 『헬로, 미스터 디킨스』에 수록한 「타이베이 디스크」에 등장하는 스페이스콜로니를 만나는 순간 이 소설의 기본 구조가 갖추어진 것이다. 이 구도로 설명할 수 있는 범위 안에만 든다면, 다른 유사한 작품이 발견되더라도 창작물로서 이 소설이 갖는 독자적인 영역은 어느 정도 안정적으로 확보될 수 있으리라 믿는다. 또한 각각의 단편에는 개인적인 경험, 단편선 기획 당시 주어진 두 개의 도시라는 공통 과제 등의 창작 배경이 있으나 더 자세한 이야기는 생략한다.

덧붙여 이 소설은 2015년 6월부터 11월까지 문학과지성사

블로그에 연재되었다. 약간의 조정이 있기는 했지만 본문의 장 구분은 대체로 매회 연재분과 일치하며 각 장의 소제목 역시 연재 당시에 이미 달려 있던 것들이다. 출간 후 곧 사라질 지면이어서 웹페이지 주소는 표기하지 않는다.

2

10년 전 이맘때 작가가 되었다. 그날의 각오는 기억이 나지 않고, 그저 상을 받은 날의 감상이 작가로서 내가 품은 초심이 아니라는 게 얼마나 다행인가 하는 생각만 든다. 아직도 나에게는 소설 쓰기가 재미있다. 이 말이 가끔 비난의 근거가 되는 게 의아한데, 그렇다고 재미있는 게 재미없어질 방법은 없지 않은가. 내 초심은 그렇게 생겼다. 앞으로도 오랫동안 그랬으면 좋겠다.

다만 글을 쓰는 것과 책을 만드는 것은 좀 다른 일이라, 작가 입장에서는 책이 만들어지는 기간이 괴로울 때가 있다. 그 괴로움을 상당 부분 덜어준 문학과지성사 편집부에 감사를 표한다. "이번에 쓸 글은 SF인데 괜찮으시겠어요?" 하는 질문으로 시작한 작업이 끝까지 잘 마무리된 데에는 하던 것을 계속한 내 노력보다 생소한 것에 적응하느라 평소보다 더 애를 써준 편집부의 수고가 더 크게 작용했을 것이다. 그래도 미진한 부분이 남아 있다면 십중팔구 작가의 이상한 고집 때문이겠거니 하고 짐작하시기 바란다.

이 소설의 1인칭 화자는 전직이 "내부조사관"이다. 한국어 언중이 일반적으로 알고 있는 것과는 조금 다른 내사internal investigation라는 분야를 나에게 소개하고, 나모린처럼 중재 분야에서 일하는 여러 국적의 젊은 변호사들을 실제로 만날 기회를 준 주희 씨에 대한 감사도 빼놓을 수 없을 것이다. 특히 나모린의 모델이 된 남라타 샤Namrata Shah가 이 글을 읽을 수 있게 될 날도 기대해본다. 명민한 분이니 한국어를 익히는 것도 불가능하지는 않겠지만, 그보다는 이 책이 영어나 힌디어로 번역이 되는 편이 자연스러울 것이다.

또한 화성과 달의 걸음걸이에 관해서는 서울에서 활동하는 마임이스트 윤푸빗 씨가 귀한 시간을 내어 토론해주었다. 뉴욕이 첫숨의 모델은 아니지만 첫숨에 꼭 들어가야 할 국제도시로서의 면모에 관해 의견을 나눈 친구들이 아직 뉴욕에 살고 있다. 그중에는 물류에 관한 조언을 해준 친구도 있는데, 화물은 원래 심심하면 사라져버리는 것이고 그래서 엉뚱한 곳으로 배달된 화물을 추적해 제자리로 돌려보내는 일 또한 너무

나 흔한 업무라는 조언 덕분에 소설 뒷부분의 내용을 좀더 과감하게 채워갈 수 있었다.

세상에서 제일 안 써지는 글이 '작가의 말'이라 스트레스를 받으며 준비했더니 글이 너무 길어져버렸다. 지금 여기에 쓴 것들이 소설을 이해하는 데 도움이 되는 이야기들이기를 바라며, 끝으로 작가의 의견은 서술자의 입장과 다를 수 있고 작가로서 하는 어떤 말도 소설의 서술자가 하는 말보다 우선할 수 없음을 밝혀둔다.

2015년 11월 서울에서

배명훈